Les enfants de Copper Lake

L'invisible menace

MARILYN PAPPANO

Les enfants
de Copper Lake

BLACK ROSE

HARLEQUIN

Collection : BLACK ROSE

Titre original : UNDERCOVER IN COPPER LAKE

Traduction française de CAROLE PAUWELS

HARLEQUIN®
est une marque déposée par le Groupe Harlequin

BLACK ROSE®
est une marque déposée par Harlequin

© 2014, Marilyn Pappano.
© 2016, Harlequin.

HARLEQUIN
83-85, boulevard Vincent-Auriol, 75646 PARIS CEDEX 13.
Service Lectrices — Tél. : 01 45 82 47 47
www.harlequin.fr
ISBN 978-2-2803-4553-8 — ISSN 1950-2753

1

Une brise froide annonciatrice de l'automne soufflait du port, charriant des odeurs de sel, de poisson et de pollution.

Tapi dans l'ombre des bâtiments industriels, face à la mer, Sean Holigan faisait nerveusement rouler sa cigarette entre ses doigts. Bien qu'il n'ait pas fumé depuis six mois et demi, la tentation de l'allumer était bien là ; le désir demeurait tout aussi intense qu'il avait pu l'être cent quatre-vingt-quinze jours plus tôt.

Mais la flamme du briquet, le bout incandescent de la cigarette et l'âcre fumée gris-bleu feraient l'effet d'un néon dans la nuit, attirant l'attention directement sur lui. Mieux valait l'éviter, dans la mesure où personne ne s'attendait à le trouver sur les docks un dimanche à 3 heures du matin. Si son employeur ou ses collègues venaient à le découvrir là, il le paierait cher.

Ça lui coûterait même probablement la vie.

La brume encerclait les deux bâtiments massifs qui l'abritaient, transformant les containers à quai en îlots de métal. L'humidité s'insinuait sous sa veste, imprégnant sa peau de moiteur, et accentuant la raideur des trois doigts du milieu de sa main gauche. Depuis qu'il les avait coincés entre un moteur et le cadre d'un capot, il y avait de cela trois ans, ils ne supportaient plus le froid et l'humidité.

Cela faisait près de dix minutes que Sean attendait, quand il sentit quelqu'un approcher. Entièrement vêtue de noir, une capuche couvrant ses cheveux blonds, Alexandra Baker était capable de se fondre complètement dans le paysage, et de se matérialiser soudain comme par magie. Sa façon de se déplacer et de parler était anormalement calme, éthérée. Depuis qu'elle avait pris contact avec lui, trois mois plus tôt, elle ne lui semblait guère plus réelle qu'un rêve.

Un mauvais rêve.

— Pourquoi ne vous laissez-vous pas tenter ? demanda-t-elle.

Sa voix était paisible, mais pas douce. La question était personnelle, mais manquait de curiosité.

Sean observa la cigarette, hocha les épaules, et la glissa dans la poche de sa veste.

— Pourquoi m'avez-vous fait venir au milieu de la nuit ?

— Parce que je sais que Kolinski est bien tranquillement au fond de son lit.

Craig Kolinski. Son patron et meilleur ami depuis treize ans. L'homme à qui il devait une vie à peu près confortable, et qu'il trahissait en fournissant des renseignements à Baker.

— Demain, continua-t-elle, il va vous demander de vous occuper de quelque chose pour lui. Ça impliquera que vous quittiez la ville quelque temps. Vous allez accepter.

— Et je devrai aller où ?

Elle ne répondit pas tout de suite. S'il s'était agi de quelqu'un d'autre, il aurait pensé que Baker hésitait. Mais, venant de la Reine des glaces, il qualifierait plutôt cela de pause.

— En Géorgie.

Un frisson le traversa, qui n'avait rien à voir avec la température. Il avait grandi en Géorgie et en était parti à la première occasion, en jurant qu'il n'y remettrait jamais les pieds. Rien, ni la famille qu'il avait laissée là-bas, ni la mort de son père survenue huit ans plus tôt, n'avait pu le convaincre d'y retourner.

— Où, exactement, en Géorgie ?

Cette fois, l'hésitation d'Alexandra fut bien réelle. Tout comme le procureur, elle savait tout de lui : d'où il venait, pourquoi il était parti, et pourquoi il tenait à garder ses distances.

— Copper Lake, finit-elle par répondre.

— Hors de question !

Le visage d'Alexandra demeura impassible. Elle ne montrait jamais de sympathie, n'exprimait jamais de regrets.

— Kolinski va vous demander de vous y rendre, et vous irez, répliqua-t-elle.

Le calme désintérêt de sa voix, comme s'il ne lui était jamais venu à l'idée qu'elle puisse ne pas obtenir ce qu'elle voulait, mit Sean hors de lui.

— Je vous dis que je n'irai pas, sacré bon sang ! dit-il en se passant la main dans les cheveux. Je vous ai dit tout ce que je savais sur les affaires de Craig et sur sa vie privée. Mais rien ne me fera jamais retourner là-bas.

— C'est à propos de Maggie.

Il en eut le souffle coupé. Cela faisait des années qu'il n'avait pas entendu le nom de sa sœur. Mais il n'avait pas oublié ses larmes quand il était parti, ni ses supplices pour qu'il l'emmène avec lui. Et encore moins la promesse qu'il lui avait faite, en beau salaud qu'il était, de revenir la chercher.

— Que lui est-il arrivé ? demanda-t-il d'une voix que l'émotion enrouait.

— Vous saviez qu'elle avait une liaison avec un des hommes de Kolinski ?

Elle n'attendit pas la réponse, comme si elle la connaissait déjà, et poursuivit :

— Elle vivait avec lui avant sa dernière arrestation. Ils savent qu'il ne parlera pas, mais ils n'ont aucune confiance en elle. Kolinski va vous appeler aujourd'hui pour vous demander d'aller à Copper Lake la surveiller, histoire de s'assurer qu'elle ne vendra pas la mèche.

— Et vous voulez que je la persuade de le dénoncer, devina Sean. Je suppose que vous allez assurer sa protection ?

Le hochement de tête de Baker se perdit presque dans les plis de sa capuche.

— Ne comptez pas sur moi, dit-il.

Mais, tout en prononçant ces mots, il savait qu'il mentait. Maggie était la seule personne au monde qui pouvait le faire revenir dans cette ville dont il s'était enfui comme s'il avait le diable à ses trousses.

— Nous reprendrons contact avec vous quand vous serez sur place.

Plus sûre de lui qu'il ne l'était lui-même, Baker courba les épaules et se fondit dans l'obscurité. Sean n'entendit même pas le bruit de ses pas tandis qu'elle contournait le bâtiment et disparaissait.

Rejetant la tête en arrière, il heurta la paroi métallique de l'entrepôt avec un bruit mat. Comment en était-il arrivé là ? Etait-ce le prix à payer pour avoir abandonné sa famille et trahi un ami ?

Il eut un ricanement amer. Quel drôle d'ami que ce Craig, qui avait fait fortune dans les voitures volées et la drogue, et qui avait peut-être entraîné Maggie dans une sombre histoire pour mieux le contrôler, lui.

Si tel était le cas, c'était là que se trouvait la trahison.

Tout ce qu'il voulait, au départ, c'était une vie normale : un travail qui ne lui donnerait pas envie de se tirer une balle, assez d'argent pour payer ses factures et prendre du bon temps, un toit sur la tête qui ne tombait pas en ruine… Depuis toujours, il refusait de s'attacher aux gens, aux endroits ou aux choses. Des copains de beuveries, pas des amis. Des aventures d'un soir, pas des petites amies. Pas d'obligation, pas d'engagement émotionnel, personne à qui penser à part lui.

Et il avait fait ça pendant des années. Tout avait changé trois mois plus tôt, quand il était repassé au garage tard dans la nuit pour récupérer le téléphone portable qu'il avait oublié, et qu'il avait surpris Craig en train d'abattre un homme d'une balle à l'arrière de la tête.

C'était ainsi qu'avait commencé sa descente aux enfers.

Sophy Marchand se tenait dans la chambre d'amis de son appartement, une main sur la hanche, et observait les deux petites filles blotties l'une contre l'autre dans l'un des lits jumeaux, les yeux fermés, l'air angélique dans leur sommeil.

Si ce n'est qu'elles ne dormaient pas, et qu'elles n'avaient absolument rien d'angélique.

— Dahlia, Daisy, c'est mon dernier avertissement. Levez-vous, maintenant. Nous allons être en retard à l'église.

L'une d'elles — Dahlia, pensa Sophy — ricana, mais ni l'une ni l'autre ne bougea.

Les doigts serrés autour du vaporisateur en plastique jaune vif, Sophy leva la main et envoya un petit jet d'eau froide sur le visage de chacune des fillettes. C'était une astuce dont se servait sa grand-mère quand elle voulait convaincre cinq garçons récalcitrants de faire leurs corvées, et son efficacité était prouvée.

Daisy, la plus jeune, poussa un cri aigu et plongea sous la couverture, tandis que Dahlia croisait les bras et dardait sur Sophy un regard furieux.

— Ça va pas la tête ? Tu aurais pu nous réveiller normalement !

— Je l'ai fait. Trois fois. Il vous reste juste le temps de vous brosser les dents, de passer un peigne dans vos cheveux et de vous habiller. Dépêchez-vous.

Dahlia grommela et repoussa la couverture, exposant Daisy au soleil qui entrait à flots dans la chambre. Ses cheveux noirs emmêlés, Daisy frotta ses yeux de ses petits poings.

— Et le petit déjeuner ? J'ai faim, moi.

— Tu aurais eu tout le temps de déjeuner si tu t'étais levée la première fois que je suis venue vous réveiller. Maintenant, c'est trop tard.

Evidemment, Sophy avait prévu des barres protéinées. Elle ne les laisserait pas partir le ventre vide.

Elle sortit du placard deux robes presque identiques, l'une blanche, l'autre vert pâle, et deux gilets à manches trois-quarts du même ton.

La première réaction de Daisy en voyant sa robe fut de sourire. Mais, après un coup de coude de Dahlia, elle adopta la même mine renfrognée que sa sœur.

— On doit porter ça ? demanda Dahlia.

— Oui.

Sophy suspendit les cintres aux poignées de la porte du placard, et désigna la salle de bains.

— Dents, cheveux et robe. Allez-y.

Tandis que les deux sœurs se ruaient dans le couloir, puis dans la salle de bains, le portable de Sophy sonna dans la cuisine. Ses talons claquèrent sur le vieux plancher tandis qu'elle se précipitait pour attraper l'appareil. Elle décrocha à la quatrième sonnerie.

— Tu as décidé de ne pas aller à l'église, ce matin ? demanda sa mère, sans même lui dire bonjour.

— Si, maman. Nous sommes simplement un peu en retard.

— Comment vont les filles ?

L'intonation dubitative de Rae Marchand rappela à Sophy les mises en garde de ses parents lorsqu'elle leur avait fait part de sa décision de devenir mère d'accueil, précisant que ses premières petites protégées seraient les fillettes Holigan, âgées de cinq et six ans.

— Les petites sont en train de se préparer. C'est la première fois qu'elles vont à l'église, et elles ne débordent pas d'enthousiasme. Elles traînent les pieds.

« Il n'est pas question de renoncer », se souvint-elle d'avoir dit à sa mère. « Quelqu'un m'a accueillie quand j'en avais besoin, puis papa et toi m'avez adoptée. Je veux simplement rendre la pareille. »

Rae avait failli s'étrangler. « Je sais que tu as bon cœur, mais pourquoi vouloir à tout prix prendre les enfants de Maggie Holigan ? Jill Montgomery m'a dit qu'elle n'avait jamais eu d'enfants aussi difficiles à placer. Personne n'en veut. »

C'était précisément pour cela que Sophy tenait tant à les prendre. Parce que les deux fillettes étaient des laissées pour compte.

— Tu viens dîner ? demanda sa mère.

— Bien sûr.

Tout comme le fait d'aller à l'église, les dîners chez ses parents étaient une autre tradition dominicale. La sœur adoptive de Sophy, Reba, était toujours présente avec sa famille. Ses quatre enfants adoraient leur tante

Sophy, et auraient peut-être une bonne influence sur Dahlia et Daisy.

Il y eut une cavalcade dans le couloir — c'était étonnant tout le bruit que pouvaient faire à elles seules deux petites filles maigrichonnes. Sophy crispa les doigts autour du téléphone.

— Elles arrivent maman. A tout à l'heure.

Tout en raccrochant, elle regarda entrer les deux sœurs et constata qu'elles lui avaient obéi. Les dents avaient été brossées, à en juger par les traces de dentifrice sur le menton de Daisy. Les cheveux étaient à peu près coiffés, avec des raies en zigzag et des mèches mouillées et aplaties sur le front. Les robes avaient été mises, mais la ceinture de Dahlia, simplement enfilée dans les passants, pendait sans être nouée, et son gilet était mal boutonné. Elles étaient également chaussées : tennis élimées pour Dahlia, qui les avait apportées de chez elle et dont elle refusait de se séparer, claquettes jaune vif dont Daisy était tombée amoureuse alors qu'elles faisaient des courses, et qu'elle portait à la moindre occasion.

Le meilleur conseil qui avait été donné à Sophy jusqu'à présent était de choisir soigneusement ses batailles. C'est pourquoi elle ne fit pas de commentaire sur les chaussures.

— Essuie ton menton, dit-elle à Daisy, en lui tendant une serviette en papier. Le temps de prendre mes affaires, et on y va.

Elle glissa son portable dans une pochette intérieure de son sac et tendit une barre protéinée à chacune des filles. Puis elle déverrouilla les multiples serrures et verrous de sa porte d'entrée, et fit sortir les deux sœurs sur le palier desservant l'escalier extérieur.

Arrivée en bas, elle prit les fillettes par la main et contourna la maison pour gagner la rue.

— Pourquoi il faut toujours marcher pour aller partout ? pleurnicha Dahlia en traînant les pieds sur le trottoir.

Bien que Sophy ait une voiture, elle ne voyait pas l'utilité de s'en servir pour de courts trajets. Son appartement se trouvait au-dessus de sa boutique de patchworks, à moins de cinq cents mètres du parc municipal. Son restaurant favori et les magasins où elle faisait ses courses étaient tous à proximité. La maison où elle avait grandi et l'école élémentaire où elle était allée se trouvaient sur le chemin de l'église.

— J'aime bien marcher, répondit-elle calmement.

— Moi aussi, dit Daisy. C'est marrant.

— Daisy !

— Désolée.

Le cri outré de Dahlia et les excuses de Daisy étaient tellement automatiques que leurs voix se superposaient presque.

— Daisy a le droit d'avoir sa propre opinion, remarqua Sophy, ce qui lui valut une moue renfrognée de Dahlia.

— Nous, on marche jamais, remarqua cette dernière. Sauf quand maman n'a plus d'argent pour l'essence.

Daisy sauta au-dessus d'une grosse racine qui avait creusé le trottoir, et repoussa une mèche de cheveux derrière son oreille.

— Quand est-ce qu'elle revient à la maison, cette fois ?

Le cœur serré, Sophy évita le regard des fillettes. Malgré leur jeune âge, elles avaient déjà vécu des choses que les enfants devraient ignorer. Si elle mentait, elles le devineraient.

— Je ne sais pas.

Cette fois, Maggie risquait une lourde condamnation. C'était la troisième fois qu'elle était arrêtée pour trafic de méthamphétamine, et la liste de ses précédents délits était longue comme le bras.

Avant que les fillettes n'aient le temps de réagir, Sophy désigna une maison à une cinquantaine de pas devant elles.

— Je parie que vous ne savez pas que c'est là que j'ai grandi.

Le regard et le haussement d'épaules de Dahlia trahirent son indifférence, mais Daisy ouvrit de grands yeux.

— Oh ! il y a une balançoire, et de la pelouse, et des fleurs. Et elle est jaune. C'est ma couleur préférée.

De ces quelques jours passés ensemble, Sophy avait appris que la couleur préférée de Daisy changeait du jour au lendemain. Hier, c'était le vert anis. La veille, elle ne jurait que par le rose fuchsia.

— Je faisais de la balançoire avec ma sœur pendant que mon père tondait la pelouse, et que ma mère tricotait dans ce rocking-chair, expliqua-t-elle. Nous avions un setter irlandais qui se couchait toujours en travers des marches, et nous devions l'enjamber pour entrer ou sortir.

— C'est quoi, un setter irlandais ? demanda Daisy.

— Un chien.

La petite fille soupira.

— J'ai eu un chien. C'était une fille. Elle s'appelait Missy, et elle dormait au pied de mon lit. Mais elle a eu des bébés, et on devait déménager, et maman a dit qu'ils ne pouvaient pas tous venir, alors on les a laissés en partant.

Une fois de plus, Sophy se demanda comment la Maggie qu'elle avait connue à l'école avait pu devenir une si mauvaise mère.

Bien sûr, elle était née dans un milieu défavorisé, et sa situation familiale était compliquée. Mais on pouvait sortir de sa condition si on s'en donnait la peine. Sa propre sœur, Miri, en était le parfait exemple.

Quand leur père avait abandonné ses quatre enfants

aux seuls soins d'une mère atteinte de schizophrénie, Miri, qui n'avait que dix ans à l'époque, s'était occupée de ses jeunes frères et sœurs, Sophy, Chloe et Oliver, jusqu'à ce que leur mère finisse par être déchue de ses droits parentaux, et qu'ils soient placés dans un foyer avant d'être adoptés. Miri, alors majeure, était restée avec leur mère et s'était occupée d'elle jusqu'à sa mort. Ce n'est qu'alors qu'elle s'était autorisée à vivre sa vie. Aujourd'hui, elle était installée à Dallas, avec un mari qu'elle adorait, et s'occupait d'une association d'aide à l'enfance.

Maggie, quant à elle, avait choisi de boire, de se droguer, et de négliger ses enfants.

— C'est là ?

La question de Daisy, accompagnée d'une petite secousse sur sa main, la tira de ses pensées. Levant les yeux, elle vit son église de l'autre côté de la rue, un solide bâtiment de briques rouges et de bois blanc dont se dégageait une impression de force et de sérénité. Elle y entraîna les fillettes en espérant qu'elles y trouveraient un peu de paix.

Sean se glissa dans l'atelier désert du garage automobile Kolinski. Aussitôt, une odeur familière, où se mêlaient la graisse, le métal, la peinture, les solvants, le cuir et la transpiration, lui emplit les narines. Enfant, déjà, il avait la passion des voitures, et Craig lui avait donné la chance de faire ce qu'il aimait, sans jamais exiger qu'il participe à ses nombreux trafics.

— Certaines personnes commencent leur journée avec un café. Toi, c'est la graisse de moteur, dit une voix dans son dos. On dirait que tu n'es pas heureux sans ça.

Pivotant sur ses talons, Sean découvrit Craig, chaussé

comme à son habitude de coûteuses chaussures de basket siglées.

— On m'a dit que tu voulais me parler.

— Je voudrais que tu me rendes un service, mon vieux.

Craig lui fit signe de le suivre dans le bureau, se laissa tomber dans son fauteuil et lui demanda de fermer la porte.

— Ecoute, reprit-il quand Sean se fut assis en face de lui, ça m'ennuie de te parler de ça, mais j'ai un problème avec ta sœur.

Sean s'était demandé s'il serait capable de feindre la surprise, mais il n'eut pas à se forcer. Ses paupières s'étrécirent, et il sentit le sang se retirer de son visage.

— Si tu l'as impliquée dans quoi que ce soit…, dit-il d'un ton menaçant, bougeant à peine les lèvres.

— Je ne ferais pas ça, mon vieux. C'est ta sœur, alors elle fait partie de ma famille.

Craig se passa la main dans les cheveux.

— Expédier des pièces détachées du Sud vers New York n'est pas la seule activité qui me rapporte de l'argent. Il y a quelques années, je me suis lancé dans le commerce de la drogue.

Il leva la main pour stopper toute réaction que Sean aurait pu avoir.

— Ne me fais pas la morale, OK ? Je savais que tu ne serais pas d'accord, c'est pour ça que je ne t'en ai jamais parlé. Bref, mon gars à Copper Lake s'est mis avec ta sœur. Tu savais qu'elle consommait de la méth ?

Craig attendit que Sean lui réponde par la négative, l'air sombre.

— Ils ont commencé à vivre ensemble, avec ses gosses. Tu savais qu'elle avait des gosses ?

— Non.

— Mouais, deux petites filles.

Craig sortit une photo de sa poche et la lui tendit.

— Elles sont mignonnes, non ? Un de ces jours, j'aurai des gosses.

Sean prit la photo et ses mains commencèrent à trembler lorsqu'il découvrit les yeux sombres et les cheveux noirs et raides des fillettes. Elles ressemblaient à Maggie, une vingtaine d'années plus tôt. La plus jeune offrait un large sourire à l'objectif, tandis que l'autre boudait, les bras croisés sur sa poitrine. A l'arrière-plan, la maison où il avait lui-même grandi menaçait ruine. Dans le jardin, dépourvu de pelouse à cause des grands pins qui l'ombrageaient et jonchaient le sol de leurs épines, traînait un vieux pick-up rouillé. Privé de ses roues, il était posé sur des parpaings et son plateau était rempli de détritus.

Des miséreux. C'est ce que les Holigan avaient toujours été depuis cent cinquante ans. Des alcooliques, des fous, des voleurs, irresponsables, paresseux et inutiles.

Sean sentit monter en lui un mélange de colère, de ressentiment et d'amertume. Mais le sentiment qui prédominait, c'était surtout la honte. Il avait tellement honte de ses origines. Bien sûr, il avait quitté la ville et sa famille, et il avait essayé de s'en sortir, mais il avait abandonné Maggie en sachant qu'elle gâcherait sa vie comme il aurait gâché la sienne s'il était resté.

— Et donc, dit Craig en se penchant, les mains jointes, le truc, c'est que mon gars a été arrêté il y a quelques semaines avec Maggie. Je sais qu'il tiendra sa langue, mais Maggie n'est pas exactement connue en ville pour sa discrétion. Si le procureur lui propose un marché, elle pourrait tout lui déballer.

Sean voulut rendre la photo à son patron, mais celui-ci lui fit signe de la garder.

— Et tu veux que je…

— Que tu lui fasses comprendre combien il est important qu'elle se taise.

Craig laissa passer un silence avant d'ajouter :

— Surtout pour ces deux jolies petites filles.

Sean serra les poings. Il ne s'était jamais montré plus violent qu'il n'était nécessaire. A Copper Lake, il était tout simplement impossible pour un Holigan d'atteindre l'âge de dix-huit ans sans avoir participé à quelques bagarres, mais jamais il ne perdait son sang-froid.

A cet instant, pourtant, il avait envie de faire mal à Craig, vraiment mal, de lui exploser la figure, de lui mettre une raclée phénoménale, pour oser laisser entendre qu'il n'hésiterait pas à s'en prendre aux filles de Maggie.

— Tu veux que je retourne là-bas pour lui demander de ne pas négocier avec le procureur, d'aller gentiment en prison et de fermer sa bouche ?

— Je sais très bien pourquoi tu as quitté Copper Lake, et j'aurais préféré ne pas t'impliquer là-dedans. Mais, quand il s'agit de la famille… On fait des exceptions pour la famille, n'est-ce pas ? Tu ne voudrais quand même pas que j'envoie quelqu'un d'autre ?

Sean se leva et fit quelques pas, les nerfs tendus à se rompre.

— Tu promets que, si elle se tait, si elle ne te cause pas d'ennuis…

— Si elle n'est pas condamnée, je l'enverrai dans le meilleur centre de désintoxication de la région. Si elle doit passer quelques mois en prison, les enfants et elle auront droit à un nouveau départ à sa sortie. D'une façon comme d'une autre, je m'occuperai d'elle.

— Bien. C'est d'accord.

Sans rien ajouter d'autre, Sean quitta le bureau, traversa l'atelier, et rejoignit sa voiture.

Les dernières paroles de Craig auraient dû le rassurer.

« Je m'occuperai d'elle. » Ça pouvait vouloir dire qu'il prendrait soin d'elle, qu'il ferait en sorte qu'elle soit en bonne santé, totalement sevrée et en mesure d'être une bonne mère pour ses filles. Qu'il lui offrirait une nouvelle vie, dans un endroit où personne ne connaîtrait son histoire.

C'est ce que Sean aurait voulu dire s'il avait prononcé une telle phrase.

Mais il n'était pas un tueur de sang-froid comme l'était Craig.

2

Tandis que Sophy appliquait un après-shampooing sur les cheveux de Daisy, la fillette tourna la tête pour la regarder.

— Est-ce que Dahlia et moi on est stupides ?

Surprise par la question, Sophy perdit l'équilibre et tomba à genoux sur le sol, à côté de la baignoire.

— Bien sûr que non ! Qu'est-ce qui te fait penser ça ?

— Au centre aéré, l'animatrice a posé beaucoup de questions, et on connaissait pas les réponses, et un garçon qui s'appelle Paulie a dit qu'on était stupides.

La fillette souffla d'un air excédé.

— Moi, je trouve que ce qui est stupide, c'est de s'appeler Paulie !

A l'autre bout de la baignoire, de la mousse jusqu'au cou, Dahlia daigna se joindre à la conversation.

— Mlle Jo a dit qu'on pouvait pas connaître un sujet si on l'avait pas appris. Elle a demandé à Paulie de compter jusqu'à dix en espagnol, et il a pas su. Alors, elle a dit que c'était pas pour ça qu'il était stupide, et qu'on l'était pas non plus, et qu'il fallait seulement qu'on apprenne.

Sophy se redressa et se sécha les mains.

— Vous allez vous rincer, vous sécher et mettre vos pyjamas. Et ensuite, on ira prendre une collation sur la terrasse.

— C'est quoi, une collation ? demanda Daisy.

— Comme une sorte de goûter.

Dans la cuisine, Sophy sortit du placard le blender qui lui servait autrefois à préparer des margaritas quand ses amis venaient la voir, et qui ne mixait plus aujourd'hui que des smoothies fruités.

Tout en écoutant le babillage des fillettes, elle y déposa de la glace à la vanille et du lait, l'actionna brièvement, et répartit le liquide obtenu dans trois grands verres. Elle y ajouta des brisures de cookies au chocolat, une paille et une longue cuillère.

Elle disposait le tout sur un plateau quand les fillettes la rejoignirent.

Habituée à ses inspections, Dahlia avait apporté deux serviettes et le peigne à larges dents.

L'une et l'autre se moquaient d'avoir les cheveux trempés et de l'eau qui leur dégoulinait dans le dos, avait expliqué très sérieusement Daisy. Et Sophy lui avait expliqué en retour qu'elle ne s'en moquait pas.

Elle leur frictionna rapidement la tête, peigna leurs cheveux, s'assura qu'elles avaient des chaussons, et souleva le plateau.

Après avoir fermé la porte derrière elles, Sophy ouvrit la marche dans l'escalier et jusqu'à l'avant de la maison. Elle actionna un interrupteur, et de grands ventilateurs fixés sous l'avancée du toit, à chaque extrémité de la terrasse couverte, se mirent en marche.

La soirée était plutôt calme. Une voiture passait occasionnellement sur Oglethorpe Avenue. Quelques couples marchaient sur le trottoir, se dirigeant vers le bar Cuppa Joe ou l'un des restaurants encore ouverts à cette heure.

— Qu'est-ce que c'est ? demanda Daisy.

Vêtue de son pyjama coccinelle, elle avait délaissé

les fauteuils et s'était assise sur la première marche, en tenant son verre à deux mains.

— Un milk-shake.

— Qu'est-ce qu'il y a dedans ?

— Du lait, de la glace, et une surprise. Il faut y goûter pour la trouver.

Hésitante, Daisy arrondit les lèvres autour de la paille, et aspira.

— C'est bon. Qui est-ce qui t'a appris à le faire ?

— Ma sœur.

— Reba ? demanda Dahlia. Elle nous aime pas. Elle a dit qu'on était des hooligans.

Sophy se sentit rougir. Elle pensait que les filles étaient occupées au salon avec les enfants de Reba quand sa sœur avait évoqué le sujet lors du dîner chez leurs parents.

— Elle n'aurait pas dû dire ça, reconnut-elle. C'était grossier, et ce n'est pas vrai.

Dahlia haussa les épaules.

— Bien sûr que c'est vrai. Maman dit que les gens nous aiment pas, et que c'est pas grave parce qu'on les aime pas non plus.

— C'est quoi un hooligan ? demanda Daisy.

— Tu le sais bien, maman nous l'a expliqué. C'est quelqu'un qui fait le fou, qui respecte aucune règle, et qui se conduit très mal.

— Moi, j'aime bien faire la folle, et voir les gens secouer la tête et dire « tu es décidément irrécupérable », affirma Daisy avec une mine réjouie.

Se demandant quel voisin, ou quelle famille d'accueil irresponsable, avait pu lui dire ça, Sophy se força à sourire.

— Tu aimes bien faire semblant d'être comme ça mais, en vérité, tu es une petite fille intelligente et douée, et tu pourras devenir tout ce que tu voudras être. Et Dahlia aussi.

Tandis que cette dernière ricanait, Daisy se leva et descendit une marche, les yeux rivés sur le trottoir, ou plutôt sur le chien qu'on y promenait.

— Bonsoir, dit l'homme qui tenait la laisse.

Sophy lui rendit son salut, et Daisy descendit une marche de plus.

— Comment il s'appelle, ton chien ?

— Daisy ! On parle pas aux étrangers ! protesta Dahlia.

— Mais il a un chien.

Sophy se promit de mettre plus tard les filles en garde contre les méchants messieurs qui se servaient de chiens pour attirer les enfants.

— Elle s'appelle Bitsy, répondit l'homme. Tu veux la caresser ? Si ta mère est d'accord, bien sûr.

Les fillettes parlèrent en même temps.

— C'est pas notre mère ! protesta Dahlia d'un ton outré.

— S'il te plaît, je peux ? supplia Daisy.

— Bien sûr, dit Sophy.

Elle suivit Daisy dans le jardin, tandis que le maître de Bitsy poussait le portillon. Frétillant de la truffe jusqu'au bout de la queue, la chienne renifla les mains de la fillette, lui arrachant un gloussement ravi.

Sophy en eut le cœur serré. C'était la première fois qu'elle entendait Daisy rire ainsi.

L'homme lui tendit la main.

— Bonjour, je m'appelle Zeke.

— Sophy.

Les doigts de l'inconnu étaient longs et forts, et sa paume dénuée de toute callosité, constata Sophy en lui serrant la main. Il avait la peau claire, des cheveux blond-roux, les yeux bleus, et un sourire qui ne devait pas laisser beaucoup de femmes indifférentes.

A peine plus grand qu'elle, il avait de larges épaules et

dégageait une impression de force. La première impression de Sophy fut qu'il était le genre d'homme avec qui une femme devait se sentir en sécurité.

Mais elle avait appris qu'il ne fallait jamais se fier aux premières impressions.

— C'est la soirée idéale pour déguster un milk-shake sur la terrasse, dit-il. Bitsy adore les glaces, mais son vétérinaire l'a mise au régime.

Sophy n'eut pas de mal à le croire, en constatant que le ventre du basset, rond comme un tonneau sur ses courtes pattes arquées, frôlait presque le sol.

— Bitsy, c'est mignon comme nom, dit-elle, tout en pensant exactement le contraire.

Tous les chiens qu'elle connaissait avaient des noms solides, comme Max ou Toby. Bitsy faisait un peu mièvre.

— C'est ma fille qui l'a choisi. Bitsy passe son temps à creuser des trous, et mon ex-femme tient à son jardin comme à la prunelle de ses yeux. Du coup, Bitsy est venu vivre avec moi.

Donc, il était séduisant, amical… et célibataire.

Sophy se demanda comment il se faisait que leurs chemins ne se soient pas croisés plus tôt. Elle croyait pourtant avoir partagé au moins une sortie avec chaque célibataire de la ville.

Au carrefour, une voiture s'engagea dans Oglethorpe, et ils tournèrent tous les deux la tête dans sa direction.

Le moteur ronronnait de puissance contenue et, bien qu'elle ne soit pas une grande fan des belles mécaniques, Sophy reconnut un prestigieux modèle ancien de voiture de sport, parfaitement restauré. On sentait qu'elle avait été conçue pour être belle et aller vite, mais aussi pour donner de son conducteur une image de réussite et de pouvoir.

En clair, elle avait pour but d'émoustiller les femmes et d'agacer les hommes.

Et, en plus, elle était rouge, la couleur préférée de Sophy.

Le sol vibra quand la voiture passa à proximité, et quelque chose dans l'air se mit à frémir. Bon, ça faisait peut-être un peu midinette, mais ce fut exactement comme ça que Sophy le ressentit.

Lorsqu'elle reporta son attention sur Zeke, il s'était accroupi et essayait de convaincre Bitsy de donner la patte à Daisy. Quand la chienne se fut exécutée, il la félicita et se releva.

— Je crois qu'il est temps de rentrer. Ravi de vous avoir rencontrées toutes les trois.

— Moi aussi, j'ai été ravie, dit Sophy. Peut-être aurons-nous l'occasion de nous revoir.

Zeke lui adressa un sourire éblouissant.

— Vous pouvez y compter.

Lundi fut une de ces belles journées de fin d'été qui faisaient tout le charme de la vie dans le Sud. Il faisait vingt-trois degrés, l'humidité avait reflué et, quand le vent soufflait de la Gullah River, on pouvait sentir l'automne arriver : un temps plus frais, le changement de couleur des feuilles, les journées plus courtes…

La veille, Sean avait fait le tour de Copper Lake, remarquant les nombreux changements de la ville et aussi, paradoxalement, combien tout était resté pareil. De nouveaux magasins et des anciens. De nouvelles personnes, et des anciennes…

Après une nuit sans sommeil, passée dans l'unique motel de la ville, sur Carolina Avenue, il s'était résolu à aller rendre visite à Maggie. En chemin, il s'était arrêté au café de Downtown Square, à quelques centaines de mètres de la prison. Une heure s'était écoulée et il en était à son troisième café crème, hésitant à affronter deux souvenirs de son passé : la sœur qu'il avait abandonnée, et la prison où il avait lui-même séjourné plus souvent qu'à son tour.

La clochette au-dessus de la porte retentissait sans discontinuer avec le départ et l'arrivée de clients. La plupart étaient pressés d'aller travailler et ne prêtaient attention qu'au couple qui prenait les commandes.

Laissant traîner ses oreilles, Sean avait appris qu'ils étaient mari et femme et s'appelaient Joe et Liz. Il ne les connaissait pas, mais il avait pu apercevoir quelques anciens visages qui lui étaient familiers sans qu'il puisse les identifier — des avocats, sans doute, ou des contrôleurs judiciaires, ou des travailleurs sociaux...

Jusqu'à présent, personne ne l'avait reconnu, mais il savait que sa chance ne durerait pas.

Liz était en train de lui resservir un café, quand la porte s'ouvrit de nouveau.

— Bonjour, Sophy, lança-t-elle, avant de s'adresser à lui. Vous voulez autre chose ?

— Non merci, répondit-il.

Et, sans la regarder, il ajouta du sucre et de la crème dans sa tasse.

— Je veux aller à l'école ! s'exclama une jeune voix maussade du côté de la porte.

— Je le sais. Tu l'as déjà dit. Mais tu n'as pas l'âge, répondit une femme, sans doute sa mère.

Elle semblait agacée, comme si la conversation durait depuis un moment.

— C'est pas juste ! Je suis pas un bébé, reprit l'enfant.

— Je n'ai jamais dit ça. Tu commenceras l'année prochaine.

— Je veux y aller cette année !

Sean n'avait jamais eu ce genre de conversation quand il était jeune. Pour commencer, sa mère les avait abandonnés quand il avait quatre ans, et ils avaient tous très vite compris qu'il ne faisait pas bon énerver leur père.

En outre, l'école n'avait jamais été une priorité chez les Holigan. Loin de là !

— A consommer sur place, ou à emporter ? demanda Liz.

Sean décela dans sa voix l'espoir que la cliente choisisse la seconde option, et il était dans le même cas. La voix suraiguë et les pleurnicheries de la fillette commençaient à le faire grincer des dents.

— A emporter, dit la dénommée Sophy.

Tournant la tête, il observa son dos. Elle portait une robe rouge, qui mettait en valeur l'étroitesse de sa taille, les fermes rondeurs de ses fesses et ses jambes splendides. Ses cheveux blonds étaient noués en une queue-de-cheval basse qui lui descendait jusqu'au milieu du dos, et elle portait des chaussures qui étaient un compromis entre élégance et confort.

De dos, sa silhouette était fantastique. L'endroit valait-il l'envers ?

A côté d'elle, également de dos, se trouvait la fillette à la voix aussi pénible que le crissement d'une craie sur un tableau noir. Un bermuda violet découvrait des petites jambes maigrichonnes. Son T-shirt était à rayures rose vif et rouge. Aux pieds, elle portait des claquettes jaunes, décorées d'un papillon couvert de paillettes bleu-vert.

Ça faisait beaucoup de couleurs pour cette heure matinale, jugea-t-il.

Ses cheveux étaient également noués en queue-de-cheval, mais celle-ci était relevée sur le sommet du crâne, et, contrairement à ceux de sa mère, ils étaient noirs.

Sophy et la fillette s'en allèrent.

Décidant qu'il était temps d'accomplir la mission qui l'avait conduit à Copper Lake, Sean termina son café, laissa un généreux pourboire, et se dirigea vers la porte.

En sortant, il eut la surprise de découvrir que Sophy s'était arrêtée à une des tables en terrasse et discutait avec une vieille dame. Pendant ce temps, la fillette s'éloignait subrepticement vers l'angle du bâtiment.

Sean accéléra le pas, tourna au coin de la rue, et attendit de voir apparaître la fillette. Cinq secondes plus tard, elle s'immobilisait devant lui, surprise de voir qu'elle n'était pas seule. Ses yeux se posèrent sur ses bottes de travail à bouts renforcés, sur son jean, sur son T-shirt noir, et finalement sur son visage.

Si ses joues non rasées et ses cheveux en bataille l'effrayèrent, elle ne le montra pas. De son côté, il resta sans voix en découvrant sa nièce.

— Qui tu es ? demanda-t-elle, en ayant le bons sens de murmurer pour ne pas attirer l'attention de Sophy.

— Celui qui va te ramener direct à ta mère adoptive si tu n'y retournes pas de toi-même.

L'air boudeur, la petite croisa les bras sur sa poitrine.

— C'est pas toi qui commandes !

— Tu crois ça ? dit-il, en adoptant un air sévère.

Elle soutint son regard quelques secondes, puis commença à reculer.

— Je t'aime pas ! lança-t-elle, avant de détaler.

Un instant après, il entendit Sophy l'appeler.

— Viens, Daisy. Il est temps d'aller travailler.

Appuyant une épaule contre le mur de briques chauffé par le soleil, Sean songea que passer toute la journée avec Daisy devait déjà être un travail en soi, surtout pour une jolie blonde qui n'avait pas été élevée à la mode Holigan.

Il regarda Daisy faire un bond de côté quand Sophy

essaya de lui prendre la main pour traverser la rue. Sophy remporta ce round. La fillette traîna les pieds, mais Sophy continua à avancer. Au feu, Daisy passa délibérément du mauvais côté du pylône pour obliger Sophy à lui lâcher la main. La jeune femme eut une fois encore le dessus, et Sean les regarda se diriger vers une vieille maison dont le bas était occupé par un magasin. Puis il regagna sa voiture.

Il avait vu la plus jeune de ses nièces. A présent, il était temps de rendre visite à sa sœur.

La prison du comté se trouvait juste derrière le commissariat de Copper Lake. Autrefois, les quelques cellules destinées aux gardes à vue ou au dégrisement se trouvaient à l'entresol, et les étroits vasistas doublés de barreaux qui les équipaient ne permettaient de voir que les pieds des passants.

Sean se gara, coupa le moteur, et observa le grand bâtiment neuf, en se disant qu'il donnerait tout pour être ailleurs.

Cela faisait bien cinq minutes qu'il hésitait, quand on frappa à sa vitre.

Sur ses gardes, il tourna la tête et découvrit un flic qui lui souriait d'un air réjoui. Jugeant sans doute qu'il ne réagissait pas assez vite, l'homme ouvrit sa portière.

— Ça alors, Sean !

Avant même qu'il ait eu le temps de réagir, il fut attiré dans une virile accolade.

— Ça fait au moins quinze ans, non ? dit l'homme, avant de lui donner une bourrade sur l'épaule qui lui fit perdre l'équilibre et l'envoya contre la voiture.

Le déclic se fit dans la tête de Sean.

Ty Gadney. Adulte, les cheveux coupés presque à ras, devenu policier comme il en rêvait depuis tout petit.

— Grand-père n'arrêtait pas de me répéter que tu reviendrais un jour, et tu es là. Bon sang, vieux, tu aurais pu garder le contact.

Le souvenir des nuits où il était resté dormir chez Ty et son grand-père submergea Sean. Dans la chambre faiblement éclairée, où le ventilateur fixé au plafond remuait l'air moite dans un bruit assourdissant, ils en avaient passé des heures à échafauder des projets, à rêver de ce que serait leur vie quand ils seraient grands.

Plus ému qu'il ne l'aurait pensé, Sean dut faire un effort pour que les mots passent la barrière qui obstruait sa gorge.

— Comment va M. Obadiah ?

Derrière Ty, une voix féminine s'éleva, teintée de cette langueur sensuelle propre aux femmes du Sud.

— Toujours bon pied, bon œil.

Elle apparut aux yeux de Sean, ravissante et féminine jusqu'à l'excès.

— Tu ne me présentes pas ?

Le sourire de Ty s'élargit tandis qu'il glissait un bras autour de sa taille.

— Mon vieux copain, Sean. Ma fiancée, Nev Wilson.

Il attendit qu'ils aient échangé une poignée de main, avant de reprendre :

— Je suppose que tu viens rendre visite à Maggie ?

— Si elle accepte de me voir.

— Je ne vois pas pourquoi elle refuserait. Attends un instant, je viens avec toi.

Ty prit la main de Nev et l'accompagna jusqu'à sa voiture, garée quelques places plus loin. Après avoir embrassé sa fiancée, et l'avoir regardée s'éloigner, il revint près de Sean, et lui tapa sur l'épaule.

— Alors, qu'est-ce que tu as fait pendant toutes ces années ?

— De la mécanique.

C'était un soulagement pour Sean de pouvoir donner une réponse respectable. Son travail était honnête, même si son patron ne l'était pas.

— Ça ne m'étonne pas. Tu as toujours aimé les voitures. Et où vis-tu ?

Sean franchit la porte vitrée que Ty lui tenait ouverte.

— A Norfolk. Dis-moi, est-ce que Maggie a vraiment de gros ennuis ?

Le visage de Ty s'assombrit.

— C'est la troisième fois qu'elle se fait prendre en train de fabriquer de la méth chez elle, en présence de ses enfants. Elle les aime à sa façon, mais elle est accro. Si elle ne se ressaisit pas, elle va finir par y rester.

L'estomac noué, Sean fixa le guichet d'accueil.

Tous les Holigan de sa génération avaient plus ou moins touché à la marijuana, mais aucun d'eux n'avait sombré dans des drogues plus dures. Comme leur père et leur grand-père, et tous les hommes avant eux, ils préféraient un bon whisky irlandais pour nourrir leur âme, égayer une soirée, ou faire taire la douleur.

— Tu es prêt ?

Bien qu'il ait envie de détaler comme un gamin effrayé, Sean hocha la tête et suivit Ty au guichet.

Dix minutes plus tard, il se trouvait dans un parloir rempli de tables rondes en fibre de verre blanche et de tabourets orange.

Ça lui rappelait un peu une garderie pour les enfants, si ce n'est que le mobilier était boulonné au sol afin de ne pas pouvoir être utilisé comme une arme, et que, partout sur les murs, des panonceaux rappelaient que tout contact physique était interdit.

Il se dégageait de l'ensemble une impression terriblement déprimante.

Sean se tenait devant l'une des fenêtres grillagées donnant sur une ruelle, quand la porte s'ouvrit pour laisser le passage à Maggie.

En la voyant, Sean eut un choc et, bien qu'il ne soit pas d'un naturel compatissant, il eut le cœur serré de la découvrir ainsi, toute tremblante et le regard vide.

Ses cheveux, qu'elle avait décolorés en blond platine à une époque, pendaient sur ses épaules, gras et emmêlés, avec des racines d'un noir bleuté. Elle avait quatorze ans de plus, elle avait un peu grandi, mais elle était terriblement émaciée, ne ressemblant en rien à la fille dont il se souvenait.

— Tiens, regardez qui est là, dit-elle, en prenant à partie le gardien qui l'accompagnait. Mon grand frère Sean.

— Salut, Maggie.

— Qu'est-ce qui te ramène par ici ?

— Toi.

— Tu as mis le temps. Ça fait trois semaines que je suis ici.

Elle se traîna jusqu'à la table la plus proche, et se laissa tomber sur le tabouret.

— Tu vas me sortir de ce trou à rats ?

— Je n'ai pas assez d'argent pour payer ta caution, dit Sean. Désolé, sœurette.

Le fin petit visage de Maggie se crispa de colère.

— Qu'est-ce que tu as fichu pendant toutes ces années ? demanda-t-elle.

— J'ai réparé des voitures.

— Evidemment ! Tu n'en as toujours eu que pour tes stupides bagnoles. Et qu'est-ce que tu viens faire ici, si ce n'est pas pour payer ma caution ?

— Je veux t'aider.

— Pas la peine ! Je me débrouille très bien toute seule, mon petit Johnny.

Johnny. Elle avait toujours été la seule à l'appeler par la version américaine de son prénom irlandais. L'entendre fit mal à Sean.

Tandis qu'elle se levait, remontant le bas de son pantalon trop grand pour elle, il lança :

— J'ai vu Daisy, ce matin.

Maggie lui lança un regard amorphe.

— Ah ouais ? Elle a cinq ans. Si tu ne t'étais pas enfui comme un lâche, tu aurais pu la voir souvent.

L'ignorant, elle s'adressa au gardien.

— Ramenez-moi. Je n'ai plus rien à faire ici.

3

La boutique de Sophy ouvrait à 10 heures, six jours par semaine. Les affaires marchaient suffisamment bien pour qu'elle ait pu engager, le samedi, une jeune étudiante prénommée Rachel, mais dans la semaine elle était seule.

Avec Daisy.

Elle retourna le panonceau indiquant que c'était ouvert, alluma toutes les lampes de la boutique, rangea son sac dans la réserve, et alluma l'ordinateur, avant de s'occuper de la fillette.

— Qu'est-ce que tu veux faire, aujourd'hui ?

— Aller à l'école.

— Et sinon ?

Daisy lui lança un regard buté.

— Rien d'autre.

Décidant de l'ignorer, Sophy se dirigea vers le coin atelier. En plus de vendre des tissus et des fournitures pour le patchwork, elle proposait ses propres créations et donnait des cours. Elle avait toujours une dizaine d'ouvrages en route et, tandis que Daisy tournait en rond dans la boutique, en raclant bruyamment les semelles de ses claquettes sur le plancher, elle prit sur une étagère une caisse en plastique qui contenait l'un d'eux. Il s'agissait d'un couvre-lit dans les tons crème, composé de tissus unis ou décorés de motifs ton sur ton, si subtils qu'il fallait y regarder de plus près pour les voir. L'assemblage des pièces était simple, toute la beauté de l'ouvrage reposant dans son matelassage qui représentait un labyrinthe menant à un cœur.

Il était destiné à Dahlia, et elle espérait que la fillette, contrairement à sa mère, parviendrait plus tard à trouver le chemin du bonheur.

Daisy continuait à virevolter à travers la boutique, mais il n'y avait pas de danger à la laisser faire. Avant même qu'ils ne touchent la porte, un détecteur de présence signalait l'arrivée des clients dès qu'ils posaient les pieds sur le paillasson. La porte arrière était fermée à clé. L'accès au deuxième étage avait été muré et l'escalier qui y menait autrefois servait à entreposer des fournitures.

Tandis que Sophy se mettait à l'ouvrage, un sentiment de paix l'envahit. Tout lui plaisait dans la fabrication d'un patchwork : le choix du modèle, la découpe et l'assemblage des pièces, le matelassage… Pour faire plaisir à ses parents, elle avait essayé de faire des études de commerce et s'était inscrite à Clemson. Son peu de temps libre était consacré au patchwork et, quand une de ses créations lui avait fait remporter un concours national, elle avait décidé de se lancer. Les premières années avaient été difficiles, mais elle n'avait jamais regretté d'avoir ouvert sa boutique.

Lorsque la sonnette retentit, elle planta l'aiguille dans le tissu, et déposa son ouvrage sur la table. De là où elle se trouvait, elle ne pouvait voir ni la personne qui venait d'entrer, ni Daisy, mais elle entendit la fillette l'accueillir. A la façon Holigan.

— Qu'est-ce que tu fais ici ?

Repoussant sa chaise, Sophy s'empressa de gagner l'avant de la boutique.

— Je viens peut-être apprendre à faire du patchwork.

Sophy cilla. La voix était basse, rauque, indéniablement masculine. C'était le genre de voix qui passait à la radio la nuit, tandis que la lune dessinait des rayons d'argent sur le sol de la chambre, et qu'une brise fraîche soulevait les voilages des fenêtres entrouvertes.

En tout cas, elle ne l'avait jamais entendue. Elle s'en serait souvenue si ça avait été le cas.

Elle vit d'abord Daisy, la tête rejetée en arrière, les mains sur les hanches. Puis elle avança de quelques pas, et l'homme lui apparut. Elle stoppa net.

Elle se trompait. Elle avait déjà entendu cette voix. Elle appartenait à un des ex-petits amis de Reba. Sa sœur adoptive était sortie avec lui pendant ce qu'elle appelait sa période rebelle, dans le seul but d'agacer ses parents, comme elle l'avait reconnu plus tard.

— Les hommes font pas de patchwork, déclara Daisy d'un ton sentencieux.

Sean Holigun.

Mises bout à bout, Sophy avait dû passer un total de vingt minutes en sa présence durant les quelques semaines où il était sorti avec Reba. Elle passait le plus clair de son temps sur la balançoire de la terrasse, le nez plongé dans un livre, et il n'était jamais invité à entrer quand il venait chercher Reba. Nonchalamment appuyé contre la rambarde, auréolé de sa réputation de *bad boy,* il fumait en l'ignorant totalement.

Naïve et à peine âgée de quatorze ans, Sophy faisait mine de l'ignorer, elle aussi, mais il l'intriguait énormément. Elle avait été triste quand Reba avait rompu au bout d'un mois à peine. Peu après, il avait quitté Copper Lake et plus personne n'avait entendu parler de lui.

Aujourd'hui, il était de retour. Et l'adolescent d'autrefois plutôt mignon s'était mué en un homme dangereusement séduisant.

Il ne l'avait pas encore aperçue et fixait Daisy. La ressemblance était si grande que n'importe qui aurait remarqué qu'ils étaient de la même famille.

— Les hommes peuvent très bien faire du patchwork s'ils en ont envie.

— Non et non ! protesta Daisy. Je suis ici depuis très longtemps, et j'ai jamais vu un homme dans la boutique.

Tournant soudain la tête, il prit conscience de la présence de Sophy, et la détailla de la tête aux pieds, lui faisant regretter de ne pas avoir choisi de plus jolies chaussures. Heureusement, sa robe mettait en valeur ses courbes et dévoilait ce qu'il fallait de ses jambes.

— Mais on dirait la petite Sophie Marchand, dit-il, avec un sourire narquois, qui ne le rendait que plus sexy.

Sophy sentit ses joues s'empourprer, tandis que son pouls s'accélérait brutalement. L'adolescente de quatorze ans qui vivait toujours en elle se mit à sautiller de joie. *Il m'a remarquée ! Il se souvient de moi ! Il connaît mon nom !*

Heureusement, la femme adulte reprit le dessus. Elle ne tenait pas à se ridiculiser.

— Sean Holigan ! Je ne savais pas que tu étais revenu en ville.

— Hé, c'est mon nom et celui de Dahlia, s'exclama Daisy. Est-ce que tu es de notre famille ?

— Tu connais les frères de ta maman ? demanda-t-il.

— Oui.

La fillette leva la main pour les compter.

— Il y a Declan, et Ian, et Sean. Ils sont tous en voyage. Baissant la voix, elle ajouta sur le ton de la confidence :

— Ça veut dire qu'ils sont en prison. Ma maman aussi est en prison. Mais, dis donc, elle a un frère qui s'appelle Sean, et tu t'appelles Sean. C'est bizarre, non ?

— Pas tant que ça.

Sean prit une profonde inspiration.

— Je suis le frère de ta maman. Je suis ton oncle, Daisy.

Sean n'avait jamais imaginé prononcer un jour ces mots. Il avait prévu de ne plus avoir de contact avec sa famille. D'ailleurs, il ne voulait pas de famille du tout. Faire entrer dans sa vie une femme, ses proches, peut-être des enfants qu'elle aurait eus lors d'une précédente union... c'était trop de responsabilités.

Quant à avoir des enfants à lui, pas question de perpétuer les gènes Holigan.

— Maman dit qu'elle a pas besoin de ses bons à rien de frères, alors nous non plus, déclara Daisy, avant de tourner les talons et de disparaître dans l'atelier.

— Désolée, dit Sophy. Elle a beaucoup de personnalité. Elles en ont toutes les deux, d'ailleurs.

— Je ne m'attendais pas à des retrouvailles enflammées, reconnut Sean.

D'ailleurs, il n'aurait pas dû rencontrer les enfants. Ce n'était pas utile. Il était là pour négocier avec Maggie. Mais, en sortant de la prison, il était repassé devant la boutique et, sans trop savoir pourquoi, il avait eu envie d'y entrer.

— Et alors, demanda Sophy, pourquoi es-tu revenu ?

— J'ai entendu parler des ennuis de Maggie.

L'expression de Sophy s'assombrit.

— Tu es venu pour les filles ?

— Tu veux dire, pour les prendre ?

Il secoua la tête.

— Qu'est-ce que j'en ferais ?

— Je ne sais pas, tu pourrais répondre à leurs questions, faire preuve d'autorité, et surtout leur courir après.

— Elles sont fugueuses ?

— Et comment ! La seule raison pour laquelle elles ne se sont pas enfuies d'ici, c'est que la boutique et mon appartement sont très sécurisés. Mais elles essaient à chaque fois que nous sommes dehors. Heureusement, je suis rapide, et je connais mieux les environs qu'elles.

— C'est de famille. Avec mes frères, nous passions notre temps à nous enfuir de l'école.

Laissant passer un silence, Sean ajouta :

— Bon, eh bien je crois que je vais y aller.

Sophy l'accompagna à la porte.

— Tu as déjà rencontré Maggie ? demanda-t-elle à voix basse.

— Quelques minutes. Elle n'était pas ravie de me voir, et la conversation ne s'est pas éternisée.

— Elle a demandé des nouvelles des filles ?

Jusqu'à présent, Sean ne s'était pas rendu compte que Maggie ne l'avait pas fait. Même quand il avait dit qu'il avait vu Daisy dans la matinée, elle n'avait pas voulu savoir si tout allait bien, si sa maman lui manquait. Tout ce qu'elle avait fait, c'était s'en servir comme prétexte pour le critiquer.

Il secoua la tête, partagé entre l'agacement contre sa sœur et la tristesse.

L'expression résignée de Sophy lui apprit que ce n'était pas la première fois qu'elle posait la question et obtenait la même réponse.

Ils étaient à quelques pas de la porte lorsqu'elle s'ouvrit. Deux femmes aux cheveux blancs commencèrent à entrer, avant de s'immobiliser, surprises. L'une lui était inconnue, mais l'autre était la reine de la médisance quatorze ans plus tôt, et elle l'était probablement toujours.

Louise Wetherby n'aimait pas grand monde, et surtout pas les gens qu'elle considérait comme lui étant inférieurs.

Les Holigan n'étaient pas assez riches pour fréquenter son luxueux restaurant, et n'avaient pas le droit, à ses yeux, de vivre dans sa ville et de respirer son air. Même aujourd'hui, elle plissait le nez comme si elle avait senti une odeur indésirable.

Son regard de glace se posa sur lui, comme si elle craignait qu'il lui dérobe son sac et s'enfuie, pourtant elle ne s'adressa pas à lui.

— Qu'est-ce que cet homme fait ici, Sophy ?

— La même chose que vous, madame Wetherby. Il est venu se renseigner sur les cours de patchwork.

Sean se décrispa un peu.

La reine des médisantes ricana d'un air hautain, tandis que sa suivante paraissait gênée.

— Ne soyez pas ridicule ! Nous pensions nous en être débarrassés quand nous l'avons jeté hors de la ville, il y a quelques années.

— Vous devez confondre avec quelqu'un d'autre, dit Sophy, avec une politesse exagérée. D'après mes souvenirs, il est parti à moto le lendemain de la remise des diplômes, sans prévenir personne. Et maintenant, je vous propose de vous diriger vers l'atelier. Daisy vous aidera à installer les fournitures.

— Une gamine de cinq ans n'a pas sa place dans un cours de patchwork, protesta Mme Wetherby.

— Enfin, Louise, protesta l'autre femme, il n'est jamais trop tôt pour débuter. Ma grand-mère a commencé à m'apprendre quand j'avais six ans…

Tandis que les deux vieilles dames se dirigeaient vers le fond de la boutique, Sophy ouvrit la porte et sortit sur le perron avec Sean.

Du haut des marches, il distingua sur sa droite une charmante maisonnette devant laquelle était fixé un panneau signalant des chambres d'hôtes.

Ça semblait beaucoup plus confortable que le motel.

Et c'était mieux situé pour garder un œil sur Daisy et Dalhia.

Ainsi que sur leur mère d'accueil...

Il se demanda ce qui lui arrivait. Les fillettes ne voulaient pas de lui, et il valait mieux qu'il garde ses distances avec Sophy. En outre, depuis quand un Holigan se souciait-il de confort ?

— Ça te dirait de venir dîner ce soir, pour faire connaissance avec Dahlia ?

Il lança un regard surpris à Sophy. Non seulement une Marchand l'invitait à rentrer dans sa maison, mais elle lui proposait de dîner avec elle.

Avait-elle perdu la tête ? Ses parents seraient furieux. Et ça lui vaudrait peut-être même des ennuis avec l'assistante sociale. Il était peu probable que traîner avec un oncle à la mauvaise réputation soit sur la liste des activités recommandées pour les filles.

— Tu ne peux pas en rencontrer une et pas l'autre, insista-t-elle. Daisy va s'en vanter auprès de Dahlia, pour compenser le fait qu'elle n'a pas pu aller à l'école, et ça risque de dégénérer en bagarre. 18 heures, ça te va ? Nous dînons tôt pour qu'elles puissent jouer un peu avant d'aller se coucher.

Sean ne voyait pas comment il pourrait refuser. Il savait reconnaître une bataille perdue d'avance.

— D'accord, dit-il. A ce soir.

4

Sophy et Daisy attendaient sur la terrasse quand le bus scolaire s'arrêta devant la maison pour déposer Dahlia. Sautant d'excitation, Daisy attendit que sa sœur ait poussé le portail et courut vers elle.

— Devine qui j'ai vu ? Le frère de maman, Sean.

Dahlia fit passer son cartable sur l'autre épaule avec une mimique renfrognée.

— C'est pas vrai !

— Si, c'est vrai. Je l'ai vu chez Cuppa Joe, et puis il est venu ici.

Appuyée contre l'un des piliers soutenant l'avancée du toit, Sophy se demanda comment elle avait pu manquer Sean au café ce matin.

Peut-être parce qu'elle était assaillie par les jérémiades d'une gamine de cinq ans en pleine crise ?

— Non, c'est pas vrai, dit Dahlia d'un ton boudeur. Tu inventes. Il est en prison, comme Declan et Ian.

— T'as qu'à lui demander, répliqua Daisy. Elle te le dira.

Dahlia jeta un bref regard à Sophy, puis elle monta les marches, tête baissée, et disparut dans la boutique.

— Comment c'était à l'école ? demanda Sophy, en lui emboîtant le pas.

Dahlia haussa ses épaules maigrichonnes et se dirigea vers la réserve. Sophy y avait installé un petit réfrigérateur, une bouilloire et une machine à café, afin de pouvoir offrir une collation à ses élèves du cours de patchwork. Depuis l'arrivée des filles, elle y déposait aussi leur goûter.

Contre toute attente, le short kaki et le polo bleu qui constituaient l'uniforme de l'école étaient propres et sans plis — alors que les vêtements de Daisy portaient des traces de poussière, de lait, de jus de fruits et de sauce tomate — et la queue-de-cheval de Dahlia était parfaitement lissée et en place.

Fallait-il en déduire qu'elle n'avait trouvé personne avec qui jouer ?

— Moi aussi, je voulais aller à l'école, dit Daisy, en sautillant autour de sa sœur comme un jeune chiot débordant d'enthousiasme. Mais je suis contente d'être restée. Sinon, je n'aurais pas rencontré Sean. Le frère de maman. Notre oncle.

Après avoir sorti une bouteille de lait du réfrigérateur, Dahlia déposa son cartable sur la table et se tourna vers Sophy.

— C'est vrai ?

— Oui, c'est vrai. Et il vient dîner ce soir pour faire ta connaissance.

Daisy resta pensive quelques instants, et haussa de nouveau les épaules.

— Je m'en fiche. Maman dit qu'il est nul et qu'on n'a pas besoin de lui.

— C'est ce que j'ai dit, déclara Daisy d'un ton triomphal.

Maman dit. Sophy aurait aimé que Maggie garde certaines de ses pensées pour elle.

Et qui était-elle, après tout, pour juger qui que ce soit ? Etant donné la vie qu'elle avait choisie, il y avait de grandes chances pour que ses filles soient un jour confiées à un de leurs oncles.

Mais cette mère « parfaite » qu'était Maggie avait essayé de monter les petites contre eux.

— Il n'est pas nul, Dahlia. Et il n'a pas d'ennuis avec la justice.

A posteriori, Sophy se prit à espérer que c'était vrai.

— Il vit en Virginie. Il vient de découvrir que votre mère avait des ennuis, et il est venu tout de suite.

— Il va la faire sortir de prison ?

— Je ne sais pas.

Ty Gadney avait dit à Sophy que Maggie ne pouvait pas payer sa caution. Si son petit ami possédait cette somme, il ne la dépenserait pas pour elle. Et sa seule famille dans la région — deux ex-belles-sœurs et des neveux adolescents — ne pouvait pas se le permettre non plus.

Sean le pouvait-il ? Le ferait-il si c'était le cas ?

Sophy savait qu'elle ne s'y risquerait pas si ses sœurs et son frère étaient concernés. Elle les adorait, mais elle n'engagerait pas dix mille dollars pour les sortir de prison, surtout s'ils avaient un casier judiciaire comme celui de Maggie.

Mais il est vrai qu'ils ne risquaient pas de se retrouver en prison. Seule Miri avait eu des ennuis avec la justice, mais ça n'avait rien à voir avec la drogue. Elle avait retrouvé leur père biologique, s'était fait embaucher dans son entreprise, et l'avait… disons, soulagé de la pension alimentaire qu'il avait oublié de payer pendant toutes ces années. Elle n'avait pas cherché ensuite à échapper à son sort. Elle avait plaidé coupable, tout en refusant de dire ce qu'elle avait fait de l'argent, passé quelques mois derrière les barreaux… et partagé le magot avec Sophy, Chloe et Oliver. Après tout, ce n'était pas du vol. Cet argent, leur père le leur devait.

— S'il ne fait pas sortir maman de prison, je ne veux pas le rencontrer, déclara Dahlia.

Puis elle prit la caisse en plastique contenant son ouvrage. Elle avait un œil très sûr pour assembler les couleurs et les formes, ce qui n'était pas courant chez une enfant de six ans.

— Tu as une âme d'artiste, dit Sophy.

Même si elle fit semblant de ne pas entendre, Dahlia rougit.

Sophy occupa le reste du temps à travailler sur une couverture de bébé, qu'elle devait rendre la semaine suivante. Elle avait déjà terminé le reste de la commande : des oreillers, des rideaux, du linge de toilette. Pour plus tard, les parents du futur bébé lui avaient demandé un petit coussin réservé au passage de la petite souris, avec une poche à l'arrière pour glisser la dent tombée et la pièce distribuée par la petite souris. Le tout était dans des tons bleu pâle et beige, avec un amusant motif d'éléphant bedonnant et souriant.

Sophy avait l'intention de faire quelque chose dans le même style pour ses propres enfants. Elle n'avait pas encore imaginé comment se déroulerait son mariage, ou la robe qu'elle porterait, mais cela faisait un petit moment qu'elle rêvait d'une nurserie de conte de fées.

La conversation des fillettes se poursuivait derrière elle. « Tu as appris à lire ? Tu sais dire l'heure, maintenant ? Est-ce qu'il y avait un hamster, ou un poisson rouge ? Tu t'es fait des amies ? »

— Il y a une fille qui s'appelle Baylee, et une autre Kayleigh. Et aussi une qui s'appelle Railey.

Daisy ricana.

— C'est des noms stupides.

Sophy n'était pas certaine qu'on était en droit de se

moquer du prénom des autres quand on portait celui d'une fleur, ou d'un personnage de dessin animé.

— Elles étaient gentilles ? demanda-t-elle.

Sophy interrompit son travail d'assemblage en attendant la réponse de Dahlia, qui fut longue à venir.

— Mouais, ça allait. On a déjeuné ensemble et joué pendant la récréation.

Sophy se sentit soulagée et adressa un remerciement muet aux filles dont les prénoms rimaient.

Ne saisissant pas l'importance de la réponse de Dahlia, Daisy demanda avec curiosité :

— Tu as appris à écrire ? Tu pourrais écrire une lettre à maman ?

Retenant un soupir, Sophy ajouta la rédaction d'une lettre à sa liste des choses à faire. Même si elle ne pensait pas grand bien de Maggie, les fillettes l'adoraient, ce qui était bien normal après tout puisqu'elle était leur mère et qu'elles n'avaient jamais connu d'autre mode de vie.

Lorsque arrivèrent 17 heures, Sophy laissa à Dahlia le soin de tout ranger, et à Daisy celui de passer la serpillère, tandis qu'elle comptait sa caisse.

Elle était sur le point d'éteindre les lumières quand un client tardif se présenta. Ce n'était autre que Zeke, le charmant propriétaire de Bitsy, le chien-saucisse.

Daisy posa les mains sur ses hanches.

— Tu n'es pas venu faire un patchwork, toi aussi ?

Sophy secoua la tête d'un air réprobateur.

— Daisy, ce n'est pas comme ça qu'on accueille les clients, je te l'ai déjà dit.

Après un temps de réflexion, Daisy lança :

— Bonjour, puis-je vous aider ?

Puis elle ajouta à toute vitesse, presque en bafouillant :

— Tu n'es pas venu faire un patchwork, hein ?

Zeke s'accroupit à sa hauteur et sourit.

— Je n'y avais jamais pensé. Tu crois que je pourrais ?

— Je sais pas. Moi, j'en ai jamais fait non plus. Où est Bitsy ?

— A la maison.

Zeke se redressa et se tourna vers Sophy.

— Je me demandais si je pouvais vous inviter à dîner toutes les trois.

— On peut pas ! s'exclama Daisy. On dîne avec notre oncle Sean.

S'obligeant à sourire, Sophy posa la main sur la bouche de Daisy.

— Merci pour votre invitation, mais nous avons d'autres projets.

Dahlia, qui se tenait hors de portée de Sophy, avait plaqué son cartable contre sa poitrine.

— Avec notre oncle, répéta-t-elle. Il va bientôt arriver.

Zeke afficha une mine désappointée, avant de sourire de nouveau.

— C'est l'histoire de ma vie : toujours une journée de retard et un dollar qui manque pour faire le compte. Eh bien, je ne vais pas vous retenir. Vous avez sûrement des choses à préparer pour que tout soit parfait pour l'oncle Sean.

Daisy hocha frénétiquement la tête, délogeant la main de Sophy.

— Oui, parce que c'est le frère de notre maman, et qu'il rencontre Dahlia pour la première fois.

— Pour la première fois ? dit Zeke, en ayant l'air impressionné. C'est important, alors, n'est-ce pas ?

Cherchant le regard de Sophy, il ajouta :

— Je retenterai ma chance une prochaine fois.

Sophy le regarda partir avec une pointe de regret.

Il était séduisant et, s'il était capable d'aimer le chien terriblement laid de sa fille, c'est que c'était un brave type. Elle connaissait une demi-douzaine de femmes qui auraient envie de le connaître en se fondant sur ces seuls critères.

Mais elle ne pouvait pas se plaindre puisqu'elle allait dîner avec le *bad boy* le plus torride de la ville.

Avait-elle de la chance, ou courait-elle au désastre ?

Une odeur de côtes de porc marinées à la sauce barbecue accueillit Sophy et les filles quand elles entrèrent dans l'appartement. Elle avait profité de sa pause-déjeuner pour commencer la cuisson de la viande à feu très doux et préparer le reste : une salade composée, des petits pois, et du maïs auquel elle ajouterait à la dernière minute de la crème fraîche.

Elle progressait encore à tâtons pour ce qui était des goûts des fillettes, mais il y aurait bien quelque chose dans le menu qui leur conviendrait, ne seraient-ce que les tomates ou la salade.

Elle envoya Daisy et Dahlia se changer, puis gagna sa chambre pour faire de même. La pièce se trouvait en façade, avec vue sur la rue. Dans la journée, il y avait un peu de circulation, mais la nuit c'était très calme, et elle avait de toute façon le sommeil lourd.

Elle se mit en sous-vêtements et se posta devant sa penderie.

Elle aurait voulu croire que ce n'était pas la vanité qui la faisait hésiter autant, mais il était inutile de le nier : elle avait envie d'être jolie pour Sean. Et pourtant, elle savait qu'il n'y avait que dans les romans sentimentaux qu'elle adorait lire que les bad boys changeaient pour faire plaisir à la gentille fille comme il faut.

Finalement, son choix se porta sur une tenue banale — short, chemisier sans manches et sandales —, qu'elle aurait pu porter n'importe quel soir. Puis elle se rendit au salon, les clés de l'appartement cliquetant les unes contre les autres dans sa poche.

En tournant à l'angle du couloir, elle vit Dahlia à la porte d'entrée, qui essayait d'ouvrir la serrure avec un trombone, tandis que Daisy fouillait dans son sac.

— C'est ça que tu cherches ?

Elle agita les clés, les remit dans sa poche et contourna l'îlot central de la cuisine.

— On pensait avoir entendu frapper, prétendit Dahlia d'un ton boudeur.

— Eh bien, la prochaine fois que ça se produira, venez me chercher, d'accord ? Je ne veux pas que vous ouvriez la porte toutes seules aux visiteurs.

— Si ça se trouve, il viendra pas, dit Dahlia en escaladant le tabouret, qu'elle se mit aussitôt à faire pivoter.

Daisy se hissa sur le tabouret voisin et imita sa sœur tandis que Sophy glissait dans le four un pain précuit acheté chez Ellie's Deli.

Elle avait envie d'affirmer qu'il viendrait, mais en réalité elle n'en savait rien. Les filles avaient grandi dans une famille où tout le monde décevait tout le monde, et elle ignorait si Sean était ou non différent des autres.

Il y eut soudain des bruits de pas dans la cage d'escalier, suivis d'un coup frappé à la porte, et les fillettes se regardèrent en écarquillant les yeux.

Bien que ce ne soit pas réellement nécessaire — les papillons qui tournoyaient dans son ventre étaient là pour lui en apporter la confirmation —, Sophy écarta un coin du rideau qui masquait la partie vitrée de la porte, aperçut Sean et ouvrit.

Lui aussi s'était changé. Il portait un jean moins délavé

mais tout aussi ajusté que le précédent, et un T-shirt gris clair qui moulait avantageusement son torse. Il s'était rasé, ce qui lui donnait l'air un peu moins rebelle et dangereux, mais il restait toujours aussi séduisant.

Et lui aussi approuvait sa tenue, si elle analysait correctement le demi-sourire qui retroussait le coin de ses lèvres. Son regard était comme une caresse brûlante cheminant le long de ses bras, de ses jambes, avant d'envelopper tout son corps, jusqu'à ses cheveux qui cascadaient librement sur ses épaules.

Eh bien, songea-t-elle, plus troublée qu'elle ne l'aurait voulu, tandis qu'au fond de sa tête résonnait la mise en garde de sa mère : attention, danger !

— Entre, dit-elle.

Dès qu'il eut fait quelques pas dans le couloir, elle verrouilla la porte et remit les clés dans la poche de son short.

— Tu m'enfermes ? s'étonna-t-il.

— C'est à cause des filles. Figure-toi qu'elles cherchaient les clés dans mon sac pendant que j'étais en train de me changer.

— Et tu dors avec aussi ?

— On n'est jamais trop prudent.

Elle le précéda dans la cuisine.

— Dahlia, voici le frère aîné de ta maman, Sean.

Balançant les jambes du haut de son tabouret, la fillette étudia son oncle d'un air suspicieux et peu amène, qui n'était pas sans rappeler celui de Louise Wetherby.

— Tu vas faire sortir maman de prison ? demanda-t-elle.

Sean secoua la tête.

— Alors, pourquoi tu es là ?

— Il y a d'autres façons d'aider.

La fillette leva les yeux au ciel et fit pivoter son tabouret de façon à lui tourner le dos. Après quelques secondes d'hésitation, Daisy l'imita.

— Mauvaise réponse, je suppose, murmura Sean à Sophy.

— J'ai appris que parfois il n'y avait pas de bonnes réponses, répliqua-t-elle.

Vérifiant la cuisson des légumes et du pain, elle annonça :

— Les filles, vous avez quinze minutes avant que le repas ne soit prêt. Vous pouvez regarder la télévision si vous voulez, mais ne mettez pas le son trop fort, et ne vous disputez pas.

Les deux sœurs passèrent devant Sean en l'ignorant, et filèrent vers la partie salon du séjour.

— De mon temps, dit-il, en prenant place sur le tabouret que Daisy avait libéré, quand on était condamné, on accomplissait sa peine sans pleurnicher. Personne ne payait notre caution, et on ne s'y attendait pas, de toute façon.

— Maggie est peut-être un peu… égocentrique, dit Sophy.

Sean regarda vers les filles, leurs deux têtes brunes identiques, et si semblables à celle de leur mère, penchées l'une vers l'autre tandis qu'elles chuchotaient entre elles.

— Maggie a toujours été une enfant gâtée, dit-il. C'était la seule fille de la famille et, comme notre mère s'est enfuie de la maison avant qu'elle ne sache marcher, elle a bénéficié d'un traitement de faveur.

— Je me suis toujours demandé pourquoi votre mère était partie.

— Tout simplement parce que la vie avec Patrick Holigan et ses quatre rejetons était infernale.

— Mais vous étiez ses enfants. Je suppose qu'elle vous a voulus.

— Il n'y a que Maggie et moi qui sommes ses enfants. Ian et Declan ont des mères différentes, qui ont également pris la fuite. C'est monnaie courante chez les femmes qui épousent des Holigan.

— Dans ma famille, c'était mon père, dit Sophy.

Elle sortit un plat de service d'un placard et, tout en y déposant les côtes de porc et leur sauce, surprit le regard interloqué de Sean.

— J'ai été adoptée, expliqua-t-elle. Mon père biologique a pensé que ce serait un frein à sa carrière quand la schizophrénie de ma mère est devenue incontrôlable, et il nous a abandonnés. Ma sœur aînée, Miri, s'est occupée de nous et de ma mère aussi longtemps qu'elle l'a pu, mais les services sociaux s'en sont mêlés. Ma mère a été déchue de ses droits parentaux, la fratrie a été séparée, et j'ai atterri ici.

Sean l'enveloppa d'un regard de sympathie qui lui fit chaud au cœur.

— C'est pour ça que tu étais la seule tête blonde parmi toutes ces têtes brunes, commenta-t-il, pensif.

La minuterie du four sonna, et elle se tourna pour sortir le pain, qu'elle déposa dans un panier doublé d'une toile de lin, avant de le tendre à bout de bras.

— Est-ce que ça ne sent pas extraordinairement bon ?

Sean se pencha, posa les mains sur les siennes pour attirer le panier à lui, et les papillons reprirent leur folle sarabande dans l'estomac de Sophy.

Soudain, elle eut l'eau à la bouche, et ce n'était pas à cause du pain frais. La réponse à la question qu'elle s'était posée un peu plus tôt lui apparut très clairement.

Elle avait de la chance. Et elle courait incontestablement au désastre.

*
* *

Il y avait eu un manque cruel de repas faits maison dans la vie de Sean. Chez les Holigan, on se nourrissait de céréales, de soupes en boîte et de sandwichs. Devenu adulte, il s'était encore facilité la vie avec la restauration rapide, et la cuisine de son appartement de Norfolk ne servait pour ainsi dire jamais.

S'il n'y prenait garde, il pourrait s'habituer à dîner en famille, dans une ambiance chaleureuse...

Enfin, pas si chaleureuse que ça. Daisy et Dahlia continuaient à lui faire la tête et il ne lui avait pas fallu très longtemps pour se rendre compte qu'elles n'étaient pas non plus très gentilles avec Sophy.

Force était de constater que ses nièces étaient des petits monstres, ce qui était loin d'être une surprise pour lui.

Après avoir chipoté dans leur assiette, elles furent finalement autorisées à quitter la table, et à retourner devant la télévision jusqu'à l'heure du bain.

Daisy repoussa sa chaise suffisamment fort pour heurter la table.

— Est-ce que tu as une télé ? demanda-t-elle à Sean.

— Oui.

Un écran plat beaucoup trop grand pour son salon, avec un *sound system* dont les vibrations pouvaient faire tomber les voisins du rez-de-chaussée hors de leur lit.

— Nous, geignit-elle, on peut regarder la télé qu'une heure par jour. C'est vraiment pas sympa.

Etant donné la façon dont elles se comportaient, Sean estimait que les filles auraient déjà pu se considérer comme chanceuses de regarder la publicité pendant trois minutes.

— C'est le règlement de la maison, dit-il d'un ton laconique.

— Qu'est-ce que ça veut dire ? demanda Dahlia.

— Toutes les maisons ont leur règlement, avec des

choses qu'on a le droit de faire, et d'autres choses qui sont interdites. Vous suivez le règlement, ou vous allez vivre ailleurs.

— C'est pas juste !

— Je peux aussi éteindre la télévision tout de suite, si vous continuez à vous plaindre, rétorqua Sophy, en les toisant sévèrement.

Avec un soupir, les deux fillettes s'en allèrent vers le canapé en traînant les pieds.

— Pas plus de quinze minutes, leur rappela Sophy.

Sean les surveilla du coin de l'œil jusqu'à ce qu'elles se soient installées, puis reporta son attention sur son hôtesse.

— Je ne savais pas que tu avais un penchant masochiste, dit-il. Comment se fait-il que tu ne sois pas mariée, avec deux ou trois charmantes têtes blondes à toi ? Qu'est-ce qui t'a incitée à essayer de transformer la progéniture de Maggie en un semblant d'enfant humain ?

— J'ai moi-même été placée en famille d'accueil avant d'être adoptée. Je connais l'importance du système, et le manque de volontaires, donc...

Sophy eut un petit haussement d'épaules faussement désinvolte.

— Je voulais rendre la pareille, aider des enfants effrayés à se sortir de situations difficiles.

— C'est ta première erreur. Les Holigan n'ont jamais peur, affirma Sean.

Mais il mentait. Il était terrifié à l'idée de ce qui pourrait arriver à Maggie et aux enfants si sa sœur parlait.

— Et leur « situation difficile », c'est tout simplement notre vie normale, continua-t-il.

— Mais ça ne devrait pas. Elles méritent une meilleure vie que leur mère. Peut-être apprendront-elles ici quelque chose qui les aidera plus tard à prendre une décision cruciale.

La nature contre la culture…

Les attitudes et les croyances transmises à un enfant par sa famille biologique pouvaient-elles être contrebalancées par un environnement aimant ? Même si Daisy et Dahlia étaient jeunes, elles étaient déjà fortement marquées par ce qu'elles avaient appris avec Maggie.

— Tu n'as pas répondu à mon autre question, dit Sean, désireux de changer de sujet.

Sophy laissa passer un long silence avant de répondre.

— Le mariage et les enfants, tu veux dire ? Ça fait partie de mes projets. Mais, avant ça, je dois consolider mon entreprise.

— Les affaires ont l'air de marcher.

— Tu sais, il n'y a pas tant d'hommes célibataires que ça en ville, et je crois que je suis déjà sortie avec la plupart d'entre eux.

— Et il n'y en avait pas un seul qui aurait fait un mari convenable ?

— Oh ! mais ils étaient tous parfaits… pour quelqu'un d'autre. AJ a épousé Masiela. Tommy est devenu le mari d'Ellie. Joe celui de Liz. Robbie celui d'Anamaria. Pete celui de Libby. Et Ty s'est marié avec Nev.

Elle eut une petite moue désabusée, et lui retourna la question.

— Et toi ? Pourquoi n'es-tu pas marié ?

Il haussa les épaules.

— Tout le monde n'a pas envie de se marier.

Elle eut un sourire entendu.

— Tu veux garder ta liberté.

— Je veux surtout éviter d'avoir des responsabilités.

— Si c'est vraiment le cas, que fais-tu ici ? Dès que tu as entendu parler de l'arrestation de Maggie, tu as pris des jours de congé et tu es venu directement. Tu as voulu rencontrer tes nièces…

Il ne pouvait pas lui dire qu'il ne serait jamais venu si sa sœur et ses nièces n'avaient pas été en danger.

Des gloussements provenant du salon lui fournirent une diversion bienvenue.

— Ça fait vingt minutes, dit-il après avoir consulté sa montre.

Sophy tourna les yeux vers les filles, l'air attristé.

— Elles ne rient presque jamais. Elles n'ont pas d'amis. Les seules personnes qu'elles connaissent en dehors de leur famille sont des policiers, des travailleurs sociaux, des drogués et des dealers.

Sean était choqué que sa jeune sœur prête aussi peu d'attention à ces deux petits êtres auxquels elle avait donné la vie.

Avait-il sa part de responsabilités ? S'il était revenu la chercher, les choses auraient-elles été différentes ? Maggie aurait-elle fini sa scolarité, obtenu un diplôme ? Aurait-elle trouvé du travail, acquis le sens des responsabilités ? Y aurait-elle réfléchi à deux fois avant d'avoir des enfants ?

Ou bien aurait-elle vécu exactement la même vie dans un endroit différent ? Etait-ce déjà trop tard pour elle ?

— Pourquoi n'a-t-elle pas été déchue de ses droits parentaux ? demanda-t-il.

— Grâce à la sympathie des juges, dit Sophy. Elle est toujours désolée, elle jure que ça ne se reproduira plus. Elle entre volontairement en cure de désintoxication, puis interrompt d'elle-même le programme au bout d'une semaine. Elle trouve un emploi, et le quitte le lendemain… Elle a toujours de bonnes intentions, mais ça ne dure jamais.

La prison mettrait-elle un peu de plomb dans la tête de

Maggie ? La menace de mort qui pesait sur elle serait-elle suffisante pour l'obliger à changer son mode de vie ?

Le silence retomba entre eux, jusqu'à ce que Sophy esquisse un sourire et appelle :

— Les filles, c'est l'heure du bain.

Daisy tourna brusquement la tête.

— Mais on a pris un bain hier soir.

— Eh oui, vous en avez pris un tous les soirs depuis que vous êtes ici, et vous continuerez à en prendre un tous les soirs. C'est le règlement de la maison.

Dahlia éteignit la télévision, jeta la télécommande sur le canapé, et lança un regard noir à Sean.

— Merci beaucoup !

Tout en se demandant comment une enfant aussi jeune pouvait être déjà aussi sarcastique, il lui sourit.

— Mais il n'y a pas de quoi.

— Je ne voulais pas dire…, commença à protester la fillette.

Levant les yeux au ciel, elle se précipita vers le couloir.

— Hé, dit-il sans réfléchir. Reviens tout de suite et dis-moi au revoir. Sinon, je viens te border et te faire un bisou pour te souhaiter une bonne nuit.

Dahlia stoppa net, pivota sur ses talons, et le toisa avec un dédain incroyable.

— Au revoir. Si tu fais pas sortir maman de prison, c'est pas la peine de revenir.

Les deux sœurs disparurent au bout du couloir et, un moment après, on entendit l'eau dans la salle de bains.

Sean se leva, aussitôt imité par Sophy. Elle l'accompagna jusqu'à la porte, la déverrouilla, et remit les clés dans sa poche.

— Merci pour le dîner, dit-il.

— Merci de ne pas t'être enfui en hurlant. Elles font cet effet sur beaucoup de gens.

— Je suis un Holigan pur jus. Je peux être cent fois pire que les filles ont jamais rêvé de l'être.

Posant la main sur la poignée de la porte, il ajouta :

— Malgré leur requête polie, je reviendrai les voir, si tu es d'accord.

— Bien sûr. Elles ont besoin d'autant de soutien que possible.

Avec un petit signe de tête, qu'elle lui rendit par automatisme, il descendit l'escalier extérieur et se dirigea vers sa voiture garée un peu plus loin dans la rue.

Revoir Daisy et Dahlia signifiait aussi pour lui revoir Sophy. Ce n'était sans doute pas une bonne idée, mais cela faisait trop longtemps qu'il était seul, et il s'impatientait déjà à la pensée de ces retrouvailles.

Par chance, il y eut beaucoup de monde à la boutique mardi matin, faute de quoi Daisy aurait fini par périr d'ennui.

Qu'est-ce qui avait pu faire croire à Sophy que le deuxième jour d'école serait plus facile pour celle qui se voyait comme une pauvre laissée pour compte ?

A présent qu'elle connaissait toutes les choses merveilleuses qui se déroulaient derrière ces murs de pierres, Daisy voulait plus que jamais enfiler un uniforme, emporter son déjeuner dans une jolie boîte prévue à cet effet, et prendre le bus. Elle voulait rencontrer Baylee, Kayleigh et Railey — elle avait même proposé de changer leurs prénoms en Daily et Dahlee pour rimer avec ceux des autres petites filles —, jouer avec elles pendant la récréation, et apprendre plein de choses.

Sophy éteignit l'enseigne et accrocha à la poignée de la porte un panonceau à l'ancienne portant l'inscription « parti déjeuner ».

— Il est midi, Daisy. Tu as faim ?

Une voix grincheuse lui parvint du fond de la boutique.

— Nan !

— Tu veux faire un pique-nique ?

C'était une belle journée de fin d'été, et le simple fait pour Sophy de penser à la caresse du soleil sur sa peau suffisait à atténuer le mal de tête qui cognait à ses tempes.

Sophy se dirigea vers l'atelier, où Daisy était assise, à moitié affalée sur la table. La natte dont elle était si fière ce matin s'était desserrée et des mèches ébouriffées en sortaient. Une demi-douzaine de feuilles couvertes de gribouillis rageurs aux couleurs vives était éparpillée autour de sa tête, et la fillette affichait la mine la plus morose qui soit.

— Tu te sens bien ? demanda Sophy.

— Mouais.

— Tu as un peu le blues ?

— Mouais.

Elle soupira, avant d'avouer :

— Je ne sais pas ce que ça veut dire.

— Ça veut dire que tu es un peu triste.

— Je suis très triste !

Elle souleva la tête.

— Est-ce que maman va rentrer un jour à la maison ?

Sophy était bien en peine de répondre à cette question.

Etait-ce à elle d'apprendre aux fillettes que cette fois-ci Maggie serait probablement absente beaucoup plus longtemps que les fois précédentes ?

Etait-ce le bon moment pour les préparer au fait qu'elles risquaient de vivre avec elle, ou une autre famille d'accueil, non pas pour quelques semaines ou même quelques mois, mais pour des années ?

— Elle finira par revenir, ma puce. Mais ça risque de prendre un moment.

— Un moment long comment ?

— Personne ne le sait exactement.

— Alors, pourquoi tout le monde dit ça s'ils ne savent pas ce que ça veut dire ?

Elle se leva si brutalement que sa chaise bascula en arrière, un de ses pieds lui éraflant le mollet.

Elle poussa un petit cri, puis donna un coup de pied sur la chaise.

— Stupide chaise ! Stupides dessins ! Stupide maison. Je déteste cet endroit ! Je déteste tout ici. Je veux rentrer chez moi !

Après avoir balayé d'un grand geste du bras les dessins et les feutres pour les faire tomber à terre, Daisy se rua dans l'allée centrale de la boutique, accrochant volontairement au passage un présentoir de coupons de tissu pour le renverser, le tout en hurlant à pleins poumons. Puis elle fit subir le même sort à un présentoir de bobines de fil, qui se mirent à rouler un peu partout sur le sol.

— Daisy !

Sophy s'élança derrière elle, enjambant les fournitures, tandis que la fillette contournait un long comptoir servant à la coupe des molletons et doublures, ainsi que des tissus vendus au mètre.

— Je déteste cet endroit, je le déteste, je le déteste !

Et, pour bien souligner cette déclaration, elle fit tomber une étagère de livres expliquant les techniques de base du patchwork, ou présentant des modèles avec le patron des pièces à découper pour le réaliser.

Alors qu'elle tournait au coin du comptoir, Sophy dérapa sur le plancher et se rattrapa de justesse au meuble.

Au même moment, les cris et la cavalcade cessèrent. Sophy aperçut d'abord la fillette suspendue en hauteur, puis la personne qui la tenait.

Le regard de Sean se posa d'abord sur elle, pour vérifier que tout allait bien, avant de toiser sévèrement Daisy.

— Tu aimes faire le ménage ? demanda-t-il.

Les yeux de la fillette, si semblables aux siens, étaient gonflés, ses joues écarlates, et elle respirait par saccades.

— Non, geignit-elle.

— Eh bien, c'est dommage, parce que tu vas remettre en place tout ce que tu as fait tomber.

Il la posa par terre, la fit pivoter, et lui donna une petite tape sur les fesses.

— Vas-y.

Daisy se retourna, outrée.

— Tu m'as frappée ! Personne me frappe jamais.

— Je m'en rends compte, sinon tu saurais faire la différence entre une petite tape et une vraie fessée.

La fillette lui tourna le dos et s'éloigna en tapant des pieds, ramassant ici un livre, là une bobine de fil, repliant maladroitement un coupon de tissu...

Sophy reprit son souffle avant de s'adresser à Sean.

— Merci de ton aide, dit-elle. Je ne sais pas comment je m'en serais sortie sans toi. Elle est intenable aujourd'hui.

De nouveau, le regard de Sean l'enveloppa, plus intense cette fois, et elle dut faire un effort pour ne pas vérifier que ses cheveux étaient bien en place et que sa jupe couvrait tout ce qu'elle devait couvrir.

C'était déjà assez humiliant pour elle qu'il soit le témoin de son incompétence en tant que figure maternelle. Heureusement qu'elle n'était pas tombée sur les fesses devant lui !

— Tu as déjà eu l'occasion de faire une pause depuis que tu les as prises ?

Sophy eut un sourire désabusé, et céda finalement à la tentation de se passer la main dans les cheveux.

— Tu veux dire, en prenant une baby-sitter ? Je ne vois pas qui accepterait de s'en occuper…

Elle s'accorda un temps de réflexion, laissant l'idée faire son chemin.

— Peut-être que Nev et Ty accepteraient de les garder quelques heures. Elles ont déjà piqué une crise devant eux, et Ty a merveilleusement bien géré la situation.

— Appelle-les. Pendant ce temps, je vais tout remettre en ordre.

Sophy n'hésita qu'un instant. Même si elle détestait jouer les quémandeuses, elle avait vraiment besoin d'un moment de détente, juste quelques heures pendant lesquelles elle ne s'inquiéterait pas de savoir ce que les filles faisaient, pensaient, complotaient.

Elle monta quelques marches de l'escalier condamné, s'assit et composa le numéro de Nev, tout en observant avec amusement Sean qui repliait les délicats coupons de tissu de ses mains puissantes habituées à réparer les moteurs.

— Qu'est-ce que je peux faire pour toi, ma belle ? répondit Nev d'un ton enjoué.

Surmontant sa réticence à demander un service, Sophy décida d'aller droit au but.

— J'ai besoin de faire une pause, et je me demandais si Ty et toi pourriez garder les filles quelques heures.

— Si tu me promets de faire bon usage de ces heures.

— J'avais prévu de me rouler en boule sous ma couette et de dormir à poings fermés. Est-ce que l'usage est assez bon pour toi ?

Sophy fut surprise quand des doigts hâlés et puissants lui prirent le téléphone.

— Bonjour, Nev, c'est Sean Holigan, annonça-t-il. Est-ce qu'un dîner dans un endroit réservé aux adultes, avec du vin et du chocolat, vous paraît acceptable ?

Même à distance, Sophy entendit Nev éclater de rire.

— Sean, mon cher, vous êtes un homme comme je les aime. Dites à Sophy que c'est d'accord. En fait, je vais venir vers 16 heures pour qu'elle ait le temps de se préparer et Ty me rejoindra un peu plus tard. De cette façon, vous pourrez partir vers 17 h 30.

— Parfait. Merci, Nev. Vous êtes adorable. A tout à l'heure.

Il appuya sur la touche « raccrocher » et rendit le téléphone à Sophy.

— Comment connais-tu Nev ? s'étonna-t-elle.

— Je suis tombé sur Ty à la prison, hier, et elle l'accompagnait. Ta libération prendra effet à 17 h 30.

Elle le dévisagea, se trouvant au niveau de ses yeux grâce à sa position en hauteur sur les marches.

— Je ne savais pas qu'il y avait des endroits réservés aux adultes à Copper Lake.

— Parce que tu n'es pas sortie avec les bons garçons.

Il n'avait pas tort. D'une certaine façon, aucun ne convenait pour elle.

— Au fait, reprit-elle, tu ne m'as pas dit ce qui t'amenait ici.

— Je voulais voir Maggie, mais elle refuse les visites.

— Elle non plus n'a jamais été punie quand elle était petite, n'est-ce pas ?

— Non. Avec nous, Patrick n'hésitait pas à se montrer exigeant, brutal, et souvent injuste. Mais Maggie était sa petite préférée, et il lui passait tous ses caprices.

Haussant les épaules, il reprit son pliage de tissus.

Un peu calmée, maintenant, Sophy vint lui prêter main-forte, relevant le présentoir de bobines, et reconstituant les rangées par gammes de couleurs.

— Je vais devoir aller à la maison récupérer des

affaires, dit-il, en baissant la voix. Maggie n'a pas voulu me voir, mais elle m'a laissé une liste de choses dont elle avait besoin. Est-ce que les filles ont besoin de quelque chose ?

Avant que Sophy ait eu le temps de réfléchir à la question, une petite voix s'éleva, timide et tremblante de sanglots contenus.

— Je peux venir avec toi ?

Surpris, ils tournèrent tous deux la tête vers Daisy, qui les regardait avec des larmes dans les yeux.

— Je voudrais une photo de maman, et Dahlia veut son collier. S'il te plaît ? Je serai sage, c'est promis.

Elle renifla et déposa deux poignées de bobines dans les mains de Sophy.

Sean regarda Sophy, attendant une réponse.

— Après tout, pourquoi pas, dit-elle en déposant les bobines dans un panier à proximité. On peut très bien terminer ça plus tard.

Elle ferma tout, et ils se dirigèrent vers la voiture de Sean, garée juste devant la boutique, de l'autre côté de la rue. Sophy se souvint alors de l'avoir vue passer dimanche soir, et d'avoir admiré sa profonde couleur rouge et le ronronnement de son moteur.

— Ça ne m'étonne pas du tout que tu aies ce genre de voiture, dit-elle, tandis qu'il ouvrait la portière du côté passager, et abaissait le dossier pour permettre à Daisy de s'installer sur la banquette arrière.

— Et moi, je ne suis pas du tout surpris de te voir tenir une boutique de loisirs créatifs.

— Nous n'avons pas changé, finalement. Tu as toujours été un fou de voitures anciennes et moi une fille démodée et casanière.

Elle prit place sur le doux fauteuil de cuir, attacha

sa ceinture, tourna ce qui ressemblait à une énorme manivelle pour abaisser la vitre et laisser entrer une brise tiède, et se réjouit de cette petite escapade impromptue avec Sean.

5

A une certaine époque — cela remontait à trois ou quatre générations —, les Holigan possédaient toutes les terres entourant la maison d'origine, jusqu'aux rives de la Gullah River.

Ils étaient riches en prairies, mais pauvres en espèces sonnantes et trébuchantes, et beaucoup trop portés sur le whisky et le poker. A chaque génération, les biens de la famille s'étaient réduits, jusqu'à ce qu'il ne reste plus que quelques acres et trois maisons qui coûteraient plus cher à démolir que ce qu'elles valaient.

Sean se gara sur le bas-côté de la route, et ils sortirent de voiture. Daisy courut vers le perron, et Sophy attendit pendant qu'il contemplait dix-huit années de mauvais souvenirs.

Lorsqu'il était parti, quatorze ans plus tôt, il était convaincu qu'il ne reverrait jamais plus cet endroit. Il n'avait pas imaginé que Maggie continuerait à y vivre, et y élèverait ses enfants.

Un ruban jaune et noir de police pendait d'un côté de la porte. L'écran de moustiquaire gisait brisé sur le sol à côté du perron, et des planches de contreplaqué recouvraient plusieurs des fenêtres.

Il aurait aimé croire que c'était dû à une récente descente de police, mais les mauvaises herbes avaient poussé à travers les mailles de la moustiquaire, le contreplaqué était trempé, et les clous qui le maintenaient étaient rouillés.

La porte était verrouillée, mais il savait quelle brique déplacer pour trouver la clé de secours. Lorsqu'il poussa le battant, une odeur de crasse et de renfermé l'assaillit.

Daisy entra la première et se dirigea tout droit vers une bibliothèque qui se trouvait contre le mur de façade du salon. Son vernis était éraflé et taché, ses étagères pliaient sous la charge, et elle contenait tout sauf des livres : une pile de vieilles chaussettes, des canettes de bière vides, des assiettes en carton froissées, un amoncellement de prospectus…

Daisy s'empara d'une photo encadrée et la serra contre son cœur, puis elle se dirigea vers le bout du couloir. Sean et Sophy la suivirent dans l'ancienne chambre de Declan. Un sommier et un matelas étaient posés à même le sol, les draps en désordre. Le sol était couvert de jouets, de vêtements et de chaussures, de mini-briques en carton de jus de fruits vides, d'emballages de bonbons, et de quelques pommes de pin et cailloux.

Daisy se fraya un passage parmi ce désordre, et se dirigea vers un des murs, où des colliers bon marché étaient suspendus à des clous.

Elle en décrocha un, plus raffiné que les autres.

— C'est le collier de Dahlia, déclara-t-elle. Il était à notre arrière-grand-mère. Ça fait longtemps qu'elle est morte. On l'a jamais vue.

Elle leur fit voir un long sautoir en perles de jais, souvenir d'un temps où les Holigan étaient moins désargentés. Sean se souvint qu'il avait appartenu à la grand-mère de son père, et que ce dernier laissait parfois Maggie le porter, en disant qu'il serait un jour à elle.

Elle y accordait tellement peu d'intérêt qu'elle l'avait donné à sa fille de six ans pour qu'elle joue avec.

Il évita de regarder Sophy, ne voulant pas lire la pitié ou le dégoût sur son visage. De mauvaise humeur et soudain agité, il sortit de sa poche la liste de Maggie.

— Je récupère ces trucs, et on s'en va.

Avant même qu'il ait fait un pas, une odeur de fumée lui assaillit les narines et il vit, à la façon dont elle fronçait son nez délicat, que Sophy s'en était également rendu compte. Sachant que Maggie et ses complices fabriquaient de la méth dans cette maison, et sans en connaître exactement le processus de fabrication, il avait conscience des risques d'explosion.

Soulevant Daisy contre lui, et la tenant fermement tandis qu'elle se débattait, il saisit le bras de Sophy.

— Sortons vite d'ici.

Ils n'avaient pas fait six pas que la cuisine explosa. Le souffle les projeta contre le mur. Daisy cria, mit d'abord ses mains sur ses oreilles, puis passa les bras autour du cou de son oncle.

Ils opérèrent un repli vers l'autre bout du couloir, et entrèrent dans la salle de bains.

La fenêtre, par chance, n'était pas condamnée par du contreplaqué, mais le loquet permettant de déverrouiller le châssis à guillotine était cassé depuis des années.

Confiant Daisy à Sophy, Sean chercha autour de lui ce qui pourrait lui servir à casser la vitre en partie basse. S'emparant d'un tuyau d'aspirateur en métal, il tapa en plusieurs endroits sur le verre. Puis, une serviette de toilette entourant sa main, il fit tomber les éclats de verre qui restaient accrochés au cadre.

— Passe la première, dit-il à Sophy, alors qu'une épaisse fumée commençait à s'insinuer sous la porte.

Dès qu'elle se fut glissée par l'étroite ouverture, il lui tendit Daisy, qui hurlait de terreur et tentait de s'accrocher à lui.

Lorsque à son tour il posa les mains sur le rebord de la fenêtre, une autre explosion secoua la maison, faisant sauter la porte de la salle de bains et laissant entrer de hautes flammes.

Sean fut violemment plaqué contre le mur, et se tordit le bras dans sa chute. Il se redressa aussitôt, plongea à travers l'ouverture de la fenêtre, et atterrit lourdement sur le sol.

Ses oreilles sifflaient, la douleur dans son bras se faisait de plus en plus forte. Il sentit que des mains douces le tiraient, tandis que les pleurs de Daisy résonnaient au loin.

— Lève-toi, lève-toi, le pressa Sophy.

Avec son aide, il se remit sur pied en vacillant, puis ils se replièrent vers le bord de la rivière, de l'autre côté de la route, où Daisy attendait.

Aussitôt, sa nièce s'accrocha à lui, en larmes. Encore chancelant, Sean recula de quelques pas, prit appui contre le tronc d'un sapin, et se laissa glisser au sol, tenant la fillette de son bras valide et l'entraînant sur ses genoux.

Sophy se laissa tomber à côté de lui, si proche qu'il la sentit trembler.

— Mon Dieu, Sean, nous aurions pu mourir, murmura-t-elle.

Observant la maison en flammes, Sean ne put s'empêcher de trouver étrange que la maison ait pris feu spontanément alors qu'ils s'y trouvaient. Ne s'agissait-il pas plutôt d'un message de Craig ? En tout cas, il avait eu tort d'y venir accompagné de Daisy et de Sophy.

Heureusement, ils étaient sains et saufs.

Le premier véhicule à arriver sur les lieux fut un camion de pompiers, et sa sirène était si forte que Daisy se boucha de nouveau les oreilles. Un autre suivit, accompagné d'une ambulance et d'un 4x4 noir conduit par Ty. Celui-ci se gara derrière l'ambulance, se précipita vers Sean et tendit la main.

— Donne-moi tes clés de voiture.

Avec un grognement, Sean se releva, se libéra de Daisy qu'il confia à Sophy, et fouilla dans sa poche.

— Tu ne fais que la déplacer, hein ? dit-il en tendant son trousseau à Ty.

Avec un sourire, Ty fit sauter les clés dans sa main.

— Je vais peut-être faire le tour du quartier deux ou trois fois.

Tandis qu'il se dirigeait vers la voiture de collection, Sophy protesta.

— J'aurais pu la déplacer. A moins qu'une femme ne soit pas autorisée à conduire ta petite chérie ?

Elle semblait remarquablement en forme pour quelqu'un qui avait failli mourir. Il y avait de la terre sur ses vêtements, et ses cheveux étaient un peu emmêlés, mais elle restait incroyablement belle.

— J'ai cette voiture depuis six ans, et personne ne l'a jamais conduite à part moi… Mais je pourrais faire une exception pour toi. Tout dépend de ce que j'aurai en retour.

Il s'attendait à un reniflement de dédain, un rire, ou une riposte acérée, mais elle devint soudain très sérieuse et se pencha vers lui pour murmurer :

— Je m'en souviendrai.

Eh bien ! Elle pouvait être certaine que lui aussi.

Maggie entra dans le parloir en traînant les pieds, son comportement offrant une ressemblance saisissante avec celui de ses filles.

— Pourquoi est-ce que Ty Gadney insiste autant pour que je te voie ? demanda-t-elle à Sean d'un ton excédé.

— Parce qu'il faut que quelqu'un te dise ce que tu dois faire, étant donné que tu n'as pas assez de bon sens pour le comprendre de toi-même.

Maggie repoussa ses cheveux bicolores qui lui tombaient dans les yeux, avançant sa lèvre inférieure en une moue boudeuse, exactement comme le faisait Daisy quand elle était agacée.

— Où sont les affaires que je t'ai demandé d'apporter ?

— Avec tout le reste de ce que tu possèdes : parties en fumée.

— Quoi ?

— La maison a brûlé. Il n'en reste plus rien.

Maggie devint hystérique.

— Mais ce n'est pas possible ! Qu'est-ce qui s'est passé ? Qu'est-ce que je vais faire ? Où est-ce que je vais aller quand je sortirai d'ici ?

— J'y suis allé pour prendre des affaires, répondit froidement Sean. J'ai demandé à Daisy et à sa mère d'accueil de m'accompagner pour que Daisy puisse prendre une photo de toi et le collier de notre grand-mère pour sa sœur. Nous étions dans le couloir, devant la porte de la chambre des filles, quand la cuisine a explosé.

La toisant avec sévérité, il ajouta d'un ton accusateur :

— Nous aurions pu être tués.

Serrant les bras autour de son corps malingre, Maggie se dandinait d'un pied sur l'autre, comme si elle se berçait elle-même.

— Tu dis ça comme si c'était ma faute. Je n'étais même pas là !

Tant d'inconscience fit perdre son sang-froid à Sean.

— Mais bon sang, Maggie, toi et tes bons à rien d'amis

fabriquiez de la méth dans cette maison. Outre que c'est totalement illégal, tu sais bien que c'est dangereux. Et tu élevais tes filles là-dedans, au milieu des criminels et de la crasse. Tu n'aurais pas pu nettoyer un peu, de temps en temps ? C'était une vraie porcherie.

— C'était déjà vieux et en mauvais état du temps de papa, pleurnicha-t-elle. Qu'est-ce que tu voulais que je fasse ?

— Le ménage. Mettre les déchets à la poubelle et, quand elle est pleine, la sortir. Laver la vaisselle après chaque repas. Passer la serpillère par terre régulièrement. Passer une couche de peinture de temps en temps sur les murs. Nettoyer la salle de bains, et toi-même, et les filles, et vos vêtements. Ce n'est pas parce qu'une maison est vieille qu'il faut tout laisser partir à vau-l'eau.

— C'est facile pour toi de critiquer, alors que tu as un bel appartement loin d'ici et plein d'argent.

Sean ne prit même pas la peine de répondre à ça, tant il était choqué du peu d'intérêt que Maggie portait à ses filles. Il venait de lui dire que Daisy était dans la maison quand le feu s'était déclaré, et elle n'avait même pas demandé si elle allait bien. Elle ne s'inquiétait que d'elle-même, de sa maison, de ses affaires, de l'endroit où elle vivrait… Elle n'avait pas eu une seule pensée pour ses enfants.

— Assieds-toi, Maggie, nous devons parler.

Il eut l'impression qu'elle allait refuser, mais elle se laissa finalement tomber sur l'un des tabourets orange.

— Qu'est-ce que ton avocat t'a conseillé de faire ?

— La procureure veut conclure un marché : je lui dis tout ce que je sais sur Davey, mon petit ami, et elle allège ma sentence.

— Et qu'as-tu de si intéressant à dire ?

Maggie se mordilla un ongle et se pencha vers Sean en chuchotant.

— Davey travaille pour un gros dealer que les flics essayent de coincer depuis des années, et il m'a raconté pas mal de choses sur son patron.

— Je pense que c'est une très mauvaise idée. Tu risques de te faire tuer. Tu ferais mieux d'assumer tes responsabilités, Maggie. Plaide coupable, et accepte la sentence.

Elle le dévisagea avec incrédulité.

— Plaider coupable ? Tu es fou ? Ils vont m'enfermer pour au moins dix ans.

— C'est mieux que d'être morte.

Elle secoua la tête.

— Personne ne va me tuer, Johnny. Je vais sortir de cette fichue cellule, et de cette fichue ville. J'irai dans un endroit où personne ne me retrouvera. Et cette fois, je suivrai le programme de désintoxication jusqu'au bout, je le jure. Je trouverai un travail. Je serai une bonne mère…

Enfin, elle faisait une vague allusion à ses filles. Ce n'était pas suffisant, et ça arrivait trop tard pour impressionner Sean, mais au moins n'avait-elle pas l'intention d'abandonner ses filles de façon permanente.

— Tu n'as pas l'air de comprendre, Maggie. Les gros bonnets de la drogue ne sont pas des enfants de chœur. Et, si les flics n'ont pas réussi à coincer ce type, c'est qu'il est malin et qu'il tient ses troupes à l'œil. Il sait que tu sors avec Davey. Il sait que Davey t'en a trop dit. Tu crois qu'il hésitera à te tuer s'il pense que tu risques de mettre son business en danger ?

Il marqua un temps d'arrêt avant de porter l'estocade finale.

— Tu crois qu'il hésiterait à tuer Daisy et Dahlia ?

Elle haussa les épaules.

— Tu regardes trop la télé. Il ne m'arrivera rien.

— Crois-moi, il vaut mieux que tu te taises.

Il semblait à Sophy qu'elle ne parviendrait jamais à faire disparaître l'odeur de fumée de ses cheveux, de ses vêtements, de ses pores. Finalement, lorsque l'eau de la douche commença à devenir froide, elle coupa le robinet et se sécha. Des voix enthousiastes montaient du couloir — celles de Daisy, de Dahlia et de Nev —, et elle y prêta une oreille distraite tandis qu'elle enfilait une jupe en jean et un simple T-shirt blanc. Elle se sécha les cheveux, les natta, et se maquilla légèrement.

Sean et elle avaient souhaité annuler leur soirée après l'incident à la maison des Holigan, mais Nev n'avait rien voulu savoir. Selon elle, Sophy avait plus que jamais besoin de faire une pause et, puisque Sean était d'accord, elle avait fini par accepter, terriblement tentée par l'idée de passer du temps avec lui. Elle avait tout simplement envie d'être une femme et pas une mère d'accueil. Pour une fois, elle ne voulait avoir d'autre souci que celui de se demander s'il allait l'embrasser, et comment elle devrait réagir si ça se produisait.

Le ton de la conversation changea, deux voix masculines s'y étant ajoutées.

Précédée d'un nuage de parfum, Sophy quitta sa chambre et se dirigea vers le salon. Les deux hommes tournèrent les yeux vers elle, ceux de Sean s'attardant, chaleureux et séducteurs, bien longtemps après que Ty eut détourné la tête.

— D'après l'enquêteur spécialiste des incendies, reprit Ty, il y avait des traces d'accélérant dans la cuisine et dans le couloir. Les voisins les plus proches n'ont rien vu, mais un type de Radcliff Street a signalé qu'un homme était sorti des bois derrière sa maison et avait traversé son jardin pour rejoindre la rue.

— Il a pu le décrire ? demanda Sean.

Ty haussa les épaules.

— Taille moyenne, jean et T-shirt, casquette de base-ball. Il marchait vite, avec la tête baissée.

La question embarrassait Sophy, aussi évita-t-elle de regarder Sean en la posant :

— Est-ce qu'il pourrait s'agir de Gavin ou de Kevin ?

Il s'agissait des fils du plus jeune frère de Sean, à peine entrés dans l'adolescence, et déjà sur la mauvaise pente. Ils étaient à cet âge bête des garçons, où tout et n'importe quoi apparaissait comme une bonne idée.

— Non, dit Ty. Ils faisaient un travail d'intérêt général en nettoyant les chenils du refuge animalier. Nev les supervisait.

— Voilà ce qu'on récolte à vandaliser ma voiture, rétorqua Nev avec un sourire. Mais allez-y, vous deux, ne restez pas là.

Les poussant fermement vers la porte, elle ajouta :

— Détendez-vous, et ne pensez pas aux enfants. Nous nous occupons de tout.

Sophy suivit Sean dans l'escalier, ce qui était loin d'être une situation désagréable quand on pouvait admirer un corps superbe mis en valeur par des vêtements ajustés. Son jean était délavé, et son T-shirt… ah ! les T-shirts étaient faits pour des torses et des biceps comme les siens.

Tandis qu'elle avançait le long du trottoir, elle prit une profonde inspiration, et se réjouit de ne rien iden-tifier d'autre que des odeurs de vêtements propres, de shampooing, d'eau de toilette, se mêlant à mesure qu'ils progressaient à des effluves de café, de pâtisserie et de fritures diverses.

La voiture de Sean était garée de l'autre côté de la rue, aux abords de River's Edge, et ils marchèrent jusqu'au carrefour. Ce faisant, ils croisèrent quelques passants, longèrent une demi-douzaine de voitures.

Ce ne fut qu'en arrivant au feu tricolore, alors qu'ils attendaient le passage au vert de la signalétique pour les piétons, que Sophy eut l'impression d'être suivie.

Elle jeta un long regard par-dessus son épaule, observant les trottoirs, le square, les boutiques…

Elle se sentait un peu nerveuse, et il y avait de quoi, se dit-elle pour se raisonner. Après tout, elle déambulait dans les rues de Copper Lake en compagnie de Sean, celui des Holigan dont on parlait le plus en ville. Sans trop d'efforts, elle aurait pu établir une liste de vingt personnes qui se ruaient déjà sur leur téléphone pour prévenir ses parents.

Un signal sonore retentit pour signaler que le feu avait changé et ils s'engagèrent sur la chaussée. Ils avaient à peine atteint le centre du carrefour qu'un crissement de pneus monta de la rue.

Sean lui prit le bras, et ils coururent jusqu'au trottoir d'en face. Tandis qu'ils montaient sur la bordure, une voiture coupa le virage, en passant si près que Sophy sentit la chaleur des pneus et du pot d'échappement frôler ses jambes nues.

— Fais attention, espèce d'idiot ! cria-t-elle.

Puis elle eut une petite moue embarrassée.

— Oh ! Seigneur, soit je suis encore sous le choc de l'incendie, soit les filles ont fini par me mettre les nerfs à vif.

Sean lui adressa un petit clin d'œil.

— Essaie de ne pas dire quelque chose qui me vaudrait de me faire botter les fesses.

Sophy l'enveloppa d'un long regard appréciateur.

— Je parie que tu peux en remontrer à tous les hommes de la ville.

— C'est bien possible, dit-il, avec un petit air faussement modeste.

Elle attendit qu'il lui ouvre la portière de la voiture, et se glissa sur le siège de cuir aussi gracieusement que sa jupe courte l'y autorisait. Ses jambes étaient son meilleur atout, et elle les montrait dès qu'elle en avait l'occasion.

La chaleur dans l'habitable était oppressante. Sophy baissa sa vitre, trouvant un certain charme au fait d'actionner la manivelle, et laissa entrer l'air frais.

Sean se mit au volant, faisant rugir le moteur d'une façon qui dut mettre en alerte tous les mâles du quartier, et s'inséra dans la circulation.

En voyant qu'il se dirigeait vers les faubourgs de la ville, Sophy se demanda où il l'emmenait. Il n'y avait rien dans cette direction, à part quelques fermes et, trois kilomètres plus loin, le lac auquel la ville devait son nom.

— Où allons-nous ?

— Dans le seul endroit que je connaisse où il n'y aura aucun enfant.

Se demandant ce qu'elle ressentait à l'idée de dîner dans un endroit si reculé que personne de sa connaissance ne l'y verrait, Sophy dut reconnaître, non sans gêne, qu'elle en était soulagée.

Sa vie avait toujours été exposée, et les gens s'étaient toujours sentis autorisés à l'assaillir de conseils. D'après Nev, c'était parce qu'elle n'avait jamais eu le courage de les envoyer promener. Elle avait déjà été copieusement critiquée après sa décision de prendre Dahlia et Daisy. Elle n'avait pas envie que ça recommence avec Sean.

Observant son profil, à demi masqué par ses lunettes de soleil, et le vent qui jouait dans ses cheveux sombres, elle demanda :

— Comment t'es-tu retrouvé en Virginie ?

— Je voulais voir l'océan.

— Et pourquoi es-tu resté ?

— Parce que c'était différent d'ici.

Après un moment, Sean ralentit, bifurqua sur une route plus étroite, et tourna brièvement la tête vers elle.

— J'ai fait de la prison, peu après avoir quitté la maison. Je suppose que tu le savais ?

Elle hocha la tête.

Les mauvaises nouvelles concernant les Holigan, même si tout le monde s'y attendait, faisaient toujours le tour de la ville. Venant de Sean, c'était plus surprenant. Certes, il avait bien passé quelques nuits en cellule ici et là, mais il s'était toujours tenu à l'écart des délits majeurs. Certaines personnes pensaient qu'il échapperait à la malédiction familiale et se bâtirait une belle vie. D'autres espéraient qu'il ne s'en sortirait pas.

— Tu étais coupable ?

— De stupidité, essentiellement. Un type que je connaissais m'avait prêté sa voiture et m'avait demandé d'aller le chercher au magasin où il travaillait. Il m'a rejoint sur le parking et m'a dit : « Tu n'as qu'à continuer à conduire. » Et c'est ce que j'ai fait… jusqu'à ce que la police nous rattrape.

— Il avait dévalisé le magasin ?

— Oui. Et la voiture était volée. J'ai été jugé comme complice et, quand je suis sorti, j'ai décidé d'aller vers l'Est. Je pensais à Charleston ou Myrtle Beach. Mais j'ai été pris en stop par un type qui allait à Norfolk et j'ai suivi. Il m'a proposé un travail dans le garage de son père, et je suis resté. C'est lui qui dirige l'affaire maintenant. La paye est bonne, et la ville a beaucoup d'atouts.

Il avait obtenu ce qu'il voulait, songea Sophy : une

nouvelle vie loin de sa famille, là où personne ne le connaissait. Avait-il créé d'autres liens ? S'était-il enraciné, se créant un véritable foyer ? Ou ne ferait-il que passer, là aussi ?

Avant qu'elle ait pu poser la question, il ralentit et tourna de nouveau. Le chemin serpentait entre les arbres, offrant une vue sur le lac, avant de déboucher dans une clairière.

Il se gara sur la berge et coupa le moteur. On n'entendit plus alors que le silence, à peine troublé par le chant des criquets et le clapotis de l'eau.

Sophy sortit et s'approcha du bord. Le soleil projetait son ombre, longue et tremblotante, à la surface de l'eau. Le bruit d'un canot à moteur s'éleva quelque part à l'est.

Plus près, un coffre s'ouvrit et se referma. Les yeux clos, elle écouta les pas de Sean, le claquement d'une couverture déployée, le froissement d'un papier.

Le matin même, elle avait proposé à Daisy de faire un pique-nique, en pensant que le soleil et la nature leur seraient bénéfiques. Comment avait-il deviné qu'elle en avait besoin ?

Les pas se rapprochèrent et elle se tourna vers Sean en souriant. Avec ses cheveux noirs brillant au soleil et le hâle profond de sa peau, il était incroyablement sexy, intense et dangereux.

Et le fait d'être aussi proche de lui — au point qu'elle pouvait sentir son eau de toilette, percevoir la chaleur de sa peau et la force qui irradiait de lui — suffisait à faire courir un délicieux frisson sous sa peau.

— Je n'aurais pas cru que tu étais le genre de garçon à faire des pique-niques.

— Et pourquoi pas ? J'ignorais qu'il fallait être d'un genre particulier. Regarde autour de toi. C'est l'endroit parfait, le moment idéal, et il n'y a que nous.

Elle regarda en effet autour d'elle, savourant la sérénité et la perfection qui se dégageaient des lieux.

Le sourire qui retroussa alors ses lèvres fut celui de l'insouciance et du plaisir simple et vrai.

— Espérons que personne ne viendra nous déranger.

6

Sean avait emprunté la couverture à Nev, acheté une glacière à la supérette, et prit la nourriture chez Ellie's Deli, près du jardin municipal — tranches de pain aux céréales, garnies de laitue, tomate et dinde fumée, salade de chou, pommes de terre à la mayonnaise, pickles et cookies.

Sans vantardise de sa part, il trouvait que ce n'était pas si mal pour un débutant.

A présent, le soleil commençait à descendre derrière les arbres à l'ouest, le repas touchait à sa fin, et il se sentait incroyablement bien. Il était sorti avec beaucoup de femmes avec qui il s'était peu impliqué émotionnellement et à qui il avait consacré peu de temps. Avec aucune d'elles il n'avait connu ce sentiment d'harmonie et de complicité.

Il avait conscience que ça pouvait être dangereux, mais, après l'incendie, il ne lui était plus possible de garder ses distances. Il en allait de la sécurité de ses nièces et de celle de Sophy.

Etendue sur le dos à côté de lui, serrant entre ses mains une canette de soda posée sur son estomac, elle semblait plus jeune, moins stressée… sereine.

Qui aurait cru que la sérénité pouvait troubler un homme ?

— Ellie s'est surpassée pour le repas, dit-elle. Et toi aussi.

— C'est une amie à toi ?

Sophy y réfléchit quelques instants.

— Nous nous entendions bien autrefois, mais je crois qu'elle est un peu jalouse du fait que je sois sortie avec Tommy.

— Tommy Maricci ?

Tommy était le meilleur ami de Robbie Calloway, un des garçons avec qui Sean avait fait un stage de mécanique au garage de Charlie.

— Oui. Je suis sortie avec lui, et puis il a épousé Ellie. C'est l'histoire de ma vie.

— Tu finiras bien par te marier un jour, répliqua Sean sans réfléchir.

Mais, bizarrement, l'idée qu'un autre homme profite du temps, de l'attention et de l'affection de Sophy lui procura une sensation désagréable qui ressemblait diablement à de la jalousie.

Jusqu'à aujourd'hui, Sean Holigan n'avait jamais été jaloux d'une femme. De situations, de circonstances, de possessions matérielles, mais jamais d'une femme.

Tournant la tête vers sa droite, Sophy se mit à l'observer.

— C'est ce que j'espère. Je veux me marier, avoir des enfants, et mener une vie aussi heureuse que celle de mes parents adoptifs. Pour cela, bien sûr, il faut que je tombe amoureuse, et ça ne m'est encore jamais arrivé. Je suis toujours pleine d'espoir quand j'entame une nouvelle relation, mais, si j'ai apprécié chaque garçon avec qui je suis sortie, je n'en ai aimé aucun.

Sean roula sur le côté et se hissa sur un coude pour lui faire face.

— Tant pis pour eux.

— Etant donné qu'ils sont tous très heureux dans leur mariage, je ne crois pas qu'ils pensent la même chose.

Utilisant sa canette, elle désigna un nuage qui se déplaçait lentement.

— Celui-ci ressemble à un lapin.

Il ne leva pas les yeux. Il avait découvert au cours du dîner que les nuages qu'elle choisissait ressemblaient rarement à la description qu'elle en faisait. En somme, elle leur accordait plus de crédit qu'ils n'en avaient réellement.

Comme elle le faisait avec lui.

— Tu as remarqué que tous tes nuages ressemblent à de petits animaux tout doux et chauds ?

— On n'a jamais trop de douceur et de chaleur dans la vie. Et puis, les tiens ressemblent bien à des voitures ou à des pièces automobiles.

Elle s'assit pour boire son soda.

— Es-tu heureux à Norfolk ? demanda-t-elle.

Il y avait du pour et du contre. Il aimait la ville et y avait ses habitudes — où faire ses courses, où prendre ses repas, où faire la fête. Il avait des amis. Il aimait son travail. Et son appartement était le premier vrai foyer qu'il ait jamais eu.

Et le contre ? Parfois, il avait du mal à supporter la foule, le bruit, l'animation. Il avait vu Craig commettre un meurtre. Et il y avait maintenant cette menace de mort qui pesait sur sa sœur et ses nièces.

— Je ne me plains pas, dit-il.

Mais il ne resterait pas là après l'arrestation de Craig. Ce n'était pas la peine de tenter le sort. Il emporterait ailleurs ses talents de mécanicien. Dans un endroit neuf.

Pas Copper Lake.

Pour la première fois, il ressentit un pincement de regret à la pensée de devoir de nouveau s'en aller.

— Tu as déjà été amoureux ? reprit Sophy.

La question le surprit. Il n'avait pas pour habitude de parler d'amour et de mariage.

Il lui lança un regard narquois.

— Tu es sûre que tu t'es remise de tes émotions de ce matin ?

— Complètement. Je suis heureuse d'être en vie, venir ici a rechargé mes batteries, et j'ai l'impression que je suis capable de tout faire. Y compris de reconnaître quand tu évites une question.

— Non, je ne l'ai jamais été. Et je n'ai aucune envie de l'être. J'ai vu mon père vivre ça avec ma mère, et mes frères avec leur femme. Je n'ai pas besoin de tous ces problèmes.

— Mais, le bonheur ?

Il s'assit à son tour.

— Le bonheur, ce n'est pas quelque chose dont on a l'habitude de notre côté de la ville.

— Mais tu ne te sens pas seul ? Tu ne te demandes pas comment ça pourrait être ? Ça ne te donne pas de l'espoir de penser qu'il y a quelqu'un qui n'attend que toi ?

Sean ne prit pas la peine de souligner que le fait d'avoir quelqu'un près de soi ne garantissait pas de ne pas être seul.

Et à quoi bon imaginer ce qui aurait pu être ? Un mariage, des enfants, une bonne vie ? Peut-être. Un divorce, une pension alimentaire pour des enfants que son ex aurait montés contre lui ? C'était davantage probable.

Et puis, penser qu'il y avait quelque part quelqu'un de spécialement fait pour lui ? Bon sang, il avait trente-trois ans, il n'en avait plus treize. De toute façon, il n'avait jamais cru aux contes de fées.

— Tu as dû remarquer avec Daisy et Dahlia que je n'étais pas très câlin avec les enfants.

— Il ne vaut mieux pas que tu le sois avec elles, ou elles te mordraient. Elles donnent aussi des coups de pied et des coups de poing, et elles tirent les cheveux. S'il y a une chose qu'il n'est pas nécessaire de leur apprendre, c'est comment se défendre.

Sean ne put retenir un sourire satisfait. C'était une bonne chose qu'elles soient fortes. Il fallait qu'elles le soient avec une mère comme Maggie, et un ou des pères dont personne ne savait rien. Puis son esprit revint à la conversation, et il s'assombrit.

— Je ne suis pas de l'étoffe dont on fait les maris ou les pères, Sophy. Je refuse toute responsabilité et toute obligation envers une tierce personne.

— Mais tu pourrais obtenir tellement plus que ce que tu as.

— Ce que j'ai me convient très bien.

Sophy se tut mais continua à l'observer. Que cherchait-elle ? A déceler s'il la menait en bateau ?

Il soutint son regard aussi longtemps qu'il le put, puis tourna la tête pour contempler le lac où il venait souvent camper durant l'été avec ses copains et ses frères. Parfois, il oubliait qu'il avait aussi vécu des bons moments à Copper Lake.

— Si Maggie va en prison, que deviendront les filles ? demanda Sophy.

Sean plissa les yeux, jusqu'à ce qu'il n'aperçoive plus le lac que sous la forme d'un mince filet d'eau. Si on lui avait posé la question quelques jours plus tôt, il aurait répondu que sa sœur devait être déchue de ses droits parentaux, et que les filles devaient être adoptées.

Maintenant qu'il les avait rencontrées, ça ne semblait plus aussi facile.

— Tu es le seul membre de la famille sur qui elles peuvent compter, insista Sophy.

Il eut un rire amer. C'était une bien triste famille s'il en était le meilleur élément.

— Que se serait-il passé si je n'étais pas venu ?

Il avait passé du temps à essayer de convaincre Maggie de plaider coupable, mais il n'avait pas beaucoup pensé à ses nièces.

— Je ne sais pas. Je suis encore nouvelle dans le métier. Je pense qu'elles resteront dans une famille d'accueil, que ce soit avec moi ou avec quelqu'un d'autre.

Un regret passa sur son visage, que Sean n'eut pas de mal à interpréter.

— Tu ne les as pas prises pour les élever. Pour quelques semaines, quelques mois peut-être, mais pas pour quinze ans.

C'était une femme seule qui attendait l'amour, le mariage, des enfants à elle. S'occuper aussi longtemps des enfants de Maggie, ce ne serait plus de l'accueil. Ce serait les guider vers l'âge adulte, leur fournir une éducation, des principes, de l'amour, de la discipline. Leur enseigner la morale, les bonnes manières, l'honnêteté...

— Maggie a toujours eu de la chance, reprit Sophy. Elle n'a jamais fait plus que quelques semaines de prison. Mais, cette fois-ci...

Son visage s'empourpra légèrement dans le soleil couchant.

— Je ne voudrais pas que tu te méprennes. Elles sont les bienvenues chez moi tant qu'elles auront besoin d'un endroit. Je me demande seulement si elles ne seraient pas mieux en famille... avec toi.

En était-il capable ? Pouvait-il changer de vie pour le bien de ses nièces ? Louer une petite maison, s'installer, rejoindre des associations de quartier, aller à l'église ? Etre celui qui dispenserait l'amour et l'enseignement ?

Pourrait-il convaincre un tribunal de lui donner cette chance ?

Avant qu'il ait eu le temps de donner une réponse à Sophy, son téléphone sonna.

Il le sortit de sa poche, regarda l'écran et se leva.

— Désolé, dit-il avec une petite grimace d'excuse, il faut que je réponde.

Après que Sophy eut brièvement hoché la tête, il se dirigea vers le bord de l'eau.

— Salut, Craig.

— Alors, c'est vrai ce qu'on dit ? Tu as l'intention de te réinstaller dans ta cambrousse ?

Son patron était de bonne humeur. Il y avait de la musique en bruit de fond et le brouhaha typique d'une salle de restaurant. On était mardi soir, et Craig était probablement dans son palace attitré, où un plat de homard pour deux coûtait davantage que ce que la plupart des gens gagnaient en une semaine.

— Je ne sais pas encore. Je n'y suis pas depuis assez longtemps pour décider.

— Comment va Maggie ?

— Comme quelqu'un qui subit un sevrage forcé.

— Tu lui as suggéré de plaider coupable ?

— Je lui ai parlé. Je ne suis pas sûr qu'elle m'ait écouté.

— C'est pour ça que tu es là-bas, mon vieux : pour la convaincre. J'ai entendu dire qu'elle était tentée de conclure un accord.

Ah, mince ! Qui soudoyait-il ? Un des gardiens ? Une codétenue ? Peut-être son avocat ? Et pourquoi Maggie ne pouvait-elle tenir sa langue ? Elle n'avait pas l'air de comprendre qu'elle était vraiment en danger.

— Que sait-elle exactement, Sean ?

— Je n'en ai pas la moindre idée. En ce moment, elle a la tête à l'envers. Tout ce qu'elle veut, c'est sortir...

— Et se procurer sa dose.

— Probablement. Elle n'a pas saisi l'importance de la situation. Il va me falloir du temps pour la convaincre.

— Je pensais que la perte de sa maison l'aiderait à y voir clair.

Sean crispa les doigts sur le téléphone et chercha son souffle.

— Mouais. Cela dit, le timing n'était pas génial. J'étais dans la maison quand elle a explosé. Ça aurait été sympa de me prévenir.

— Tu n'aurais pas essayé de l'empêcher ?

Sean avait maintenant confirmation que c'était bien un acte délibéré, à la fois un message de la part de Craig et le moyen de faire disparaître toutes les preuves.

— Tu rigoles ? J'aurais bien aimé faire sauter cet endroit moi-même. Seulement, je me serais arrangé pour ne pas être dedans.

— Mais tu as eu le temps de sortir avec juste une égratignure au bras. Et la gamine et sa mère d'accueil sont en pleine forme aussi. Et, quand je dis « en pleine forme » concernant Sophy, ça ne rend pas justice à sa beauté. La vache, mon vieux, c'est une fille comme ça que je veux le jour où je déciderai de me caser et de devenir respectable : superbe, attentionnée, généreuse, responsable, naïve et fréquentant l'église…

Sean ressentit un puissant élan protecteur à l'égard de Sophy, mêlé à un sentiment de possessivité et de jalousie. Comment se faisait-il que Craig sache aussi bien à quoi elle ressemblait et de quelle façon elle vivait ? Qui le renseignait ?

— Il faudrait que tu renonces à tes mauvaises habitudes pour une femme comme ça, répliqua-t-il, en s'efforçant de garder un ton léger.

— Mais non. Si tu offres à une femme une vie de luxe, elle ne se demande pas d'où vient l'argent.

Sean ne chercha pas à le détromper. D'une certaine façon, Craig était comme Maggie : il ne croyait que ce qu'il avait envie de croire.

— Pour en revenir à Maggie, reprit Craig, son audition a lieu la semaine prochaine. Il ne te reste pas beaucoup de temps. Ne me joue pas un sale tour sur ce coup-là.

Lui jouer un sale tour ? Pensait-il vraiment que Sean se moquait du sort de Maggie ? Qu'il ne ferait pas tout son possible pour empêcher qu'elle soit assassinée ?

— Je fais de mon mieux, dit-il d'une voix étranglée.

— Espérons que ce soit suffisant.

Le ciel s'était assombri, à peine déchiré ici et là par quelques traînées roses et pourpres. La température avait chuté, et il faisait presque froid. Sophy se sentait vidée de toute énergie quand elle se glissa sur le siège passager. Avec toutes ces endorphines bienfaisantes sécrétées par son organisme, elle était certaine de s'endormir comme une masse dès qu'elle aurait posé la tête sur l'oreiller.

Seul l'appel que Sean avait reçu sur son portable avait troublé la perfection de leur escapade nocturne. Il était revenu vers elle les épaules raides, la mâchoire serrée, et il lui avait fallu un moment pour reprendre la conversation.

Son patron voulait-il qu'il revienne travailler ? Ou bien était-ce sa petite amie qui se plaignait de son absence ?

Il ne lui avait fourni aucune explication, et elle n'en avait pas demandé. Mais elle était presque sûre que cette interruption l'avait privée du baiser qu'elle espérait recevoir.

Toutefois, elle n'avait pas dit son dernier mot.

**

Les phares découpèrent une large bande lumineuse dans l'herbe tandis qu'ils faisaient demi-tour pour regagner la route. Au premier virage, ils longèrent une voiture blanche stationnée entre les arbres. Ses phares étaient éteints, et ses vitres étaient couvertes de buée.

Sophy soupira.

— Toutes les filles du lycée que je connaissais venaient ici pour flirter avec leur petit copain. Je dois être la seule à ne pas l'avoir fait.

Mais, contrairement à ce qu'elle espérait, Sean ne saisit pas la perche qu'elle lui tendait.

— Dis donc, tu sais qui est l'avocat de Maggie ?

— Non, mais Ty pourra sûrement te le dire.

— Et la procureure, tu la connais ?

— Bien sûr. C'est Masiela Leal.

— Ce nom me semble familier. Pourquoi ?

— Parce que je l'ai évoqué en citant les hommes avec qui j'étais sortie, et qui en ont épousé une autre. Elle est mariée avec AJ Decker, le chef de la police. Elle est originaire de Dallas, et elle a été flic avant de devenir avocate, puis procureure.

Le voyant grimacer, elle s'empressa de le rassurer.

— Il n'y a pas de conflit d'intérêts. AJ n'a aucune influence sur ses décisions. Elle l'a déjà prouvé.

Sean hocha la tête et, après un moment, ses doigts se décrispèrent autour du volant.

— Donc, tu es sortie avec le chef de la police. Et avec Ty, qui est inspecteur. Et je me souviens que Tommy Maricci rêvait de devenir flic.

— Il supervise les inspecteurs. Et Pete Petrovski était patrouilleur quand nous étions ensemble.

— Donc, tu aimes les hommes avec un insigne.

— J'aime les hommes d'honneur.

Il ricana.

— On est loin de l'univers des Holigan.

— Tu es quelqu'un de bien, sinon tu ne serais pas là.

Elle posa la main sur son bras, tout en muscles, en veines saillantes et en chaleur irradiante. Elle pourrait se blottir contre lui et ne jamais avoir froid, ne jamais avoir peur. Même s'il était opposé au mariage et aux relations durables.

Lentement, il ôta sa main droite du volant, dégagea son bras jusqu'à ce que leurs doigts soient noués, et posa leurs mains jointes sur la console centrale.

Il ne dit pas un mot, et elle ne trouva rien de suffisamment important à dire pour rompre ce moment de pure satisfaction.

Ils étaient presque arrivés en ville, quand des phares apparurent derrière eux, se rapprochant rapidement. C'était une belle soirée pour prendre son temps et apprécier la douceur de l'air, mais l'autre conducteur n'était visiblement pas de cet avis. Il déboîta et ils virent qu'il s'agissait de la voiture blanche garée près du lac. Puis il les dépassa comme une flèche.

— Les jeunes, murmura Sophy, en secouant la tête.

— Il n'y a rien de mieux que de faire une pointe de vitesse avec les cheveux au vent, dit Sean d'un ton indulgent.

— Et tu en sais quelque chose.

— Mais c'est beaucoup plus drôle dans cette voiture-ci que dans le véhicule familial qu'il a probablement emprunté à sa mère.

La queue-de-cheval de Sophy commençait à se détacher sous l'effet de la brise. Elle ôta l'élastique et passa les doigts dans ses cheveux.

— Je parie que tu as une sacrée collection d'amendes pour excès de vitesse.

— Pas autant que tu pourrais le croire. La plupart des flics aiment les voitures de collection. Même les femmes.

Sophy ricana.

— Ce n'est pas la voiture que les femmes apprécient.

Son teint était si mat qu'il était difficile de savoir si Sean avait vraiment rougi, mais il semblait embarrassé. Se pouvait-il vraiment qu'il ignore l'effet qu'il faisait aux femmes ?

Lorsqu'ils arrivèrent à destination, Sean se gara dans l'allée, derrière la petite voiture banale et sans charme de Sophy, et ils montèrent le perron ensemble.

Quand ils entrèrent, Ty et Nev étaient blottis sur le canapé et la télévision fonctionnait, mais on ne voyait pas signe des filles.

Sophy jeta un coup d'œil vers la porte de leur chambre, laissée entrouverte, où la veilleuse dessinait un trait de lumière sur le sol du couloir, et fit mine d'essuyer de la sueur sur son front.

— Ouf ! Tout le monde a l'air en un seul morceau.

Nev éteignit la télévision et se leva.

— Elles ont été de parfaits petits anges. Leur auréole est simplement un peu de travers.

— Si elles avaient une auréole, elles joueraient au frisbee avec, dit Ty.

— Elles les jetteraient dans les arbres, ajouta Sean.

— Elles essaieraient de toucher les oiseaux en vol.

— Elles viseraient les antennes des voitures qui passent devant elles.

Nev donna un coup de coude à Ty, qui glissa ses bras autour d'elle.

— Vous leur avez donné le bain et vous les avez couchées, et tout ? Eh bien, chapeau ! dit Sophy.

— Et je leur ai lu une histoire pour les endormir, ajouta Nev, d'un air content de soi.

Puis elle enveloppa Sean et Sophy d'un long regard curieux.

— Vous semblez beaucoup plus détendus. Il faudra recommencer. Mais souvenez-vous que vous devrez nous renvoyer l'ascenseur quand nous aurons des enfants.

— Vous pouvez toujours rêver ! riposta Sean. Il vaudra mieux s'adresser à tante Sophy.

Lorsque la porte se fut refermée derrière eux, il sembla à Sophy qu'un calme anormal s'était abattu sur la pièce.

— Tu veux un café ? proposa-t-elle à Sean.

Ça lui prit du temps pour répondre, comme s'il débattait du pour et du contre.

— Non merci, finit-il par dire, comme à contrecœur. La journée a été longue, et demain ça recommence.

— C'est ce qui est bien avec la vie, non ? Même si ça ne va pas du tout aujourd'hui, il y a toujours une autre chance le lendemain.

Et, si quelqu'un méritait une autre chance, c'était bien Sean.

Il lui prit la main et l'entraîna vers la porte avec lui.

— Je vais attendre jusqu'à ce que tu aies fermé.

Sophy sortit sur le palier de l'escalier extérieur, et croisa les bras.

— Je suis toujours prudente.

— Je me le demande. Tu te trouves bien ici avec moi, n'est-ce pas ?

Sans en avoir vraiment conscience, elle fit un pas

en avant, et la faible distance qui existait entre eux fut réduite à néant.

— Ça t'inquiète plus que moi, murmura-t-elle.

Il leva sa main gauche, celle aux doigts barrés de cicatrices, et repoussa doucement une mèche de cheveux derrière son oreille.

— C'est parce que je sais ce que les gens de cette ville pensent de ma famille et de moi. On m'a toujours méprisé, insulté… Toi, tu es leur petite princesse. Ils te pardonneront n'importe quoi, sauf de sortir avec un Holigan.

— Tu crois que l'opinion des gens m'intéresse ?

Il fit courir le bout de son pouce sur sa joue et le long de sa mâchoire, avec une infinie douceur.

— Tu aimerais croire que ça t'est égal, mais je sais que ce n'est pas vrai.

Elle posa la main sur la sienne, pressant sa paume calleuse contre son visage.

— Je suis une femme adulte. Je gère une boutique et on m'a confié la garde de deux enfants. Je crois donc être capable de choisir avec qui j'ai envie de sortir.

Mais, tout en affirmant cela, elle savait qu'il était facile de prétendre se moquer du qu'en-dira-t-on tant qu'on n'avait pas été exposé aux regards de travers et aux remarques hostiles. Elle avait bien vu comment Louise Wetherby avait traité Sean quand elle l'avait croisé la veille dans la boutique. C'est ainsi qu'on se comporterait avec elle si elle entretenait une relation avec Sean.

Etait-elle vraiment certaine que ça lui était égal ?

Relativement. Plus ou moins.

Pas à cent pour cent.

Avec une petite pression exprimant son regret, elle libéra la main de Sean et s'éclaircit la gorge.

— Tu viendras voir les filles, demain ?

— Bien sûr. Je leur lirai même une histoire, si elles insistent.

— Bon, eh bien alors, à demain…

Il hocha la tête, descendit deux marches, puis il pivota et revint vers elle, la plaqua contre l'embrasure de la porte, saisit ses mains, et pressa sa bouche contre la sienne.

Une chaleur intense explosa en elle. Elle essaya de libérer ses mains pour les nouer autour du cou de Sean, mais il refusa de la lâcher, maintenant ses bras raidis le long de son corps. Sa tête bloquait la lumière, la laissant dans une troublante obscurité, ses hanches étaient plaquées contre les siennes, et sa langue taquinait la sienne d'une façon terriblement sensuelle et prometteuse.

Elle se sentit à la fois si fragile qu'un coup de vent aurait pu l'emporter, et si forte qu'elle se sentait capable des plus grands exploits. Elle avait réussi à attirer cet homme incroyablement beau et sexy, à faire en sorte qu'il la désire autant qu'elle le désirait.

Mais elle ne pouvait pas lui demander de rester. Sinon, elle le regretterait le lendemain matin. Et il le comprit aussi car il interrompit soudain leur baiser.

— A demain, murmura-t-il, presque sèchement, avant de dévaler les marches à la hâte et de disparaître dans la nuit.

Lorsque sa voiture de sport démarra, les puissantes vibrations du moteur déchirèrent le silence, et firent vibrer l'escalier.

Toujours un peu déstabilisée par ce baiser, Sophy verrouilla la porte et courut à la fenêtre de sa chambre pour voir ses feux arrière disparaître au coin de la rue.

Ce faisant, elle vit un chien sortir des bosquets devant le *Bed and Breakfast*, remorquant son propriétaire au bout de sa laisse.

C'était Bitsy qui promenait Zeke. Ou l'inverse.

Depuis combien de temps se trouvait-il là ? Qu'avait-il vu, exactement ?

La lampe extérieure au-dessus du palier était comme un projecteur sur une scène de théâtre. Quiconque levant les yeux vers son appartement aurait assisté à un spectacle édifiant.

Eh bien, tant pis, songea Sophy, il ne renouvellerait pas son invitation à dîner.

Zeke et Bitsy poursuivirent leur chemin et tournèrent à gauche au croisement. Un moment après, un moteur démarra. Puis une voiture blanche sortit d'une petite rue au croisement suivant, et s'engagea dans Oglethorpe.

C'était probablement une coïncidence, un habitant du quartier qui sortait de chez lui en même temps que Zeke faisait le tour du pâté de maisons avec son chien.

L'hypothèse était plus logique que celle qui consistait à croire que Zeke venait en voiture jusque dans son quartier pour promener son chien devant chez elle.

Quoi qu'il en soit, ça ne valait pas la peine qu'elle se ronge les sangs pour ça. Elle avait mieux à faire, comme se mettre au lit, engranger de l'énergie pour le lendemain… et rêver de Sean.

7

Sean quitta la prison mercredi matin avec un intense mal de tête et un clignement nerveux dans l'œil droit. Au fil des années, il avait souvent entendu les gens se plaindre que les membres de leur famille les rendaient fous, mais il était si détaché des autres dans sa propre vie qu'il n'avait pas réussi à éprouver de compassion pour eux.

Après une demi-heure passée avec Maggie, là il pouvait avoir de la compassion.

Relevant ses lunettes de soleil sur le dessus de son crâne, il appuya le bout de son auriculaire sur le coin de sa paupière, stoppant le tic aussi longtemps qu'il maintenait la pression.

S'il était revenu chercher sa sœur au moment où il pouvait se le permettre, elle aurait alors eu dix-huit ou dix-neuf ans. Il n'y aurait eu que deux issues possibles : l'un des deux aurait tué l'autre, ou quelqu'un — lui, selon toute vraisemblance — aurait filé à l'anglaise au milieu de la nuit et ne serait jamais revenu.

Il avait rendez-vous dans une heure avec Masiela Leal, la procureure mariée à AJ Decker, le chef de la police. Dans la famille de Sean, on considérait les magistrats et les flics comme des ennemis. Une plaisanterie consistait d'ailleurs à affirmer que les premiers mots prononcés par chacun de ses membres, après « maman » ou « papa », étaient « je ne parle pas aux flics ».

Heureusement, Sean avait dépassé ce stade. Ce qui le gênait plutôt dans cette situation, c'était que Sophy soit sortie avec AJ en croyant qu'il pourrait être « le bon ». Si ce type-là n'avait pas les qualités requises, comment quelqu'un comme lui pourrait-il convenir ?

Il roula jusqu'à la boutique de patchworks et se gara dans l'allée. Il se dirigeait vers l'escalier, quand il entendit qu'on l'appelait depuis l'autre côté de la rue.

— C'est pas la peine de monter, parce qu'on n'est pas là !

Tirant sur la main de Sophy, Daisy sautillait sur le bord du trottoir, attendant l'autorisation de traverser. Elle portait une salopette en jean un peu trop large pour elle et ses sempiternelles claquettes. Son haut en Lycra rose vif ressemblait à la partie supérieure d'un maillot de bain une-pièce. La tenue était complétée par un chapeau de cow-boy noir.

Sean ne put retenir un sourire en les voyant traverser pour les rejoindre.

— Hé, salut, oncle Sean ! Tu sais quoi ? On a accompagné Dahlia à l'école, aujourd'hui. Et on a vu une dame, Maria, et sa fille Gracie, et je vais aller à une fête au bord de la piscine, chez elle, et son amie Cary sera là aussi.

— Clary, la reprit Sophy d'un air absent, tandis qu'elle concentrait son attention sur Sean.

— Tu sais nager ? demanda-t-il.

— Ouais. Gavin m'a jetée dans le lac quand j'étais petite, et j'ai nagé pour revenir jusqu'au bord.

Venant du fils de Declan, ça n'étonnait pas Sean. D'ailleurs, Patrick avait fait la même chose avec chacun d'entre eux.

— On ne dit pas « ouais », corrigea Sophy, avant d'expliquer : Les enfants auront des gilets de sauvetage. Anamaria est la femme de Robbie Calloway. Il sera là aussi, de même que la mère de Clary. Et ils vivent dans un lotissement sécurisé, entièrement clos de murs et gardé à l'entrée par un vigile. Elle ne risquera rien.

Sean se demanda qui d'elle ou de lui elle essayait de rassurer.

— Ouais, fanfaronna Daisy. Dahlia doit aller à cette stupide école, et moi je vais à une fête au bord d'une piscine. Et il y aura des hot dogs. Qui c'est qui a le plus de chance ? C'est moi !

Tandis qu'elle sautillait tout le long de l'allée jusqu'au porche, Sophy s'adressa à Sean.

— Qu'est-ce qui t'amène de si bon matin ? demanda-t-elle.

— Je tue le temps avant mon rendez-vous chez la procureure.

Sophy détailla sa tenue : pantalon de toile beige, ceinture en cuir fauve, chemise blanche et mocassins.

— Tu as fait des efforts vestimentaires.

— Mouais. Je me suis même rasé.

— J'avais remarqué. Ça te va bien aussi…

Elle lui caressa la mâchoire du revers de la main.

— Mais ne te crois pas obligé de te raser pour moi. J'aime bien le look ténébreux avec une barbe de trois jours.

Bon sang, il avait la peau en feu maintenant, et pas seulement là où elle l'avait touché.

Daisy attendait impatiemment à la porte.

— Dépêchez-vous ! Sinon, je serai pas prête quand la maman de Gracie va arriver. Vite !

Dès que Sophy ouvrit la porte, la fillette se rua dans sa chambre pour se changer.

— Un café ? proposa Sophy, tout en contournant l'îlot central.

— S'il te plaît.

Les mains dans les poches, Sean flâna dans le salon, observant les photographies, une tenture murale en patchwork aux découpes et aux surpiqûres très élaborées, un ours en peluche râpé niché tout en haut sur une étagère.

— Ton jouet favori ?

Elle releva la tête de la machine à café où elle venait de glisser une capsule et sourit.

— C'est Boo. Mimi l'a conservé pendant vingt ans pour moi. Il est un peu délabré, mais je l'adore.

Elle déposa la tasse sur l'îlot central, et apporta le sucre et la crème, tandis que Sean s'installait sur l'un des tabourets.

Se préparant à son tour un café, elle le prit debout, de l'autre côté de l'îlot.

— Puisque Daisy ne rentrera qu'en fin de journée, ça te dirait de déjeuner avec moi ? proposa-t-elle. On pourrait se faire livrer quelque chose…

— Tu ne veux pas te faire surprendre par tes amis en ma compagnie ?

Elle le dévisagea un instant sans comprendre, avant d'éclater de rire.

— En fait, je pensais que nous serions plus tranquilles ici pour reprendre notre baiser d'hier, là où nous l'avions laissé.

Sean ne sut pas quoi dire. Il aurait presque préféré que Sophy réponde oui à sa question. Il pouvait accepter qu'une femme soit gênée d'être vue avec lui en public. Mais quand Sophy lui faisait savoir qu'elle voulait se retrouver avec lui en toute intimité…

Daisy lui offrit une diversion bienvenue en déboulant

dans le salon. Elle était vêtue exactement de la même façon, à l'exception du chapeau de cow-boy qui avait été remplacé par une visière dont l'imprimé évoquait le pelage d'une girafe.

— Elles sont là ?

Sophy vérifia sa montre.

— Encore quelques minutes. Viens, on va aller sur la terrasse.

Elle adressa une petite grimace à Sean, en sachant qu'il aurait préféré attendre là. Ou plutôt se cacher là. Avec un soupir, il leur emboîta le pas.

Ils venaient de s'installer dans les rocking-chairs quand une Coccinelle décapotable de 1960 s'arrêta le long du trottoir, la capote baissée, sa peinture bleue scintillant au soleil, et son moteur tournant comme une horloge. Une femme était au volant, et une fillette du même âge à peu près que Daisy occupait le siège rehausseur sur la banquette arrière.

La conductrice sortit de voiture, chacun de ses mouvements exprimant une grâce et une sensualité folles.

Bien qu'il ne soit pas un grand amateur de « voitures de filles », l'attention de Sean se partagea entre la qualité de la restauration faite sur la Coccinelle, et la surprenante beauté d'Anamaria Calloway. Elle était grande, mince, rayonnante… tout à fait le genre de femmes sur qui les hommes se retournaient. Mais ce n'était pas une surprise dans la mesure où les fils de la richissime famille Calloway avaient tous épousé des femmes splendides. Ce qui était plus surprenant, c'était qu'elle soit noire car, comme il était de coutume dans presque toutes les riches et puissantes familles du vieux Sud, les ancêtres des Calloway avaient possédé des esclaves. La tradition voulait aussi qu'ils épousent des gens comme eux : des notables influents dans la région, d'illustre lignée… et blancs.

Lorsque Sophy les présenta, Anamaria serra chaleureusement la main de Sean.

— Robbie m'a raconté que vous faisiez les quatre cents coups avec ses frères et les vôtres. J'aimerais croire que vous n'avez pas fait la moitié des bêtises dont il se vante, mais je le connais trop bien.

— Sa mère disait que nos deux familles avaient été réunies dans cette ville pour que la police ait de quoi s'occuper.

Sara Calloway avait toujours bien accueilli Sean et ses frères chez elle, ne leur reprochant pas d'entraîner ses fils sur la mauvaise pente, et n'interdisant pas à ces derniers de traîner avec les parias de Copper Lake.

Bizarrement, il l'avait oublié jusqu'à aujourd'hui.

— Comment va Robbie ?

— Très bien. Il est beau, drôle, intelligent. C'est un mari et un père formidable. Mais il n'est pas toujours aussi adulte et sérieux qu'on pourrait le croire.

— En tout cas, il prend soin de son bébé, remarqua Sean, avec un coup d'œil à la voiture.

Anamaria eut un petit rire.

— Je me doute bien que vous ne faites pas référence à notre fille. C'est vrai qu'il a la passion des voitures. Il possède une Corvette de 1957 et, comme il devenait hystérique à chaque fois que je la conduisais, je lui ai demandé de m'acheter celle-ci.

— Au moins, il vous laisse conduire la Corvette, remarqua Sophy, avec une pointe d'amertume.

— Vous ne seriez pas jalouse, quand même ? demanda Anamaria sur le ton de la plaisanterie.

— Un peu, admit Sophy.

— Tu es prête, Daisy ? demanda Anamaria en s'accroupissant à la hauteur de la fillette. Nous avons quatre règles à respecter : tu dois obéir à tous les adultes présents à la fête. Tu ne dois pousser personne dans l'eau. Tu dois porter un gilet de sauvetage. Et… quelle est la règle numéro quatre, déjà ?

Elle tapota pensivement sur sa lèvre inférieure d'un ongle verni dans un ton de grenat profond.

— Ah, oui ! Tu dois t'amuser. Est-ce que tu peux faire tout ça ?

Les yeux écarquillés, Daisy hocha vigoureusement la tête de haut en bas.

— Dans ce cas, allons-y.

Jetant un coup d'œil par-dessus son épaule, Daisy lança :

— R'voir, Sophy. R'voir, oncle Sean. Regardez, moi je vais rouler dans un cambrioleur.

— Un cabriolet, corrigèrent Sean et Sophy d'une même voix.

Quelques minutes de silence passèrent avant que Sean ne reprenne la parole.

— Ce sont de petites tornades. Elles surgissent de nulle part, sèment la pagaille, et repartent aussi vite.

— Et, quand nos oreilles ont cessé de siffler, on se rend compte que le calme est revenu.

Sophy s'installa confortablement dans le rocking-chair, les jambes repliées sous elle.

— Tu ne m'as pas répondu pour le déjeuner. Si tu as peur d'être seul avec moi, nous pouvons toujours aller au restaurant de Louise Wetherby.

Sean lui lança un regard qui disait clairement ce qu'il pensait d'une telle proposition.

— Je serai là vers midi, dit-il en se levant.

Il se dirigea vers l'escalier de la terrasse et se retourna au moment de descendre la première marche.

— Et j'apporterai le repas.

*
* *

Sophy entra dans la boutique et poussa un profond soupir. Cette paix et cette sensation de confort faisaient partie de son quotidien avant l'arrivée des filles. Longtemps avant que son projet ne voie le jour, elle avait imaginé un cocon chaleureux où s'asseoir et discuter quelques heures, avec un éclairage tamisé, des recoins secrets, un arc-en-ciel de couleurs, et cette odeur si particulière aux tissus neufs…

C'était vraiment son refuge, l'endroit où elle se sentait heureuse et en sécurité. Son foyer.

Mais elle pourrait se créer un autre foyer ailleurs. Si toutefois elle avait une raison de le faire…

Sophy sélectionnait des coupons de tissu pour un nouveau projet quand la sonnette retentit. Habituée à ce que des amis passent de bonne heure, elle laissait la porte déverrouillée lorsqu'elle descendait faire sa mise en place avant l'heure d'ouverture.

Elle releva la tête avec un grand sourire, prête à accueillir son visiteur, mais les mots se coincèrent dans sa gorge et elle dut se forcer pour les prononcer.

— Ah, c'est vous, Zeke.

— Je sais qu'il est un peu tôt, dit celui-ci d'un ton gêné, mais je voulais simplement passer vous dire bonjour.

Il s'avança dans l'allée centrale d'un pas hésitant.

— Alors bonjour, dit-il, avec un petit rire trahissant son embarras.

Sophy continua à disposer les coupons les un à côté des autres, étudiant différents arrangements de couleurs et de motifs.

— Vous travaillez dans le quartier ? demanda-t-elle d'un ton détaché.

— Non, du côté de Carolina Avenue.

— Et que faites-vous ?

— Je suis assureur.

Il prit un livre de modèles, le feuilleta, et regarda les différents patchworks accrochés aux murs ou disposés sur des présentoirs.

— C'est vous qui avez fait tout ça ?

— Oui. Je réalise des modèles sur commande, je donne des cours, et bien sûr je vends toutes les fournitures nécessaires à la réalisation des patchworks.

— C'est impressionnant. Mais je me suis toujours demandé pourquoi on se donnait autant de mal pour quelque chose qu'on pouvait acheter tout fait dans n'importe quel magasin du type Walmart, pour une quarantaine de dollars.

Son père adoptif avait fait la même réflexion lorsqu'elle avait annoncé qu'elle voulait ouvrir une boutique. Reba aussi, ce qui ne l'avait pas empêchée de réclamer une couverture de berceau faite main — et gratuite ! — quand elle avait été enceinte pour la première fois.

— Pas ceux-ci. Le dernier plaid pour un lit king-size que j'ai vendu est parti à mille dollars. En fait, comparer un patchwork dont toutes les pièces sont assemblées à la main à un tissu dont le dessin est seulement imprimé et surpiqué à la machine, c'est comme de dire qu'une voiture de sport de collection — tiens, elle se demandait vraiment d'où cette pensée lui était venue — et un vieux monospace tout rouillé sont identiques parce qu'ils roulent tous les deux.

— Pardonnez-moi cette erreur de béotien.

Le charmant sourire de Zeke ne parvint pas à dissiper le malaise de Sophy.

Peut-être réagissait-elle avec excès ? En tout cas, elle se sentait vraiment vulnérable, toute seule dans sa boutique avec un homme qu'elle ne connaissait pas.

— Où sont vos coéquipières ? demanda Zeke, en regardant autour de lui.

Il y a deux jours, avant qu'elle manque de perdre la vie dans une maison en feu, et qu'elle se sente espionnée dans la rue, Sophy aurait répondu sans réfléchir. Ce matin, elle haussa les épaules.

— Elles ont trouvé des choses plus intéressantes à faire. Mais comment les en blâmer ? Pour quelques semaines encore, c'est l'été.

— Ah, être jeune et insouciant à la fin de l'été. Faire un dernier pique-nique, passer la journée à la plage, manger une glace…

Zeke eut un sourire nostalgique, accompagné d'un petit soupir.

Après un moment de flottement, il prit dans un panier à proximité un petit paquet de carrés de tissus coordonnés, prédécoupés et retenus ensemble par un ruban, et l'étudia distraitement.

— Dites-moi, je n'ai pas voulu poser la question devant les enfants, mais Dahlia a dit que vous n'étiez pas leur mère. Vous les avez adoptées ?

— Elles sont placées temporairement chez moi, répondit Sophy.

Il leva un sourcil.

— Eh bien, vous m'impressionnez de nouveau. Vous les avez depuis longtemps ?

— Quelques semaines.

— Elles n'ont pas de famille pour s'occuper d'elles ?

— Non.

— Leur mère pourra les récupérer bientôt ?

— Je ne sais pas.

Sophy se sentait de plus en plus mal à l'aise. Pourquoi toutes ces questions à propos des filles ? Connaissait-il Maggie, ou son petit ami ? Ou bien était-elle trop suspicieuse ?

Puis, d'un ton un peu trop détaché, il demanda :

— Ça fait longtemps que votre mari et vous accueillez des enfants ?

Le soulagement la submergea. Alors, c'était ça ? Il essayait de savoir s'il y avait un mari qui risquait de prendre ombrage de ses visites.

— Si vous voulez savoir si je suis mariée, vous pouvez le demander franchement, dit-elle avec un petit sourire narquois.

L'air gêné, il remit le paquet dans le panier, et en prit un autre dont il écarta un à un les coins libres.

— Ce n'était pas aussi subtil que je le pensais, hein ? Bon, je me lance : êtes-vous mariée ?

— Non.

Elle agita sa main gauche.

— C'est vrai que j'aurais dû regarder d'abord, dit Zeke en riant. Vous semblez être le genre de femme à porter une alliance.

— Bien sûr que j'en porterais une, si j'étais mariée.

Pour un engagement de cette importance, c'était évident. Ne serait-ce que pour pouvoir la regarder et la toucher, et se dire à chaque fois qu'elle avait trouvé son prince charmant.

— Vous avez quelqu'un dans votre vie ? reprit-il.

Après une hésitation, Sophy hocha la tête. Elle ne savait pas exactement ce qui allait se passer entre elle et Sean, mais elle savait que si elle n'essayait pas de le découvrir, elle le regretterait amèrement.

— C'est bien ce que je pensais. En promenant Bitsy hier soir, je voulais voir si vous profitiez de la douceur de la température sur votre terrasse, comme l'autre fois. Au lieu de ça, j'ai vu…

Il ne termina pas sa phrase et haussa les épaules avec un air déçu.

— Mais on ne peut pas reprocher à un homme de tenter sa chance, n'est-ce pas ?

Sophy ne savait pas comment réagir, mais il n'attendit pas la réponse. Jetant à nouveau le paquet de tissus dans le panier, il enfouit les mains dans ses poches.

— Bon, je ferais bien d'aller travailler.

Avant de se diriger vers la porte, il sourit et lui adressa un petit clin d'œil amical.

— A bientôt, Sophy.

Relâchant son souffle, elle sentit sa tension s'évacuer et se remit au travail, l'esprit tranquille.

Dans le souvenir de Sean, les procureurs étaient toujours de vieux hommes chauves, bedonnants et pontifiants.

Rien à voir avec Masiela Leal. Il était difficile de lui donner un âge. Entre trente-cinq et quarante ans, peut-être. Elle avait les cheveux et les yeux noirs, la peau mate, et elle occupait l'espace avec autorité et assurance. Sa poignée de main était ferme, son accueil poli.

Une fois les présentations faites, elle l'invita à s'asseoir, et prit place sur la chaise à côté de lui, plutôt que de trôner de l'autre côté de son imposant bureau.

Sa posture était impeccable mais pas rigide. On sentait que ce n'était pas quelque chose qu'elle avait travaillé, mais qui lui venait naturellement. Elle croisa les jambes, joignit les mains sur ses genoux, et l'étudia, la tête légèrement inclinée sur le côté.

Après un moment, elle lui sourit.

— Votre famille est une légende par ici.

— Vous voulez dire qu'elle a une certaine réputation ?
Elle haussa les épaules.

— Une légende, une réputation… J'ai entendu de bonnes choses sur vous de la part de Tommy Maricci et de Ty Gadney.

— Vous connaissez Ty ?

Aussitôt, il se sermonna intérieurement. C'était évident qu'elle le connaissait. Ty était inspecteur, Masiela instruisait ses affaires.

— Il m'a sauvé la vie. Il a été blessé à cette occasion. J'ai une dette énorme envers lui.

— C'est un garçon bien.

— Il dit la même chose de vous.

Elle marqua une brève pause avant d'en venir au vif du sujet.

— Vous êtes ici pour Maggie.

Il hocha la tête et demanda :

— Qu'encourt-elle ?

— Avec son casier et toutes les charges qui pèsent sur elle, je dirais vingt-cinq ans minimum. Il faudra qu'elle en fasse au moins quinze avant d'espérer pouvoir être libérée pour bonne conduite.

— Elle a parlé d'un accord.

— Son avocat l'a évoqué. Mais, tant que nous ne savons pas ce qu'elle a à offrir, il est difficile de dire quelles concessions nous pouvons faire.

— Et si ça vaut quelque chose ?

— Il faudra quand même qu'elle fasse quelques années. Entre trois et cinq ans.

— Il n'y a aucune chance pour qu'elle évite complètement la prison ?

Masiela eut une moue dubitative.

— Je ne vois pas ce qu'elle pourrait nous apprendre qui

justifierait une telle décision. Mais vous savez peut-être de quoi il s'agit ?

Aiderait-il Maggie s'il parlait à la procureure des menaces de Craig, de Davey, de l'agent spécial Baker et de la DEA — l'agence de lutte contre les drogues ?

Evidemment, Masiela avertirait son mari, puisqu'il était chef de la police. Et Maggie deviendrait alors un témoin protégé.

Immanquablement, ça remonterait aux oreilles de Craig, qui enverrait un nouveau message, peut-être plus direct, cette fois. Peut-être contre les enfants, qui étaient une cible plus facile…

Sean secoua la tête, et Masiela esquissa un sourire.

— Laissez-moi vous donner un conseil, Sean. Quand vous mettez autant de temps à répondre à une simple question demandant un oui ou un non, ne vous attendez pas à ce qu'on vous croie.

Elle l'observa un court instant, avant d'ajouter :

— L'explosion de la maison était-elle vraiment une coïncidence ?

Cette fois, il répondit immédiatement.

— Je ne sais pas.

Elle ne parut pas le croire.

— Je comprends que vous vouliez protéger votre sœur, Sean, mais il faut qu'elle affronte la réalité.

— Maggie et la réalité, ça a toujours fait deux, marmonna-t-il.

— Vous savez, la prison n'est pas la fin du monde. Elle pourrait en profiter pour se ressaisir, envisager la vie autrement, devenir quelqu'un de meilleur. Regardez-vous, vous n'avez pas eu affaire à la justice depuis votre incarcération.

— J'ai fait quinze mois, pas des années.

Quinze mois alors qu'il était innocent ! Et, s'il avait

quitté Copper Lake, c'était pour ne pas se laisser entraîner sur la mauvaise pente : l'alcool, les fêtes où tout le monde fait n'importe quoi, les délits mineurs qui s'accumulent et mènent à des infractions plus graves…

— Vous avez compris plus vite que Maggie. Finalement, c'est peut-être l'indulgence de la justice qui l'a conduite où elle en est aujourd'hui. Si elle avait été condamnée dès la première fois, elle aurait eu une peine légère, elle serait déjà sortie, et vivrait dans un meilleur endroit avec ses filles.

— Dans dix ans, elles seront grandes, remarqua Sean avec tristesse.

L'expression de Masiela s'adoucit.

— Je suis désolée pour Daisy et Dahlia. En fait, tout le monde est désolé pour elles, sauf Maggie. Votre sœur est d'un égoïsme invraisemblable. Je crois que ce serait beaucoup mieux pour les petites si elle était condamnée. Vous savez comment elles vivaient. Elles méritent tellement mieux.

Les Holigan se soutenaient toujours entre eux. La moitié des bagarres dans lesquelles Sean s'était retrouvé avaient pour but de défendre ses frères ou sa sœur. Mais, cette fois, il ne trouvait pas un mot à dire en faveur de Maggie. Lui aussi pensait que les petites seraient mieux sans elle.

— Dites-lui que, si elle veut coopérer avec nous, nous ferons de notre mieux, reprit Masiela.

Elle se leva, signifiant ainsi que la conversation était terminée, et tendit la main à Sean.

— C'est réellement ce qu'elle a de mieux à faire. J'espère que vous saurez le lui faire comprendre.

Sean hocha la tête, la remercia, et quitta le bureau. Les Holigan ne coopéraient pas avec les autorités, même quand c'était dans leur intérêt. Et cette fois…

La prison n'était pas la fin du monde, avait dit Masiela. Mais la mort, si. Et la seule façon pour Maggie d'éviter cela, c'était de sacrifier dix ou quinze ans de sa vie.

Tout reposait sur ses épaules. C'était le moment ou jamais pour elle d'apprendre que toute action avait ses conséquences.

8

La boutique n'avait pas désempli de la matinée et, cinq minutes avant midi, Sophy n'avait pas eu un instant pour penser au repas, à Sean et à leur baiser.

Elle avait peu avancé sur le projet qu'elle était en train de commencer quand Zeke était entré, aussi décida-t-elle de rassembler les tissus et de les ranger dans la réserve.

La sonnette retentit alors qu'elle s'y trouvait, et une boule de joie anticipée se forma dans son estomac.

Elle se précipita vers l'avant de la boutique, un grand sourire aux lèvres pour accueillir Sean… et découvrit à la place sa mère adoptive.

— Oh ! salut, dit-elle, tandis que sa bonne humeur refluait.

Rae Marchand n'avait jamais touché une aiguille de sa vie, pas même pour coudre un bouton. Et elle ne passait à la boutique que lorsqu'elle voulait quelque chose — généralement faire la leçon à sa fille.

— Bonjour, ma chérie.

Rae était habillée pour impressionner. Comme Nev, elle tenait à être toujours à son avantage, restant fidèle à ses talons aiguilles, son chignon strict et son maquillage parfait. Elle avait vieilli avec grâce et, même si elle n'était pas la personne qu'elle attendait, Sophy était contente de la voir.

Pour l'essentiel.

Il fallut quelques minutes pour que la conversation anodine laisse place à une question plus directe.

— Où est Daisy ?

— Chez Anamaria. A une fête au bord de la piscine.

— Ah, c'est bien. Gracie aura peut-être une bonne influence sur elle. Comment cela se passe-t-il pour Dahlia à l'école ?

— Elle se fait des amies, dit Sophy.

Elle apprenait aussi, mais son amitié avec les filles aux prénoms en « lee » était plus importante aux yeux de Sophy.

— J'ai appris que Sean était de retour en ville, dit sa mère d'un ton faussement détaché.

Sophy sentit son pouls s'accélérer.

— Oui.

— Et il a vu les filles un certain nombre de fois.

— Oui.

— Ce qui veut dire que tu l'as vu un certain nombre de fois.

— C'est exact. Que veux-tu savoir sur lui ? C'est un homme respectable. Il gagne sa vie honnêtement, paie ses factures, et il est revenu dès qu'il a appris que Maggie était en prison. Il est gentil avec les filles…

— Est-il toujours aussi dangereusement beau ? A dix-huit ans, il faisait déjà tourner toutes les têtes. Je n'ose imaginer ce que la maturité a pu apporter à son charme.

— Maman ! Il est assez jeune pour être ton fils.

Rae hocha négligemment les épaules.

— Il n'y a de mal à regarder. La vieillesse a simplement augmenté mon goût des belles choses : les fleurs, l'art, le vin… et les hommes sexy.

Serrant les lèvres pour retenir un sourire, Sophy secoua la tête.

— Si tu attends un peu, tu verras par toi-même

comment il est. Il ne va pas tarder à arriver... Et il apporte le repas.

Elle guetta un signe de désapprobation sur le visage de sa mère mais, contre toute attente, ne trouva rien.

— Et alors, tu es tentée ? demanda Rae.

— Oui. Et je fais de mon mieux pour qu'il soit tenté également.

Elle marqua une pause, avant de demander, d'un ton presque agressif :

— Ça te pose un problème ?

Rae l'étudia un moment.

— Tu es ma petite fille, Sophy, et tu le resteras toujours. J'admets que je n'ai pas toujours été enthousiasmée par tes choix, comme ceux de quitter l'université, d'ouvrir cette boutique, de sortir avec Robbie Calloway, Tommy Maricci et Ty Gadney. Je voulais que tu aies ce diplôme, Sophy, pour avoir une carrière fructueuse, de sorte qu'aucun homme ne puisse jamais te laisser dans la situation de ta...

— De ma mère biologique, termina Sophy. Je sais. Nous avons déjà eu cette conversation.

— Mais je dois reconnaître que tu t'en sors très bien, continua Rae. Tu as eu raison de suivre ta passion. Ça t'a réussi. Dans les affaires, j'entends. En amour... ce n'est pas vraiment ça. Mais, au moins, tu n'as pas eu le cœur brisé.

— Et si je décidais que Sean est l'homme de ma vie ?

Rae respira profondément, avant de grimacer un sourire forcé.

— Eh bien, nos repas du dimanche soir gagneront en séduction.

Sophy savait qu'il en coûtait à sa mère de dire cela, d'affecter cette attitude.

Intellectuellement Rae pensait sans doute que Sophy

était une femme capable de prendre ses propres décisions. Mais, au fond de son cœur, elle voulait toujours protéger sa petite fille du danger.

Et Sean Holigan représentait un sacré danger.

Sophy se rapprocha et la serra dans ses bras.

— Merci, maman. Je ne sais pas ce qui va ressortir de tout ça. Tu sais que j'ai le chic pour tomber amoureuse d'hommes qui finissent tous par en épouser une autre.

Bien qu'elle l'ait dit sur un ton détaché, l'idée que Sean puis se tomber amoureux d'une autre femme lui déchirait le cœur.

Après un moment, Rae fit un pas en arrière, mettant fin à leur embrassade.

— Ne t'imagine pas que tu m'as radoucie. Et maintenant, nous allons parler de la véritable raison de ma visite. Peux-tu me dire pourquoi il a fallu que j'apprenne par Zelda, à l'épicerie, que tu étais dans la maison de Maggie quand elle a explosé ?

Sophy haussa les épaules, soulagée que le chapitre Sean soit clos.

— Je ne savais pas comment te le dire.

— Tu aurais pu prendre ton téléphone et me dire : « Salut maman, j'ai failli mourir dans une explosion, mais je vais bien. » Tu aurais dû voir Zelda se rengorger parce qu'elle savait quelque chose que j'ignorais sur ma propre fille.

— Je suis désolée.

— Raconte-moi plutôt ce qui s'est passé. Et je veux connaître tous les détails.

Sophy se contenta d'un résumé et, lorsqu'elle eut terminé, Rae la serra contre elle, avant de la repousser à bout de bras pour l'observer de bas en haut.

— Et tu n'as pas été blessée du tout ?

— Je vais très bien, maman. Daisy et Sean aussi.

— Tant mieux. J'aurais fait une crise cardiaque si je l'avais su.

L'arrivée de Sean les interrompit. Elles tournèrent toutes les deux la tête vers la porte, et Rae soupira.

— Ah, c'est vrai que les hommes s'améliorent avec l'âge. Et quand ils sont déjà superbes au départ…

Sophy lui donna un petit coup de coude.

— Tiens-toi bien. Ne l'embarrasse pas.

Reconnaissant Rae, Sean s'arrêta dans l'embrasure de la porte, tenant toujours celle-ci ouverte, et parut hésiter avant de la relâcher et d'avancer vers les deux femmes.

— Il vient de marquer un point en ne s'enfuyant pas pendant qu'il le pouvait encore, murmura Rae.

Sophy lui donna de nouveau un coup de coude, et afficha un large sourire.

— Hé, Sean. Regarde qui est là.

— Sans doute la dernière personne que tu voulais voir, dit Rae en s'avançant, la main tendue. Regarde-moi ça, mais tu es devenu un homme.

Un peu mal à l'aise, Sean fit passer dans l'autre main le sac en papier au logo de Tia Maria qu'il transportait, et accepta la poignée de main. Non sans glisser un coup d'œil en biais à Sophy.

— Madame Marchand…, dit-il d'un ton prudent.

A l'évidence, ce n'était pas l'accueil qu'il attendait, étant donné qu'il n'avait jamais été autorisé à entrer dans la maison quand il sortait avec Reba.

— Oh ! tu peux m'appeler Rae.

Sophy eut une petite moue dans le dos de sa mère, certaine que ça ne risquait pas de se produire.

— C'est fou ce que tes nièces te ressemblent. Tu as l'intention de les prendre avec toi quand leur mère sera…

— Maman ! protesta Sophy.

— Oh ! tu as raison, il est temps que j'aille rejoindre

mes amies au country-club. J'ai des tas de choses passionnantes à leur raconter.

Se ruant vers la porte, elle marqua soudain un temps d'arrêt et pivota sur ses talons.

— Tu vas me faire une promesse, Sean.

D'embarrassée, l'expression de Sean se fit soucieuse.

— Laquelle ?

Rae se rapprocha, envahissant délibérément son espace personnel, et dit d'une voix sévère :

— N'entraîne plus jamais ma fille dans une maison qui risque d'exploser. Et s'il vous arrive quelque chose de simplement intéressant, ou un événement extraordinaire, fais en sorte qu'elle me prévienne tout de suite. Je ne supporterai pas une fois de plus l'humiliation d'être mise au courant par Zelda à l'épicerie.

Sean resta immobile jusqu'à ce que Rae soit sortie, puis il lança un regard complice à Sophy.

— Rae, la tornade…, dit-il. Elle souffle de l'air chaud, mais elle fait rarement des dégâts.

— Ça dépend ce que tu entends par dégâts, marmonna-t-elle. Je n'ose pas imaginer ce que sont ces choses passionnantes qu'elle a à dire.

L'odeur de la nourriture mexicaine envahit les narines de Sophy.

— Tu veux manger ici ou à l'étage ? demanda-t-elle.

Comme Sean haussait les épaules, elle attrapa son sac, ferma la boutique, et ouvrit la marche vers l'escalier menant à son appartement.

C'était si calme sans les filles…

Même quand elles dormaient, les pièces vibraient d'une énergie nerveuse telle qu'on ne pouvait pas oublier leur présence.

— Tu sais que c'est la première fois que je me

retrouve sans les filles depuis que je les ai prises. Tu sens la différence ?

— Je l'entends, surtout. C'est fou ce qu'elles peuvent être bruyantes quand elles s'y mettent.

Tandis qu'il commençait à déposer sur la table des chips de maïs, du guacamole, de la sauce piquante et tous les ingrédients pour les fajitas, Sophy prit des verres dans le placard et sortit une bouteille de thé glacé du réfrigérateur.

— Comment s'est passé ton entretien avec Masiela Leal ?

Sean haussa les épaules, et ses muscles roulèrent sous sa peau délicieusement hâlée.

Quand les filles haussaient les épaules en réponse à une question, elle leur disait que ce n'était pas poli. Quand c'était Sean qui le faisait, elle avait envie de poser le menton dans le creux de sa main et de l'admirer avec de grands yeux ébahis, en espérant qu'il recommence.

— Elle ne m'a rien appris que je ne sache déjà, répondit-il. Et elle voulait que je persuade Maggie de coopérer avec la justice, dans son intérêt.

— Tu vas essayer ?

— Parfois, ce qui semble être bien pour quelqu'un ne l'est pas vraiment, dit-il d'un ton sibyllin.

— Tu penses que ce serait mieux pour Maggie d'aller en prison pendant des années ?

— Je pense qu'elle ne survivra pas, dans le cas contraire.

Sophy comprit son inquiétude.

L'addiction de Maggie à la drogue était si profonde qu'elle risquait de replonger dès qu'elle serait dehors, et les chances qu'elle puisse fêter son prochain anniversaire étaient plus que restreintes. Aussi effrayante que soit la perspective de passer dix ans en prison, cela représentait peut-être pour Maggie sa seule chance de survie.

Tandis qu'ils entamaient leur repas, Sophy se demanda si elle serait capable d'assurer aussi longtemps la garde de Daisy et de Dahlia. Jusqu'à présent, elle avait eu plus de chance que les précédentes familles d'accueil : les filles n'avaient pas fugué — même si elles avaient essayé —, elles n'avaient pas saccagé la maison, mis le feu aux poubelles, ou jeté un repas à terre. Elles avaient limité les bêtises et les crises, et avaient plus ou moins renoncé à appliquer la loi familiale qui consistait à ne parler à personne en dehors des Holigan.

Mais, en réalité, la question n'était pas de savoir combien de temps Sophy serait capable de les garder.

C'était plutôt de savoir si elle pourrait les laisser partir pour qu'elles soient confiées à une autre famille d'accueil, ou éventuellement adoptées si Maggie était finalement déchue de ses droits parentaux.

La voix de Sean l'arracha à ses pensées.

— J'ai croisé M. Obadiah, aujourd'hui, dit-il, et elle remarqua que son ton était plus léger, son expression moins soucieuse.

— Oh ! je l'adore, dit Sophy avec enthousiasme. Comment va-t-il ?

— Il est toujours aussi gentil, patient, et de bon conseil. Un vrai sage. Tu sais qu'il a traversé de grosses épreuves en perdant d'abord sa femme, puis sa fille, et en élevant Ty tout seul. Il aurait eu de bonnes raisons de devenir un vieil homme aigri, mais ce n'est pas le cas.

— Oh ! non. Il répète à qui veut l'entendre qu'il est très heureux. Je pense que sa foi l'aide beaucoup. Il croit sincèrement qu'il retrouvera sa femme et sa fille au paradis. Et il essaie également d'appliquer ce que sa grand-mère lui a enseigné : chaque jour nous oblige à faire des choix, et il faut s'efforcer de prendre la décision la plus juste. Si on se trompe, alors il faut tout faire le lendemain pour réparer son erreur.

Sophy eut un sourire attendri tandis qu'elle essuyait ses doigts dans une serviette en papier et repoussait son assiette.

— Je l'avais interrogé pour un devoir que j'avais à faire au lycée, et depuis j'essaie d'appliquer ce conseil.

Sean se laissa aller en arrière et passa un bras derrière le dossier de sa chaise.

— Tu as déjà fait des mauvais choix ?

— Bien sûr, qu'est-ce que tu crois ?

— Celui-ci en est un ?

Celui-ci ? Il voulait sans doute parler de cette envie qui la taraudait d'aller plus loin dans sa relation avec lui, sans se soucier de ce que l'avenir leur réservait.

— Non, pas du tout. Je ne regrette aucune des relations que j'ai eues. J'ai retiré un bénéfice de chacune. Elles ont fait de moi ce que je suis aujourd'hui, tout comme notre histoire me transformera. Les filles aussi en seront changées, de même que ma famille et mes amis. Et, que ça te plaise ou non, tu ne seras plus le même non plus après ça.

Jouant avec son verre, Sean frotta machinalement la buée du bout de son pouce.

— Maggie n'a pas pris une seule bonne décision dans sa vie, dit-il pensivement. Pas même…

Sophy retint son souffle en attendant qu'il termine sa phrase : « Pas même celle d'avoir des enfants. » Ça lui briserait le cœur de l'entendre. Même si d'autres gens le lui avaient déjà dit. Même si elle avait eu la sottise de le penser elle-même avant de rencontrer Daisy et Dahlia.

— Oh ! et puis, zut ! dit-il, en détournant le regard.

Il ne pouvait pas le dire.

Parce qu'il redoutait de passer pour un sans-cœur ?
Ou parce qu'il n'y croyait pas ?

Il se leva soudain, l'air agité, et commença à débarrasser la table.

— Beaucoup de gens pensent que Daisy et Dahlia ont
une existence horrible, dit-il, que c'était irresponsable
et cruel de la part de Maggie de les mettre au monde.
Mais les filles ne le ressentent pas comme ça. Elles ne
regrettent pas d'être en vie. Et rien de ce qui leur est
arrivé jusqu'ici n'est insurmontable. C'est pareil pour
toi, ta sœur et tes frères. Malgré tout ce que vous avez
vécu, tu es heureuse d'être là.

— Tu pourrais dire la même chose en ce qui te
concerne, dit doucement Sophy.

Sean se détourna de l'évier où il venait de déposer
les assiettes.

— Tu sais, le fait de revenir ici fait ressortir mes
vieux démons. Je me sens coupable de ne pas être revenu
chercher ma sœur, alors que je le lui avais promis. Et
je m'en veux de souhaiter qu'elle aille en prison pour
qu'elle ait au moins une chance d'arrêter la drogue et
de devenir une bonne mère.

Se levant à son tour, Sophy se dirigea vers la cuisine.
Elle aurait voulu passer les bras autour de Sean, poser
la joue contre son torse et entendre son cœur battre. Au
lieu de quoi, elle prit appui contre l'îlot central.

— C'est parce que tu es un homme bien. Tu veux
qu'elle ait une meilleure vie. Mais ce n'est pas toi qui
peux la lui donner, Sean. Elle doit le vouloir et y parvenir
elle-même. Et il faut que cette envie soit assez forte pour
qu'elle arrête la drogue.

Et ils savaient tous les deux quel défi cela représentait.

Il était presque temps pour Sophy de rouvrir la boutique, et le baiser qu'elle avait plus ou moins subtilement réclamé à Sean n'avait toujours pas eu lieu.

Après le repas, ils s'étaient installés sur le canapé et s'étaient lancés dans une conversation amicale mais relativement intime, ce que Sean fuyait d'habitude comme la peste. Son mot d'ordre avait toujours été de rester le plus superficiel possible dans ses relations avec les femmes. Il ne partageait jamais ses secrets, ses peurs, ses souvenirs d'enfance, ni ne voulait rien savoir de la vie des autres.

Jusqu'à aujourd'hui.

— Je crois que je devrais descendre à la boutique, dit Sophy.

Mais elle ne fit pas un geste pour se lever du canapé.

— Mouais. Et moi, je devrais aller voir Maggie.

Il ne bougea pas non plus.

— Tu n'avais pas parlé d'un baiser, quand tu m'as invité à déjeuner ? demanda-t-il.

— Si. J'avais peur que tu l'aies oublié, murmura Sophy.

Réduisant la distance entre eux, Sean leva la main vers son visage et enroula une mèche de cheveux autour de son index.

— Les hommes n'oublient jamais ce genre de choses.

— Les femmes non plus.

— Tu sais qu'il y a peu de chances que je revienne m'installer à Copper Lake ?

— Ne t'inquiète pas pour ça, dit Sophy. Je ne suis pas du genre à m'accrocher. Je n'exige jamais rien. Je tiens compte des mises en garde…

Elle eut une petite moue narquoise, avant d'ajouter :

— Et je n'ai jamais brisé le cœur de personne.

— Ne t'inquiète pas pour mon cœur. Occupe-toi plutôt du tien.

Légère comme une plume, la main de Sophy se posa sur la joue de Sean.

— Ce qui m'inquiète, c'est que tu ne vois pas le bien qu'il y a en toi. Que tu acceptes trop de responsabilités pour quelqu'un qui dit n'en vouloir aucune. Que tu confonds les choix sans danger avec les bons choix.

Sean n'avait pas envie de se lancer dans une telle réflexion. Son temps était compté, et il avait à côté de lui une femme magnifique qui attendait d'être embrassée.

Les lèvres de Sophy vinrent à la rencontre des siennes, douces et souples. Quand leurs langues se frôlèrent, il eut l'impression de recevoir une décharge électrique. Le goût de sa bouche était à la fois doux, innocent, et aussi capiteux que le plus fort des alcools.

Passionné, sensuel, ce baiser tant fantasmé lui fit bientôt un tel effet qu'il dut lutter contre lui-même pour ne pas se laisser entraîner au-delà.

Manquant soudain d'air, il repoussa doucement Sophy, dont les épaules lui parurent si délicates sous ses doigts.

— Tu dois retourner travailler.

— Je pourrais fermer la boutique pour l'après-midi. C'est l'un des avantages de travailler à son compte.

Bien sûr, il pourrait se laisser tenter. Mais il n'était pas prêt pour ça, même si son corps semblait lui indiquer le contraire.

— Il reste trop peu de temps avant que les filles rentrent, prétendit-il.

— Tu as raison. Et puis, je ne peux pas vraiment fermer aujourd'hui. J'ai un cours qui commence dans une demi-heure.

Elle rajusta son chemisier et se passa la main dans les cheveux. Ses gestes étaient efficaces, son expression aussi normale que s'il ne s'était rien passé. Mais elle avait les yeux plus brillants qu'à l'accoutumée, et l'air autour d'elle vibrait de désir inassouvi.

Elle se leva et il l'imita, lui donnant la main pour qu'elle ne perde pas l'équilibre pendant qu'elle renfilait ses chaussures l'une après l'autre.

Elle se dirigea ensuite vers la cheminée, souleva un petit coffre en bois ouvragé et en sortit une clé qu'elle lui mit d'autorité dans la main.

— Verrouille la porte en partant.

— Je n'ai pas besoin…

Baissant les yeux, elle fixa ostensiblement son érection.

— Je pensais que tu voudrais prendre quelques minutes pour te remettre de tes émotions, dit-elle d'un air amusé.

Il lui donna une petite tape sur les fesses tandis qu'elle s'éloignait.

— Tu es supposée être impressionnée.

— Oh ! mais je le suis. Et j'ai hâte d'en voir plus. Tu me rendras la clé plus tard. Merci pour le déjeuner.

Resté seul, Sean observa fixement la clé.

Plusieurs de ses ex avaient voulu faire un échange de clés, mais il n'en avait jamais accepté une ni donné la sienne. Son appartement était le seul endroit qu'il considérait comme lui appartenant à lui seul. C'était son refuge, sa tanière. Il ne tenait pas à rentrer après une longue journée de travail et découvrir qu'une femme s'y était invitée. Il n'avait pas envie de se compliquer la vie à réclamer qu'on lui rende les clés au moment de l'inévitable rupture. Il ne voulait pas que quiconque exerce un contrôle sur son temps personnel.

Mais il était touché que Sophy lui donne sa clé. Elle était très attentive à sa sécurité, et pourtant elle avait suffisamment confiance en lui pour lui autoriser l'accès à son appartement.

Peut-être ne s'était-il limité qu'à des aventures jusqu'à

aujourd'hui. Peut-être avait-il fait le choix du superficiel. Mais, que ça lui plaise ou non, qu'il le veuille ou non, une de ses principales lignes de conduite venait d'être bouleversée.

Il était impliqué dans une relation avec Sophy Marchand autant qu'un homme pouvait l'être.

Et ça ne faisait que commencer.

9

Assis sur le canapé, Sean avait perdu la notion du temps quand un Klaxon dans la rue l'arracha à ses pensées.

Il se leva, remit les coussins en forme et se dirigea vers la porte d'entrée. Après l'avoir verrouillée, il mit la clé dans sa poche, descendit l'escalier d'un pas pressé, et se dirigea vers sa voiture garée de l'autre côté de la rue, presque en face de la boutique.

Il ouvrait sa portière quand une voix le héla depuis le trottoir.

— Excusez-moi. Savez-vous où je pourrais trouver un hôtel correct dans cet endroit ?

Il leva la tête et croisa le regard froid de l'agent spécial Alexandra Baker.

— Demandez à l'office de tourisme. C'est à deux cents mètres d'ici, précisa-t-il, en désignant l'ouest.

— Où pouvons-nous parler ?

— Il y a une gargote de l'autre côté de la rivière qui s'appelle Taquito Taco. Retrouvez-moi là-bas dans dix minutes.

Il se mit au volant et abaissa sa vitre tandis que Baker s'éloignait à pied.

Elle ne lui avait pas demandé de lui téléphoner, et il ne l'avait pas fait. Mais il était persuadé qu'elle gardait un œil sur tout, et c'était visiblement le cas.

Il aurait seulement préféré qu'elle se tienne au courant

à distance. Sa vie n'était-elle pas assez compliquée comme ça ?

Baker se dirigeait vers l'office de tourisme lorsqu'il la dépassa. N'importe quel observateur penserait qu'il lui avait indiqué son chemin et qu'elle suivait ses indications.

Il tourna dans River Road, puis dans Carolina Avenue.

N'ayant pas de raison de traverser la rivière, il n'était pas allé sur la rive gauche de la Gullah River depuis son retour. La plupart des commerces et des habitations se trouvaient rive droite. Passer le pont, c'était comme entrer dans un *no man's land*.

Enfin, c'était le cas lorsqu'il vivait là…

Plus maintenant. De luxueuses maisons et quelques immeubles occupaient le front de mer. Des magasins de proximité, quelques restaurants et un motel en construction s'étendaient sur un kilomètre de part et d'autre de la route.

Il se gara sur le parking de Taquito Taco, commanda un soda, et choisit une table à l'écart, d'où il pouvait voir la porte d'entrée et sa voiture.

Le climatiseur ronronnait bruyamment, mais ne parvenait guère à rafraîchir l'atmosphère, tandis que les haut-parleurs diffusaient l'habituelle soupe musicale à la mode.

Les goûts de Sean étaient plus classiques : du bon vieux rock, les voitures des années soixante… et Sophy, dont les courbes généreuses n'étaient plus vraiment dans les canons de la mode actuelle mais le rendaient fou.

Etant donné l'effet qu'elle avait eu sur lui un moment plus tôt, il préférait ne pas penser à elle et se préparer à son entretien avec Baker.

Celle-ci attira plus d'un regard quand elle entra, surtout de la part d'un groupe d'adolescents qui se donnaient des airs de petits voyous, avec leurs pantalons trop larges et tout leur attirail de rappeurs de pacotille.

Elle portait un short, un chemisier sans manches et des sandales, et jamais il ne l'avait vue habillée de façon aussi décontractée. Mais elle ne pouvait rien faire pour banaliser ses cheveux plus blancs que blonds, sa peau laiteuse, et ses yeux si clairs et si froids qu'ils paraissaient aussi transparents que des glaçons.

C'était une femme que les gens se rappelaient avoir croisée.

Il se demanda comment ça pouvait être compatible avec son travail.

Après avoir passé commande au comptoir, elle se dirigea vers sa table avec un plateau contenant un taco au poulet et une bouteille d'eau, et se glissa sur la banquette en face de lui.

Ecartant consciencieusement quelques feuilles de laitue flétries, elle tritura du bout de sa fourchette la garniture d'oignon, tomate et fromage, et commença à verser de la sauce sur la tortilla ouverte.

Se demandant combien de temps encore ça allait durer, Sean prit la parole.

— Depuis quand êtes-vous en ville ?

— Lundi. Je réside à The Jasmine.

C'était une ancienne maison coloniale transformée en *Bed and Breakfast* chic, que Sean n'avait pas les moyens de s'offrir. De toute façon, il n'aurait pas su comment se comporter face à un tel luxe.

— Je reçois une indemnité journalière, et je rajoute la différence de ma poche, expliqua-t-elle sans qu'il lui ait rien demandé. Quand je voyage, j'aime le faire avec style.

Peut-être éprouvait-elle le besoin de se justifier, mais il se moquait que la DEA utilise l'argent du contribuable pour la loger dans l'endroit le plus cher de la ville. Il voulait simplement qu'elle sorte le plus rapidement possible de sa vie.

— Quelles sont les informations que possède Maggie ? demanda-t-elle, se décidant enfin à entrer dans le vif du sujet.

— Elle sait que Davey n'est pas qu'un minable petit fabricant de drogue, et qu'il travaille pour un gros dealer de la côte est que les fédéraux cherchent à coincer depuis des années.

— C'est tout ?

Baker prit une bouchée de taco, et la mastiqua en grimaçant.

— C'est tout ce qu'elle m'a dit.

Instillant une note de sarcasme dans sa voix, Sean ajouta :

— Nous n'avons pas beaucoup d'intimité quand je lui rends visite. Je suppose qu'elle a des noms et sans doute des informations importantes, parce qu'elle compte sur ça pour la sortir de prison.

— Il se pourrait que ce soit le cas, dit Baker sans que rien ne paraisse sur son visage.

— Vous pourriez lui éviter la prison ? demanda Sean.

— Si elle nous aide à coincer Kolinski, oui.

— Et qu'allez-vous lui offrir en échange ?

Baker se tamponna délicatement les lèvres dans sa serviette en papier et prit le temps de boire une gorgée d'eau avant de répondre.

— Un déménagement, des soins, une nouvelle vie…

— Vous savez que la cure de désintoxication ne fonctionne que si la personne le veut vraiment. Se soigner pour quelque temps et replonger n'est pas très enthousiasmant.

— C'est tout ce que nous pouvons faire. A elle de se prendre en charge.

— Est-ce que le déménagement implique un nouveau nom ?

— Un changement complet d'identité pour elle et pour ses filles.

Sean savait ce que cela signifiait.

Il n'aurait plus jamais de contact avec elles. Il ne saurait pas ce que faisait Maggie, si elle prenait soin des filles, si Daisy ou Dahlia avait besoin de quelque chose. Il ne saurait pas si ses nièces faisaient les bons choix, ou si elles suivaient l'exemple de leur mère dans la drogue, le sexe et le crime.

Cette prise de conscience creusa un vide étrange en lui, quelque chose comme une inquiétude, une douleur pour des enfants dont il ignorait l'existence jusqu'à la semaine dernière.

— Et si elle ne prenait pas les filles ?

— Vous commencez à vous y attacher, hein ? A elles et à leur mère d'accueil.

Baker fit alors quelque chose qu'il ne l'avait jamais vue faire : elle sourit. C'était discret, juste un léger retroussement du coin des lèvres, mais c'était un sourire quand même.

Lorsqu'il disparut, son expression habituelle parut plus froide encore.

— Savez-vous pourquoi les types comme Kolinski font exécuter leurs menaces contre les témoins et leur famille, même après leur incarcération ? demanda-t-elle. Pour punir les témoins et envoyer un avertissement à tous ceux qui seraient tentés de les imiter. Si nous déplaçons Maggie mais laissons les filles derrière, il n'aura aucun mal à les trouver. Qu'un type soit capable de faire tuer deux petites filles innocentes parce que leur mère l'a livré aux autorités, c'est un avertissement sérieux, non ?

Ainsi, aucune des trois ne ferait plus partie de sa vie, comprit Sean. Il devait faire attention à ce qu'il souhaitait.

— Vous pourriez aussi les accompagner, suggéra Baker.

Sean regarda par la vitrine en direction de la rivière et de la ville de l'autre côté. Quitter Copper Lake et ne jamais y revenir avait été son rêve depuis tout petit, et il avait tout fait pour que ça se réalise.

Mais, maintenant qu'il était de retour…

Inutile de s'inventer des excuses. Ce n'était pas la ville qui le faisait se sentir bien, c'était les gens. C'était Ty et Nev, et M. Obadiah.

Et, surtout, c'était Sophy.

Ne plus jamais les revoir, ne plus jamais leur parler… Combien de temps lui faudrait-il avant d'en vouloir à Maggie d'avoir bouleversé sa vie et ses projets ?

— Je n'ai pas envie de me cacher, répondit-il.

— Vous comptez sur votre amitié avec Kolinski pour rester en vie ?

— Je compte surtout convaincre Maggie de garder sa fichue bouche fermée.

Baker esquissa de nouveau un sourire.

— Si votre sœur était capable de se taire, ni vous ni moi ne serions là, n'est-ce pas ?

Le moteur bruyant du bus scolaire attira Sophy à la fenêtre. Un garçon sauta du marchepied et courut comme un chien fou jusqu'à sa maison en bas de la rue. Puis ce fut au tour de Dahlia de descendre à pas lents, la tête baissée.

Elle traîna les pieds sur le trottoir et passa le portail.

Plus elle s'approchait du perron, plus elle ralentissait le pas, mais elle n'eut finalement d'autre choix que de monter les marches et d'entrer.

S'était-elle disputée avec ses amies ? Avait-elle eu un problème avec son institutrice ? Des enfants s'étaient-ils moqués d'elle parce qu'ils avaient appris les problèmes de sa mère ?

Sophy prit une profonde inspiration et se dirigea vers le réfrigérateur. La nourriture arrangeait toujours les choses.

— Viens par ici, Dahlia. Nous allons prendre le goûter ensemble. J'ai du raisin.

Elle savait que c'était le fruit préféré de la fillette.

— Si ça te dit, nous pouvons aussi partager une bouteille de soda.

Dahlia se traîna jusqu'à l'arrière de la boutique, déposa son cartable par terre, et se laissa tomber sur une chaise.

— Où est Daisy ?

Sophy tiqua intérieurement. Après avoir passé une mauvaise journée, Dahlia n'avait pas forcément envie d'entendre que sa sœur s'amusait pendant ce temps au bord d'une piscine.

— Elle est partie jouer avec les filles de quelques-unes de mes amies, dit-elle.

Elle ouvrit la bouteille de soda, répartit son contenu dans deux verres, et déposa sur la table un saladier contenant le raisin.

— Comment ça s'est passé à l'école ?

Dahlia haussa les épaules tout en bougonnant.

— Qu'as-tu appris ?

— La ponctuation.

— C'est bien. On ne peut pas écrire sans, et pourtant il y a des gens qui continuent à essayer.

Elle laissa passer un silence.

— Tu veux me parler de quelque chose ?

Dahlia détacha un grain de raisin, l'inspecta comme si un monstre risquait de sortir de sous sa peau vert pâle pour se jeter sur elle. Apparemment satisfaite, elle le jeta dans sa bouche, le mâcha et l'avala.

— Je veux voir maman.

— Je voudrais bien t'y emmener mais les enfants ne sont pas autorisés à la prison.

— Mais je dois lui dire quelque chose, insista Dahlia.

— Si tu me le dis, je pourrai le lui répéter.

Dahlia la fixa, l'air sombre, le regard beaucoup trop inquiet pour une enfant de six ans. Elle était si maigrichonne et semblait si vulnérable…

Après un long moment d'hésitation, elle murmura :

— Il y avait un homme à l'école.

Ces mots étaient si loin de ce que Sophy attendait, que ses poumons se contractèrent et son estomac se noua.

— Quel homme ?

Dahlia haussa les épaules.

— Je sais pas.

— Il t'a dit quelque chose ?

Pourvu qu'elle n'ait pas à lui arracher les mots un à un.

— « Dis à ta maman qu'on la surveille », voilà ce qu'il a dit. Je n'ai pas trouvé que c'était un homme gentil. Je dois prévenir maman.

— Il y a quelqu'un d'autre que nous devons prévenir avant, ma puce.

Sophy se saisit de son téléphone portable et appela Ty.

— Comment va mon inspecteur préféré ?

— Bien, et toi ?

— Je ne sais pas. Je m'inquiète peut-être pour rien…

Elle lui répéta ce que Dahlia venait de lui dire, et tout humour disparut de la voix de Ty. Ce dernier était un policier expérimenté. Si l'incident l'inquiétait, alors elle avait bien fait de ne pas le prendre à la légère.

— Je suis au poste. Je peux être chez toi dans deux minutes. Reste en ligne avec moi. Elle avait déjà vu ce type avant ?

— Je ne sais pas.

Avec un sourire à l'intention de Dahlia, elle se leva et se dirigea vers l'avant de la boutique.

— Je n'ai pas posé la question. Dès qu'elle m'a raconté ça, je t'ai appelé. C'est terrifiant.

— Je sais. Tu vois maintenant avec quel genre de personnes Maggie traîne. Sean est là ?

— Non, mais je pense qu'il ne va pas tarder.

Regardant vers la rue, elle espérait voir arriver la voiture de sport, mais elle n'était nulle part en vue.

Il n'y avait rien d'inhabituel non plus. Personne qui surveillait la boutique. Personne qui essayait de se dissimuler derrière la végétation ou les bâtiments.

— Pourquoi quelqu'un ferait-il passer un message comme celui-ci à une petite fille ?

— Pour rappeler à Maggie qu'elle doit se taire. Qui que soit ce type, il sait que Dahlia est sa fille. Il sait où la trouver. Il n'hésitera pas à s'en prendre à elle si nécessaire.

Ty apparut au bout de la rue, et le pouls de Sophy retrouva un rythme à peu près normal. Lorsqu'il franchit le portillon, elle raccrocha et ouvrit la porte pour l'accueillir.

— Elle est au fond, dans l'atelier.

— Et Daisy ?

— Chez Anamaria et Robbie. Ana ne devrait pas tarder à la déposer.

Ty prit place à table en face de Dahlia.

— Je sais que tu n'aimes pas les questions, mais

j'ai besoin que tu me dises tout ce qui s'est passé cet après-midi.

Il déposa un carnet et un stylo devant lui.

— Tu avais déjà vu cet homme avant ?

La fillette secoua la tête.

— Où étais-tu quand il t'a parlé ?

— Dehors. C'était après l'école. Je marchais vers le bus, et l'homme s'est arrêté devant moi. Il s'est penché, et il a dit : « Dis à ta maman qu'on la surveille. » Et puis, il a fait ça.

Elle pointa les doigts pour figurer un revolver.

— Si la maîtresse l'avait vu, elle lui aurait donné une punition, parce qu'on ne peut pas jouer avec des armes à l'école, même si on fait juste semblant.

Sophy sentit une migraine de stress battre derrière son œil droit.

Ty posa d'autres questions à l'enfant : pouvait-elle le décrire ? Lui avait-elle dit quelque chose ? Avait-elle remarqué d'où il venait et dans quelle direction il était reparti ? Se souvenait-elle de la façon dont il était habillé ?

Le degré de frustration de Dahlia s'élevait à chaque question et ses jambes battaient de plus en plus fort sous la table. Immanquablement, son pied heurta le plateau, et son verre de soda se renversa.

Au lieu de défier Sophy du regard, comme elle avait l'habitude de le faire quand elle faisait délibérément des bêtises, la fillette eut l'air catastrophée.

— Ce n'est rien, s'empressa de la rassurer Sophy. Je vais nettoyer.

Mais Dahlia se leva précipitamment pour aller chercher le rouleau d'essuie-tout.

— Non, je vais le faire moi-même, annonça-t-elle.

Sophy se rassit et murmura à l'intention de Ty :

— As-tu une idée de qui pourrait être ce type ?

— Je peux seulement te dire que ce n'est pas Davey. Elle l'aurait reconnu. Va savoir combien de gens Maggie connaît dans le business. Ça peut être un client qui ne veut pas qu'elle divulgue son nom, quelqu'un pour qui Davey travaille…

Du coin de l'œil, Sophy surveillait Dahlia, qui s'efforçait d'éponger la flaque sur le sol à grand renfort de papier essuie-tout.

— Où se trouve Davey ? Toujours en prison ?

— Oh ! que non ! Sa caution a été payée immédiatement, et le tribunal lui a accordé la permission de résider chez son frère en attendant son jugement.

Dahlia jeta les feuilles d'essuie-tout dans la poubelle et revint se planter devant les deux adultes, les mains sur les hanches.

— Je dois aller le dire à maman.

— Ma puce, je t'ai déjà dit que…

Ty leva une main.

— Je pense qu'on peut s'arranger.

Il devait s'imaginer que ça aurait plus d'impact sur Maggie si ça venait directement de sa fille, mais Sophy était loin d'en être convaincue.

— Tu veux venir avec nous, ou bien attendre ici ? lui demanda Ty.

— Je viens, répondit Sophy sans hésiter.

Ces derniers temps, elle ne se sentait plus aussi en sécurité que ça dans la boutique.

Ils étaient à la porte quand ils virent Sean et Daisy monter le perron. Depuis la rue, Anamaria donna un petit coup de Klaxon, et agita la main avant de démarrer.

— Hé, Dahlia, devine quoi ? s'écria Daisy. Je suis allée nager dans une grande piscine, avec une grande maison, et un grand jardin avec plein de fleurs partout, et je me suis fait des amies aussi, qui s'appellent Gracie et Clary, et...

Le regard de Daisy passa de Dahlia à Sophy, puis à Ty, et son enthousiasme se dissipa, laissant place à un air résigné.

— Tu as des ennuis ?

Le regard de Sean chercha celui de Sophy, posant silencieusement la même question.

Ty répondit à sa place.

— Quelqu'un attendait Dahlia après l'école, dit-il comme s'il s'agissait de quelque chose de totalement anodin. Il avait un message pour sa mère, et nous allons le lui transmettre. Est-ce que tu peux rester avec Daisy, à l'étage ?

— Mais je veux y aller aussi, protesta Daisy. Je veux voir maman.

— Pas cette fois, ma puce, dit Sophy, en lui ébouriffant les cheveux. Va vite retirer ton maillot de bain mouillé, et prends une douche chaude.

Tournant les yeux vers Sean, elle ajouta :

— Tu devras l'aider pour ses cheveux.

L'oncle et la nièce eurent la même expression interloquée, comme s'ils se demandaient si elle avait toute sa tête. Sean finit par hocher la tête, tandis que Daisy grimaçait.

— J'ai été dans l'eau toute la journée. Pourquoi je dois encore prendre une douche ?

— Parce que c'est le règlement de la maison, répliqua Sean. Allez, viens, Nemo.

Sophy n'avait jamais essayé de tenir la main de Dahlia quand elles marchaient, sauf pour traverser une rue. Aussi fut-elle surprise et touchée quand la fillette glissa sa petite main dans la sienne.

Le cœur serré, elle lui pressa gentiment la main, puis fit comme si de rien n'était.

Ty lui glissa un regard par-dessus la tête de Dahlia.

— J'ai remarqué que Sean ne t'a pas réclamé de clé pour entrer dans l'appartement.

— Ah, tu as remarqué ?

— Je suis inspecteur. Il n'y a pas grand-chose qui m'échappe. Il y a du rapprochement dans l'air ?

— J'invoque le cinquième amendement, celui qui permet de garder le silence pour ne pas être incriminé.

Cela fit sourire Ty.

— C'est parfait. Il a besoin de quelqu'un comme toi dans sa vie.

— Merci.

Extérieurement, Sophy semblait indifférente, mais intérieurement elle jubilait.

Ty était celui qui connaissait le mieux Sean, et elle accordait beaucoup de valeur à son approbation.

Sophy n'était jamais entrée de sa vie dans une prison. Tandis que Ty faisait en sorte que Dahlia puisse voir Maggie, elle se tint près de la porte en compagnie de la fillette qui lui serrait la main de toutes ses forces en regardant autour d'elle d'un air apeuré.

— C'est là que maman habite en ce moment ? murmura Dahlia, d'une voix à peine audible.

Ce n'était qu'une zone d'accueil : un guichet, un sol carrelé de dalle gris moucheté, des bancs en bois le long d'un mur peint en jaune pâle…

Ce n'était pas très différent en fait d'un bureau des services sociaux, ou de celui du principal de l'ancien lycée de Sophy. Mais il se dégageait de cet endroit quelque chose qui mettait mal à l'aise. On sentait qu'il y avait eu là beaucoup de drames et de désespoir.

Elle s'accroupit à la hauteur de Dahlia.

— Ce n'est pas si mal, hein ?

— La lumière fait du bruit.

La fillette avait raison. Les tubes fluorescents au-dessus de leurs têtes ronronnaient. Et la lourde porte blindée menant à l'arrière était intimidante. Sans parler des armes des gardiens.

Heureusement, Ty revint assez vite et les escorta vers le parloir. Il avait dû laisser son arme dans un coffre, où le sac de Sophy avait également été placé.

A peine entrée, Dahlia lâcha la main de Sophy, se rua vers Maggie, qui se tenait devant la fenêtre, et jeta ses petits bras autour d'elle.

— Maman, tu m'as manqué ! s'écria-t-elle.

— Toi aussi, mon bébé, dit Maggie. Je pense à toi et à ta sœur tous les jours.

Sophy ignorait si c'était la vérité. Maggie semblait sincère, mais quand son attention se porta aussitôt sur Ty, sans rien dire d'autre à Dahlia, ou même demander des nouvelles de Daisy, Sophy bascula vers l'option « pas si sincère que ça ».

— Tu devrais avoir honte de venir ici, Ty, alors que c'est toi qui m'as mise dans ce trou à rats !

Pas sincère du tout, décida Sophy, depuis son poste d'observation près de la porte.

Après avoir relaté à sa sœur l'histoire rapportée par Dahlia, non sans quelques interventions de la fillette, Ty demanda :

— Tu peux me dire pourquoi quelqu'un te fait passer un message par l'intermédiaire de ta fille ? Qu'est-ce que tu sais exactement ?

Une lueur éclaira le regard jusqu'alors morne de Maggie.

— C'est entre moi, mon avocat et la procureure.

Ty se pencha vers elle, vibrant de colère. Si elle avait été à sa place, Sophy aurait eu peur. Mais Maggie ne cilla même pas.

— Si tu as de quoi négocier, alors négocie. Mais ne reste pas là à jouer des petits jeux qui mettent tes filles en danger.

Maggie caressa distraitement les cheveux de Dahlia.

— Il ne leur arrivera rien. Avec ce que je sais, je suis inatteignable.

— Eh bien alors, parle à la procureure. Passe ton fichu accord pour que nous puissions mettre tes filles à l'abri.

Les mettre à l'abri, cela voulait dire les emmener loin de Copper Lake, se dit Sophy avec un pincement au cœur.

Elle n'était pas naïve. Elle savait bien, lorsqu'elle avait pris la décision de devenir famille d'accueil, qu'elle risquait de s'attacher aux enfants placés chez elle pour plus de quelques jours. Elle savait qu'il y aurait un peu de tristesse quand les enfants partiraient, que ce soit pour être rendus à leurs parents, adoptés, ou placés ailleurs. Elle s'y était préparée depuis le début.

Mais elle n'avait pas imaginé que les premiers enfants qui lui seraient confiés vivraient une situation aussi complexe, ni qu'on les lui retirerait parce que leur vie était en danger.

— Il suffit que j'appelle mon avocat pour qu'il organise un rendez-vous avec la procureure, déclara Maggie avec un petit air satisfait. Il ne me faudra pas longtemps pour quitter cette ville.

— Quitter cette ville ? répéta Dahlia. Tu vas quelque part, maman ? Est-ce que Daisy et moi on viendra avec toi ?

— Bien sûr. Tu ne crois quand même pas que je vais m'en aller en te laissant derrière moi ?

Oh ! mais non, pourquoi penserait-elle cela ? Ce n'était que son quatrième placement en famille d'accueil, songea Sophy avec amertume.

Un sourire radieux transforma le visage de Dahlia.

— On ira où ? Avec Daisy, on n'est jamais allées nulle part.

— Je pensais à la Californie. On pourrait vivre au bord de la plage et nager tous les jours dans l'océan. Et on apprendrait à faire du surf. Ça te plairait ?

Dahlia hocha la tête avec enthousiasme, tandis que Ty et Sophy échangeaient un regard désapprobateur. Il fallait vraiment manquer de jugeote pour laisser miroiter de telles choses à une enfant crédule et prompte à s'enthousiasmer comme Dahlia.

— Ne rêve pas trop Maggie, dit froidement Ty. Et tâche de te rappeler que toi et ton accord ne sont pas ce qu'il y a de plus important. Ta priorité doit être de faire ce qu'il y a de mieux pour les filles.

Se tournant vers la fillette, il ajouta :

— Dis au revoir, Dahlia. On s'en va.

Lorsqu'ils quittèrent la prison, Ty et Sophy étaient d'humeur morose. Dahlia dansait en chantonnant.

— On va aller en Californie ! Ouais !

Elle glissa un regard à Sophy.

— C'est où la Californie ?

— C'est très loin, de l'autre côté du pays.

— Il faut combien de temps pour y aller ?

— Quelques jours en voiture. Quelques heures en avion.

— On va prendre l'avion ? Oh ! mince, je suis trop pressée de le dire à Daisy !

Sophy lui prit la main pour traverser la rue, puis la fillette se libéra et continua à sautiller devant eux.

— Maggie est complètement à côté de la plaque, n'est-ce pas ? remarqua Sophie.

« J'ai eu peur, maman », avait dit Dahlia, avec l'envie que sa mère la prenne dans ses bras. Mais Maggie pensait déjà à autre chose, trop préoccupée d'elle-même pour réconforter Dahlia.

— Non, répondit Ty. Tu as entendu quels ont été ses premiers mots ?

« Tu devrais avoir honte de venir ici, Ty, alors que c'est toi qui m'as mise dans ce trou à rats. » Pauvre Maggie, toujours victime des actes de quelqu'un d'autre, jamais responsable de rien.

Lorsqu'ils arrivèrent à l'appartement, Dahlia et Daisy se mirent à parler en même temps. La possibilité de prendre l'avion plongea Daisy dans un silence inhabituel, et Sophy en profita pour envoyer les filles dans leur chambre.

— Tommy a décidé d'assigner deux agents en civil à l'école dès demain, dit Ty. Il a aussi demandé aux patrouilleurs de surveiller les parages. Sean, peux-tu…

— Pas de problème. Je reste ici.

Ty hocha la tête, l'air satisfait.

— Sophy, excuse-moi de prendre les décisions à ta place, mais je m'invite ce soir pour dîner avec Nev. Nous resterons là pendant que Sean et toi irez chercher ses affaires.

Sean avait mal à la tête et, à la façon dont Sophy se massait la tempe, il devinait qu'elle était dans le même cas. Un effet du stress. Profitant d'un moment où ils étaient seuls, elle l'avait remercié de s'être installé chez elle. « Je me sens plus en sécurité quand tu es là », avait-elle dit, et il s'était senti flatté.

Il était maintenant 21 heures passées et les filles étaient couchées dans le même lit, blotties l'une contre l'autre.

— Je me demande si Dahlia ne devrait pas rester à la maison demain, suggéra Sophy.

— Deux policiers en civil seront là pour assurer sa protection, lui rappela Sean. Ils vous escorteront discrètement quand tu l'emmèneras le matin, et ils suivront le bus le soir au retour. Au fait, prends ta voiture pour la déposer à l'école. N'y va pas à pied.

— Comment sais-tu que nous y allons à pied ?

— Tout le monde en ville sait que tu aimes marcher à chaque fois que tu en as la possibilité. C'est ta routine. Mais, à partir de maintenant, c'est fini les vieilles habitudes.

Sophy fixa ses mains un long moment, puis releva la tête, apparemment déstabilisée.

— Si Masiela accepte de négocier avec Maggie, celle-ci ne récupérera pas les filles tout de suite, n'est-ce pas ?

L'idée que son égoïste de sœur reprenne le contrôle sur la vie de ses filles donna la nausée à Sean. Aujourd'hui encore, elle avait démontré que Daisy et Dahlia ne figuraient pas en tête de ses priorités.

— Si Masiela a son mot à dire, les filles seront placées sous protection le temps que Maggie témoigne, dit Ty. Ça peut être un orphelinat, ou une famille d'accueil à proximité de l'endroit où Maggie sera cachée.

— Et si Masiela n'a pas voix au chapitre ?

— Ça dépend des informations que Maggie détient. Le FBI pourrait prendre la relève, ou même la DEA.

Sophy se tourna vers Sean, l'air catastrophé.

— On ne peut pas la laisser disparaître avec les petites. Qui sait ce qui leur arrivera, ce qu'elle leur fera.

Sean éprouvait les mêmes craintes, mais il le garda pour lui.

— C'est leur mère, Sophy, et ça lui plaît de tenir ce rôle. Elle dira à la procureure, aux fédéraux, aux juges, ce qu'ils veulent entendre, et elle y croira sans doute elle-même. Cette fois, elle va se soigner. Ce sera le début d'une nouvelle vie. Oui, les cinq ou six précédents nouveaux départs ont échoué, mais cette fois c'est différent. Cette fois, c'est la bonne. Elle le veut tellement qu'elle ne pourra pas échouer.

— Mais si la justice a un autre choix…, protesta Sophy, comme celui d'un oncle respectable, sain de corps et d'esprit, bien intégré dans la société, elle peut décider de lui confier ses nièces, non ?

— Respectable ? répéta Sean, avec une moue dubitative. Pas tant que ça. J'ai quand même une condamnation à mon actif.

— Mais tu aimerais prendre les petites avec toi ? insista Sophy.

Sean hésita un long moment avant de répondre par l'affirmative.

Nev, qui était jusque-là restée en retrait, se leva et entoura brièvement Sean de ses bras.

— Il ne nous reste plus qu'à croiser les doigts pour que Maggie retrouve un peu de bon sens et décide de ce qui sera le mieux pour les filles.

Sean s'interrogea. Le fait que Maggie renonce à ses droits parentaux serait-il suffisant pour éliminer la menace que Craig faisait peser sur elle ? Il pourrait se dire que ça n'aurait plus vraiment d'impact de s'en prendre à elles. Les filles ne feraient plus partie de la vie de Maggie. Cette dernière ne saurait pas où elles étaient, auprès de qui elles avaient été placées. Elle ne saurait probablement même jamais ce qui leur était arrivé…

Le mieux pour Daisy et Dahlia serait encore que

Maggie se taise et qu'elle accepte d'aller en prison. Mais elle n'avait toujours pensé qu'à elle.

Après avoir encore échangé quelques mots, Ty et Nev s'en allèrent, et Sophy verrouilla la porte derrière eux. Avec la serrure de sécurité, les barres de fer pour bloquer l'ouverture des fenêtres et le système d'alarme, la vieille maison semblait relativement sûre.

Mais rien de tout cela ne la protégerait d'une explosion. Et une maison de plus de cent ans, avec une structure en bois, ne mettrait pas longtemps à brûler.

En revenant de l'entrée, Sophy prit la main de Sean et l'entraîna vers le canapé.

— Et si je m'enfuyais quelque part avec les filles ? dit-elle d'un ton léger, tandis qu'ils prenaient place sur les coussins. Tu nous accompagnerais ?

Etirant ses jambes sur la table basse, Sean rejeta la tête en arrière et observa les photographies familiales sur le manteau de la cheminée.

— Où irais-tu ?

— N'importe où, sauf en Californie !

Il rit avec elle.

— Que dirais-tu du Montana ? suggéra-t-elle. Il paraît que c'est très beau.

— Oui, mais il y fait froid.

Elle lui lança un regard moqueur.

— Serais-tu une petite nature ?

— J'aime quand il fait chaud.

— L'Arizona alors ?

— Pas si chaud que ça.

Il lui prit la main et entrelaça ses doigts aux siens, tandis que le silence retombait sur la pièce.

Quand les filles dormaient, et que leur vacarme cessait enfin, l'oreille se faisait plus attentive à des petits bruits du quotidien qui passaient généralement inaperçus : une voiture qui démarrait, la branche d'un arbre qui venait frapper contre le pignon de la maison, un carillon qui tintait quelque part sous l'effet du vent… et puis le crépitement de quelques gouttes d'eau sur le toit qui se transformaient en pluie battante.

— On dit que l'hiver est agréable en Floride, remarqua Sophy d'un ton songeur. D'ailleurs, c'est ce que semblent penser des milliers d'oiseaux migrateurs.

— Miami Beach ?

— Je pensais plutôt à Orlando. Nous pourrions nous faire engager à Disney World. Tu serais un pirate des Caraïbes, et je serais ta prise de guerre.

Il l'enveloppa d'un regard appréciateur.

— Je n'ai rien contre.

— Tant mieux. Parce que ce canapé n'est pas très confortable.

Sean ne doutait pas que le lit de Sophy soit formidablement confortable, mais il ne se sentait pas prêt à le partager avec elle.

Il se leva, lui prit les mains pour la hisser vers lui, et l'entraîna dans le couloir.

S'arrêtant à quelques pas de la porte de sa chambre, il posa les mains sur ses épaules et la fit pivoter vers l'embrasure.

— Je vais tester le canapé ce soir, et je te dirai ce que j'en pense demain.

Sophy lui lança un regard entendu.

— Heureusement que j'ai un ego fort, ou je me sentirais terriblement humiliée à cet instant.

Il lui passa gentiment la main dans les cheveux.

— Tu sais que nous finirons par nous retrouver dans ta chambre un jour ou l'autre.

Cette remarque fit naître un sourire malicieux sur les lèvres de Sophy.

— Bien sûr que je le sais. Et depuis plus longtemps que toi.

— Mais pas ce soir. J'ai besoin… de réfléchir.

Il devait surtout trouver le courage de lui révéler la véritable raison de sa venue à Copper Lake.

Mais comment lui dire qu'il servait d'informateur à son meilleur ami ? Que ledit meilleur ami était un meurtrier, un trafiquant de drogue et un voleur. Que la menace contre Maggie et les filles venait de Craig. Que l'explosion était aussi de son fait.

Ce n'était pas si facile que ça de lui apprendre qu'il n'était pas l'homme respectable qu'elle imaginait.

Ce n'était pas juste non plus de faire l'amour avec elle avant de lâcher cette petite bombe, en sachant que cela risquait de tout changer entre eux.

Sophy se hissa sur la pointe des pieds et lui effleura les lèvres d'un baiser tendre et charmeur.

— Pense à moi cette nuit, murmura-t-elle d'une voix sensuelle, avant d'entrer dans la chambre d'une démarche délibérément languide.

Oh ! il allait penser à elle, ça ne faisait pas l'ombre d'un doute. Et, s'il parvenait à dormir, il rêverait d'elle.

Revenant vers la cuisine, il se prépara un café. Puis il alla s'asseoir dans un fauteuil, face au minuscule jardin situé à l'arrière de la maison, et se prépara à une longue nuit de réflexion.

10

Lorsque Sophy se réveilla, la pluie frappait toujours sur le toit et ruisselait sur les fenêtres, brouillant la vue sur l'extérieur.

De l'autre côté de la rue, les feuilles des arbres étaient gorgées d'eau, la charge faisant ployer leurs branches plus bas que la normale. Des filets d'eau serpentaient le long des caniveaux.

Lorsqu'elle était enfant, elle adorait sauter dans les flaques d'eau, telle une petite fille facétieuse. Mais ce genre de divertissement n'était plus de son âge et ne cadrait guère avec ses responsabilités du moment.

Elle se demanda si le calme reviendrait un jour dans sa vie. Et si les filles en feraient encore partie à ce moment-là.

Elle avait laissé la porte de sa chambre entrebâillée toute la nuit, mais elle n'avait pas entendu ne serait-ce qu'un ronflement venant de Sean.

A quoi avait-il réfléchi la nuit dernière ? Aux conséquences que cela aurait pour lui s'il recueillait ses nièces de façon permanente ? S'inquiétait-il de ce que diraient la justice et les services sociaux ? Pensait-il aussi à la place qu'elle pourrait tenir dans sa vie ?

C'était éprouvant d'être confronté à tant de questions et de ne pas avoir de réponses.

Après une douche rapide, elle enfila un bermuda beige et un T-shirt au logo de la boutique.

Vérifiant l'heure, elle constata que les filles pouvaient dormir encore un peu et, guidée par une odeur de café frais, elle entra à pas de loup dans le salon plongé dans l'obscurité.

Sean reposa ses pieds au sol pour lui faire une place à côté de lui sur le canapé. Il avait utilisé la salle de bains avant elle — elle sentait sur lui l'odeur de son gel douche et de sa mousse à raser —, et enfilé un jean et une chemise ajustés. Il avait une musculature longue et fine, sans commune mesure avec celle d'un adepte du *body-building* mais suffisamment marquée pour attirer l'attention des femmes.

Une fois installée à côté de lui, les pieds repliés sous elle, Sophy s'étonna :

— Tu te lèves toujours aussi tôt ?

— Quelle heure est-il ?

— Presque 7 heures.

— En général, j'arrive au garage vers 6 heures. Ça me permet de m'avancer dans mon travail en attendant les clients. La plupart viennent pour des pannes ou de petites réparations.

Il lui tendit sa tasse de café et leurs doigts se frôlèrent lorsqu'elle la prit. Pendant quelques secondes, elle respira l'arôme intense qui s'en échappait. Lorsqu'elle y goûta, elle découvrit que le café était juste chaud comme elle l'aimait et en but une longue gorgée qui la réchauffa.

— Et je suppose que les autres clients te demandent de restaurer des modèles de collection ? demanda-t-elle, en lui rendant sa tasse.

— Ce sont ceux-là que je préfère. Et, ce qu'il y a de bien avec eux, c'est qu'on peut être sûr, une fois qu'ils y ont pris goût, qu'ils reviendront les années suivantes avec d'autres voitures à remettre en état.

Sophy constata un changement dans son expression, dans sa voix. On voyait qu'il aimait son travail et qu'il en était fier.

Elle comprenait exactement ce qu'il ressentait. Elle ne deviendrait jamais riche avec sa boutique de patchworks, mais elle réalisait des pièces magnifiques qu'elle n'avait aucun mal à vendre.

— Auras-tu assez de temps à consacrer aux filles ? reprit-elle.

Il fallut un peu de temps à Sean pour répondre. Il garda quelques instants les yeux tournés vers l'extérieur, où un soleil voilé ne parvenait pas à percer l'écran de grisaille.

— Si on me les confiait, je ne retournerais pas en Virginie, dit-il.

Sophy posa le bras sur le dossier du canapé et appuya sa joue sur son poing.

— Et Orlando ? Tu ne m'as pas répondu, hier.

Il esquissa un sourire.

— Toujours dans ton fantasme d'esclave du pirate ?

— Et si tu restais tout simplement ici ? suggéra-t-elle, en reprenant son sérieux.

L'expression de Sean se fit distante et troublée.

— Je ne sais pas. Il y a tellement de détails à régler avant que je puisse prendre une décision.

Pour atténuer la dureté de ses paroles, il posa sa tasse sur la table basse et attira Sophy dans ses bras.

La tête posée sur son épaule, elle se blottit étroitement contre lui, savourant la chaleur de son corps et l'impression de force qui s'en dégageait.

Elle était sortie avec quelques hommes dans sa vie — des garçons bien qu'elle aurait voulu aimer pour toujours —, mais elle n'avait été amoureuse d'aucun d'entre eux.

Cette fois, elle savait que c'était différent. Peu importait que Sean soit entré dans sa vie depuis quelques jours seulement, ou qu'il l'ait prévenue depuis le départ qu'il ne resterait pas.

Elle savait.

Elle ne parlait pas de coup de foudre. Elle était un peu sceptique à ce sujet, bien qu'elle connaisse quelques personnes à qui c'était arrivé. Ses parents adoptifs, par exemple, adoraient raconter qu'ils avaient déclaré à leurs amis, trente minutes après s'être rencontrés, qu'ils allaient se marier. Ils l'avaient d'ailleurs fait moins de trois mois plus tard.

Non, Sophy préférait penser qu'avec Sean elle avait découvert au premier regard un « potentiel ». Une petite alerte s'était déclenchée dans un coin de sa tête, suggérant de façon insistante que celui-ci pourrait être « le bon ».

Et chaque minute passée avec Sean, chaque conversation qu'elle avait eue avec lui avaient conforté cette première impression.

Mais ces certitudes à elle ne garantissaient pas que Sean ressente la même chose. Il avait passé sa vie entière à éviter de s'engager. A présent, il envisageait de demander la garde de ses nièces, ce qui était déjà un grand pas en avant. Avait-il peur qu'il n'y ait plus de place pour une femme ?

Elle consulta sa montre et soupira.

— Il est temps de réveiller les belles au bois dormant, dit-elle. Et, en général, ce n'est pas une partie de plaisir.

Elle se leva et se dirigea vers la chambre des filles, bientôt suivie par Sean.

Une veilleuse projetait des ombres pâles sur les silhouettes de Daisy et de Dahlia, qui dormaient dos à dos.

— La première nuit qu'elles ont passée ici, je les ai mises dans des lits séparés, expliqua Sophy à voix basse. Le lendemain matin, je les ai retrouvées dans le même lit. La nuit suivante, j'ai de nouveau essayé de les faire dormir seules, mais elles ont recommencé. Depuis, je les laisse faire. Je suppose qu'elles finiront par dormir chacune dans un lit quand elles seront prêtes.

— Elles sont adorables comme ça, tu ne trouves pas ?

— Tous les enfants le sont quand ils dorment. Mais attends d'assister à leur réveil.

Elle alluma le plafonnier, puis elle éleva la voix.

— Daisy, Dahlia, c'est l'heure de se lever, les filles.

Fidèles à elles-mêmes, elles ne bougèrent pas.

Sophy s'approcha du lit et se pencha.

— Dahlia, tu dois aller à l'école.

La fillette s'enfonça un peu plus sous la couverture en grommelant. A côté d'elle, Daisy roula sur le dos, le visage en partie caché par ses cheveux, dont les pointes se soulevaient sous l'effet de sa respiration.

— Allez, les filles.

Sophy saisit drap et couverture à deux mains et les rabattit au pied du lit.

— C'est le matin, il est temps de se lever, chantonna-t-elle.

— Laisse-nous !

Sophy les secoua chacune par une épaule.

— Sérieusement, les filles, il faut se lever, s'habiller et prendre le petit déjeuner.

Comme les fillettes avaient un peu plus de temps ce matin, du fait de la recommandation de Ty de prendre la voiture pour déposer Dahlia à l'école, Sophy ajouta :

— Si vous vous dépêchez, j'aurai peut-être le temps de faire des gaufres.

Daisy repoussa ses cheveux et écarquilla les yeux.

— Je pourrai mettre du chocolat fondu dessus ?

— Si tu veux, dit Sophy, conciliante. Maintenant, tu veux me rendre un service et réveiller ta sœur ?

Daisy se redressa, se cala contre la tête de lit, planta ses deux pieds dans le dos de Dahlia et poussa de toutes ses forces pour la faire tomber du lit. Celle-ci heurta le sol avec un bruit mat, et commença à se relever en grommelant, les bras tendus pour attraper sa sœur. Daisy sauta du lit en criant, et vint se réfugier contre Sean en lui encerclant les jambes de ses bras.

— Sauve-moi ! Sauve-moi ! lança-t-elle d'une voix suraiguë.

Passant devant eux, Sophy se pencha à l'oreille de Sean et murmura :

— Tu vois ce qui t'attend.

Comme sa mère l'avait dit durant sa visite au magasin, il venait de marquer un point en ne s'enfuyant pas pendant qu'il le pouvait encore.

Jeudi fut, à première vue, une journée parfaitement normale pour Sean. Ty leur donnait régulièrement des nouvelles de Dahlia, les clientes entraient et sortaient du magasin sans réellement lui prêter attention, et la pluie continuait à tomber. Lorsque la porte s'ouvrait, des bourrasques d'air gorgé d'humidité faisaient entrer dans la boutique une odeur de terre et de feuilles détrempées, rafraîchissant l'atmosphère de cette fin d'été moins ensoleillée que prévu.

Mais cette normalité lui portait sur les nerfs. Il était démangé par l'envie de bouger, de faire quelque chose.

A chaque fois que la porte s'ouvrait, son regard se tournait vers le nouvel arrivant. A chaque fois que le téléphone sonnait, il se crispait, et toute son attention se focalisait sur la voix de Sophy, sur son visage, attendant le soulagement qui s'y inscrivait quelques secondes après.

A présent, Dahlia était rentrée de l'école. Il était presque temps de fermer et de regagner l'appartement. Ils avaient décidé de commander une pizza chez Luigi. Une idée qui à elle seule suffisait à remonter le moral, avait affirmé Sophy. Il était d'accord avec elle.

Il hissait Daisy pour qu'elle puisse replacer un rouleau de ruban sur une étagère en hauteur, quand la clochette de l'entrée annonça l'arrivée de Ty. Ce dernier était accompagné d'un autre inspecteur, dont le visage était familier à Sean, sans qu'il parvienne à se rappeler son nom.

Sophy releva les yeux du bordereau de dépôt bancaire qu'elle était en train de remplir.

— Hé, salut Pete ! s'exclama-t-elle.

Sean se souvint alors de lui. Pete Petrovski, qu'ils surnommaient Ski à l'école. Un autre ex de Sophy. Quel tableau de chasse : quatre flics, un avocat… et un ancien taulard devenu mécanicien. Fichtre !

Petrovski répondit au salut de Sophy par un bref hochement de tête. En fait, Ty aussi semblait préoccupé.

Sean reposa Daisy au sol, l'envoya rejoindre Dahlia à l'autre bout du magasin, et rejoignit Sophy au comptoir, tandis que celle-ci demandait :

— Que se passe-t-il ?

Ce fut Ty qui répondit.

— Je vous ai dit que le juge avait autorisé le petit ami de Maggie, Davey, à séjourner chez son frère, à Martinez…

Sophy hocha la tête.

La ville jouxtait Augusta et il était difficile de dire où l'une se terminait et où l'autre commençait.

— La police d'Etat vient de nous appeler, reprit Ty.

Ty jeta un coup d'œil aux filles, avant de concentrer son attention sur Sean.

— Davey a trouvé la mort dans un accident de voiture ce matin. Sa voiture a percuté la rambarde du pont de Savannah River à grande vitesse. Ils viennent de le sortir de l'eau et de l'identifier.

Sean fit quelques pas à l'écart, songeant à toutes les raisons qui pouvaient expliquer un accident comme celui-ci. Un malaise. Un suicide. Un abus d'alcool ou de drogue. Une vitesse excessive. La pluie. Un dysfonctionnement du véhicule…

En tout cas, accident ou meurtre, Craig voyait ses problèmes s'arranger miraculeusement. Son seul lien à présent avec un trafic de drogue dans la région de Copper Lake, c'était Maggie.

Ce nouveau rebondissement l'aiderait-il à entendre raison ? Cela lui ferait-il comprendre qu'elle jouait avec le feu ?

Il n'entendit pas Sophy s'approcher, mais il ne sursauta pas non plus quand elle lui toucha le bras.

— Maggie est au courant ? demanda-t-il.

— Non, dit Ty. Pete et moi sortions du tribunal quand nous avons reçu l'appel.

— Laisse-moi le lui annoncer, reprit Sean.

Cette fois, il savait ce qu'il allait dire à sa sœur pour qu'elle se décide enfin à faire passer l'intérêt de ses filles avant le sien.

Ty haussa les épaules.

— Vas-y. Pete va te conduire. Je reste ici jusqu'à ton retour.

Sophy lui pressa le bras avant de laisser retomber sa main, une lueur rassurante dans le regard. Il apprécia qu'elle ne se prive pas de le toucher devant ses ex, qu'elle ne fasse pas mystère de leur relation.

Petrovski et lui coururent sous la pluie jusqu'à la voiture banalisée garée illégalement devant la boutique, avec les feux de détresse allumés. Mais, pour un flic, la notion de stationnement interdit n'existait probablement pas.

Après un silence gêné, Petrovski prit la parole.

— Sophy fait du bon boulot avec les gamines.

— Mouais, marmonna Sean.

— Notre voisine les a eues pendant quelques jours. Elles ont barbouillé les murs de la salle de bains avec son maquillage le premier jour, fait du feu dans l'évier de la cuisine le deuxième, et déterré toutes les plantes des jardinières le troisième. Elles sont… pleines d'énergie.

Sean ricana.

— Ce sont des petits monstres, et elles en sont fières.

— Bah, elles ne sont pas méchantes, déclara Petrovski, tandis qu'il se garait sur le parking du poste de police, situé à quelques centaines de mètres de la boutique. Elles ont simplement besoin d'un peu de stabilité et de socialisation.

Sean le remercia pour le trajet et se dirigea vers l'entrée de la prison.

Il pouvait apporter la stabilité à ses nièces, si la justice lui en laissait la garde. Il ne les quitterait jamais. Il ne les laisserait pas tomber comme leur mère l'avait fait. Il avait le sens des priorités.

Et Sophy pourrait s'occuper de leur éducation. Comme l'avait souligné Petrovski, elle avait fait des merveilles jusqu'ici.

Mais, pour que ça se réalise, il faudrait qu'il s'installe à Copper Lake.

Ou qu'il réussisse à persuader Sophy d'aller vivre ailleurs…

*
* *

Ty avait prévenu le directeur de la prison, et Maggie était déjà installée dans le parloir quand Sean y entra. Assise sur un tabouret en plastique, elle se mordillait les lèvres et ne semblait pas ravie de le voir.

— Qu'est-ce qui te prend ? Je ne te vois pas pendant quatorze ans, et tout à coup tu viens ici tous les jours pour me dire ce que je dois faire, et comment je dois gérer ma vie. Où étais-tu quand j'avais besoin d'un grand frère ?

Sean ne chercha pas à adoucir la portée de son annonce.

— Davey est mort.

Pendant un moment, le regard de Maggie resta identique : ennuyé et apathique. Puis la nouvelle sembla atteindre son cerveau, et son expression passa de la surprise à l'agacement.

— Mince, alors ! Ça lui ressemble bien à cet idiot-là de se faire tuer alors qu'il pouvait m'être encore utile.

Sean la dévisagea avec stupéfaction. Elle avait vécu avec cet homme, elle avait fabriqué et vendu de la drogue avec lui, elle avait fait prendre des risques à ses enfants à cause de lui, et c'était tout ce que sa mort lui inspirait ?

— Mouais, dit-il, je suis désolé qu'il ait montré aussi peu de considération envers toi en choisissant de mourir maintenant.

Le regard de Maggie se fit soudain vif et accusateur.

— Tu n'as pas le droit de me juger ! Tu ne sais pas à quel point ma vie a été difficile.

— Je me fiche de ta vie, répondit Sean sans ménagement. Ce qui m'intéresse, c'est que Daisy et Dahlia soient en sécurité et qu'on s'occupe d'elles.

Maggie ricana.

— Tu t'intéresses aux autres, maintenant ? Et depuis quand ? Tu n'étais pas là pour t'occuper de moi quand je me suis retrouvée avec deux bébés qui pleuraient toutes les nuits...

Bon sang, quelle mauvaise mère elle faisait, ne put s'empêcher de songer Sean. Ses nièces avaient eu de la chance de survivre dans ces conditions.

Elle se leva et voulut se diriger vers la porte, mais il lui bloqua le passage.

— Va-t'en, Johnny. Retourne à Norfolk.

— Tu n'as même pas demandé comment il était mort, dit Sean.

Maggie haussa les épaules.

— Une overdose, je suppose.

— Il a jeté sa voiture à toute allure contre le rail d'un pont, et il s'est retrouvé au fond de l'eau. Ce n'est pas une façon agréable de partir, mais je suppose que c'est toujours mieux qu'une balle dans la tête.

Elle remonta les manches trop longues de son sweat-shirt, et les rabattit aussitôt.

— Pourquoi quelqu'un aurait-il voulu lui tirer une balle dans la tête ?

— A ton avis ? Peut-être parce qu'il en savait trop à propos des affaires de son patron. Peut-être parce qu'il a trop parlé. Vos petits trafics avec Davey, c'est de la roupie de sansonnet à côté de l'empire qu'a bâti ce type. Son activité s'étend sur six états, et brasse des millions de dollars chaque année. Crois-tu qu'il a de l'indulgence pour un idiot qui s'est fait arrêter pour avoir fabriqué de la méth ? Ou pour l'idiote qui couche avec lui et croit que ça lui donne du pouvoir ?

De ce discours moralisateur, Maggie sembla retenir une seule chose.

— Des millions ? Chaque année ? demanda-t-elle, les yeux luisants d'avidité.

Sean avait un mal de tête terrible et la tension nerveuse faisait de nouveau tressauter son œil. Il était temps que cette conversation se termine.

Lentement, il contourna sa sœur et s'assit à l'une des tables, lui indiquant le tabouret en face de lui.

Elle lui tint tête quelques instants et se laissa finalement tomber sur le siège, les bras croisés sur la poitrine.

— Je vais demander la garde des filles, dit-il.

Elle ricana.

— Toi ? Tu penses que tu es plus fait pour être un parent que moi ?

— J'ai un travail, un foyer stable. Je suis leur seule famille. Oui, je peux être un meilleur parent que toi. Je peux leur offrir une vie plus saine et plus sûre que toi.

Maggie avait commencé à secouer la tête avant même qu'il ait fini sa phrase.

— Tu ne peux pas faire ça, Johnny. Ce sont mes enfants. J'en ai besoin. La procureure, cette garce, n'hésitera pas à envoyer une femme seule dans un endroit pourri. Mais, si j'ai les gosses, elle fera un effort.

Pendant un moment, Sean avait failli se laisser avoir par l'émotion qui vibrait dans sa voix quand elle avait dit qu'elle avait besoin des filles. Mais, tout ce qu'elle voulait, c'était se servir de ses propres enfants pour négocier de meilleures conditions de vie pour elle.

Il joua sa dernière carte.

— Je te paierai.

Le regard de Maggie s'éclaira.

— Combien ?

En dehors de sa voiture, il avait un train de vie modeste. Le fait de ne pas avoir de famille, de petite amie régulière ou de hobby en dehors de son travail lui permettait de faire des économies.

Il cita un chiffre et Maggie écarquilla les yeux.

— Où as-tu eu tout cet argent ?

— En travaillant. Tu devrais essayer, un jour.

— Qu'est-ce que je dois faire pour l'avoir ?

— Renoncer à tes droits parentaux pour que les filles puissent être adoptées.

— Et si la justice refuse que tu les adoptes ?

C'était une possibilité que Sean se refusait à envisager. Sophy et Ty parleraient en sa faveur et, en tant que parent le plus proche, il avait toutes ses chances.

Pendant un long moment, Maggie regarda par la fenêtre. Imaginait-elle sa vie sans Daisy et Dahlia ? Se rendait-elle compte qu'elle allait renoncer à la seule bonne chose qui lui soit arrivée dans la vie ?

— Il faut que j'y réfléchisse, déclara-t-elle soudain, avant de pivoter sur ses talons et de se diriger vers la porte.

Lorsqu'elle fut sortie, Sean quitta à son tour le parloir.

Dehors, l'averse avait pris des allures de déluge, et une rafale glacée s'abattit sur lui. Courbant les épaules, la tête baissée, il pressa le pas tandis que l'eau s'infiltrait dans ses cheveux, coulait le long de son nez, s'accrochait au bout de ses cils, détrempant ses vêtements et ses chaussures.

La grisaille du temps s'accordait à son humeur morose. Il n'était pas fier d'avoir fait appel aux sentiments les plus vils de Maggie, en essayant d'acheter la liberté de ses nièces.

En outre, il avait peut-être fait un mauvais calcul et déclenché des événements qui lui arracheraient les filles pour toujours.

Pour une journée normale, c'était réussi !

De retour à l'appartement de Sophy, Sean découvrit cette dernière en train de boire un café à table avec Ty, tandis que Dahlia et Daisy regardaient un dessin animé à la télévision.

Tournant les yeux vers lui, Sophy lui adressa un sourire serein, qui eut pour effet immédiat de dissiper la douleur dans sa poitrine.

Un sourire tel que celui-ci aurait réconforté les âmes les plus troublées. Il suffit en tout cas à lui redonner l'espoir que tout se passerait bien. Pour Daisy et Dahlia. Pour Sophy. Et même pour Maggie, pendant qu'on y était.

Quant à lui, il était désormais certain que la chance serait de son côté.

11

Sophy aimait le milieu de la nuit. La ville était calme. La lumière des réverbères à l'ancienne éclairait d'un halo feutré les rues vides et lessivées par la pluie. Il n'y avait plus un piéton. Les voitures étaient rares. Les chiens du quartier étaient rentrés pour quelques heures et le silence régnait. La mousse espagnole, qui s'enroulait autour des arbres telle une guirlande, flottait doucement sous l'effet de la brise, donnant un aspect fantomatique au décor.

Il était 2 heures du matin, et tout allait bien. Aussi bien que possible en tout cas, si on considérait le fait qu'elle était seule dans son lit, tandis que Sean était inconfortablement étendu sur le canapé.

Mais ce n'était pas un problème. Il voulait du temps, et elle avait toute la vie devant elle.

Elle n'était jamais sortie avec un homme qui n'avait pas voulu dès le départ faire l'amour avec elle. Cela faisait partie de la découverte de l'autre, et dans l'ensemble elle avait été plutôt comblée sur ce point. A ses yeux, ce n'était pas forcément synonyme d'engagement, même si en définitive elle s'était attachée à presque tous les hommes qui avaient partagé temporairement sa vie.

Mais Sean avait une vision plus romantique des choses, et elle trouvait cela incroyablement touchant. Le *bad boy* à l'allure ténébreuse et à la réputation sulfureuse ne pratiquait pas les aventures sans lendemain.

Et ça tombait bien car elle était loin de prendre les choses à la légère avec lui. Il pourrait lui briser le cœur, et elle s'en moquait. Elle le voulait, et tout ce qui allait avec. Si le chagrin et les regrets en faisaient partie, eh bien ! tant pis. Elle pourrait s'estimer heureuse de l'avoir connu.

Une lame de plancher craqua dans le couloir derrière elle, mais elle ne bougea pas de son poste d'observation à la fenêtre. Il ne pouvait pas s'agir d'une des filles se levant pour aller à la salle de bains. La porte de leur chambre grinçait férocement, un détail bien pratique les premiers jours quand elles avaient tendance à tout faire furtivement.

Comment Sean faisait-il pour se déplacer aussi discrètement ? Un souffle d'air ici, un craquement là, et il fut derrière elle, si proche qu'elle sentit la chaleur irradier de son torse. Regrettant qu'il n'y ait pas assez de lumière pour qu'elle puisse voir son reflet dans la vitre, elle sourit.

— Je t'ai réveillé ? demanda-t-elle.

— Non.

Il passa les bras autour de sa taille, et l'attira contre lui. La chaleur de sa peau nue l'encerclait, aussi brûlante que celle d'un feu de cheminée par une nuit glaciale, communiquant à tout son corps une douce quiétude. Quiétude qui ne tarda pas à s'enfiévrer à mesure qu'elle prenait conscience du torse puissant plaqué contre son dos, de l'estomac ferme et plat, des cuisses musclées et, niché contre ses fesses, d'un prometteur début d'érection.

— Autrefois, j'avais peur du noir, dit-elle. C'est devenu pire quand notre mère est tombée malade et que notre père est parti. Et puis, un soir, Miri m'a montré la magie de la nuit. Elle m'a emmenée dehors pour écouter le cri d'une chouette, le crissement des insectes, compter les étoiles, et laisser nos empreintes de pas dans l'herbe mouillée par la rosée... Après ça, je n'ai plus jamais eu peur.

— C'est un joli souvenir.

— C'est possible de se constituer de jolis souvenirs, même si le reste de notre vie ressemble à un enfer.

Elle s'interrompit, les mains posées sur les siennes, caressant du bout des doigts les jointures déformées de sa main gauche.

— Raconte-moi un des tiens, dit-elle doucement.

Sean resta silencieux un long moment. Pas par manque de bons souvenirs, Sophy en était sûre, mais plus sûrement parce qu'il en cherchait un qu'il pouvait partager.

De son côté, elle n'avait aucun mal à partager ses émotions ou les détails les plus personnels de sa vie, mais on lui avait enseigné l'ouverture d'esprit et la confiance envers les autres, tandis que Sean avait été élevé dans la méfiance envers la police, les étrangers... les gens en général.

— Un jour, Declan et Ian étaient censés être à l'école, ce qui voulait dire qu'ils étaient n'importe où ailleurs, et notre père travaillait. Maman nous a mis Maggie et moi dans la voiture, et elle a roulé jusqu'au lac pour y pique-niquer. D'habitude, elle était trop fatiguée ou découragée pour parler. Mais ce jour-là, elle a parlé longtemps de ce qu'elle souhaitait pour nous. Elle a dit que c'était important de faire des études si on voulait s'en sortir. Elle m'a fait promettre d'obtenir un diplôme et de veiller sur ma sœur.

Il eut un petit rire désabusé.

— Imagine-toi que j'en étais aux débuts de ma scolarité, et que j'ai dû promettre solennellement de faire des études supérieures.

Sa voix se troubla tandis qu'il poursuivait.

— Bref, nous avons mangé nos sandwichs, et elle m'a montré comment donner son biberon à Maggie, et comment changer sa couche. A un moment, j'ai vu qu'elle avait les larmes aux yeux. Elle les a fermés et a arrêté de parler. Puis elle m'a serré dans ses bras en me souhaitant d'avoir une belle vie…

Emu, il marqua une courte pause.

— Quand l'après-midi a été terminé, nous sommes rentrés à la maison. Le lendemain, elle était partie, et nous ne l'avons plus jamais revue.

— Elle vous disait au revoir, murmura Sophy.

Et elle essayait de préparer Sean à devenir l'ange gardien de sa petite sœur.

— Tu sais ce qu'elle est devenue ?

Sean secoua la tête, son début de barbe s'accrochant dans les cheveux de Sophy.

— Tu te demandes parfois si elle est en vie et en bonne santé quelque part ? demanda Sophy. Si elle pense aux enfants qu'elle a abandonnés, en pleurant sur les petits-enfants qu'elle ne connaîtra jamais ?

— Je me dis surtout que Maggie a de qui tenir. Comment aurait-elle pu devenir une bonne mère avec un exemple comme celui-là ?

— Ne la juge pas. C'est difficile d'être parent. Mais je suis sûr que, toi, tu t'en sortiras très bien.

Elle se tourna lentement dans le cercle de ses bras, posant les mains à plat sur son torse, se servant du peu d'éclairage que la lampe du couloir projetait dans la pièce pour détailler son corps magnifique.

— Tu es magnifique, murmura-t-elle. La nature t'a vraiment gâté.

Il haussa les épaules, et Sophy sentit ses muscles rouler sous ses paumes.

— Dans quelques années, j'aurai probablement du ventre, et je serai chauve.

En riant, elle leva les bras pour passer les doigts dans ses cheveux drus.

— J'adore les petites bedaines, et j'ai toujours trouvé que les chauves avaient beaucoup de charme.

Le sourire de Sean flotta un moment sur ses lèvres tandis qu'il jouait avec les rubans qui servaient de bretelles à la chemise de nuit de Sophy.

Tout ce qu'il avait à faire, c'était de les détacher et le vêtement tomberait à ses pieds, la laissant nue devant lui.

Mais le sourire disparut, et les rubans étaient toujours en place quand il s'écarta.

— Il faut que nous parlions.

— D'accord, dit-elle d'un ton méfiant.

Elle avait déjà entendu ces mots, elle-même les avait prononcés quelques fois… Et il n'en était jamais rien résulté de bon.

Cependant, elle n'avait pas la sensation qu'elle était responsable de cette distance soudaine. Sean semblait préoccupé, mais pas à cause d'elle. Ou, en tout cas, pas directement.

Elle s'assit sur le lit, tandis qu'il approchait le rocking-chair en rotin et s'y installait, si proche que leurs genoux se heurtèrent.

Ce qu'il avait à dire ne semblait pas facile, mais il prit une profonde inspiration et se lança.

— J'ai bien compris que tu veux faire l'amour avec moi, et j'en ai envie aussi. Mais avant je dois te dire…

— Je sais que tu n'es pas marié, que tu n'as pas de relation sérieuse en Virginie, que ton seul bébé est ta voiture, et que tu n'as pas envie de devenir un pirate des Caraïbes. Que pourrais-tu avoir d'autre à me dire ?

Sean grimaça. La tentative de plaisanterie de Sophy n'avait pas adouci son expression tracassée.

— Il faut que je te dise pourquoi je suis ici. Pourquoi je suis réellement revenu à Copper Lake.

Sophy ne s'attendait pas à ça.

— Je t'ai dit que j'avais atterri à Norfolk, parce que c'était là qu'allait le type qui m'avait pris en stop. Il s'appelle Craig Kolinski, et son père avait un garage automobile : une vraie ruine au bord de la faillite. Nous avons retroussé nos manches pour tout nettoyer et en faire de nouveau une entreprise rentable. Et, comme j'avais appris à restaurer les modèles anciens avec Charlie, du temps de mon stage chez lui, nous avons commencé à développer cette activité...

Il marqua une pause, le temps de reprendre son souffle.

— La première année, nous dormions sur des lits de camp dans la réserve, parce que nous n'avions pas de quoi louer un appartement. Petit à petit, les choses se sont améliorées. A la mort de son père, Craig a utilisé l'argent de l'assurance-vie pour engager de nouveaux mécaniciens, acheter de nouveaux équipements, agrandir les locaux, et nous avons commencé à nous concentrer sur la restauration. Nous avions beaucoup de travail, l'argent rentrait à flots, et Craig a fini par me confier le garage pour se consacrer à autre chose.

Jusque-là, tout allait bien. C'était à peu près ce à quoi Sophy avait pensé. Mais elle ne pouvait se défaire d'une sensation de malaise qui s'enroulait autour d'elle comme une traînée de fumée.

Sean croisa son regard.

— Craig était un type bien. Ça lui était égal que j'aie fait de la prison. Il avait les mêmes aspirations que moi. Pendant des années, il a été mon meilleur ami...

Et puis ? se demanda Sophy. Une introduction telle

que celle-ci avait forcément une suite commençant par
« et puis ? ».

— J'aimais mon travail. Je faisais ce que je voulais
au garage. J'étais dans ma bulle. C'est pour ça qu'il m'a
fallu du temps avant de remarquer que Craig avait un
train de vie supérieur à ses rentrées d'argent officielles.
Puis j'ai découvert que des livraisons arrivaient en pleine
nuit et repartaient le lendemain, sans qu'il y en ait la
moindre trace dans les livres comptables. J'ai interrogé
Craig, et il a fini par admettre qu'il s'agissait de pièces
détachées volées qu'il se procurait en Floride, en Géorgie
et en Alabama, et qu'il expédiait dans la région de New
York. J'ai voulu démissionner, mais il m'a convaincu de
rester jusqu'à ce qu'il me trouve un remplaçant.

Sophy devina la suite.

— Il a pris son temps pour trouver quelqu'un d'autre,
en ayant toujours une bonne excuse pour ne pas engager
la personne qui se présentait et, de fil en aiguille, vous
avez continué comme avant.

Sean hocha la tête, et une mèche de cheveux tomba
sur son front. Il la repoussa de sa main gauche, et Sophy
songea brièvement à toutes les façons dont on pouvait
se blesser les doigts dans un garage.

— J'ai fini par mettre ça dans un coin de ma tête.
Comme je l'ai dit, je vivais dans ma bulle, et c'était
facile d'ignorer ce qui se passait à côté.

Il eut une petite moue d'excuse.

— Ce que je veux dire, c'est que la vie était agréable
avant que je fasse cette découverte et, en l'oubliant, tout
est redevenu presque normal. Mais notre amitié en a
pris un coup. Nous avons arrêté de traîner ensemble, de
participer à des soirées, de jouer au poker… Et puis…

Un crissement de pneus sur la chaussée mouillée
résonna avec plus d'intensité dans le silence de la nuit. Il

s'agissait sans doute de quelqu'un rentrant d'un travail de nuit, se dit Sophy, ou d'un agent de police en patrouille.

— Quelque temps plus tard, un vendredi soir, je suis sorti avec des copains, et je me suis rendu compte que j'avais oublié mon téléphone portable au garage, poursuivit Sean. Je leur ai demandé de m'y déposer. Mon appartement ne se trouve pas très loin de là, et je voulais rentrer à pied pour m'éclaircir les idées, étant donné que j'avais un peu trop bu.

Il balaya cette digression d'un signe de main.

— Bref, je venais de récupérer mon portable sur mon établi, quand j'ai entendu des voix à l'autre bout du garage. Personne n'était supposé se trouver là, et j'ai pensé qu'il y avait une nouvelle livraison en cours. Je suis donc allé voir.

Il se tut, le regard distant, le front barré par un pli soucieux. Il lui fallut un long moment avant de reprendre son récit, et sa voix était si basse que Sophy se pencha instinctivement pour mieux l'entendre.

— Il s'agissait de Craig, de deux types qu'il appelait ses associés et d'un autre homme que je n'avais jamais vu. On voyait que Craig était agacé. Il n'est pas du genre à élever le ton ou à jurer. Au contraire, il devient soudain très calme, et se met à parler à voix basse. Bref, je ne pouvais pas distinguer ce qu'il disait. Mais, quand il s'est tu, il a sorti une arme, et il a abattu l'homme d'une balle dans la tête.

Sophy eut un petit cri et porta les mains à son visage.

— Oh ! mon Dieu ! À qui en as-tu parlé ?

Sean l'observa, la tête penchée sur le côté.

— Qu'est-ce qui te fait croire que j'en ai parlé à quelqu'un ?

— Parce que tu es comme ça.

Faire mine de ne pas être au courant du trafic de

pièces détachées, c'était une chose. Beaucoup de gens préféraient regarder ailleurs quand ils apprenaient qu'un délit avait été commis, surtout par quelqu'un qu'ils appréciaient ou respectaient.

Mais prétendre ne pas avoir vu un homme se faire tuer sous ses yeux ? Jamais Sean ne ferait ça. Il n'en serait pas capable.

Il se cala contre le dossier du fauteuil en rotin, qui se mit à grincer.

— Il se trouve qu'un de mes clients était flic. Je l'ai appelé, et il m'a mis en relation avec un agent de la DEA. En fait, Craig ne faisait pas que du trafic de pièces détachées. Le plus gros de son activité concernait la drogue. J'ai commencé à informer les fédéraux sur ses activités : quand il voyageait, qui il voyait...

Il souleva les épaules, suspendit un instant son geste, et les laissa retomber en soupirant.

— Et c'est comme ça que j'ai été obligé de revenir ici.

— Laisse-moi deviner, dit Sophy. Ton ami est un gros trafiquant de drogue qui fait l'objet d'une enquête de la DEA, et ta sœur vient d'être arrêtée parce qu'elle fabriquait de la méthamphétamine. Tu veux dire que Maggie travaille pour lui ?

— Pas elle, mais son idiot de petit ami. Et Davey avait une fâcheuse tendance à trop parler.

— Il lui a raconté des choses sur son patron, et maintenant Craig redoute qu'elle le dénonce pour sauver sa peau, dit Sophy.

Sean répondit par un hochement de tête.

— Il m'a envoyé ici pour m'assurer que ça ne se produirait pas. Si Maggie se tait et va en prison, tout ira bien pour elle. Sinon...

— Ty est au courant ? Tu en as parlé à quelqu'un d'autre que moi ?

— Mon contact à la DEA est en ville. Ils savaient avant moi que Craig allait m'envoyer ici.

— Maggie croit-elle vraiment qu'elle peut fournir des informations sur un meurtrier et s'en sortir sans une égratignure ?

Sean grimaça.

— Ma pauvre sœur n'a jamais eu beaucoup de bon sens, et je ne sais plus quel argument employer pour la convaincre.

— Le feu chez Maggie, c'était Craig ?

— Oui.

— Et l'homme qui a parlé à Dahlia ?

— Aussi.

— Est-ce que la DEA va bientôt l'arrêter ?

Sean eut une moue impuissante.

— L'agent spécial Baker ne partage pas ce genre d'information avec moi. Elle n'est pas du genre à faire des confidences.

— Elle, dis-tu. Jeune ou vieille ? demanda Sophy.

— Difficile de lui donner un âge, dit Sean d'un air dubitatif. Je dirais plus de trente et moins de cinquante.

— Jolie ?

Si on aimait les statues de marbre, froides, dures, inatteignables.

— Je n'ai pas fait attention, dit-il, évasif.

Sophy esquissa un sourire.

— Bonne réponse.

Puis elle redevint sérieuse.

— Tu devras témoigner contre lui ?

— Je ne sais pas. L'agent Baker semble penser que leur dossier est assez solide pour que je n'aie pas besoin de venir à la barre.

— Donc, pour satisfaire Craig, Maggie doit accepter

de passer de longues années en prison, et tu dois te transformer en cible potentielle…

Après avoir laissé passer un silence, Sophy se leva, traversa la pièce et ferma la porte à clé.

Revenant vers Sean, elle lui prit la main et le tira vers elle tandis qu'elle basculait sur le lit.

Surpris, il suivit le mouvement, se réceptionnant sur un bras une seconde avant de s'effondrer sur elle.

— Et si on arrêtait de parler, maintenant ? demanda-t-elle avec un sourire charmeur.

Sean posa son front contre celui de Sophy et ferma les yeux. Il lui avait tout dit, et elle ne l'avait pas rejeté.

Il était… eh bien, il ne savait pas quel mot employer pour décrire son état d'esprit. Heureux, reconnaissant, incrédule… terriblement excité.

Oh oui, il n'y avait rien de tel pour troubler un homme qu'une femme qui méritait mille fois mieux mais qui avait quand même envie de lui.

Elle avait les mains sur ses épaules, petites, délicates, et la chaleur qui s'en dégageait irradiait dans tout son corps. Quand il releva la tête pour la regarder, il vit qu'elle l'enveloppait d'un regard bienveillant et tendre.

Y avait-il un jour une femme qui avait ressenti de la tendresse pour lui ?

Il ne s'en souvenait pas.

— Tu es l'homme que j'attendais depuis toujours, murmura-t-elle.

Bien sûr, il l'embrassa. Comment opposer une résistance à une telle déclaration ?

Il s'empara de sa bouche, cherchant une tendresse réciproque en lui, mais ne trouvant qu'une faim dévorante et une passion qu'il n'avait encore jamais connues.

Glissant la main entre eux, Sophy agrippa la ceinture de son jean, et il s'écarta un peu pour lui permettre de défaire le bouton en métal et d'abaisser la fermeture à glissière.

Pour une conversation au milieu de la nuit, il lui avait semblé judicieux d'enfiler un jean par-dessus le boxer qu'il mettait pour dormir. Il découvrait à présent que c'était la pire idée qu'il avait eue depuis longtemps. Si elle effleurait une fois de plus son érection, il n'était pas certain de pouvoir se contenir plus longtemps.

Avec un grommèlement exprimant à la fois le plaisir et le tourment, il écarta ses mains, roula sur le dos et se tortilla pour se débarrasser du jean et du boxer, puis il attira Sophy au-dessus de lui.

Echangeant de nouveau un baiser passionné avec elle, il passa la main sous sa chemise de nuit, lui caressant les fesses avec une lenteur délibérée.

Les longs cheveux blonds de Sophy s'accrochaient à sa barbe, lui chatouillaient les épaules et le torse, tandis que l'étoffe arachnéenne de son vêtement lui caressait le ventre et les cuisses, faisant bouillir son sang.

— Comment on enlève ce truc ? demanda-t-il d'une voix soudain enrouée, tandis que ses doigts se crispaient autour du tissu et tiraient dessus.

Plaquant les mains contre son torse pour y prendre appui, Sophy s'assit sur lui, effleurant de ses fesses son sexe tendu de désir.

— Comme ça, dit-elle, en faisant passer le vêtement au-dessus de sa tête, et en le jetant par terre.

Sean ne vit pas où il tombait, et il s'en moquait parce que Sophy était à présent nue et absolument magnifique.

Il caressa ses seins, explora la courbe de ses hanches, en faisant appel à toute sa volonté pour ne pas la soulever et la faire glisser sur lui d'un mouvement profond et vigoureux.

Mais cette retenue n'eut qu'un temps. Sophy laissait des baisers humides et brûlants sur sa mâchoire, sa gorge, son torse, et il finit par la repousser sur le côté, le temps de se pencher pour prendre un préservatif dans la poche de son jean et de s'en couvrir.

Quand enfin il se perdit dans sa moiteur palpitante, il en éprouva une sensation d'intimité comme il n'en avait jamais connue, une satisfaction au-delà de tout ce qu'il avait pu imaginer.

Et, tandis qu'ils trouvaient leur rythme, bientôt parcourus par des frissons de plaisir, il comprit toute la différence qu'il y avait entre coucher avec une femme de passage et faire l'amour avec cette femme dont il était tombé amoureux sans même s'en rendre compte.

Sophy savait qu'elle risquait de tomber amoureuse de Sean. Pas au premier regard comme ses parents, ni même au troisième ou au dixième, mais tout bêtement au premier orgasme.

Tous ces baisers, ces caresses, la moiteur des peaux collées l'une à l'autre, les halètements de plaisir l'avaient aidée à y voir plus clair. Un homme qui était capable de lui faire l'amour comme ça était à garder précieusement.

S'il avait envie d'être gardé.

Elle était encore enveloppée d'un cocon de béatitude des heures après s'être réveillée avec Sean, avoir déjeuné avec les filles, conduit Dahlia à l'école, et passé la matinée avec Daisy-aux-mille-questions.

Tout était tellement parfait entre elle et Sean qu'elle avait du mal à se rappeler qu'en dehors de leur petit cocon les problèmes étaient toujours là.

Comme tous les vendredis, on lui avait livré des fournitures pour la boutique, et elle s'était accordé une parenthèse de calme en envoyant Sean et Daisy dans la réserve pour déballer et inventorier sa commande.

Il y avait des tissus sur le thème d'Halloween, Thanksgiving et Noël, ainsi que les fils, rubans et accessoires assortis. Cela devrait leur prendre un peu de temps, assez en tout cas pour que Sophy se remémore la nuit précédente dans ses moindres détails.

Elle travaillait à la table de découpe et préparait les pièces pour le cours avancé de la semaine prochaine. Les participantes, au nombre de six, allaient apprendre un nouveau motif comportant de nombreuses difficultés d'assemblage qui allaient mettre leur dextérité et leur patience à rude épreuve. Elle pensait en particulier à une de ses élèves, une dame d'un certain âge dont les compétences n'étaient pas aussi élevées que son ego, mais qu'aucune recommandation polie n'avait pu convaincre de suivre plutôt le cours intermédiaire.

Sophy eut un sourire bienveillant. Ce n'était pas grave. Elle débordait de patience.

En fait, elle se sentait capable aujourd'hui de soulever des montagnes. Elle avait vécu la meilleure expérience sexuelle qui soit, passé la nuit la plus romantique de sa vie, et elle était officiellement tombée amoureuse. Elle était superwoman.

Sean quitterait-il Copper Lake comme il le lui avait dit depuis le début ? S'il partait et lui demandait de le suivre, le ferait-elle ?

La journée était trop parfaite pour s'inquiéter de ça. Sophy flottait encore dans la douce félicité des sensations de la nuit. Aucune pensée triste n'était autorisée.

La porte de la réserve s'ouvrit tout à coup, et Daisy

jaillit comme un boulet de canon. Sean suivait d'un pas plus posé, les mains cachées dans le dos.

— On a fini l'inventaire, et devine quoi ?

La fillette se hissa sur un tabouret au bout de la table, repoussa les cheveux qui lui tombaient dans la figure.

— J'ai trouvé un tissu qui serait super pour une robe, et oncle Sean a dit que tu pourrais peut-être en faire une pour moi.

— Quel genre de robe ?

Sophy regarda Sean en levant les sourcils, mais ce dernier se contenta d'un sourire mystérieux.

— Pour aller à l'église. Si je dois y aller, il faut que je sois...

Elle se tourna vers Sean.

— Comment on dit, déjà ?

— Elégante.

— Oui, élégante. Alors, est-ce que tu peux me faire une robe ?

— Je peux voir le tissu ?

Sean se pencha au-dessus d'elle pour déposer le coupon sur la table, et Sophy retint une grimace. Le fond était noir, avec de grosses araignées orange posées au centre de toiles rose vif. Elle se voyait mal entrer dans l'église avec Daisy habillée de cette façon. Elle imaginait déjà les ricanements, les regards en coin et les commentaires outrés.

— Beurk ! Des araignées ! s'exclama-t-elle en mimant une expression effrayée. Chassez-les vite !

— Mais enfin, Sophy, c'est pas des vraies araignées, déclara Daisy d'un ton outré.

C'était la première fois que la fillette l'appelait par son prénom, et Sophy sentit sa gorge se nouer d'émotion, tandis que les larmes lui montaient aux yeux.

Faisant comme si de rien n'était, elle se leva, déroula

quelques longueurs de tissu et drapa le tout autour de Daisy, avant de reculer de quelques pas pour juger de l'effet produit.

— Je trouve ça splendide, n'est-ce pas, Sean ?

— Absolument spectaculaire, renchérit-il.

Daisy gloussa de plaisir. Sophy enroula de nouveau le tissu, et regarda la fillette sauter de son tabouret et courir dans l'allée centrale en chantonnant : « Je vais avoir une robe-araignée, je vais avoir une robe-araignée… »

— Ça fait plaisir de la voir heureuse, n'est-ce pas ? murmura Sean, en se plaçant derrière Sophy pour passer les bras autour de sa taille.

— Bien sûr.

Elle posa ses mains sur celles de Sean, appréciant leur force et les callosités issues d'années de dur labeur. Les sensations quand il la touchait étaient diverses et variées : douceur du geste, contact râpeux du bout des doigts, chaleur liquide et soyeuse de sa langue… Oh ! lala ! elle avait chaud soudain.

— Daisy a fait remarquer que ça faisait trèèès longtemps qu'on avait pris le petit déjeuner. Tu ne voudrais pas fermer et aller déjeuner quelque part ?

Elle pivota contre lui et jeta un coup d'œil par-dessus son épaule.

— Ce serait avec plaisir, mais je dois finir de préparer mon cours, et il faut que je change la vitrine.

Sean soupira avec exagération.

— Bon, puisqu'il n'y a que le travail qui t'intéresse…

— Et toi, tu es obsédé par la nourriture.

— Je vais sortir nous acheter quelque chose à manger, termina-t-il, sans tenir compte de son commentaire.

Ils se mirent d'accord pour des sandwichs de chez Ellie's Deli, ce qui mit Daisy aux anges.

Sophy passa la commande par téléphone et, dix minutes plus tard, Sean partit à pied la chercher.

Après un moment, Daisy revint s'installer sur le tabouret, et commença à battre des jambes, heurtant le dessous du plateau de la table.

— Tu vas vraiment me faire une robe avec des araignées ? demanda-t-elle à Sophy.

— Tu en veux vraiment une ? insista cette dernière.

— Ben, pas trop, en fait. Moi et oncle Sean, on pensait que tu dirais non et on a voulu te faire une blague. Mais… j'aimerais mieux en avoir une avec des squelettes.

— Je te ferai une robe dans le tissu qui te plaît, ma puce.

— Et à Dahlia aussi ?

— Bien sûr.

Un coup de Klaxon dans la rue attira soudain le regard de Sophy.

Il faisait beau et chaud, et tout le monde portait des tenues estivales : robes légères, pantalons et chemises sans veste, shorts et hauts sans manches. Un groupe de dames âgées en robes fleuries et chapeaux de toile ou de paille déambulait dans les jardins de River's Edge. Une jeune femme en pantalon corsaire et léger débardeur poussait un landau tout en tenant un chiot en laisse.

Ce fut peut-être parce qu'ils paraissaient totalement déplacés dans cet environnement que trois hommes attirèrent le regard de Sophy. Ils se tenaient de dos à proximité de son portail. Le plus grand des trois portait un élégant costume gris pâle, et les deux autres étaient en jean, polo et coupe-vent noirs. Ce n'était pas tant les couleurs sombres qui la choquaient, tout le monde en portait de nos jours, que la sensation d'une… anomalie. Elle ne pouvait pas mieux la décrire.

Lorsqu'ils se retournèrent et se dirigèrent vers le portail, Sophy réagit sans attendre.

— Daisy, viens ici. Dépêche-toi.

La fillette se laissa glisser de son tabouret et fit le tour de la table. Sophy s'accroupit et ouvrit les portes d'un des placards bas.

— Ecoute-moi, ma puce, murmura-t-elle. Tu vas te cacher là-dedans et ne faire aucun bruit. J'ai besoin que tu sois très calme. Et ne sors pas avant que je te le dise, d'accord ?

Daisy se glissa aussitôt à l'intérieur, et enroula ses bras autour de ses genoux avec un sourire malicieux.

— Je sais très bien me cacher, ne t'inquiète pas. C'est pour faire une surprise à oncle Sean, hein ?

— Oui, c'est ça. Et attention à ne pas faire de bruit du tout.

Sophy referma les portes et se redressa juste au moment où la clochette au-dessus de la porte d'entrée tintait.

Le premier à entrer fut Zeke, avec ses cheveux auburn, ses yeux bleus et sa séduisante musculature. Soi-disant assureur et très curieux en ce qui concernait Daisy, Dahlia et leur mère.

Une femme devait se sentir en sécurité avec lui, avait-elle pensé. Mais sa présence dans sa boutique n'avait à cet instant rien de rassurant.

L'homme en costume entra à sa suite. Le troisième — une véritable armoire à glace — resta près de la porte, tandis que les deux autres approchaient.

Sophy afficha un sourire commercial, parvenant à ne pas trembler.

— Bonjour, Zeke, comment allez-vous ?

— Bonjour, Sophy, répondit-il, en passant la main sur son front luisant de sueur. C'est fou ce qu'il fait bon ici. Vous ne pouvez pas imaginer la chaleur qu'il fait dehors.

— Surtout quand on porte une veste.

C'était probablement pour cacher une arme, songea Sophy. Elle était sortie avec suffisamment de policiers pour savoir qu'il était difficile de dissimuler un revolver sous un T-shirt ou une chemise.

— Que puis-je faire pour vous ? demanda-t-elle aimablement.

L'homme en costume lui sourit, mais son regard était froid.

— Nous voudrions voir Sean.

— Il n'est pas là. Vous allez devoir repasser un peu plus tard.

L'homme sourit de nouveau, lui faisant penser à un prédateur venant de repérer sa proie.

— C'est ce que nous allons faire. Au fait, mon associé a oublié de nous présenter. Je dois avouer que j'étais curieux de découvrir la femme qui avait su retenir à ce point l'attention de Sean.

— Et vous êtes… ?

— Craig Kolinski.

Le quartier de Sean à Norfolk n'était pas de ceux où on avait envie de se promener à pied. Les seuls restaurants étaient des fast-foods, les entreprises étaient toutes dédiées à l'industrie ou à l'automobile, avec quelques bars disséminés ici et là. L'épicerie la plus proche était à trois kilomètres, comme la plupart des commerces.

Il comprenait pourquoi Sophy vivait en plein centre et pourquoi elle préférait marcher chaque fois qu'elle en avait l'occasion. C'était pratique, chaleureux et convivial.

Il y avait beaucoup réfléchi dernièrement, découvrant qu'il était moins catégorique quant à sa décision de ne plus jamais vivre à Copper Lake.

En fait, il pouvait s'installer n'importe où pour peu qu'il ait une bonne raison de le faire.

Les odeurs s'élevant des sacs qu'il transportait lui mettaient l'eau à la bouche. Il n'avait pas acheté de boissons, mais s'était un peu laissé aller sur les desserts, portant son choix sur une sélection de mignardises dont il avait bien l'intention de ne faire qu'une bouchée.

Il inspecta les voitures qui stationnaient dans la rue et circulaient aux alentours avant de franchir le portail.

Le claquement de ses semelles sur les marches aurait probablement suffi à annoncer son arrivée, mais la clochette de la porte en apporta la confirmation.

Lorsqu'il entra dans la boutique, celle-ci paraissait vide.

La table où Sophy s'affairait un peu plus tôt était encombrée de fournitures et matériaux, comme si elle avait brusquement abandonné son travail.

Il s'avança lentement vers le fond du magasin en regardant autour de lui, attentif. Il ne vit ni n'entendit rien.

Elles étaient peut-être dans la réserve, ou montées à l'appartement. A moins que Daisy ne se soit salie, et qu'elles soient en train de nettoyer les dégâts dans la salle de bains.

Il alla poser ses sacs sur la table et fit quelques pas vers le fond de la boutique. Il surprit alors un bruit de froissement juste derrière lui. Fouillant la zone du regard, il repéra les placards.

Il se plaça sur un côté, ouvrit l'une des doubles portes et eut un choc en découvrant Daisy, recroquevillée à l'intérieur, les yeux emplis de larmes et l'air terrifié.

— Oncle Sean, murmura-t-elle.

Puis elle se jeta dans ses bras et éclata en sanglots.

— Les méchants hommes sont venus et ont pris Sophy avec eux. Ils disaient qu'ils voulaient te voir, mais elle a dit que tu étais pas là. Et ils m'ont pas vue parce que

Sophy m'avait dit de me cacher avant qu'ils entrent. Et j'ai pas bougé comme elle a dit. J'ai bien fait, hein ?

— Tu as très bien fait, petite, dit Sean en caressant les cheveux de la fillette d'une main qui tremblait un peu.

Craig avait emmené Sophy, mais celle-ci avait réussi à mettre Daisy à l'abri.

C'était un miracle, mais il voulait que Sophy, elle aussi, lui revienne saine et sauve.

Que diable Craig pouvait-il lui vouloir ? Et pourquoi s'en prendre à Sophy ?

Il ne parvenait pas à réfléchir. Son esprit était tétanisé par la peur.

Si Craig avait fait du mal à Sophy…

Un accès de rage le submergea soudain.

Si Craig lui avait fait du mal, il le tuerait. C'était aussi simple que ça.

Tandis que les larmes de Daisy se calmaient, il se demanda par quoi commencer.

Il allait sans dire qu'il ne préviendrait pas la police. Les gens qui, comme lui, étaient un jour passés du mauvais côté de la barrière comprenaient cela sans qu'on ait à leur faire un dessin.

D'un autre côté, il avait conscience qu'il ne parviendrait pas à porter secours à Sophy tout seul.

Il installa Daisy sur un tabouret, prit une serviette en papier dans le sac contenant les sandwichs, et essuya le visage de la fillette.

— Combien d'hommes y avait-il, Daisy ?

— Je les ai pas vus.

— Mais tu as entendu leurs voix…

La fillette hocha la tête.

— Il y avait celui qui a demandé si tu étais là, puis un autre qui avait l'air loin, et puis Zeke.

— Qui est Zeke ?

— Un ami à nous. Il promène des fois son chien par ici. C'est un basset qui s'appelle Bitsy et qui a un gros ventre qui traîne par terre. Et aussi, Zeke est venu à la boutique, mais je lui ai dit que les hommes faisaient pas de patchwork.

Sean se souvint d'avoir vu à plusieurs reprises l'un des hommes de main de Craig avec un genre de basset affreux.

Il sortit du sac le sandwich au fromage commandé par Daisy, et le déballa pour elle.

Puis, intrigué par l'épaisse enveloppe posée bien en évidence à côté de la caisse enregistreuse, il alla vérifier ce dont il s'agissait.

C'était plus lourd que ce à quoi il s'attendait, et un regard à l'intérieur lui apprit pourquoi. L'enveloppe était remplie de billets.

Il compta dix mille dollars, et comprit que cet argent devait servir à payer la caution de Maggie.

En enlevant Sophy, Craig s'assurait que Sean lui obéirait. Quand ce serait fait, il proposerait un échange, Sophy contre Maggie. Dès qu'il aurait récupéré cette dernière, il la tuerait et le problème serait réglé.

Ensuite, ce serait son tour et celui de Sophy. La devise de Craig était qu'un bon témoin était un témoin mort.

Il replaça l'argent dans l'enveloppe, fouilla le répertoire de Sophy et appela Nev. L'accueil de la jeune femme fut enthousiaste et amical, mais il l'interrompit en allant droit au but.

— J'ai besoin d'un service, Nev. Peux-tu venir surveiller Daisy un moment, ainsi que Dahlia quand elle rentrera de l'école ?

— Bien sûr. Tu veux que je les prenne chez moi ?

— Non, en haut. A l'appartement. Nous t'attendrons dans la boutique. Merci.

Il raccrocha, prit son propre téléphone et composa le numéro de Craig.

Son patron décrocha à la première sonnerie.

— Qu'est-ce que tu veux, bon sang ? s'exclama Sean, sans lui laisser le temps de parler.

— Je pensais que c'était clair.

— Tu veux que je fasse sortir ma sœur de prison, et que je te l'échange contre Sophy ?

— C'est exactement ça, mon vieux. Et, en plus, je suis sympa, je t'ai laissé l'argent. Tu n'as rien à débourser. Rends-toi compte de ta chance : Maggie va sortir de ta vie, tu pourras récupérer les filles sans avoir à faire la moindre démarche pour ça, tu auras même ta petite blonde bien comme il faut si c'est ce que tu veux. Tu as vraiment tout à y gagner dans cette histoire.

Sean massa le point douloureux sur sa tempe gauche.

Il ne pouvait pas nier que sa vie serait plus simple sans Maggie, mais il n'en était quand même pas à souhaiter sa mort. C'était une égoïste et une idiote, mais elle ne méritait pas de mourir.

— Où est Sophy ? demanda-t-il.

— Elle est assise là, en face de moi. Elle va très bien. D'ailleurs, elle va te dire quelque chose.

Sean entendit la voix de Sophy au loin, comme si Craig tendait le combiné sans le lui donner, et ne comprit pas ce qu'elle disait.

— Bon, dit Craig, tu t'occupes de Maggie, et tu m'appelles dès qu'elle est sortie pour que nous puissions organiser l'échange.

— Non, attends, dit Sean. Laisse-moi encore un peu de temps. Je sais que je peux réussir à la convaincre.

— Désolé, mon vieux, mais son avocat m'a appelé hier soir. Elle a réfléchi à l'offre que tu lui as faite et elle s'est dit que, si un simple mécanicien pouvait lui offrir ça, elle obtiendrait encore plus du patron.

Il ricana.

— Figure-toi que cette idiote essaie de me faire chanter. Alors, je n'ai pas le choix. Elle a laissé passer plusieurs occasions de faire ce qu'il fallait. A moi maintenant de prendre les choses en main.

Sean maudit Maggie pour son avidité et sa stupidité. Il en voulait aussi à la DEA qui l'avait placé dans cette situation.

Et, pendant qu'il y était, il se maudit lui-même pour avoir entraîné Sophy dans ce chaos. Lui aussi avait eu plusieurs occasions de garder ses distances, de prendre les bonnes décisions, mais non. Il était trop attiré par Sophy, trop intéressé par ses nièces.

A présent, tout le monde allait souffrir.

Il eut soudain l'impression de manquer d'air.

— Craig, je ne peux pas, marmonna-t-il.

La voix de son patron devint froide et menaçante.

— Tu sais que je tuerai Sophy si tu ne le fais pas…

Sean raccrocha et replaça lentement son téléphone dans sa poche. Craig aurait pu faire sortir Maggie de prison lui-même, mais il aurait ainsi attiré l'attention sur lui.

Etant la dernière personne à l'avoir vue vivante, c'est sur lui que se seraient portés les soupçons lorsqu'on l'aurait retrouvée morte.

Sans compter qu'obliger Sean à le faire lui-même devait lui procurer une sorte de plaisir malsain.

Jusqu'à quel point Craig faisait-il confiance à Sean ?

Etait-il possible que toutes ces années d'amitié signi-fient encore quelque chose pour lui ?

Y avait-il un moyen pour Sean de le convaincre que, contrairement à Maggie, Sophy et lui sauraient tenir leur langue ? Que leurs vies et celles des filles signifiaient plus pour eux que l'argent, la justice, ou quoi que ce soit d'autre ?

Y avait-il une chance pour Sean de pouvoir se rendre au rendez-vous avec Maggie, récupérer Sophy, et parvenir à les faire s'échapper tous les trois ?

Pas sans aide.

— Oncle Sean, est-ce que les méchants hommes vont faire du mal à Sophy ?

La petite voix effrayée de Daisy l'arracha à ses pensées.

Il traversa la pièce pour la rejoindre, l'attira dans ses bras et prit le parti de lui mentir.

— Non, petite. Tout va bien se passer. Elle ne va pas tarder à revenir.

Puis, essayant de garder espoir, il sortit de nouveau son téléphone et composa le numéro de Ty.

12

Le patron et ancien ami de Sean avait bien précisé qu'elle n'était qu'une monnaie d'échange, Sophy savait à quoi s'en tenir : à moins d'un miracle, elle allait mourir.

Le plan de Craig était de faire taire Maggie, et donc de la tuer. Il n'allait sûrement pas laisser en vie un témoin susceptible de déposer contre lui dans un tribunal.

Elle pria pour que Sean appelle Ty, et cet agent spécial avec qui il collaborait.

Qu'il appelle qui il voulait, mais qu'il ne vienne pas seul.

Elle l'aimait de tout son cœur, mais elle savait qu'il n'était pas de taille à lutter contre ces types. Il n'était pas violent par nature. Il ne cherchait pas la confrontation. Il était attentif aux gens. Il n'avait pas l'instinct d'un tueur.

Elle était assise sur une chaise en bois, les mains liées derrière le dossier à barreaux. Elle avait reconnu leur destination dès qu'ils avaient quitté l'autoroute : Fair Winds, une plantation au nord de la ville, sur les berges de la Gullah River.

Bien que parfaitement entretenue, la propriété était vide depuis le suicide de Mark Howard, survenu des années plus tôt. Elle appartenait maintenant à son héritière, Clary, la nouvelle amie de Daisy. Mais la famille de l'enfant n'avait pas envie de vivre là.

Craig et ses hommes s'étaient installés dans la maison

de gardien. Jimmy, le type taillé comme une armoire à glace, surveillait la porte d'entrée. Craig était assis en face d'elle à la table, et passait son temps à envoyer et consulter des textos.

Bizarrement, il n'avait pas l'air d'un psychopathe.

Lorsqu'il vit qu'elle le regardait, il prit cela comme une incitation à entamer la conversation.

— Alors, comme ça… vous et Sean… Remarquez, je ne suis pas surpris qu'il ait craqué pour vous. Toute mignonne, fraîche et innocente.

Elle le regarda sans ciller.

— Eh bien, moi, je suis surprise qu'il soit ami avec quelqu'un comme vous. Corrompu, sans cœur et violent.

Après tout, si ce type voulait la tuer, elle avait bien le droit de lui dire ce qu'elle pensait de lui.

Il ne parut pas le moins du monde insulté.

— Il ne faut pas lui en vouloir pour ça. Il ne sait pas grand-chose de mes affaires en dehors du garage. C'est un type bien. Il fait tourner l'entreprise, il gère l'équipe de mécaniciens, et il fait rentrer de l'argent. Il n'a simplement pas eu de chance que Maggie se soit mise en cheville avec un de mes hommes.

— Pas de chance ?

Sophy ricana.

— Vous n'auriez pas plutôt envoyé un de vos hommes à Copper Lake, en lui donnant l'ordre d'attirer Maggie dans ses filets ?

Craig eut un petit sourire.

— On ne peut pas reprocher à un homme d'affaires d'ouvrir de nouveaux marchés. Et, puisque Sean avait découvert mon petit commerce de pièces détachées, il me fallait un moyen d'avoir prise sur lui.

Sophy changea de position sur sa chaise, et le lien en plastique qui entravait ses poignets mordit dans sa chair.

Zeke avait essayé de ne pas trop serrer, mais ça restait quand même inconfortable.

— C'est donc vous qui êtes responsable de tout cet imbroglio. Si Davey n'était pas sorti avec Maggie, il ne lui aurait pas fait de confidences. Il n'aurait pas été arrêté avec elle, et elle ne posséderait pas d'informations contre vous.

Un ricanement monta depuis la porte, tandis que Jimmy lançait un coup d'œil par-dessus son épaule.

— Elle t'a bien mouché ! lança-t-il à Craig.

Son chef le toisa durement, mais l'homme haussa les épaules, et Sophy se demanda quel atout il avait dans sa manche pour être si sûr que Craig n'allait pas l'éliminer à l'issue de cette affaire.

Pour la première fois de sa vie, Sophy prit conscience qu'elle était mortelle.

Sa famille serait touchée par sa mort, mais, une fois le deuil passé, ils continueraient à avancer. Daisy et Dahlia s'en iraient dans un autre foyer. Quelqu'un reprendrait sa boutique ou y installerait une autre activité.

Elle ne se marierait jamais, n'aurait pas d'enfants bien à elle. Elle ne s'endormirait plus dans les bras de Sean. Elle ne saurait jamais s'il savait qu'elle l'aimait, ni s'il l'aimait en retour.

Tout ce à quoi elle avait rêvé, tous ses projets seraient effacés en une journée par un psychopathe égocentrique.

— Connaissez-vous l'histoire de la plantation ? demanda Craig au bout d'un moment.

Elle ne prit pas la peine de répondre, puisqu'il était visiblement au courant. De plus, cette histoire la terrifiait.

— La rumeur prétend qu'elle est hantée. Croyez-vous aux fantômes, Sophy ?

— Je crois qu'il y a plus de démons en vie que dans l'au-delà.

On pouvait au moins accorder une chose à Craig, c'est qu'il savait encaisser les insultes.

— Les derniers des Howard à vivre sur cette propriété étaient un vieux couple, commença-t-il à raconter comme si de rien n'était. Leur petit-fils passait ses étés ici, puis il s'est installé tout à côté après son mariage. En fait, il apprenait avec son grand-père comment traquer et tuer des gens. Pour le plaisir, tout simplement. Quand le grand-père est mort, le petit-fils a perpétué la tradition familiale jusqu'à ce qu'il meure à son tour. Il paraît que le parc était un véritable charnier. Combien de cadavres a-t-on découverts, déjà ?

— Une cinquantaine, répondit Sophy entre ses dents.

— Quand j'ai compris que j'allais devoir me débarrasser de Maggie, je me suis dit que c'était l'endroit idéal. Dans quelques années, lorsqu'ils trouveront d'autres restes, ils penseront qu'il s'agit d'autres victimes de la famille.

L'ADN, les dossiers dentaires et peut-être les empreintes digitales prouveraient qu'il n'en était rien, mais Sophy ne le fit pas remarquer.

A son grand soulagement, Craig se leva soudain et sortit sur le perron, entraînant Jimmy dans son sillage.

Quand la moustiquaire eut claqué derrière eux, Zeke s'écarta de la fenêtre.

— Je suis désolé, dit-il.

— Mouais, moi aussi, marmonna Sophy.

Zeke alla à la cuisine et revint avec deux petites bouteilles d'eau, dont une équipée d'une longue paille.

Il déposa la bouteille avec la paille devant Sophy, puis s'installa sur la chaise à sa droite, faisant ainsi face à la porte.

Elle pouvait juste pencher la tête pour boire, sans trop tirer sur ses épaules.

L'eau était fraîche et dissipa un peu le goût amer que la peur distillait dans sa bouche.

— Vous avez vraiment une fille ? demanda-t-elle à Zeke.

Une légère rougeur colora le visage de ce dernier.

— Oui.

— Elle doit être fière de son papa. Mais, bien sûr, elle ne sait pas que vous gagnez votre vie en tuant des gens.

— Elle croit que je suis assureur.

Après quelques instants de silence, Zeke demanda :

— Où avez-vous caché la gamine ?

Persuadée que Sean avait trouvé Daisy et l'avait confiée à quelqu'un qui veillerait à sa sécurité, Sophy ne vit pas d'inconvénient à répondre.

— Dans un placard.

— Vous avez fait vite. Qu'est-ce qui vous a alertée ?

— Trois hommes avec des vestes par cette chaleur ?

Il eut un petit rire et se cala contre le dossier de sa chaise. Ils s'étaient empressés d'enlever leur veste dès qu'ils s'étaient engouffrés avec elle dans leur 4x4, réglant la climatisation si fort qu'elle n'avait pas tardé à frissonner.

Dehors, un vent léger soufflait, arrachant une triste complainte à un carillon suspendu au coin du porche.

D'habitude, elle trouvait ce genre de son apaisant, même quand un vent violent agitait sauvagement les tubes métalliques. Mais celui-ci avait une sonorité évoquant la solitude et le désespoir.

— Que va faire Holigan, à votre avis ? demanda Zeke.

— Il trouvera un moyen, dit Sophy sans y croire vraiment.

*
**

— Tout le monde est prêt ? demanda Ty.

Son regard fit le tour de la salle avant de revenir se poser sur Sean.

Sans parvenir à maîtriser le tremblement de sa main, celui-ci prit son téléphone et appela Craig.

A cause de la climatisation défaillante du poste de police, l'air dans la pièce était lourd, poisseux et malodorant, et Sean transpirait à grosses gouttes.

Pete Petrovski, Tommy Maricci et AJ Decker, le chef de la police, étaient assis du côté gauche de la table. L'enquêteur principal du bureau du shérif et trois adjoints se tenaient sur la droite.

L'agent spécial Baker présidait en bout de table, presque méconnaissable dans son déguisement, mais toujours aussi calme et maîtresse d'elle-même.

Chaque sonnerie irritait un peu plus les nerfs de Sean. Lorsque Craig répondit enfin, il aurait aimé pouvoir se télétransporter pour l'étrangler.

— Tiens, salut, mon vieux, comment ça va ?

Sean répondit en grinçant des dents.

— Maggie va sortir dans quelques minutes. Qu'est-ce que je fais ?

— Tu auras mis le temps.

— La paperasse, tu sais ce que c'est.

— Mouais… Et j'imagine qu'ils se sont fait un malin plaisir de te faire poireauter. Bon, tu sais où se trouve Fair Winds ? La vieille baraque où vivait un tueur en série ?

— Ouais, je vois où c'est.

Se déplaçant en silence, tout le monde quitta la pièce, à l'exception de Petrovski et de Baker.

Le temps que Sean quitte le poste de police, ils seraient déjà en train de prendre position dans les bois entourant Fair Winds.

— Bien, reprit Craig. On va laisser la grille ouverte

pour toi. Dirige-toi vers la petite maison sur la droite.
Jimmy attendra sur le perron.

Il marqua une pause avant d'ajouter :

— Ne tente rien de stupide, Sean.

— Bien sûr que non.

Quand Sean eut raccroché, Petrovski transmit les
instructions aux autres par radio.

— On peut y aller ? demanda-t-il avec impatience.

— Pas encore, répondit Baker.

Elle ne montrait aucun signe de nervosité, ne tripotait
pas les grandes lunettes noires posées sur la table, ne
tapotait pas du bout des ongles sur le plateau. Elle était
simplement affalée dans son fauteuil, l'air apathique, se
mettant dans la peau du personnage de droguée qu'elle
devait incarner.

Que ressentait-elle en attendant de se faire passer
pour Maggie ? De la peur ? De la nervosité ?

Sean, en tout cas, n'en menait pas large. Tant de vies
étaient en jeu à cause du goût de Craig pour l'argent et
le pouvoir.

Il l'avait aimé comme un frère. Comment avait-il pu
ne pas voir la monstruosité en lui ?

Avait-elle toujours été là, cachée, contrôlée ? Ou
quelque chose l'avait-il changé au cours de ces quatorze
années ?

Peu importait. La seule chose qui intéressait Sean,
c'était le retour de Sophy.

Il voulait lui dire qu'il l'aimait, qu'il pouvait vivre
n'importe où du moment qu'elle était avec lui.

Si elle pouvait lui pardonner pour l'avoir mise en
danger, il passerait le reste de sa vie à se racheter.

*
* *

Les minutes s'écoulaient avec une lenteur exaspérante, le silence ajoutant encore à la tension qui flottait dans l'air.

Sean se leva et se mit à faire les cent pas, tout en regardant la pendule. Il avait une boule dans l'estomac, les muscles de son cou et de ses épaules le faisaient souffrir tant ils étaient noués.

Une information devait avoir transité par la radio car Petrovski se leva soudain en ajustant son oreillette.

— Il est temps d'y aller.

Baker se leva à son tour et ils sortirent.

Baker monta dans la voiture de Sean, tandis que Petrovski prenait le volant d'un véhicule banalisé.

Après avoir pris quelques embranchements, ils se retrouvèrent sur River Road, roulant vers le nord.

Sean ne se rappelait plus à quelle distance se trouvait la propriété des Howard. Ces derniers n'aimaient pas beaucoup que le commun des mortels les approche, en dehors bien sûr des quelques personnes qu'ils employaient, et même Declan et Ian avaient admis que le vieux leur flanquait la frousse.

Au bout de quelques kilomètres, un panneau annonça Fair Winds, et les traces de pneus dans le chemin de terre confirmèrent le récent passage d'un véhicule.

Le chemin filait tout droit vers la rivière. Mais, sur la droite, à peine visible, une allée s'enfonçait dans la végétation.

Petrovski se gara un peu plus loin sur la berge pour coordonner la transmission des informations, tandis que Sean s'engageait dans l'allée sinueuse.

Après un dernier virage, une haute grille en fer forgé apparut.

Comme convenu, elle était ouverte, révélant une maison qui semblait tout droit sortie du plateau de tournage d'*Autant en emporte le vent*.

L'atmosphère qui y régnait était pour le moins étrange. Il faisait sombre malgré le soleil, glacial malgré la chaleur, et il se dégageait de l'endroit une impression de désolation qui donna la chair de poule à Sean. Il aurait pu jurer, d'ailleurs, que Baker ressentait la même chose que lui, à la façon dont elle croisa rapidement les bras autour de sa taille.

— Garez-vous derrière cet arbre abattu, dit-elle. Et tournez la voiture de façon qu'ils ne puissent pas voir à l'intérieur, du côté passager.

Sean obéit, laissa le moteur tourner, et commença à ouvrir la portière, mais Baker posa la main sur son bras. Elle avait les doigts aussi gelés que des glaçons.

— J'ai déjà prévenu l'équipe, dit-elle. Zeke est avec nous. Ne vous en prenez pas à lui.

— C'est un informateur ?

— Non, un agent infiltré.

— J'aurais apprécié qu'on me le dise plus tôt.

— Nous essayons de ne pas divulguer ce genre d'information. Nous ne tenons pas à ce qu'un des nôtres se fasse tuer parce que quelqu'un n'a pas su tenir sa langue.

Lorsque Baker ôta sa main, Sean prit une profonde inspiration, sortit de la voiture, et se dirigea vers le cottage.

Jimmy dit quelque chose aux personnes à l'intérieur, puis commença à descendre les marches, un fusil-mitrailleur calé entre ses bras.

Il ne le pointait pas sur Sean, mais il ne lui faudrait que quelques secondes pour le faire.

— Pourquoi tu t'es garé aussi loin ? demanda le gorille.

— Où est Sophy ? dit Sean sans répondre à sa question.

— Où est Maggie ? enchaîna l'autre.

— Dans la voiture.

A cette distance, avec les vitres teintées, il était seulement possible d'apercevoir une vague silhouette.

Sean se tenait à l'ombre d'un chêne, la sueur coulant le long de son dos et détrempant la ceinture de son pantalon.

Tout autour, il pouvait apercevoir d'autres bâtiments, des hectares de pelouse parfaitement tondue, et les rangées de pins, rigides comme des sentinelles en faction, qui avaient survécu à une récente opération de déforestation.

Ty et les autres étaient cachés quelque part là-bas. Mais où ?

Le claquement de la moustiquaire attira l'attention de Sean vers le cottage.

Craig était sorti sur le perron, les manches de sa chemise relevées, le col ouvert. Il portait avec aisance son arme dans un holster d'épaule, comme si cela faisait partie de sa tenue au même titre que sa cravate.

L'autre type, l'agent de la DEA, se tenait un pas en retrait.

Craig commença à descendre les marches, les mains sur les hanches.

— Tu as vu cette baraque, mon vieux ? C'est pas incroyable ? J'ai bien envie de me l'acheter. Il paraît que la propriétaire a quatre ou cinq ans. Quelques jouets pour elle, quelques millions pour sa mère, et je serai propriétaire d'un monument historique.

— Et si la mère ne veut pas vendre ?

— Tu baisses les bras trop facilement, mon vieux. Il y a toujours un moyen d'obtenir ce qu'on veut. Si elle ne veut pas vendre, il faudra la persuader que c'est dans son intérêt et celui de sa fille.

L'estomac de Sean se tordit un peu plus. Craig était prêt à tout pour satisfaire le moindre de ses caprices.

— Je veux voir Sophy.

— Et, moi, je veux voir Maggie.

Sean emplit ses poumons d'un air chaud et oppressant. Ni Craig ni Jimmy ne connaissaient Maggie et, d'après Ty, l'apparence de cette dernière subissait de surprenantes transformations selon la quantité de drogue qu'elle avait prise.

Sean fit un signe et la portière de la voiture s'ouvrit lentement.

L'agent Baker s'extirpa du siège, et passa une main dans la perruque noire qui imitait parfaitement la chevelure des trois filles Holigan.

Avec les lunettes de soleil qui couvraient la moitié de son visage, même Sean aurait pu la prendre pour sa sœur.

Elle avança d'un pas mal assuré, tanguant et trébuchant.

— Arrête-toi là, Maggie, lui dit Sean, quand elle fut à mi-chemin.

Elle obéit, la tête baissée, les mains enfoncées dans les poches de son pantalon baggy.

Sean observa les deux hommes, guettant sur leurs visages le moindre signe de méfiance quant à l'identité de celle qui se trouvait en face d'eux.

Quant à Zeke, s'il reconnut sa collègue, il eut l'intelligence de ne rien montrer.

— Pourquoi elle s'arrête là ? demanda Craig.

— Je veux Sophy, dit Sean. Tu la fais sortir et elle monte dans la voiture. Quand elle y sera, Maggie viendra jusqu'ici.

Craig parut contrarié.

— Je ne peux pas laisser les autres dicter leurs conditions, Sean. Tu travailles avec moi depuis assez longtemps pour le savoir.

Sean se rappela alors un vieux conseil de son grand-père : « Quand quelqu'un t'insulte ou te cherche des noises, ne dis rien. Ne riposte pas, ne t'abaisse pas à son niveau. Contente-toi de te taire. Crois-moi, ça rend les gens fous. »

Alors, il ne dit rien.

Il resta là et attendit.

Jimmy chassa une mouche qui tournait autour de sa tête. Puis son regard alla de Sean à Craig.

Ce dernier regardait Sean fixement, attendant qu'il flanche. Et Sean soutenait son regard, déterminé à ne pas flancher.

— Souviens-toi que je t'ai dit de ne rien faire de stupide.

Sean ne répondit pas.

Des insectes bourdonnaient. La chaleur du soleil s'intensifiait. Au loin sur la rivière retentit le mugissement rauque de la corne d'un bateau.

Le cœur de Sean battait à tout rompre, résonnant à ses oreilles.

Finalement, Craig jura et s'essuya le front avec sa manche.

— Bon sang, ce que tu peux être buté, mon pauvre vieux. Zeke, fais-la sortir ! cria-t-il.

L'agent de la DEA retourna dans la maison, pendant que Sean et Craig continuaient à se défier du regard.

Zeke réapparut dans l'embrasure de la porte, maintenant la moustiquaire ouverte avec son pied. Il avait l'air affolé.

— Elle n'est plus là, patron.

Craig pivota et sortit son arme.

— Qu'est-ce que tu racontes ? Elle était attachée à une chaise.

Zeke eut un haussement d'épaules impuissant.

— La fenêtre de derrière est ouverte, et elle a disparu.

Craig jura de nouveau. C'était la première fois que Sean l'entendait élever la voix.

— Trouve-la, bon sang ! Maggie, ramène tes fesses par ici !

Sean regarda par-dessus son épaule, en se demandant ce que Baker allait faire.

Lorsqu'elle commença à tituber vers eux, il se retourna et découvrit que Craig s'était déplacé. Il avait le bras tendu et le visait entre les yeux.

— S'il ne la retrouve pas, dit son vieil ami d'un ton redevenu froid et calme, tu es mort.

Sophy était appuyée contre la façade arrière de la maison principale. Pliée en deux, les mains sur les genoux, elle essayait de reprendre son souffle et de contenir la nausée qui lui tordait l'estomac.

La sueur baignait son visage, lui brûlait les yeux, et des tremblements nerveux l'agitaient de la tête aux pieds.

Elle était saine et sauve, mais ce n'était pas le cas de Sean, ni de Maggie.

Quand elle avait entendu la voix de Sean dehors, elle avait ressenti un immense soulagement. Elle ne savait pas quel était son plan, mais elle était persuadée qu'il en avait un.

Elle savait qu'il ferait tout son possible pour la sauver, et il l'avait fait.

Et il n'était pas venu seul.

— Ça va ? murmura Ty, à côté d'elle.

Elle esquissa un hochement de tête et vit un mouvement derrière lui. Zeke se faufilait dans leur direction en se servant du couvert des arbres et de la végétation pour ne pas se faire remarquer.

Se retenant pour ne pas crier, elle agita vers lui un doigt tremblant.

Ty pivota, prêt à faire feu, puis se détendit.

— C'est bon, Sophy. Il est de notre côté, dit-il d'un ton rassurant.

— Il faut que j'amène Sophy devant, dit Zeke. Juste une minute, pour faire diversion et permettre à l'équipe de se mettre en place.

Ty voulut protester, mais Sophy ne lui en laissa pas le temps.

— Est-ce que ça va aider Sean ? demanda-t-elle.

Comme Zeke confirmait d'un hochement de tête, elle dit avec hâte :

— C'est d'accord, alors.

— Sophy, dit Ty, essayant vainement d'intervenir.

Elle lui fit signe de ne pas insister.

— Que dois-je faire ? demanda-t-elle à Zeke.

— Ayez juste l'air effrayé.

— Ça ne sera pas difficile.

— Mettez les mains derrière votre dos, dit Zeke, tout en la guidant vers l'avant de la maison. Faites comme si elles étaient encore attachées. Sinon, ils sauront qu'on vous a aidée à vous échapper.

Haussant la voix, il s'exclama d'un ton triomphant :

— Je l'ai trouvée !

Comme ils atteignaient l'angle de la façade, il passa à la droite de Sophy, sortit son arme, lui saisit le haut du bras et murmura en bougeant à peine les lèvres :

— Ce n'est pas Maggie, là-bas. C'est ma chef. Ne la trahissez pas.

Sophy évalua la scène d'un coup d'œil. Sean était immobile, tenu en joue par Craig. Rien sur le visage de ce dernier n'indiquait que l'homme qu'il s'apprêtait à tuer était son meilleur ami.

— Elle se cachait là-bas derrière, dit Zeke, en la poussant vers eux.

Sophy n'essayait pas d'opposer la moindre résistance, mais son cerveau semblait avoir cessé de fonctionner normalement. Elle ne pouvait pas penser au-delà de l'arme pointée sur Sean, de la terreur sur son visage.

Si elle survivait à cela, jamais elle n'oublierait ce moment d'horreur absolue.

— Comme c'est aimable à vous de nous rejoindre, Sophy, ironisa Craig.

Elle détacha son regard de Sean et vit que Craig s'était détendu. Il inclina la tête, étudia Sean un instant, puis il abaissa lentement son bras et recula pour se mettre à la hauteur de Jimmy.

Pour lui, tout était rentré dans l'ordre. Les choses étaient telles qu'il les avait programmées ce matin.

— Je suis désolé, mon vieux, dit-il à Sean, d'un ton qui semblait sincère. Tu es vraiment le meilleur ami que j'ai jamais eu, mais je te connais. Tu es trop honnête, et tu ne te tairas pas. Tu as une conscience, et je ne peux pas me permettre de te laisser derrière moi.

— Maintenant, l'équipe a le champ libre pour intervenir, murmura Zeke à l'oreille de Sophy. Quand je vous ferai signe, retournez vous mettre à l'abri derrière la maison.

Il lâcha son bras et se plaça devant elle pour la masquer aux hommes.

— Tu ne peux pas te le permettre, répéta Sean d'un ton amer. Combien de millions possèdes-tu, Craig ?

— Pas assez.

— Tu te souviens du temps où tu rêvais d'avoir assez d'argent pour louer un appartement ? Puis pour acheter une moto et faire un peu la fête. Que s'est-il passé depuis ?

— J'ai réalisé que je manquais d'ambition, dit Craig. Mais, au fait, pourquoi serais-je le seul à faire de l'argent, Sean ? Pourquoi pas toi ?

Sean secoua lentement la tête.

Sophy le connaissait suffisamment pour comprendre que la conversation s'arrêtait là pour lui.

Craig le comprit aussi car il agita soudain son arme.

— A genoux, tous les trois.

La fausse Maggie vacilla sur ses jambes et Sean la prit par la taille pour l'aider à rétablir son équilibre. Puis il l'aida à s'agenouiller.

Sophy était sûre que c'était une ruse pour dire quelque chose à Sean.

Ne sachant pas quoi faire, elle tomba à genoux, elle aussi, en gardant les mains dans le dos.

Une douzaine de pas la séparaient de Sean, un peu moins de Zeke qu'elle surprit en train d'envoyer un signal dans son dos, décomptant avec ses doigts de trois à un.

La voix d'AJ se répandit alors sur la clairière par le biais d'un mégaphone.

— Police. Baissez vos armes.

Sophy plongea aussitôt et rampa vers la maison.

Elle se relevait quand elle entendit des pas lourds derrière elle. Sean la prit par la taille, l'entraînant avec lui si vite que ses pieds touchaient à peine terre.

La fausse Maggie suivait, son arme à la main. Dès qu'ils eurent passé le coin de la maison, elle arracha ses lunettes et sa perruque, et passa la main dans ses cheveux blond platine poisseux de sueur.

Il y eut des cris et des coups de feu à l'avant.

Sophy se jeta à terre en se bouchant les oreilles. Sean l'imita et l'attira contre lui, un bras enroulé autour de sa taille, une main posée derrière sa tête pour la maintenir enfouie contre son torse.

Pour s'empêcher de se focaliser sur la fusillade, elle se mit à chantonner en son for intérieur : *Sean va bien. Daisy va bien. Dahlia va bien. Je vais bien.*

Soudain, les tirs cessèrent. Mais l'air saturé d'odeur de poudre semblait toujours vibrer, et Sophy avait l'impression que chaque coup de feu résonnait encore dans sa tête.

L'agent Baker s'approcha d'eux.

— Ça va ?

Sean hocha la tête.

— Restez là jusqu'à ce que l'un de nous vienne vous chercher, dit-elle. Ce n'est pas la peine que vous voyiez…

Elle tourna brutalement les talons et s'éloigna sans avoir fini sa phrase.

Qu'ils voient quoi ? se demanda Sophy. Des corps ? Le gémissement et le choc sur le toit au-dessus d'eux indiquaient que l'un des policiers avait été touché. Quant à Craig, ils n'avaient probablement pas eu d'autre choix que de l'abattre.

— J'espère qu'il est mort, dit Sean, comme s'il venait de deviner sa pensée. C'est peut-être horrible à dire…

— Tellement de gens seront soulagés qu'il ne soit plus là.

Elle se blottit plus étroitement contre lui.

— Je suis désolée, Sean. Pendant longtemps, tu n'as vu que le meilleur en lui. Mais le pire a fini par prendre le dessus. Je pense qu'on ne pouvait plus le sauver.

Sean esquissa un sourire.

— M. Obadiah a dit le contraire de moi un jour. Il était persuadé qu'on pouvait me sauver. Qu'en penses-tu, toi ? Tu crois qu'il avait raison ?

— Certainement, puisque tu es parfait aujourd'hui.

Sean redevint sérieux.

— Qui t'a fait sortir ? demanda-t-il.

— Ty. Il a murmuré mon nom dans l'obscurité, coupé le lien en plastique, et m'a fait passer par la fenêtre.

— Il faudra que je le remercie. Et je te dois une fière chandelle à toi aussi.

Il s'arrêta brusquement, laissant à Sophy le soin de deviner ce qu'il ne savait pas comment formuler.

J'avais besoin de toi pour survivre. Pour être sauf. Pour comprendre à quel point je suis désolé pour tout ce qui est arrivé. Pour que tu me pardonnes.

— Je me suis rendu compte que j'avais besoin de toi, finit-il par dire. Je ne te connais que depuis une semaine, et maintenant je ne sais pas comment je pourrais vivre une autre semaine sans toi. Est-ce que je suis fou ?

— Si tu l'es, alors je le suis aussi, dit Sophy. Je suis follement amoureuse de toi.

— Follement amoureuse, répéta-t-il à voix basse, comme s'il se parlait à lui-même. La nuit dernière, tu m'as rendu fou de désir. Me réveiller ce matin avec toi m'a semblé la chose la plus folle de ma vie. Découvrir que tu avais disparu ce matin m'a procuré une peur folle… Oui, la folie est entrée dans ma vie depuis que je t'ai rencontrée.

Des bruits de pas résonnèrent, et Ty apparut à l'angle de la maison.

Il s'accroupit devant eux et leur prit à chacun la main.

— Ça va ?

Sean échangea un regard avec Sophy et hocha la tête.

— Oui, ça va.

— Vous avez entendu le cirque que Kolinski a déclenché. Il a tué Jimmy par accident et blessé un des adjoints du shérif, sans gravité, heureusement. Nous avons dû le neutraliser avant qu'il ne fasse plus de dégâts. Je suis désolé, Sean.

— Ne le sois pas. Je n'ai aucun regret.

— Bien, dit Ty en se relevant. Rentrez à la maison, maintenant, et occupez-vous des filles. Nous savons où vous trouver si nous avons besoin de vous interroger.

— Merci, Ty.

La voix de Sean était émue, ses yeux brillants, ses gestes saccadés tandis qu'il donnait une brève accolade à son ami d'enfance.

Serrant étroitement Sophy contre lui, il se dirigea ensuite vers sa voiture, en prenant soin, remarqua-t-elle, de ne pas regarder en arrière.

Elle ne le fit pas non plus.

Désormais, Craig Kolinski et tous les problèmes qu'il avait occasionnés appartenaient au passé. Et elle croyait fermement qu'il valait mieux regarder vers l'avenir.

Toutes les ombres, les peurs, les inquiétudes, les erreurs... tout cela s'était envolé.

Dans le grand schéma céleste, Craig aurait sûrement à répondre de ses actes, mais Sean et elle pouvaient désormais se concentrer sur le futur.

Un futur qui s'annonçait joyeux, ensoleillé, éclatant.

Sean se trouvait dans l'un des endroits qu'il préférait au monde : le garage de Charlie, que ce dernier, désireux de prendre sa retraite, lui avait cédé.

Il terminait sa journée quand il entendit des voix familières approcher de l'atelier.

Finissant de boutonner la chemise propre qu'il venait d'enfiler, il s'avança vers l'accueil, au moment où Dahlia et Daisy y entraient.

Daisy raidit sa jambe gauche, courba le dos, et se traîna vers lui en grimaçant, avant d'éclater de rire.

— Je t'ai fait peur, oncle Sean ?

C'était Halloween, et elle avait ignoré toutes les propositions de déguisements de fille, préférant un costume de zombie, que pour sa part il trouvait plutôt laid.

Lorsqu'il avait émis quelques réserves, ses trois femmes

l'avaient regardé avec consternation. « C'est Halloween »,
avait protesté Sophy, comme si cela justifiait tout.

Il recula, prit une voix très aiguë, et cria :

— Oh ! non ! C'est un zombie. Courez ! Sauvez vos
vies.

Ravie, Daisy continua à claudiquer à travers le bureau,
essayant divers grognements.

— Et moi, oncle Sean ? Comment je suis ?

Dahlia portait une longue robe de princesse bleue et
blanche, et ses cheveux, bouclés pour l'occasion, étaient
retenus par une tiare. Elle s'était entraînée à la porter
correctement, et avait repris Sean à chaque fois qu'il
l'avait qualifiée de couronne.

— Tu es magnifique, ma poupée. Tu vas capturer le
cœur de tous les garçons.

Quelques mois auparavant, il aurait dit « briser » au
lieu de « capturer ». Mais alors, il ne connaissait pas
Sophy.

Il tourna les yeux vers elle, ravissante dans son jean
tout simple et son twin-set.

— Ça vaut pour toi aussi.

— Je possède déjà le cœur du seul garçon qui m'intéresse, répliqua-t-elle. Tu es prêt à aller sonner aux portes
pour réclamer des bonbons ?

— Oui.

Il ferma l'atelier, enclencha l'alarme, les suivit à l'extérieur et tira le volet métallique devant la porte du bureau.

— D'abord, on va en centre-ville, dit Dahlia.

— Parce que c'est là qu'il y a le plus de bonbons,
approuva Daisy.

— Ensuite on va dans les maisons tout autour.

— Parce qu'ils ont aussi des bonbons.

— Mais on ne va pas dans la maison hantée de
River's Edge.

— Parce que ça fait trop peur.

— C'est quoi la phrase qu'il faut dire, déjà ?

— Une bêtise ou une douceur.

Tandis que les filles trottinaient devant eux, Sean prit la main de Sophy.

— C'est leur premier Halloween, remarqua-t-il avec émotion.

— Je parie que tu jouais des tours pendables aux pauvres habitants de Copper Lake quand tu étais petit.

— Ah… j'avoue que j'ai déroulé du papier toilette dans quelques jardins, et barbouillé quelques voitures de mousse à raser. Mais rien de plus méchant que ça. En revanche, je sais que, toi, tu as toujours été une princesse.

Sophy sourit, et Sean se sentit le plus heureux des hommes.

— C'est pour ça que ma mère m'a acheté la tiare que Dahlia porte aujourd'hui.

Ils tournèrent au coin de la rue. Il ne faisait pas encore nuit et la température restait agréable. Quelques pas devant eux, deux super-héros tenaient la main de leur maman. De l'autre côté de la rue se tenaient un vampire, une fée et un gorille.

C'était une scène à laquelle Sean n'avait jamais imaginé participer. Avant de revenir à Copper Lake, il ne savait pas qu'il pourrait un jour apprécier ce genre de choses.

Il avait été très en colère contre Maggie, mais il lui devait finalement beaucoup. Si elle n'avait pas eu des ennuis, il ne serait jamais revenu, il ne serait pas tombé amoureux de Sophy et de ses nièces, et il n'aurait pas une famille qui comptait plus que tout pour lui.

Les choses n'avaient pas aussi bien tourné pour sa sœur. L'enlèvement de Sophy ainsi que la mort de Craig et de Jimmy lui avaient finalement ouvert les yeux. Maggie avait plaidé coupable et renoncé à ses droits parentaux. La procédure d'adoption par Sean était en cours, et Maggie vivait des jours difficiles en prison. Il lui faudrait attendre des années avant de pouvoir sortir mais, lors de sa dernière visite, elle avait remarqué que c'était peut-être mieux comme ça.

La mort de Craig avait mis fin à l'engagement de Sean auprès de la DEA. L'agence avait procédé à de nombreuses arrestations et fermé toutes les activités de son ancien patron. Et, comme personne dans l'entourage de ce dernier ne se souciait assez de lui pour venger sa mort, plus aucune menace ne planait sur Sean.

Il y avait foule dans les rues bordant le square. La circulation avait été arrêtée pour que les enfants puissent se déplacer sans danger.

Sophy donna aux filles les sacs pour récolter les bonbons et, passant un bras autour de la taille de Sean, elle lui sourit malicieusement.

— Dommage que nous ne puissions pas laisser les enfants à quelqu'un d'autre pour nous livrer à une séance personnelle de « une bêtise ou une douceur ».

— Je connais quelques bêtises, susurra Sean.

— Et, moi, je connais quelques douceurs, répliqua Sophy, d'un ton plein de sous-entendus.

L'attirant plus étroitement contre lui, il lui mordilla l'oreille.

— Halloween ne finit qu'à minuit, princesse. Et j'ai déjà pu constater que tu ne te transformais pas au douzième coup de l'horloge.

— Je crois que tu mélanges les traditions avec les contes de fées que tu lis aux filles.

Elle avait le souffle court, et il le fut plus encore après le baiser de Sean.

— Oncle Sean, tante Sophy, venez ! cria Daisy.

— Nous arrivons.

Se tenant toujours enlacés, ils suivirent les filles.

Les contes de fées...

Sean n'y avait jamais cru.

Mais, aujourd'hui, il savait au moins quatre choses essentielles : les vœux se réalisaient, les rêves devenaient réalité, il arrivait que les princesses tombent amoureuses des roturiers...

Et un Holigan pouvait connaître le bonheur jusqu'à la fin des temps.

CYNTHIA EDEN

L'invisible menace

BLACK ROSE

HARLEQUIN

Titre original : SUSPICIONS

Traduction française de BLANCHE VERNEY

Prologue

— Au secours !

Le cri déchira la nuit.

Accoudé à la balustrade de sa véranda, **Mark se** redressa d'un bond et scruta les alentours. D'abord, il ne remarqua rien de notable... puis il entendit **un bruit** de sabots martelant le sol. Le son se rapprochait rapidement. Le cheval devait foncer droit vers lui, **au grand** galop. Mark se précipita en bas des marches.

— A l'aide !

C'était encore plus fort cette fois. Une voix de femme. Or il n'y en avait pas au ranch ce soir-là et d'ailleurs, depuis la mort de la mère de Mark, aucune n'y résidait plus de façon permanente.

Enfin, le cheval parut entre les arbres, devant la maison.

Mark n'eut aucun mal à reconnaître l'animal : c'était Lady, une magnifique jument noire qui appartenait aux McGuire, ses plus proches voisins.

Mais que diable...

Une silhouette menue montait à cru la **splendide** créature, s'accrochant à son cou. Lady battait puissamment des flancs et sa robe noire était luisante d'écume, manifestement après une folle chevauchée.

Mark aurait voulu se précipiter au-devant de la **jument** et de sa cavalière, mais il craignait d'effrayer Lady. Il attendit donc que l'animal s'immobilise **avant de**

l'approcher avec précaution et de caresser doucement
sa crinière.

— Là, ma belle, là, tout doux…

Seulement alors, il s'occupa de la jeune fille.

Ava…

Quelques employés du ranch s'approchèrent pour voir
ce qui se passait, mais, probablement par discrétion, ils
restèrent à quelques mètres de distance.

— Occupez-vous du cheval ! leur lança Mark en
aidant Ava à descendre de sa monture.

Elle était glacée et de profonds tremblements la
secouaient.

Ava était la benjamine de cinq frères, cinq grands
gaillards à l'allure martiale, tous d'anciens militaires. Ava
était bien différente : délicate, fragile… En cet instant,
elle pleurait. Ses joues étaient baignées de larmes.

Mark la prit dans ses bras et la serra contre lui.

— Que se passe-t-il, Ava ? Qu'est-ce qu'il t'est arrivé ?

— Ils les ont… tués…, bafouilla-t-elle. Ils les attendaient… dans la maison…

Sans la lâcher, Mark se recula légèrement pour
observer son visage.

— Ava, est-ce que quelqu'un t'a fait du mal ?

La rage vibrait soudainement en lui. Ava n'avait guère
plus de seize ans. Si un salopard s'était attaqué à elle,
Mark allait le lui faire payer très cher.

— M… morts…

Elle prononça le mot avec difficulté, en claquant des
dents.

— Ils sont… morts.

— Mais qui, Ava ? Qui ? De qui est-ce que tu parles ?

Elle se serra de nouveau convulsivement contre lui,
sanglotant à fendre l'âme.

— Mes parents ! Je les ai vus ! Des hommes… Ils

étaient masqués et ils avaient des armes. J'ai entendu les coups de feu, je me suis mise à courir. Je les ai laissés là-bas…

Mark la tenait contre lui, très fort. Ce n'était pas possible… Pas les parents d'Ava ! Qu'avait-il pu se passer chez les voisins ?

— Je t'en prie, Mark, sanglotait la jeune fille, aide-les ! Je t'en supplie…

Mark et ses hommes se précipitèrent donc au ranch McGuire.

Mais, hélas, il n'y avait plus rien à faire. Les assaillants avaient disparu. Ne restait que le sang, beaucoup de sang. Mark en fut bouleversé.

Ty Watts, son contremaître, arriva sur ses talons.

— Mais qui a pu faire ça ? lâcha-t-il. Et pourquoi, bon sang ?

Mark n'en avait aucune idée. Mais il en était certain : jamais il ne pourrait oublier une aussi terrible scène. Surtout, il allait devoir annoncer à Ava que ses parents n'avaient pas survécu.

Il se pencha sur le cadavre du père de la jeune fille.

Ava resta deux jours chez lui. Durant tout ce temps, elle prononça à peine quelques mots. Elle était pâle comme une morte et ses yeux n'exprimaient plus rien. Au moindre bruit, elle sursautait. La nuit, elle hurlait dans son sommeil.

Mark était au désespoir, mais que pouvait-il faire pour l'aider ? Le pire était arrivé, on ne pouvait pas revenir en arrière.

— Je ne les ai pas secourus…

C'était à peine un murmure, mais Mark tourna tout de même la tête. Ils étaient sur la véranda, à attendre Grant, le frère aîné d'Ava, qui avait annoncé son arrivée. Apprenant, à l'autre bout du monde, que ses parents venaient d'être tués, il s'était rué au Texas par le premier avion, abandonnant sans doute quelque mission secrète de la plus haute importance, que lui avait confiée le gouvernement fédéral.

— Ava, commença Mark d'une voix délibérément très douce, qu'est-ce que tu aurais pu faire de plus ? Ces types étaient armés. Tu es allée chercher de l'aide, c'est bien… c'est ce qu'il fallait faire dans la situation où tu te trouvais.

Ava secoua ses boucles brunes.

— Je les ai laissés se faire tuer…

Ces mots émurent profondément Mark, mais il se força à répliquer :

— Si tu étais restée, tu serais morte, toi aussi…

Ava ne répondit pas tout de suite. Elle contempla ses poings serrés.

— C'est comme si je l'étais, murmura-t-elle sourdement.

Mark l'attira à lui.

Comme elle ne le regardait pas, il prit délicatement son menton entre deux doigts. Alors elle frémit.

— Mais tu n'es pas morte.

Cette idée le glaçait littéralement. Les yeux verts d'Ava, son doux sourire…

— Je ne laisserai personne te faire de mal.

Une voiture approcha sur l'allée qui menait à la maison.

Sans lâcher la jeune fille, Mark jeta un œil par-dessus son épaule. C'était Grant McGuire. Il venait chercher sa sœur.

Je ne veux pas qu'elle s'en aille.

Ava était en sécurité, là, dans son ranch, songea Mark.

Ses employés veillaient. Il faisait des rondes en permanence. Si elle s'en allait, qui la protégerait ?

Une portière claqua, des pas crissèrent sur le gravier de la cour, remarqua Mark. Mais les yeux d'Ava ne quittaient pas les siens. Lui non plus, il ne pourrait jamais les détourner.

— J'ai peur…, susurra-t-elle.

Moi aussi. Et il n'y a pourtant plus grand-chose qui m'effraie dans ce bas monde.

— Ava !

C'était la voix de Grant. Et, soudain, le bruit de ses pas s'accéléra, les marches du perron craquèrent, il bondit vers sa sœur, l'étreignit et la serra à l'étouffer. Elle disparaissait presque entre ses bras.

Mark retint un soupir. Grant allait emmener Ava, et sans attendre. Il avait traversé la moitié du globe pour ramener sa sœur à la maison et ne s'en laisserait pas compter.

Mark le détailla. Il avait les yeux verts, lui aussi, comme Ava. Mais les siens étaient froids et durs. Implacables.

— Merci de t'être occupé de ma sœur, lui dit-il. Je ne l'oublierai jamais.

Il lui tendit sa main et Mark la lui serra. Puis Grant se tourna vers Ava.

— Il est temps d'y aller.

Une larme coulait sur la joue d'Ava, mais elle ne prononça pas un mot.

La poitrine de Mark lui brûlait. Il aurait tant voulu la réconforter.

Grant le fit. Il essuya cette larme et serra de nouveau sa sœur entre ses bras.

— On va trouver ceux qui ont fait ça, je te le promets. Ils ne feront plus jamais de mal à personne.

Mark fit un vœu, lui aussi, mais il le garda pour lui.

Que personne, plus jamais, ne fasse du mal à Ava.
Plus jamais de la vie.

Parce que ses larmes lui brisaient le cœur.

1

En dehors de sa famille, Ava ne pouvait pas se fier à grand monde...

Elle avait besoin d'aide, de façon très urgente, et un seul nom lui venait décidément à l'esprit : celui de Mark Montgomery.

Elle claqua sa portière de voiture et s'avança vers la maison. C'était le milieu de la nuit, pas vraiment le moment le plus indiqué pour une visite, mais elle n'avait pas tellement le choix...

Il faut que je lui parle.

Elle carra ses épaules et marcha vers la porte. Les souvenirs remontaient à son esprit, alors qu'elle n'avait vraiment pas besoin d'eux. Aussi les repoussa-t-elle dans un coin de sa mémoire.

Elle monta les marches de bois de la grande véranda et allait tirer la cloche lorsque la porte s'ouvrit.

C'était Mark.

Grand, beau et fort, craquant, tel était Mark..., se dit Ava.

Ses cheveux blonds légèrement ébouriffés et puis ses larges épaules, qui se découpaient dans la lumière du vestibule... Larges et nues, car il ne portait pas de chemise. Rien qu'un jean à la taille basse. Comme toujours, il semblait dégager une vraie chaleur. Et cette chaleur chassait le grand froid qu'elle avait en elle depuis qu'elle était montée dans sa voiture à Houston, pour faire d'une traite la longue route qui menait au ranch de Mark, près d'Austin.

— Ava ? Mais qu'est-ce que tu fais là ?

Il fallait que je te voie. Que je parle à quelqu'un, quelqu'un qui ne me prenne pas pour une folle...

Ces mots se pressaient dans sa bouche, mais elle ne voulait pas les prononcer. Pas tout de suite. Beaucoup de gens la croyaient un brin dérangée. Les autres la prenaient pour une tueuse de sang-froid, capable d'assassiner ses propres parents !

De folles rumeurs couraient sur son compte depuis des années, elle le savait pertinemment. Mais Mark n'avait jamais semblé sensible à ces racontars. Il avait toujours été du côté d'Ava et de sa famille...

— J'ai besoin de ton aide, lâcha-t-elle enfin.

Nerveuse, elle jeta un œil par-dessus l'épaule de Mark. *Pourvu qu'il soit seul.*

C'était une grande et vieille maison. Normalement, le personnel du ranch était logé dans d'autres bâtiments, un peu à l'écart. Ava n'avait guère envie que d'autres oreilles que celles de son ami puissent suivre la confession qu'elle allait faire.

Mark l'attira à l'intérieur et referma la porte derrière elle.

— Tout ce que tu voudras, Ava, tu le sais bien...

C'était vrai. Il avait toujours été là pour elle et c'était ainsi qu'elle aimait penser à lui.

Il était le bon copain de ses frères, depuis toujours. Et elle, eh bien, elle les suivait partout, dans tous leurs jeux. Typiquement la petite sœur : toujours collée aux grands plutôt qu'aux enfants de son âge.

Et depuis toujours amoureuse de Mark...

Elle ne le lui avait jamais dit. Ni à lui ni à personne.

Il garda la main sur son épaule en la faisant entrer dans le salon. Des lampes diffusaient un éclairage très tamisé et il y avait un verre de vin, comme oublié sur la table basse. Du vin… peu de lumière… pas de chemise… Ava ne put s'empêcher de rougir.

— Est-ce que tu as… est-ce qu'il y a quelqu'un avec toi ?

Oh non, je t'en prie !

Il leva un sourcil étonné. Amusé, peut-être.

— Ce n'est pas ce que je voulais dire, bredouilla-t-elle. Je… enfin…

Elle avait eu peur et s'était enfuie. Mais pas pour se réfugier auprès de ses frères. Elle ne pouvait plus supporter le ranch familial, ni leurs regards à tous sur elle. Et cette question dans leurs yeux : la pauvre petite Ava parviendrait-elle un jour à surmonter le traumatisme de la mort de ses parents ?

Elle tourna impulsivement les talons et marcha vers la porte.

Mais Mark la rattrapa.

— Je ne te laisserai pas repartir, tu sais…

Cela ressemblait à une menace. Ou à une promesse peut-être ?

— J'ai trop attendu cet instant, murmura-t-il.

Elle allait ouvrir la bouche mais il l'interrompit :

— Il n'y a personne ici. Aucune femme dans ma chambre, si c'est ce que tu crois. Il n'y a… que toi.

La bouche sèche, Ava laissa son regard s'attarder sur lui. La dernière fois qu'elle l'avait vu, quelques mois plus tôt, c'était à l'enterrement d'un inspecteur de police d'Austin : Shayne Townsend.

Elle avait alors voulu parler à Mark, mais ses frères s'étaient arrangés pour la tenir éloignée de lui. Ils lui cachaient probablement quelque chose… et c'était de bonne guerre, car elle aussi, après tout, leur dissimulait une partie de sa vie.

Mark était un très bel homme, avec une grande autorité naturelle et beaucoup de prestance. Il avait des pommettes hautes, un nez droit et fin, des lèvres… sensuelles, sexy. Elle avait passé beaucoup de temps, toutes ces dernières années, à penser à ces lèvres-là… Il était grand, un peu plus d'un mètre quatre-vingt-dix, avec de larges épaules d'ancien footballeur, sport qu'il avait pratiqué quand il était encore au lycée. Sa peau était dorée par le soleil, ses yeux d'un bleu très profond. Quand il la regardait, il semblait pouvoir lire au fond de son cœur ses pensées les plus intimes.

Mais, pour l'instant, ses yeux n'étaient que compassion et inquiétude.

— Qu'est-ce que tu fais là, Ava ? s'enquit-il tout doucement. Je croyais que tu préférais te tenir à l'écart…

Pas de lui, non, mais du ranch McGuire et de tous les terribles souvenirs qui s'y rattachaient, songea Ava. Sauf qu'elle ne se sentait nulle part en sécurité. Alors où aller, sinon vers Mark ?

Mon refuge.

— Ava ?

— Je ne suis pas folle, Mark !

— Je n'ai jamais dit ça…

Il s'avança d'un pas vers elle.

— Je ne l'ai jamais pensé non plus.

D'autres ne s'en étaient pas privés… Combien de fois avait-elle entendu leurs chuchotements derrière son dos ?

« Ils auraient dû l'enfermer… »

« De deux choses l'une : ou elle est folle, ou bien c'est elle, l'assassin… »

Ava avala sa salive et articula lentement :

— Quelqu'un est entré chez moi… en mon absence…

Chez moi… Voilà qu'elle appelait ainsi le petit deux pièces purement fonctionnel et assez impersonnel où elle vivait à Houston. C'était à pleurer.

— Comment ?

La voix de Mark était pleine de colère et d'inquiétude.

— On n'a rien pris, rien cassé. Alors c'est un peu délicat de porter plainte… mais je sais que quelqu'un a pénétré chez moi.

Elle l'avait remarqué à certains petits signes, peu évidents, probablement imperceptibles pour d'autres qu'elle-même.

Mark fronça les sourcils, apparemment troublé.

Il ne me croit pas.

— Des photos ont été très légèrement déplacées, précisa-t-elle.

Comme si quelqu'un les avait prises, puis avait reposé les cadres d'une façon un peu différente, pas exactement à la même place…

La mâchoire carrée de Mark se contracta. Il avait au menton une petite fossette amusante. Tout était vraiment sexy chez cet homme-là.

Mais il ne semblait toujours pas convaincu.

— Ce n'est pas tout…, ajouta donc Ava. Mes vêtements ont été dérangés, dans mon placard.

Elle en rougit jusqu'aux oreilles.

— Il les a touchés… il… il a bougé les cintres…

Et pas seulement ses jupes ou ses tailleurs, les culottes et les soutiens-gorge aussi… Tout avait été remué dans les tiroirs.

D'abord, elle avait cru s'être imaginé tout cela, mais, ensuite, cela n'avait plus fait de doute : son appartement avait bien été visité.

Depuis, elle se sentait observée. Pire, traquée.

Mark la regardait sans rien dire.

— Ce n'est pas mon imagination, je t'assure, reprit-elle en levant les yeux vers lui. Il faut me croire. C'est bel et bien arrivé… et, quand je suis rentrée, ce soir, cela s'était produit, de nouveau. La porte de derrière, celle qui donne sur l'escalier de secours, n'était plus verrouillée : il n'avait pas pensé à le faire, en quittant les lieux.

Mark la considérait toujours en silence.

Il faut qu'il me croie !

— Tu comprends, n'est-ce pas ? insista-t-elle. J'ai bien dû vérifier trois fois cette porte avant de partir, je sais qu'elle était fermée à clé. J'en suis absolument certaine.

Mark posa ses mains autour des épaules d'Ava et les caressa doucement.

— Pourquoi tu n'as pas appelé la police ?

— Je l'ai fait… La première fois. Ils sont venus, ils ont regardé dans tous les coins et ils ont conclu qu'il n'y avait aucune trace d'effraction. C'est tout juste s'ils ne m'ont pas dit que je leur faisais perdre leur temps. Affaire classée pour eux, en tout cas…

— Et tes frères ? enchaîna Mark d'un ton un peu sec. Ils s'occupent tous plus ou moins de questions de sécurité. Ils auraient pu…

— M'enfermer à double tour et puis jeter la clé ! Tu les connais, tu as suivi leur parcours. L'armée et tout ça… Ils sont surprotecteurs avec moi. Mille fois trop ! Je ne retournerai jamais au ranch de mes parents, tu le sais. Plus jamais de la vie !

Elle était trop malheureuse chaque fois qu'elle devait y rester quelques jours.

— C'est probablement juste un cinglé qui s'amuse à un jeu malsain avec moi, mais je veux que ça s'arrête. Tout de suite !

Mark secoua la tête sans la lâcher.

— S'introduire chez toi par effraction n'a rien d'un jeu.

Ça ressemble plutôt à une sorte... d'obsession, comme si ce type te pourchassait. Mais dans quel but, au juste ?

Ava n'en savait rien. C'était justement ce qui l'inquiétait.

— Et s'il continuait ? insista Mark. S'il s'introduisait chez toi pendant que tu y es ?

Pourquoi croyait-il qu'elle avait fait le chemin jusqu'à Austin ? Elle ne voulait pas rester chez elle une minute de plus. Elle avait déjà pensé à quitter Houston, auparavant. Plus d'une fois même. Mais cette nouvelle intrusion avait précipité les choses et l'avait lancée sur les routes.

— C'est là que tu entres en jeu, lui dit-elle, son visage à quelques centimètres du sien. J'ai besoin d'un endroit où passer un peu de temps. J'avais déjà prévu de revenir à Austin, parce qu'il se trouve qu'on m'offre un travail au musée d'Art moderne. Je dois commencer dans deux semaines. Mais j'avais déjà rompu mon précédent contrat à Houston et...

Elle parlait un peu trop vite pour être parfaitement naturelle. Elle s'en rendait compte.

— Je ne pense pas que ce cinglé ait pu me suivre jusqu'ici. Je vais prendre un appartement en ville, et voilà...

— Ava...

— Avant d'avoir trouvé un logement, il me faudrait un endroit où me poser... Je ne te dérangerai pas beaucoup, je t'assure...

Machinalement, elle passa le bout de sa langue sur ses lèvres et Mark n'en perdit pas une miette, remarqua-t-elle. Ses yeux devinrent même d'un bleu plus sombre.

— S'il te plaît, Mark, est-ce que je peux rester ici quelques jours ? Le temps de trouver un appartement...

Elle s'était toujours sentie en sécurité auprès de lui.

Mais les mâchoires carrées semblaient se serrer de plus en plus. Mark la lâcha et recula d'un pas.

— Si quelqu'un te traque…, commença-t-il.

Un autre pas.

— Il faut en parler à tes frères. Ce sont des spécialistes de ce genre de choses. Ils trouveront ce type et le livreront à la police.

— S'ils veulent bien croire qu'il y avait quelqu'un chez moi…, soupira Ava.

Ses frères la traitaient toujours comme une enfant. Ils lui cachaient même les résultats des recherches qu'ils menaient sur le meurtre de leurs parents.

Ils ne voyaient pas qu'elle avait grandi.

De nouveau, Mark fronça les sourcils.

— Bien sûr que oui, ils te croiront !

Il en avait l'air certain… La police ne la croyait pas. Ses voisins ne la croyaient pas davantage.

— Bien sûr que je te crois, la rassura Mark.

Il eut un sourire triste.

— Tu aurais dû venir tout de suite. Cela fait combien de temps que dure ce petit manège ?

— Un mois.

Il la croyait ! Un incroyable soulagement envahit Ava. Elle en avait presque la tête qui tournait et les larmes aux yeux.

Mais le visage de Mark, lui, s'assombrit.

— Et tu as attendu tout ce temps pour venir me parler, une fois que tu étais complètement terrifiée ? Tu ne…

— J'ai changé les serrures et mes frères m'ont fait installer un système de sécurité haut de gamme. J'ai essayé de faire ce qu'il fallait…

Toute seule.

— Maintenant, il faut leur en parler, Ava.

— Ils n'ont pas une vie de tout repos en ce moment, marmonna-t-elle. Ils ont assez à faire.

C'était vrai. Grant avait failli perdre la vie alors qu'il

était en mission. Il avait fini à l'hôpital et l'alerte avait été sévère. Brodie et son amie, eux, avaient dû affronter des fantômes surgis du passé. Et ils sortaient à peine de cette épreuve.

— Tu es leur sœur, Ava. Ils n'hésiteront pas à tout laisser tomber pour t'aider.

Elle détourna les yeux.

— Ecoute, Mark, il me faut juste un endroit où dormir cette nuit. D'accord ?

Attendait-il qu'elle le supplie ? Elle n'en était plus très loin. Pas question d'aller dans un motel, c'était trop dangereux. Si Mark lui laissait une chambre quelques heures, elle pourrait imaginer un plan pour la suite.

— Bêtises ! lança-t-il. Tu es toujours la bienvenue chez moi. Mais le ranch de ta famille est juste un peu plus loin sur la route…

Cette fois, elle baissa complètement les yeux.

— Je voulais être avec toi, chuchota-t-elle presque honteusement.

Cela paraissait soudain si stupide. Mark ne pouvait pas l'accueillir à bras ouverts…

Elle tourna les talons et s'avança vers la porte.

— Je n'aurais pas dû venir.

— Tu ne peux pas t'en aller !

Il la prit par les épaules et la força à se retourner vers lui. Il la fixait avec, dans les yeux, de la colère, et aussi une autre émotion qui les faisait briller.

— Tu viens chez moi pour m'avertir qu'un cinglé te traque et tu crois que je vais te laisser partir comme ça ?

— Non, je veux juste que tu me donnes une chambre, au nom… eh bien, du bon vieux temps.

Dès le lendemain, si elle n'était pas morte d'épuisement et de peur, elle trouverait une autre solution.

Mark hocha brièvement la tête.

— Tu peux rester autant que tu voudras.

Cette fois, le soulagement la mit dans un état proche de l'ivresse. Ou peut-être était-ce de ne pas avoir mangé depuis des heures.

— Merci, Mark !

Impulsivement, elle se haussa sur la pointe des pieds et noua ses bras autour du cou de Mark. Son odeur masculine la fit chavirer un peu plus.

— Tu as toujours été un ami pour moi.

Le corps de Mark était dur contre le sien. Dur, chaud et incroyablement fort. Ses mains s'attardèrent sur les hanches d'Ava.

— C'est tout ? Pas plus ?

Sa voix était très rauque.

Ava leva les yeux vers les siens.

— Si, c'est vrai…

Sa propre voix n'était pas beaucoup plus claire que celle de Mark. Elle essaya encore :

— Si, tu es plus que ça…

— Ah oui ?

Le cœur d'Ava battait très fort dans sa poitrine.

— Oui, tu fais pratiquement partie de ma famille.

— Non !

La réplique fut immédiate, formelle. Mark attira davantage Ava contre lui.

— Je ne suis pas de ta famille. Ne crois pas ça.

Ses yeux étaient toujours sur la bouche d'Ava et sa tête se penchait vers la sienne, se rapprochant encore un petit peu plus.

— Je ne suis pas ton frère et je suis tout autre chose qu'un ami rassurant.

Elle se mit à trembler contre lui. Ses yeux remontèrent vers ceux de Mark.

— Il faut que tu sois prudente avec moi…

Le cœur d'Ava battit encore plus fort. Elle ne s'était jamais souciée de se montrer prudente avec Mark. Pourquoi l'aurait-elle fait, au juste ? C'était un homme bon, solide. Une vraie lumière dans la nuit.

— Parce que moi, continua-t-il doucement, je ne sais pas vraiment si je pourrai toujours être prudent avec toi…

Il allait l'embrasser, elle en était sûre et elle le voulait, elle aussi, de tout son cœur. Elle ne voulait que cela.

Mais Mark s'écarta d'elle, sans aucune explication, et un grand froid la saisit soudain.

— Tu sais où est la chambre d'amis ? A gauche, au bout du couloir.

Elle le savait, bien sûr. Et celle de Mark se trouvait à l'autre bout, dans l'autre aile de la grande maison.

Comme ça, il ne m'entendra pas crier.

Elle renonça à aller tout de suite chercher son sac de voyage. Il était en sécurité dans la voiture et cela pouvait attendre.

Pour le moment, elle avait besoin de rester seule une seconde. Elle gagna le couloir.

— Demain, nous appellerons tes frères, lui lança Mark au passage.

Au seuil de la chambre d'amis, elle se retourna.

— Ils n'aiment pas beaucoup que je m'attarde auprès de toi, tu sais…

C'était ainsi depuis quelques années. Plus d'une fois, ils l'en avaient avertie sans trop de précautions oratoires.

Mark ne broncha pas. L'avait-il seulement entendue ?

Elle soupira, s'apprêtant à entrer dans la chambre.

— Tu veux quoi, exactement, Ava ? lui demanda-t-il soudain.

Toi, Mark.

Mais elle ne pouvait le lui dire.

— Ava, tu me réponds ?

— Je ne veux plus avoir peur.

C'était vrai, ça aussi. Et elle pouvait partager cette vérité avec Mark, sans gêne et sans rien redouter de plus que ce qui l'effrayait déjà.

Mark n'ajouta rien et Ava passa dans la chambre, sans un mot, elle non plus.

Ava était de retour...

Mark considéra ses mains, qui tremblaient un peu. Il n'aurait pas pu la laisser partir. Pas comme ça, pas avec ses lèvres si près des siennes. Si douces... Il avait été plus facile, dans le passé, de se tenir prudemment éloigné d'elle. Mais Ava n'était plus du tout l'adolescente apeurée d'autrefois. Elle avait grandi et était devenue une superbe femme. Quand elle était auprès de lui, il brûlait d'avoir... ce qu'il n'aurait jamais, ce qu'il ne pouvait avoir.

Mark ferma les yeux.

Il y avait toujours, là où Ava était passée, comme un parfum de fraises dans l'air, frais, naturel et léger. L'odeur même de sa peau... Elle avait été dans ses bras, là, son corps serré contre le sien et il aurait voulu pouvoir se perdre en elle. Il aurait voulu aussi, avec la même fureur, détruire tout ce qui la menaçait ou l'effrayait. Ava avait eu très peur, cela se voyait. Elle tremblait, son souffle était court dans sa gorge et ses beaux yeux verts étaient remplis d'une terreur indicible. Un cinglé la traquait, surveillait ses faits et gestes depuis près d'un mois et elle ne le lui avait pas dit plus tôt ?

Mark attrapa son verre de vin et le vida d'un trait, rageusement.

Le lendemain, à la première heure, il appellerait les frères d'Ava. Davis McGuire avait longtemps été son meilleur ami. Pas question de lui cacher le dangereux secret de sa sœur.

Oui, demain matin… Mais, pour cette nuit, elle est en sécurité.

Mark se mit à faire les cent pas dans la pièce. Il allait désormais veiller sur Ava, comme il l'avait fait autrefois. La nuit où, pour la première fois, elle était venue se réfugier chez lui était gravée dans sa mémoire, à jamais. D'ailleurs, comment aurait-il pu oublier cette nuit de mort et de sang ? Impossible, aussi rigoureusement impossible que d'oublier une femme comme elle.

Il l'avait vue grandir et cette terrible nuit avait brutalement mis fin à l'adolescence d'Ava. Elle avait tant souffert !

Mark aurait écrasé de coups de poing les ordures qui se permettaient de la juger. Il avait entendu des rumeurs… Certains trouvaient étrange qu'Ava ait pu échapper aux tueurs, alors que son père et sa mère avaient été massacrés sans aucune pitié. Mais il n'y avait rien d'étrange là-dessous, Mark le savait. Ava avait simplement eu de la chance : si les tueurs l'avaient vue, elle aussi serait morte…

Depuis cette terrible nuit, les années avaient passé. La gaieté naturelle d'Ava, ce reste d'enfance, s'était évanouie. Elle était entrée à l'université, elle était devenue une femme accomplie, bien qu'un peu trop réservée, et puis elle avait quitté Austin…

Pour finalement revenir…, songea Mark. Chez lui. Pas tout à fait dans son lit, mais dans sa maison.

Lui, depuis deux ans, il avait beaucoup pensé à elle, à cette nuit où leurs bouches s'étaient jointes. Cela avait tout changé dans sa vie, tout bouleversé, tout fait voler en éclats.

Il ferma de nouveau les yeux.

Cela promettait d'être une longue nuit sans sommeil.

*\
**

Ava était dans l'écurie, elle brossait soigneusement la crinière de Lady en chantonnant, pour ne pas trop penser qu'elle venait de casser avec Alan, son petit ami, et ce, à peine quelques heures avant un bal. Il le fallait ; le garçon l'avait trop déçue, ce n'était qu'un minable petit prétentieux et rien d'autre.

Et elle était là, dans ce box, toute seule avec une jument, alors que tous ses amis étaient allés danser. Bah, il y aurait bien d'autres bals et aussi d'autres garçons pour l'y emmener…

Un coup de tonnerre éclata dans la nuit et elle sursauta. Elle n'avait entendu aucune prévision d'orage pour la région. Elle frissonna, de la chair de poule sur son bras.

Mais était-ce bien le tonnerre ?

Elle quitta Lady, sortit de l'écurie et leva la tête : le ciel était parfaitement pur, clouté d'étoiles. Pas une trace d'éclair, pas de tonnerre. Rien…

La terreur l'envahit soudain. Il se passait quelque chose d'anormal, puisqu'il n'y avait pas d'orage. Elle se mit à courir vers la maison. Toutes les lumières étaient allumées et la haute silhouette de son père se détachait très nettement derrière l'une des baies vitrées du salon.

Elle s'arrêta net. Son père n'était pas seul. Deux hommes, le visage masqué par une cagoule noire, le menaçaient de leurs armes.

Et maman ? Où est maman ?

Elle s'approcha un peu. Sa mère était étendue dans une flaque de sang. Ava ne laissa échapper qu'un cri, un bref sanglot. Cela suffit à attirer l'attention de son père. Elle croisa son regard.

Papa !

Elle ne l'entendit pas, mais il articula très nettement :

« Cours ! Va-t'en ! »

Ava secoua la tête, trop effrayée pour faire un seul pas. Son père se tourna vers les hommes masqués et se mit à hurler, si fort que sa voix traversa la vitre.

« Je ne dirai rien ! Peu importe ce que vous allez me faire, ça m'est parfaitement égal ! Je ne vous dirai rien ! Rien du tout. »

Une détonation.

Cette fois, Ava le savait : ce n'était pas le tonnerre. Son père tressauta, puis s'écroula au sol et Ava se mit à hurler.

— Ava ? Ava, réveille-toi !

Deux mains fortes, mais étrangement douces, la tenaient par les épaules et la secouaient délicatement.

— Là, là, tout va bien. Tu es en sécurité. Je suis là, avec toi.

Elle ouvrit grand les yeux.

La lumière était allumée dans la chambre. Mark se tenait sur le lit, avec elle, son corps contre le sien, protecteur.

— Ce n'est qu'un mauvais rêve, la rassura-t-il de sa voix grave et profonde. Tu n'as rien à craindre.

Ava acquiesça lentement. Depuis que le mystérieux maniaque avait commencé son manège, elle revoyait les hommes en cagoule dans le même cauchemar, chaque nuit. Avant cela, elle n'avait plus fait ce rêve terrifiant que de loin en loin. Ce cauchemar était revenu l'obséder à partir du jour où elle avait remarqué que ses photos avaient été déplacées.

Mark caressait doucement ses bras avec son pouce, dans un geste très apaisant, réconfortant.

— Je ne savais pas que tu continuais à…

— A me réveiller en hurlant ?

Combien de temps avait-elle bien pu crier avant qu'il vienne à sa porte ?

— C'est pour ça que personne ne voulait loger avec moi, sur le campus, et que j'ai dû louer un appartement en ville.

Dire qu'elle avait cru béatement qu'il suffirait que ses frères installent un système de sécurité chez elle pour qu'elle puisse dormir tranquille ! L'intrus continuait d'aller et venir à sa guise...

Elle s'assit sur le lit, mais Mark ne la lâcha pas pour autant.

— Ça va mieux, murmura-t-elle.

Il ne répondit rien. Ses mains étaient si chaudes sur sa peau. Ce n'était pas la première fois qu'il la réconfortait ainsi, au milieu de la nuit. Elle n'avait plus seize ans, mais elle avait toujours aussi peur. Et la menace n'était pas plus précise.

Mark la regardait intensément. Elle aurait voulu lire dans ses pensées. Elle aurait voulu...

Lui ne regardait plus seulement ses yeux. Elle n'avait sur elle que son slip et son soutien-gorge, ayant retiré le reste avant de se mettre au lit.

Comme la chambre de Mark était de l'autre côté de la maison, elle avait pensé qu'il ne l'entendrait pas crier lorsque, inévitablement, le cauchemar surviendrait. Mais, non, il l'avait entendue.

Presque insensiblement, il accentua la pression de ses mains. Elle remarqua les cals, sur ses doigts. Mark ne faisait pas que diriger le ranch Montgomery, il y travaillait dur et par tous les temps. Il était la colonne vertébrale de l'exploitation. Bien sûr, elle aurait dû être gênée de se retrouver presque nue devant lui. Elle aurait dû remonter le drap sur elle, se cacher, par pudeur...

Elle n'en fit rien.

— Tu te souviens, demanda-t-elle tout à trac, quand on s'est embrassés ?

Peut-être n'en avait-il aucun souvenir. Il avait un peu bu ce soir-là. Et elle aussi. Sans cela, elle n'aurait probablement pas eu le courage de prendre l'initiative. C'était la fin de l'année scolaire, qu'elle fêtait avec ses frères… et aussi avec Mark. Ils étaient restés seuls, tous les deux, un moment. Elle l'avait regardé du coin de l'œil, puis s'était haussée sur la pointe des pieds et avait rapidement posé ses lèvres sur celles de Mark. Mais quelque chose était arrivé, alors. Cela ne s'était pas arrêté là. Il avait approfondi leur baiser. Et cela n'avait plus du tout été rapide, mais profond et brûlant, merveilleux.

— J'aimerais pouvoir l'oublier, Ava.

Ces mots lui firent mal et elle resta un instant stupéfaite.

— Je…

— Parce que je n'aurais pas tout le temps envie de recommencer…

La main droite de Mark alla s'enfouir dans les cheveux d'Ava et il lui renversa la tête en arrière. Délicatement, presque prudemment, il posa ses lèvres sur les siennes. Mais elle ne désirait pas tant de précautions, pas de sa part à lui, en tout cas. Tout le monde la traitait toujours comme si elle allait se briser en mille morceaux d'un instant à l'autre. Elle ne voulait pas que Mark en fasse autant.

Elle enroula ses mains sur les larges épaules, et sa bouche s'ouvrit davantage, sa langue alla caresser la lèvre de Mark. Il se raidit contre elle et poussa une sorte de gémissement rauque. Elle adorait ce son-là.

Elle aimait plus encore qu'il cesse de se montrer trop délicat et trop respectueux envers elle. En lui, la passion prenait le pas sur la retenue, elle le sentait.

Soudain, il se jeta sur le lit avec elle. Il s'allongea sur elle, l'embrassant à pleine bouche. Elle adorait cela. Les fantômes et les terreurs du passé disparaissaient. Rien n'existait plus que ce qu'elle ressentait pour Mark, ce désir qui brûlait en elle, ses seins dressés contre le torse dur. Elle ne voulait plus de draps, de couverture entre leurs deux peaux. Elle fit glisser ses mains sur le dos musclé. Il y avait là quelques cicatrices. Elle ne s'y attarda pas, elle voulait explorer chaque centimètre de son corps.

Quand elle ne faisait pas de cauchemar, elle rêvait de se retrouver ainsi, contre Mark et rien qu'avec lui.

Il lui retira sa bouche, et un instant elle crut qu'il allait s'écarter d'elle, encore. Mais il n'en fit rien. Il traça une ligne de baisers sur son cou.

Elle se cambra contre lui en feulant de plaisir. Que c'était bon ses baisers, ses caresses, ses mordillements…

— Mark !

— Je veux te goûter, tout entière…

Elle le voulait, elle aussi. Il avait écarté les draps sans qu'elle ne s'en rende compte. Elle était concentrée sur tout autre chose : sur lui et sur les sensations que ses caresses lui procuraient, sur ce désir qui la consumait.

Il posa ses doigts sur le bord de son soutien-gorge.

— Ava…, murmura-t-il. Dis-moi d'arrêter.

Surtout pas.

— Touche-moi ! l'implora-t-elle.

Et elle plongea ses yeux dans les siens. Mark était en train de perdre le contrôle sur lui-même. Ses pupilles si bleues s'assombrirent, puis se dilatèrent et brusquement, en un clin d'œil, il retira le soutien-gorge et ses fortes mains se refermèrent sur les seins nus d'Ava, caressant les pointes érigées.

Le souffle d'Ava s'accélérera et elle se remit à gémir.

Oui… Oui… C'était tout ce qu'elle voulait. Pas de peur, pas de retenue. Rien que le plaisir. Rien que Mark…

Puis ce fut sa bouche qui prit le relais.

— Belle… si belle, susurra-t-il, éperdu, avant que ses lèvres ne se rejoignent sur une pointe de sein.

Il la suça longuement et Ava crut devenir folle. Elle s'arc-boutait, tout son corps parcouru de sensations si fortes qu'elle ne pouvait y résister. Elle le voulait, en elle. C'était l'instant, enfin, enfin ! Elle avait tellement redouté qu'il ne la désire pas comme elle le désirait.

Mais non, il me veut autant que je le veux. Tant mieux, oh, tant mieux !

Les belles et fortes mains étaient sur son ventre. Le moment approchait : il allait lui retirer son slip, il allait…

Une alarme stridente se mit à résonner dans toute la maison. Mark dressa la tête. Il resta comme étourdi deux secondes, puis se secoua et bondit hors du lit.

— Mark ! s'écria Ava.

— Ne bouge pas d'ici ! lui intima-t-il. Ça venait de l'écurie. Je reviens.

Il disparut en un éclair.

Encore haletante, Ava sauta du lit à son tour. Les jambes tremblantes, elle agrippa ses vêtements, s'habilla en hâte puis s'élança hors de la chambre pour retrouver Mark. S'il y avait du danger, il n'était pas question qu'elle le laisse seul.

2

Mark se rua hors de la maison, ses pieds nus touchant à peine les lattes de bois de la véranda. L'alarme sonnait toujours. Il avait pris cette mesure de sécurité quelques mois auparavant, lorsqu'un fou furieux avait tenté de mettre le feu à son écurie. Ce criminel avait voulu attirer dans un piège Brodie McGuire et son amie, Jennifer. Mark s'en souvenait parfaitement.

Quelques-uns de ses employés se précipitaient, eux aussi, vers l'écurie. Mais aucune flamme n'apparaissait. Il fallait pourtant bien que quelque chose ait déclenché le signal. Le ranch bénéficiait d'une sécurité très haut de gamme, cadeau de la famille McGuire.

Tandis que Mark continuait de courir, son contremaître apparut, sortant de l'écurie.

— Ty !

Mark était presque essoufflé.

— Les chevaux n'ont rien ?

D'un pas vif, Ty vint à sa rencontre.

— On dirait, patron. En tout cas, je ne vois rien d'anormal.

Ty avait à peu près l'âge de Mark, avec des yeux et des cheveux d'un brun très sombre.

— Je n'ai vu personne et les gars sont avec les bêtes, maintenant.

Quelqu'un ou quelque chose avait pourtant dû déclencher l'alarme.

Ty exprima tout haut la même interrogation.

— Qu'est-ce qui a bien pu foutre…

Mais il s'arrêta net, le regard posé derrière Mark. Celui-ci se retourna. Ava les avait rejoints sans un bruit. Ses cheveux répandus sur les épaules, dans la lumière des lampes extérieures que l'alarme avait toutes rallumées, elle était magnifique.

Ainsi, elle l'avait suivi…

— Que se passe-t-il ? s'enquit-elle, la voix encore assez rauque.

Mark en frissonna. Ce timbre sonnait comme un rappel de ce qui venait de se passer entre eux. Ses rêves les plus fous avaient été bien près de devenir réalité et puis… l'alarme avait agi comme une douche froide. Un réveil particulièrement brutal, qui l'avait empêché, peut-être, de commettre une grave erreur.

Une erreur, vraiment ? Le début d'une addiction qui ne cesserait jamais ?

— Y a quelque chose qui a déclenché les détecteurs de présence à l'arrière de l'écurie, mademoiselle, répondit Ty, son accent du Texas faisant rouler les mots. Depuis l'incendie qu'on a eu il y a quelques mois, Mark ne veut plus prendre de risques… Ces machins-là sont très fiables, ils se mettent à sonner dès que quelque chose bouge dans le secteur.

D'autres employés sortirent de l'écurie. L'un d'eux leur cria :

— On n'a rien trouvé !

— Peut-être un animal, suggéra Ty en haussant les épaules. Un coyote ou même un raton laveur.

— Il y a des caméras de surveillance partout ? demanda Ava.

— Pas à cet endroit, précisa Mark. Pas pour le moment. Il n'y a des caméras qu'autour de la maison et sur l'allée principale devant le ranch.

— Et si quelqu'un m'avait poursuivie jusqu'ici ? avança Ava. Depuis la route ?

— Rien ne s'est passé, dit simplement Mark. Tu n'y es pour rien...

Il se tourna vers Ty :

— Que les hommes cherchent bien partout, des traces... ou n'importe quoi. On ne doit prendre aucun risque.

Le contremaître acquiesça et s'en fut relayer les ordres.

Mark avait l'intention de se joindre à ses employés, mais il lui fallait d'abord ramener Ava à l'intérieur de la maison, en sécurité.

— Je t'avais dit que je revenais tout de suite, lui lança t-il d'un ton de reproche.

— Moi, je ne reste jamais où on me pose, répliqua-t-elle d'un air de défi. S'il se passait quelque chose de grave, je ne voulais pas que tu y ailles seul.

Mark ne put s'empêcher de sourire. Ava volant à sa rescousse ? Et dire que certains la croyaient timorée et faible. Ils ne la connaissaient pas aussi bien que lui.

— Je voulais juste que tu sois en sécurité, c'est tout.

Elle le regarda bien en face.

— Est-ce qu'aucun de nous l'est vraiment ?

On pouvait se le demander, en effet.

— Je voulais t'aider, enchaîna-t-elle. Et je ne pouvais pas le faire depuis ta chambre d'amis !

Elle carra légèrement ses épaules.

— Et, si tu fais des recherches, je veux y aller avec toi.

— Ava...

— Je... je ne veux pas rester toute seule, lui confia-t-elle plus bas, d'une voix changée. Ne me demande pas ça, s'il te plaît.

Il n'y avait rien à ajouter. Alors Mark lui prit simplement la main.

— Bon, d'accord. Mais tu ne me quittes pas d'un pouce. Compris ?

Un sourire radieux illumina le visage d'Ava.

— Bien sûr ! répliqua-t-elle, enjouée.

Le sourire d'Ava s'étirait largement entre deux adorables fossettes, de chaque côté de sa bouche. Depuis combien de temps, se demanda Mark, n'avait-il pas vu sourire Ava ? Bien trop longtemps, assurément. Et cela lui avait beaucoup manqué.

L'homme était terré dans sa cachette, observant l'écurie et ses alentours. Ava McGuire et Mark Montgomery traversaient le paddock.

Ava faisait une lourde erreur, songea l'homme. Elle ne pouvait pas se fier à Mark, pas un seul instant. Il fallait que quelqu'un lui démontre à quel point Mark était dangereux pour elle. Il lui cachait certains de ses secrets, depuis des années. Il lui avait menti et, pourtant, c'était vers lui qu'elle se tournait pour demander de l'aide ? Erreur, Ava, grossière erreur ! Et qui pourrait bien se révéler mortelle.

Des employés du ranch allaient et venaient, vérifiant qu'aucun cheval n'avait été blessé. Mark restait auprès d'Ava, mais ce n'était pas pour la protéger, non, non…

Tu la veux, hein ? C'est tout !

Décidément, Mark Montgomery était bien comme son père adoptif. Quand il voulait quelque chose, il le prenait, quelles que soient les conséquences et les vies qu'il brisait au passage. Mark voulait Ava, alors il croyait qu'il n'avait qu'à la prendre. Mais ça ne se passerait pas comme ça… Les Montgomery avaient détruit l'existence de bien trop de gens. Il était peut-être temps d'apprendre à Ava quel genre d'homme était réellement son soi-disant héros.

Toute la propriété fut fouillée… sans trouver la moindre trace d'un intrus. Aussi, Mark ramena Ava vers la maison. Elle semblait nerveuse. Probablement était-elle épuisée, se dit Mark. Ils venaient de passer plus d'une heure dehors, en pleine nuit, parce que…

Parce que je voulais m'assurer que le cinglé qui en a après elle ne l'a pas suivie jusqu'à mon ranch.

Il ferma la porte derrière eux et réactiva le système d'alarme.

— Tu devrais essayer d'aller dormir un peu, Ava…

Il ne la toucherait pas, car plus il le faisait, plus il la désirait.

Elle était contre moi, dans ce lit. Ses seins dans ma main, dans ma bouche. Elle gémissait de plaisir, elle me voulait, comme je la voulais…

Et, à quelques secondes près, il aurait pu prendre la seule femme qu'il désirait au monde. La seule et unique.

Il s'écarta d'elle.

— Tu ne vas en parler à personne, n'est-ce pas ? lui demanda-t-elle soudain.

Il se raidit un peu.

— L'alarme s'est déclenchée. Peut-être un dysfonctionnement, mais peut-être qu'il y avait vraiment quelqu'un. Je ne…

Elle lui prit le bras pour le forcer à la regarder en face.

— Je ne te parle pas de l'alarme. Je te parle de nous.

Il déglutit avec peine.

— Il n'y a pas vraiment eu de « nous »…

Même s'il pensait à elle tout le temps, même s'il aurait bien voulu la déshabiller, là, tout de suite, et plonger de nouveau sur le lit avec elle. Même…

— Pourquoi ?

Ava ouvrait de grands yeux. Si grands… si tristes…

— Tu n'as pas envie de moi, c'est ça ?

Ce n'était pas le problème, mais alors vraiment pas. Il tenta de s'éclaircir la gorge.

— Notre différence d'âge…

— Bêtises ! Tu es un peu plus vieux que moi, c'est tout. Et puis, je ne suis plus une enfant. J'ai fini mes études et je travaille. Mes frères sont sortis avec des tas de filles plus jeunes ou plus âgées qu'eux, alors ne me raconte pas d'histoires. Nous avons tous les deux l'âge légal, c'est tout ce qui compte, non ?

— Tes frères sont mes amis…, tenta-t-il.

Ava poussa un profond soupir.

— Tu en es sûr ? Parce que, justement, Davis me disait, il y a à peine quelques mois, que tu n'étais pas vraiment l'homme que je croyais et que je devrais me méfier de toi.

Davis se conduisait en effet d'une façon étrange envers lui depuis la mort de l'inspecteur Shayne Townsend. Mark en ignorait les raisons, mais il était clair que les McGuire l'avaient mis en quarantaine.

— Tu sais, je me fiche de ce qu'il dit, reprit Ava avec conviction. C'est toi que je veux et c'est tout !

Elle essaya de lui passer les bras autour du cou, mais il se recula. L'étonnement et la douleur se peignirent sur le visage d'Ava. Il en fut mortifié.

— Ava, je…

— Tout à l'heure, tu m'embrassais désespérément,

comme si rien au monde ne comptait davantage pour toi. Tu brûlais de passion…

Elle secoua la tête.

— Et maintenant tu me repousses ? Pourquoi ?

— Parce que je ne veux pas te faire de mal.

Une petite ride de réflexion et d'interrogation se creusa entre les sourcils d'Ava.

— Mais tu ne m'en as jamais fait ! Au contraire, tu as toujours été bon pour moi, sans me juger ou me critiquer, comme ma famille. Et pourtant, tu connais tous mes secrets…

Mais elle ne connaissait pas le sien, pensa Mark, et c'était bien là le problème. Il refusait de le lui révéler, afin de ne pas abîmer l'image qu'elle s'était faite de lui. Elle ne savait pas tout, ne connaissait pas sa part d'ombre.

Il ne faudra jamais qu'elle la découvre.

Ava le voyait toujours comme une sorte de héros. Il n'était rien de tel. Il en était même aussi éloigné que possible. Si elle apprenait ce qu'il avait fait, elle ne le laisserait plus jamais la toucher.

— Va dormir, lui conseilla-t-il pour maintenir une distance entre eux, repousser autant que possible l'attraction phénoménale qu'elle exerçait sur lui. La journée a été longue…

Et sur ces mots il partit.

Tandis que Mark s'éloignait, Ava le suivit du regard, stupéfaite. Il la laissait seule, vraiment ? Alors qu'enfin, enfin… ils avaient été tellement proches ! Sans aucune barrière, sans rien pour les retenir et voilà que… voilà qu'il la laissait sur sa faim.

Mince alors !

Elle reprit le chemin de la chambre d'amis, mais le sommeil n'allait pas venir, elle le sentait bien. Pas tout de suite, en tout cas. L'adrénaline faisait bouillir son sang et puis… dormir, pourquoi ? Pour cauchemarder encore ?

Elle poussa la porte de la chambre. La pièce était plongée dans l'obscurité. Ava hésita. La lumière était allumée lorsqu'elle l'avait quittée, une heure plus tôt. Elle en était certaine. Elle s'était rhabillée aussi vite qu'elle l'avait pu et s'était précipitée dehors pour rejoindre Mark.

Et je n'avais pas éteint la lumière !

Elle jeta un coup d'œil par-dessus son épaule.

— Mark ?

C'était toujours la même chose, des petits riens à peine décelables. Des détails auxquels la plupart des gens n'accorderaient aucune attention. Mais, peu à peu, tout s'additionnait et formait les contours d'un véritable soupçon.

Ava se glissa doucement le long du mur, à tâtons, prudemment. Ses doigts rencontrèrent l'interrupteur. Elle alluma et la lumière jaillit dans la pièce. Les draps étaient toujours froissés de la même manière et son sac était dans le fauteuil, dans le coin droit, exactement là où elle l'avait laissé…

Les fenêtres étaient closes, leur loquet de sécurité apparemment en place.

Ava s'approcha doucement, le ventre noué par l'appréhension. Mark et ses hommes avaient fouillé partout, mais peut-être que, si on n'avait pas trouvé l'intrus, c'était qu'il se trouvait dedans et non dehors. Durant les recherches, il n'y avait eu personne dans la maison. On n'aurait eu aucun mal à s'y glisser…

Non, je dois me tromper, j'ai dû éteindre la lumière…

Elle se pencha sous le lit. Rien. La penderie était vide, elle aussi.

Ava se tourna alors vers la porte de la salle de bains.

Elle était fermée. Bon sang, l'avait-elle laissée ouverte ou fermée ?

Ava fit un pas en avant. Ouverte ?

Un autre pas.

Ou fermée ?

Non, ne retourne pas auprès d'elle. Non ! se répétait inlassablement Mark. Mais son corps ne voulait pas lui obéir. Ava avait paru tellement blessée… Jamais, pourtant, il n'avait voulu lui faire du mal. Il souhaitait, au contraire, la protéger. La garder en sécurité.

Pourquoi fallait-il toujours qu'il gâche tout ?

En fulminant contre lui-même, il se dirigea vers la salle de bains, dont il poussa la porte. Il alluma la lumière et sursauta devant le spectacle qui s'offrait à lui : quelqu'un avait cassé le miroir et, s'aidant probablement d'un morceau de verre brisé, avait gravé directement sur le mur, en grosses lettres :

« TIENS-TOI ELOIGNE D'ELLE, SINON… »

— Ava !

Il cria son nom en même temps qu'il bondissait hors de la salle de bains.

Le cœur battant, il traversa le salon en quelques enjambées. Il fallait qu'il la rejoigne, il fallait que…

— Mark ?

Visiblement terrifiée, elle était sortie de sa chambre à sa rencontre.

— Il était ici ! annonça-t-il en saisissant fébrilement Ava par les épaules. Dans la maison !

Elle se serra contre lui, tremblante.

— Je… je sais, bafouilla-t-elle en montrant sa porte. Je crois qu'il est venu dans ma chambre, aussi. La lumière était éteinte quand je suis revenue et… pas par moi. J'avais laissé allumé, j'en suis sûre.

Ce fou était peut-être toujours dans les parages, songea Mark. Il fit passer Ava derrière lui, pour la protéger si besoin, et courut vers la chambre d'amis.

Les draps et les couvertures étaient toujours en désordre. Dans son esprit passa l'image fugitive d'Ava sur ce lit, avec lui, si proche, avant que ce cinglé ne déclenche les alarmes…

La porte de la salle de bains attenante était fermée. L'intrus s'y cachait-il encore ? se demanda Mark. Prêt à se jeter sur eux ?

— Fais attention, lui murmura Ava. J'étais sur le point d'aller voir.

Faire attention ? Il n'était plus temps de prendre des précautions. S'il y avait quelqu'un dans cette salle de bains, Mark allait le mettre en pièces. Il ouvrit la porte à la volée, celle-ci cogna brutalement contre le mur.

Comme dans son propre cabinet de toilette, le miroir était brisé. Il y avait aussi un message gravé dans l'enduit du mur, pour Ava cette fois.

« NE LUI FAIS PAS CONFIANCE. »

— Il faut fouiller toute la maison, marmonna Mark, les dents serrées. Les caméras ont dû enregistrer ce salopard.

Il se retourna. Ava était juste derrière lui, mais elle ne le regardait pas. Ses yeux fixaient les mots gravés dans le mur.

La fureur gagna Mark. Ce type ne le savait pas encore, mais mieux valait ne pas avoir Mark comme ennemi…

Ava suivit Mark, tandis qu'il visitait chaque pièce, ouvrant tous les placards, retournant la maison de fond en comble. Elle en tremblait. Encore plus lorsqu'ils s'installèrent pour visionner les images prises par les caméras de surveillance. C'était la première fois que son harceleur lui laissait directement un message. Croyait-il donc qu'elle allait suivre ses prétendus conseils ?

Elle avait toute confiance en Mark. Il l'avait protégée lors de la pire nuit de sa vie. Jamais elle ne s'éloignerait de lui.

— Le voilà ! lança-t-il.

Ava se pencha vers l'écran de contrôle. Sur les images, un homme était en train de se glisser furtivement dans la maison. Il portait une cagoule noire et Ava en eut le souffle coupé. Instantanément, elle bascula dans le passé. Elle n'était plus devant un écran d'ordinateur mais au ranch de ses parents. Les coups de feu. Son père devant la fenêtre.

Cours !

Un homme avec une cagoule noire, une carabine dans les mains…

— Ava ! Ava !

Elle cilla. Mark entrait dans son champ de vision. Il la prit dans ses bras. Elle ne voulait pas craquer devant lui. Il ne devait pas la voir comme cela, il était l'une des rares personnes de son entourage à ne pas vouloir croire que quelque chose était à jamais brisé en elle.

— Il m'a suivie, murmura-t-elle. Depuis Houston…

Elle se revit, roulant dans la nuit sur cette route déserte et interminable… A chaque kilomètre parcouru, elle croyait s'éloigner un peu plus du danger et, en fait, il la suivait. La surveillait-il déjà, chez elle, quand elle faisait son petit sac de voyage ? Et voilà qu'elle l'avait conduit jusque dans la maison de Mark.

— Je suis désolée…

Puis elle s'écarta de lui comme une somnambule et repassa silencieusement dans le couloir.

— Ava !

Elle ne tourna même pas la tête. Elle ne voulait pas, elle n'avait jamais voulu mettre Mark en danger, mais c'était fait, hélas. L'intrus essayait-il de lui faire passer un autre message ? Etait-il de ceux qui avaient tué ses parents, cette fameuse nuit ? La cagoule qu'il portait pouvait le suggérer...

Ava allait passer la porte d'entrée, mais Mark lui prit le poignet et la força à se retourner. Il l'attira contre lui.

Elle tenta de se libérer. En vain. Il la tenait trop fermement.

— Bon sang, qu'est-ce que tu fais ? lui demanda-t-il.

— Ça ne se voit pas ? Je pars.

— Mais pourquoi ?

— Je ne veux pas que tu sois menacé à cause de moi. Tu ne mérites pas ça !

Elle, elle lui devait déjà plus qu'elle ne pourrait jamais lui rendre.

— Moi aussi, tu sais, il m'a laissé un message, lui confia-t-il. Il m'a dit de me tenir éloigné de toi...

Le souffle d'Ava s'accéléra. Mark la regardait intensément, de ses yeux si bleus.

— Cela n'arrivera pas, lui dit-il. T'abandonner à ton sort ? Il n'en est pas question. C'est ce qu'il veut. Que tu fuies loin de moi, que tu sois vulnérable, seule et complètement à sa merci.

— Mais toi, là-dedans, toi ?

Jamais elle n'avait pensé faire courir un risque à Mark en se réfugiant chez lui.

— Je suis prêt à parer tous les coups de cette ordure !

Il parlait avec une telle autorité et un tel calme, aussi, qu'elle ne demandait pas mieux que de le croire. Mais un autre homme, jadis, avait voulu jouer ce rôle protecteur auprès d'elle. Cet homme, son père, était mort, en la protégeant, justement. A ce moment-là, elle s'était juré que personne ne souffrirait plus pour elle. Plus jamais de la vie.

— Il vaut mieux que je parte, murmura-t-elle encore.

Mark secoua la tête.

— Je t'ai dit qu'il n'en était pas question, petit chat…

C'était la première fois qu'il utilisait un mot tendre pour s'adresser à elle. Sans doute n'en avait-il pas même conscience, mais elle en fut intensément réchauffée.

— Je ne laisserai pas cet homme te faire du mal, promit-elle à son tour. Je vais appeler la police et prévenir mes frères.

Il devenait difficile de leur cacher ce qui se passait. Ils allaient monter sur leurs grands chevaux. Cela ne faisait aucun doute. Mais il n'y avait plus le choix.

Un faible bip se fit entendre du fond du bureau de Mark, depuis son ordinateur. Il alla voir, mais ne lâcha pas Ava pour autant. Il l'entraîna vers son bureau. Elle posa le regard sur l'écran : un SUV noir se présentait devant le portail du ranch. Davis le conduisait, remarqua Ava avec stupeur.

— Je crois que tes frères sont déjà au courant, commenta Mark.

— Qu'est-ce que ma sœur fait chez toi, en plein milieu de la nuit ? demanda sèchement Davis dès qu'il fut entré, et en marchant droit sur Mark.

Celui-ci ne broncha pas, ne bougea pas d'un pouce. Ava, elle, avait presque envie de les planter là et de prendre ses jambes à son cou.

— C'est plutôt le petit matin, pour moi, tenta-t-elle bravement de plaisanter.

Davis poussa un grognement désapprobateur. Il marmonnait toujours plus qu'il ne parlait. Il avait le sens de l'humour, autrefois, pourtant. Mais il avait changé du tout au tout en devenant un Navy SEAL. Leurs parents étaient morts et Davis avait verrouillé ses émotions à double tour, définitivement. Il était alors devenu aussi froid que de la glace.

— Comment as-tu su que j'étais là ? lui demanda-t-elle quand même.

— Je ne le savais pas, jusqu'à ce que je voie ta voiture garée devant la maison, répliqua-t-il sèchement. Je suis venu parce que nous assurons la surveillance et la maintenance du système de sécurité que nous avons installé ici. Quand j'ai remarqué qu'il y avait eu un problème, j'ai voulu venir voir ce qui se passait…

Tout cela ne sonnait pas très juste aux oreilles d'Ava, d'autant que Davis ne la regardait pas directement dans les yeux en parlant. C'était toujours ainsi, quand il lui mentait. La fois où il avait affirmé que personne ne pouvait croire sérieusement qu'elle était impliquée dans le meurtre de leurs parents, il regardait un point situé assez loin derrière son épaule. Depuis quand son propre frère la pensait-il impliquée dans ce crime ? Etaient-ce seulement les rumeurs qui l'avaient influencé ?

— Est-ce que tu couches avec ma sœur ? lança soudain Davis à Mark.

Cette fois, elle se mit à le fixer. Davis était grand et fort, tout autant que Mark. Ils avaient le même teint hâlé et les mêmes larges épaules. Mais les cheveux de son frère étaient plus sombres, un tout petit peu plus longs, et ses traits n'étaient pas aussi fins que ceux de leur beau voisin…

Celui-ci ne répondait rien. Il fixait Davis, les poings serrés.

Avant qu'ils n'en viennent aux mains, Ava se glissa entre eux.

— Arrêtez !

Elle se tourna vers Davis.

— Mark est un ami, d'accord ? Un des rares qui me restent, depuis toutes ces années…

Beaucoup lui avaient tourné le dos. Tous ceux qui pensaient qu'elle avait manigancé le meurtre de ses parents, ou qu'elle y avait même participé.

— Alors, arrête ça tout de suite !

Davis la dévisagea, les yeux étrécis.

— Que s'est-il passé, ici ?

Elle hésita.

— Dis-lui, Ava, lui conseilla Mark d'une voix guère plus enjouée que celle de Davis. Tes frères traqueront ce malade et ils t'en débarrasseront.

Ava poussa un lourd soupir.

— Une sorte de cinglé surveille tous mes faits et gestes, jour et nuit…

— Comment ?

Un grand choc se peignait sur le visage de Davis.

Alors, elle lui raconta tout. Les cadres de photos déplacés, la réaction des policiers, qui n'avaient pas voulu croire qu'elle était en danger. Son départ de Houston et sa fuite chez Mark.

— Pourquoi lui ? demanda Davis. Pourquoi tu n'es pas venue nous voir, nous ?

Il semblait blessé et ce n'était pas ce qu'elle avait voulu.

— Jusqu'à ce soir, je n'avais aucune preuve que tout cela était réel, tenta-t-elle d'expliquer. Et puis, il y a eu ces messages…

— Quels messages ?

— Gravés sur le mur, répondit-elle. Dans la salle de bains. Avec un morceau du miroir qu'il avait brisé.

— Et dans la mienne aussi, ajouta Mark.

Davis regarda sa sœur.

— Tu dormais dans la chambre d'amis ?

Elle acquiesça.

Sans rien ajouter, Davis passa dans le couloir.

Il revint très rapidement et s'adressa à Mark.

— Tu as eu le même ? Te disant de ne pas faire confiance à Ava ?

Mark secoua la tête.

— Non, le mien était différent.

Davis tourna les talons et disparut de nouveau dans le couloir.

— Que disait-il, ce message ? demanda Ava.

Le visage parfaitement imperturbable, Mark répondit :

— De me tenir éloigné de toi.

Ses yeux s'enflammèrent.

— Mais je n'obéirai pas, Ava.

Des pas. Davis revenait. La fureur se lisait clairement sur son visage.

— Je n'aime pas ça, grogna-t-il. Un type fait une fixation sur une femme…

Il se tourna vers Mark, sans aménité particulière.

— Et il ne la laisse plus jamais tranquille…

La tension de Mark était tout aussi visible, nota Ava.

— Heureusement que tu n'étais pas dans la chambre quand ce dingue est venu, reprit Davis. Sinon, il se serait peut-être servi de son morceau de verre pour autre chose…

— Parce que tu crois que je ne le sais pas ? lui répliqua sèchement Ava.

— Ça suffit, Davis ! intervint Mark. Tu n'as pas besoin de lui faire peur.

L'ancien SEAL ne se laissa pas démonter.

— Peut-être bien qu'il est temps de l'effrayer, au contraire. Tout ce qu'elle nous raconte dure depuis des semaines et ce n'est que maintenant qu'elle nous en parle ! Elle a bien de la chance de ne pas être encore morte !

Ava en resta interdite.

Mark s'avança, les poings de nouveau serrés.

— Arrête ça tout de suite, Davis. Tu n'as pas à lui dire ça !

— Ava est ma sœur. Elle est quoi pour toi, au juste ?

Mark la regarda. Elle, elle pensait aux baisers qu'ils avaient partagés dans la chambre d'amis, à ce qu'ils avaient été à deux doigts de faire ensuite…

— Elle est…, commença Mark.

— Mark est un ami, le coupa Ava, d'un ton sans réplique.

De cela, au moins, elle était certaine.

Davis ouvrait déjà la bouche pour riposter, mais elle lui coupa l'herbe sous le pied.

— L'homme que nous avons vu sur l'écran de contrôle portait une cagoule de laine noire, ça ne te dit pas quelque chose ?

Davis fronça les sourcils.

— Il est grand, enchaîna Mark. Plus d'un mètre quatre-vingt-quinze, certainement. En forme… et j'ai dans l'idée qu'il connaît bien ma maison.

— Il faut appeler la police, conclut Davis. Pour les relevés d'empreintes.

Mark haussa les épaules.

— Ça m'étonnerait qu'il en ait laissé. Il portait des gants. Et puis, vu notre dernière expérience avec la police, je n'ai pas vraiment envie de les revoir ici…

Ava savait à quoi Mark faisait allusion. Durant des années, les McGuire avaient compté parmi leurs amis l'inspecteur Shayne Townsend, de la police d'Austin. De nombreux policiers s'étaient vantés de pouvoir découvrir qui avait assassiné leurs parents, mais seul Shayne n'y avait jamais renoncé, menant inlassablement son enquête de son côté.

Du moins, c'était ce qu'ils avaient cru. Mais, lorsque Brodie et son amie avaient été agressés, ils avaient appris toute la vérité sur Shayne…

L'inspecteur avait causé la mort accidentelle d'un adolescent désarmé, quelques années auparavant. Depuis, il s'était ingénié à faire oublier ce crime. Il avait même fait l'objet de chantage à ce sujet. Mais peut-être que tout cela ne l'avait pas empêché de découvrir l'identité des assassins des McGuire. C'était ce que les frères d'Ava avaient escompté.

— On ne sait jamais à qui on peut faire confiance… ou pas…, murmura Davis en regardant Mark d'un air entendu.

Ava en fut encore plus mal à l'aise.

— On va appeler la police, enchaîna Davis. Et je voudrais parler à tes employés…

Mark prit son téléphone.

Davis s'approcha de sa sœur et lui murmura :

— Ne lui fais pas trop confiance…

— Oui, j'ai lu le message sur le mur.

— Non, c'est moi qui te le dis, cette fois, rectifia-t-il.

Son regard alla brièvement se poser sur Mark, puis revint sur elle.

— Je ne sais pas exactement ce qu'il y a entre vous, mais tu ignores certaines choses…

Ava garda les dents serrées. Si elle les ignorait encore, ces choses, c'était justement parce que ses frères gardaient jalousement leurs petits secrets.

— Il est ton ami, à toi aussi, lui fit-elle remarquer.

— Je ne sais plus très bien ce qu'il est vraiment, pour le moment…

— Il m'a sauvée, cette nuit.

Davis exhala un soupir ennuyé.

— J'ai demandé à Shayne Townsend, au moment où il est mort, qui avait tué nos parents…

Ava crut défaillir.

— Et qu'est-ce qu'il t'a répondu ?

— Oui, qu'est-ce qu'il t'a répondu au juste ? répéta Mark.

Il venait de raccrocher.

— Et pourquoi tu ne nous en as rien dit depuis ?

Un muscle jouait nerveusement au-dessus de la mâchoire de Davis, nota Ava.

— Je n'ai rien dit parce que je savais ce que ressentait ma sœur pour son ami Mark…

— Je te répète qu'il est aussi le tien, pesta Ava. Et…

Son frère la coupa en prononçant un seul nom :

— Montgomery.

— Comment ? s'exclama Ava, Je ne comprends pas…

— C'est le dernier mot, le dernier nom plutôt, que Shayne a prononcé… Montgomery, c'est tout, et il est mort.

Davis se tourna vers Mark, qui gardait une immobilité de statue.

— Alors j'en suis venu à me demander pourquoi Shayne avait prononcé ton nom de famille juste avant de pousser son dernier souffle, à moins que ce soit pour me révéler que les Montgomery étaient responsables du meurtre de nos parents…

Ava chercha sur le visage de Mark une dénégation, un refus. Mais ce qui y passa, ce fut plutôt un air coupable.

3

— Ava, laisse-moi t'expliquer !

Mark se mit à courir après elle tandis qu'elle regagnait sa voiture.

Les policiers étaient venus au ranch et ils n'y avaient rien trouvé de probant. Ils fouinaient encore à droite, à gauche, mais Ava s'en allait. Elle ne ralentit même pas pour lui répondre.

Mark voulut l'arrêter, l'empêcher de partir, lui dire n'importe quoi, la convaincre, mais Davis le retint par le bras.

— Je ne crois pas que ce soit une bonne idée…

A Austin, beaucoup de gens redoutaient les frères McGuire. Leur réputation les précédait partout où ils allaient. Grant, l'aîné, était un ancien ranger de l'armée. Davis et son jumeau, Brodie, avaient servi dans les Navy SEALS. Mackenzie, que l'on appelait simplement Mac, avait brillé dans la Delta Force, et Sullivan, le benjamin, était un ancien marine. Voilà pourquoi on hésitait, en général, avant de leur marcher sur les pieds. Mais Mark ne s'était jamais laisser impressionner par les cinq frères.

— Les règles du jeu ont sensiblement changé, répondit-il sur le même ton que Davis. Je ne vais pas rester sans rien faire. Je croyais qu'Ava était en sécurité, elle ne l'est pas. Elle se réveille toujours en hurlant la nuit et voilà qu'un cinglé la terrorise…

Il secoua la tête.

— Je ne vais pas le laisser faire, il n'en est pas question.

A quelques mètres d'eux, Ava ouvrait la portière de sa voiture.

Mark serra brièvement les dents de dépit, puis lança à Davis :

— Pourquoi tu n'es pas venu me parler de cette histoire de dernier souffle ? Je ne suis pour rien dans la mort de tes parents, c'est ridicule. Il y a tout un tas de gens qui m'ont vu ici, dans mon ranch, juste avant qu'Ava vienne me rejoindre !

— Je sais parfaitement que tu as un alibi, je l'ai déjà vérifié…, confia tranquillement Davis. C'est ton père qui n'en avait pas. Personne ne sait où il se trouvait, ni une heure avant, ni une heure après le meurtre.

Mark se troubla.

— C'était mon beau-père, rectifia-t-il, comme si cette distinction faisait une réelle différence.

Mais, sur le papier, Gregory Montgomery l'avait bel et bien adopté. Bien sûr, très peu de gens savaient qu'en fait Mark avait haï ce salaud de toutes ses forces durant son adolescence.

— Il s'est suicidé deux mois après la mort de mes parents, ajouta Davis d'une voix lente. Parfois, on en arrive à ne plus pouvoir assumer ses propres actes…

Mark jeta à la dérobée un coup d'œil vers Ava, dans sa voiture. Apparemment, elle était prête à quitter le ranch. Donc, Davis croyait sérieusement que Gregory était l'assassin de ses parents ? Et, le pire, c'était que Mark n'avait aucune preuve du contraire. Vu le profil psychologique de Gregory, tout était possible…

Ava démarra son moteur et Mark ne fit qu'un bond vers la voiture.

— Ava ! cria-t-il. Attends !

Sa vitre baissée, elle le laissa s'approcher. Elle avait les doigts crispés sur son volant et semblait refuser de le regarder en face.

— Je ne leur aurais fait aucun mal, jamais, lui assura-t-il. Tu le sais bien !

Elle cilla, plusieurs fois. Est-ce qu'elle pleurait ? Il ne pourrait pas le supporter.

— Je ne te ferai jamais aucun mal…

Elle acquiesça en silence, brièvement.

Davis restait là, à moins d'un mètre d'eux, à observer tous leurs faits et gestes.

— Où vas-tu ? reprit Mark. Tu me disais que tu allais commencer un nouveau job à Austin… Tu ne vas tout de même pas loger dans n'importe quel motel, pas avec ce dingue qui te suit pas à pas… Reste, je t'en prie, tu seras en sécurité ici.

Elle tourna enfin la tête et le regarda dans les yeux. Aucune colère, aucune accusation ne s'y lisait. Rien que la même confiance qu'elle lui accordait toujours.

— Je ne veux pas te mettre en danger, murmura-t-elle. Il s'est introduit chez toi.

Et je serais détruit s'il te faisait du mal, Ava. Tu ne le vois pas ?

— Je vais aller au ranch, avec Davis.

— Mais tu ne voulais plus loger là-bas…

Elle n'avait pas remis les pieds dans la maison depuis la mort de ses parents, il le savait.

Elle haussa les épaules.

— Il y a une petite maison d'hôtes, je m'y installerai, c'est ce que je fais toujours.

— Tu ne peux pas rester là-bas !

Quelques heures auparavant, elle lui demandait asile et voilà qu'elle voulait fuir loin de lui…

Davis s'avança.

— Elle sera plus en sécurité chez nous. La propriété est mieux protégée. Ici, ce type a quand même réussi à entrer. Ce ne sera pas la même chose dans notre ranch, tu le sais bien.

Et pour cause, les frères Mc Guire en avaient fait une forteresse. Ils avaient voulu s'assurer d'être toujours en sécurité. Même si cette protection venait bien tard...

Sans crier gare, Mark se pencha en avant et prit le menton d'Ava entre son pouce et son index.

— Ce n'est pas fini, Ava. L'histoire n'est pas finie...

— Mark, je...

Il l'embrassa, fort et vite, à pleine bouche et sans se soucier de Davis. Il était temps que les McGuire comprennent quelles étaient ses intentions. Il voulait Ava et il allait la prendre, tout simplement.

— J'irai te voir, Ava. Très bientôt.

Elle n'allait pas se débarrasser de lui comme ça.

L'homme observait le manège des policiers autour des bâtiments du ranch. Croyaient-ils vraiment trouver des indices ? Il n'y en avait pas. Il était bien trop malin pour leur en laisser...

Davis McGuire était là, lui aussi, se mêlant de tout et interrogeant chacun. Certains des employés étaient visiblement très intimidés de parler à l'un des fameux McGuire... Ils avaient bien tort. La seule qui valait quelque chose, dans cette bande-là, c'était Ava. Elle était partie de chez Mark, finalement, et elle avait eu son avertissement. Il était au courant pour cette histoire de nouveau job à Austin. Il se tenait informé de ses projets et de tout ce qu'elle faisait. Qu'elle soit de nouveau dans les parages le satisfaisait. Peut-être allait-elle comprendre que Houston n'était pas fait pour elle ?

Il allait falloir agir…

Je t'ai attendue, Ava. Très patiemment. Mais, bientôt, tu seras à moi.

Ava détestait cordialement la propriété familiale. Pourtant, c'était un ranch somptueux, avec une maison au bord d'un lac, nichée dans un bosquet de grands chênes. Son père disait souvent que c'était un vrai coin de paradis.

Il ajoutait que, lorsque l'arrière-grand-père d'Ava était arrivé de son Irlande natale, il ne lui avait fallu qu'un coup d'œil sur cet endroit pour en tomber amoureux.

Mais, aux yeux d'Ava, ce n'était pas un paradis. Plutôt l'enfer.

Elle gara sa voiture près de la fameuse petite maison d'hôtes, le cottage, comme on l'appelait dans la famille, et le plus loin possible de la demeure principale.

Quand elle ouvrit sa portière, Brodie apparut, venant à sa rencontre. Ava n'en fut pas surprise. Jumeau monozygote de Davis, Brodie ne lui ressemblait pas seulement trait pour trait ; il était tout aussi surprotecteur avec elle que pouvait l'être son frère.

Vu le visage tendu qu'il affichait, il était déjà au courant des événements de la nuit. Mais il ne lui fit pas la morale. Il la serra à l'étouffer contre lui, dans ses grands bras musclés d'ours grizzli.

— Enfin, tu rentres à la maison !

Ce n'était pas vraiment fait pour plaire à Ava, même si Brodie n'avait pas voulu la blesser, elle le savait. Pour lui, ce ranch restait malgré tout un havre d'espoir et d'avenir. Il allait épouser Jennifer et avoir des enfants. Il serait heureux dans ce ranch. Ava n'en doutait pas.

Mais, elle, elle y voyait tout autre chose. Rien que la

façade de la grande maison lui rappelait le cri de son père avant de mourir. Elle voyait du sang et elle voyait la mort.

Brodie la relâcha enfin.

— C'est très temporaire, lui précisa-t-elle. Je vais me chercher un logement en ville.

— Il portait une cagoule noire, c'est ça ?

Décidément, Davis l'avait bien renseigné… Ainsi que leurs autres frères, très probablement. Ils n'allaient certainement pas tarder à tous se montrer.

— Laisse-nous quelques jours pour organiser les choses, lui dit Brodie. Ensuite, tu pourras t'installer où tu voudras, c'est promis.

Où elle voudrait ? Pour une raison ou une autre, elle pensa à Mark.

Il l'avait embrassée, juste avant son départ. Est-ce que Davis avait prévenu Brodie de cela, aussi ? Est-ce qu'une femme n'avait pas droit à ses secrets ?

— On va t'installer d'abord, lança Brodie en ouvrant le coffre de la voiture.

Le regard d'Ava se perdit vers les écuries. Lady était là… Lady… Elle aimait monter Lady, la faire galoper, le vent dans les cheveux.

— Ava ?

Elle se tourna vers Brodie et prit l'offensive.

— Vous auriez dû me mettre au courant de ce qu'a raconté Shayne. Je vous aurais expliqué, moi, que Mark n'a pas pu être impliqué dans le meurtre des parents.

Le regard de Brodie devint tout de suite méfiant.

— Tu dirais la même chose de son beau-père, aussi ?

C'était à peine si Ava se souvenait de Gregory Montgomery. Elle l'avait très rarement rencontré. Il se renfermait toujours sur lui-même et on disait qu'il buvait pas mal. Mais Ava, qui était elle-même la cible de pas mal de ragots, se refusait à croire aveuglément tout ce que les gens racontaient sur lui, comme sur d'autres.

— Maman et Gregory Montgomery ont été fiancés, à une époque, lui apprit Brodie.

Ava en resta bouche bée. Pour une surprise, c'en était une.

— Et puis papa est passé par là et ça a tout changé pour elle. Elle a rompu ses fiançailles avec Gregory et s'est enfuie avec notre père. La suite, tu la connais…

La suite de l'histoire, c'était la mort de leurs parents, songea Ava.

— Voilà pourquoi M. Montgomery ne nous a pas souvent imposé sa présence, reprit Brodie. Il paraît que papa et lui ont fini par devenir bons amis, mais certaines choses peuvent changer un homme.

Ava se tourna vers le lac.

— On trouvera celui qui s'amuse à te faire peur, lui promit Brodie. Et l'envie lui passera bien vite, je te le garantis. Personne ne menace impunément notre famille.

Ava acquiesça. Brodie ne parlait pas à la légère ; Jennifer, sa fiancée, avait été agressée et son agresseur… mort peu de temps après.

A ce sujet…

— Jennifer va mieux ? s'enquit Ava.

Brodie sourit de toutes ses fossettes.

— Bien mieux, je te remercie. Elle rentre d'ici quelques heures et elle sera ravie de te voir.

La jeune femme avait une personnalité très intéressante. Au début, Ava l'avait prise pour une de ces filles hypersophistiquées, mais l'esprit un peu vide, comme il y en a tant dans la haute société. Puis elle avait appris que Jennifer était en fait une policière de très haut vol, qui avait confondu et arrêté quelques-uns des criminels les plus dangereux de la planète.

Il ne faut jamais trop se fier aux apparences...

Ava fit le tour de la voiture et alla prendre son sac dans le coffre.

En fin de matinée, Ava se rendit en ville. Elle passa au musée d'Art moderne voir la conservatrice, Kristin Lang. Ensemble, elles discutèrent des conditions de son engagement, qui prendrait effet quelques jours plus tard. Ensuite, Ava déambula dans le musée, admirant les différentes collections.

Depuis longtemps, avant même son entrée à l'université, l'art était sa passion, et même la meilleure thérapie qu'elle avait pu trouver contre les nuits terribles qu'elle passait suite à la mort de ses parents. La seule médecine qu'elle pratiquait, en fait, car elle s'était toujours refusée à en parler à un thérapeute. Ouvrir son cœur, c'eût été comme répéter le drame affreux survenu cette fameuse nuit. Alors, elle s'était mise à peindre. Des toiles très sombres et souvent rouges, comme tout ce sang, comme la colère qui l'habitait encore. La rage de n'avoir rien fait pour aider ses parents et la honte de s'être enfuie, à la place.

Ses professeurs avaient remarqué son travail et lui avaient vivement conseillé d'exposer. Mais elle avait refusé. Ses toiles étaient trop pleines de son âme déchirée pour être partagées avec quiconque. Aussi, à l'université, elle avait choisi un cursus d'histoire de l'art et de gestion des événements culturels, plutôt que d'entrer dans un atelier de peinture. A la sortie, elle avait eu la chance de trouver ce travail, mais elle aurait préféré le même job dans un autre Etat, plus au nord ou bien alors dans l'Est.

— Ava ?

Elle se retourna pour voir qui l'interpellait et se trouva face à de chaleureux yeux dorés.

— Alan ?

— Je me demandais si c'était vraiment toi…

Il lui sourit largement, découvrant deux rangées d'impeccables dents blanches. Puis il ouvrit les bras et la serra affectueusement contre lui.

— Cela fait longtemps !

Des années, en effet. Elle s'écarta. Alan Channing avait bien changé depuis leur adolescence. Ses traits s'étaient encore affinés, comme affûtés. Ses cheveux blonds étaient artistement repoussés en arrière de son front. Ses vêtements étaient parfaitement et élégamment coupés. L'argent ne lui avait jamais manqué…

A seize ans, Ava avait bien cru l'aimer, mais elle s'était aperçue, juste à temps, qu'il n'était pas vraiment celui qu'elle croyait. La nuit où ses parents avaient été tués, elle aurait dû se trouver avec lui, à un bal.

— J'ai entendu dire que tu allais travailler ici, lui dit-il, son sourire s'élargissant encore. Je viens justement d'être nommé au conseil d'administration du musée, nous sommes donc appelés à nous revoir.

A cette perspective, l'estomac d'Ava se noua légèrement, mais elle n'en montra rien à son chaleureux interlocuteur.

— Ah, vraiment ? fit-elle avec un sourire un peu contraint. C'est…

Mince, elle ne trouvait pas le mot juste.

— Tu sais…, reprit Alan. J'ai changé Je ne suis plus celui que j'étais.

Sa voix avait baissé d'un ton et son sourire s'était évanoui.

— Tu disais que j'étais nul, Ava.

— Je… je ne m'en souviens pas du tout…, mentit-elle. Il rit.

— Tu m'as décoché beaucoup de flèches du même genre, Ava, mais c'est toi qui avais raison.

Son visage devint grave.

— Au moment de la mort de tes parents, tu étais effondrée…

Alan avait en effet tenté de lui parler seul à seule. A l'enterrement et puis aussi au lycée, dans les mois qui avaient suivi. Mais elle était bien incapable alors de se confier à quiconque. Elle avançait dans un épais brouillard. Pire, son deuil même pas encore consommé, les ragots avaient commencé. Elle aurait voulu s'échapper à l'autre bout de la terre.

Mais il était peut-être temps, somme toute, d'arrêter de fuir.

Elle se redressa et toisa Alan.

— Ah oui ?

Il la considéra un instant, la tête penchée, avant d'enchaîner :

— Si nous allions déjeuner quelque part ? Qui sait, j'arriverai peut-être à me faire pardonner d'avoir été un tel imbécile avec toi, il y a quelques années…

Ava secoua la tête.

— Désolée, je ne peux pas, je dois aller retrouver mes frères.

— Ah oui, c'est vrai, les fameux frères ! Tu sais, ils me terrifiaient, à l'époque. C'est tout juste si j'osais me présenter chez toi.

Elle rit.

— Oh ! ils font toujours peur à beaucoup de monde. Au revoir, Alan.

Elle voulut le laisser, mais il la retint encore un instant et passa doucement la main sur son bras.

— Oui, Ava, à très vite, j'espère !

Elle le planta là et se mit à presser le pas. Un frisson

la parcourait, mais cela n'avait rien de sensuel, pas comme avec Mark. C'était plutôt… un avertissement. Elle avait presque envie de courir pour s'éloigner au plus vite d'Alan Channing.

Ses talons claquant sur le dallage de marbre du musée, elle déboucha dans le hall… et Mark apparut. Il venait droit vers elle. Elle s'arrêta net. Lui, il laissa un peu errer son regard aux alentours, puis il la vit enfin. Il lança sur elle un œil de chasseur, pour sa proie, et s'approcha rapidement. Elle se hâta à sa rencontre, elle aussi, en respirant plus vite, et lui demanda :

— Qu'est-ce que tu fais là ?

Il pinça ses lèvres, comme si la question lui déplaisait.

— Tu m'as suivie ? demanda Ava, un ton plus haut.

— Un fou s'est introduit chez moi et t'a menacée, figure-toi, répondit-il sans trop d'aménité. Alors, je m'inquiète un peu de tout ce qui peut t'arriver. Quand j'ai su où tu étais, je…

— Qui te l'a dit ?

— Brodie.

Merveilleux, voilà qu'ils se passaient tous le mot pour la suivre à la trace !

C'était bien ce que je craignais : amis surprotecteurs, bonjour !

— Puisqu'il a bien voulu me dire où tu te trouvais, reprit Mark, je suppose qu'il ne croit plus que j'ai tué tes parents.

— Personne n'a jamais pensé ça sérieusement ! Mais je n'ai tout de même pas besoin que tu me suives comme un petit chien.

Mark lança un coup d'œil par-dessus l'épaule d'Ava.

— Le type, là, ce n'est pas l'espèce de petite frappe avec qui tu sortais, quand tu étais au lycée ?

Il y avait de la colère dans les yeux de Mark. Ava

leva les siens au ciel et se dirigea vers la sortie. Mark la suivit. Hors de l'atmosphère climatisée du musée, la chaleur de la rue leur tomba tout de suite sur les épaules.

— Oui, c'est Alan Channing, crut-elle bon d'expliquer. Il n'y a pas de quoi en faire une histoire, c'est fini depuis longtemps. Il s'est vanté auprès de ses copains footballeurs d'avoir couché avec moi. Il leur a raconté qu'au bout de cinq minutes, à un bal, je l'avais suivi dans un motel et que je m'étais retrouvée au lit avec lui. Tu vois un peu le genre…

A l'époque, ces stupides vantardises l'avaient beaucoup blessée. Et puis, elle avait appris à ses dépens qu'il pouvait vous arriver des choses bien plus graves, dans la vie, que d'être calomniée par un petit imbécile.

— Il a dit… quoi ?

Le visage tendu par la fureur, Mark fit volte-face et entreprit de marcher vers le musée.

— Oh ! attends ! lui cria Ava en le rattrapant.

Que voulait-il donc faire ? Casser la figure à Alan ?

— C'est une vieille histoire, voyons !

— Je ne connais aucune prescription pour ce genre de choses ! tempêta Mark.

Ava en resta bouche bée de surprise.

— Tu n'es pas sérieux !

— S'il a dit de telles saletés sur ton compte, je le suis fichtrement !

Ses yeux bleus lançaient des éclairs. Et elle qui reprochait à ses frères d'y aller trop fort !

— Mark…, reprit-elle plus calmement. C'était un gamin, il a raconté des stupidités à ses copains et je l'ai laissé immédiatement tomber. Fin de l'histoire. Tu ne vas tout de même pas te battre pour ça ?

— Mais… il t'a fait du tort !

Pour une étrange raison, ces mots firent à Ava l'effet d'un pincement au cœur.

— Et, si je te disais, lui murmura-t-elle, que pendant toutes ces années je n'ai plus jamais repensé à lui, ni à ses mensonges ? Pas une seule fois… Est-ce que tu me croirais, Mark ?

A ce moment, les portes du musée s'ouvrirent et Alan parut sur l'esplanade.

Tu ne pouvais pas tomber plus mal, Alan…

Elle posa ses deux mains sur les épaules de Mark, se coula contre lui. Pas question de le laisser mettre son poing en travers du sourire un trop peu trop éclatant d'Alan.

— Et tu sais pourquoi ? ajouta-t-elle en fixant Mark droit dans les yeux. Parce que ça ne comptait pas. Parce qu'à côté de ce qui m'est arrivé cette fameuse nuit ce n'était rien, rien du tout.

Mark parut se détendre un peu.

— Alors, tu peux bien le laisser tranquille, chuchota-t-elle. Il ne compte pas. Il n'est même pas un bon souvenir.

Mark regardait ses lèvres. Il se pencha et l'embrassa. Tout doucement, très délicatement.

— Je ne veux pas qu'on te fasse du mal, susurra-t-il contre sa bouche.

Une douce chaleur gagna Ava. Mark l'embrassait et sa réaction montrait combien elle comptait pour lui. C'était magnifique !

— Euh… je me suis apparemment trompé, mais…

C'était la voix légèrement nasale d'Alan.

— Tu ne m'avais pas dit que tu allais retrouver tes frères, Ava ?

Mark s'approcha de l'oreille de celle-ci :

— Tu ne veux vraiment pas que je lui envoie mon poing dans la figure ?

— Non ! lui répondit-elle fermement, mais tout bas également.

Puis, d'une voix normale :

— Tu connais Mark Montgomery, n'est-ce pas ?

Très raide, Alan acquiesça.

— Vous faites partie du conseil d'administration du musée, vous aussi, non ? lui dit-il. On m'a donné votre nom, parmi d'autres.

— J'en fais partie, en effet, répondit Mark d'une voix égale, sans sympathie excessive.

Tous les deux ? Ava fut saisie d'un doute. Pour quelle raison lui avait-on offert ce job au musée ?

Alan reprit :

— Je ne savais pas que vous étiez… enfin…

Il essayait bien de sourire mais ce n'était pas très convaincant et visiblement le mot « ensemble » lui brûlait la bouche.

— C'est tout neuf, répondit Mark avec un subtil mélange de platitude et de défi. Elle est revenue, et hop ! Je ne l'ai pas laissée repartir.

— Je vois…

Alan eut un rapide coup d'œil en direction d'Ava.

— Si vous voulez bien m'excuser, mon rendez-vous m'attend…

Un rendez-vous urgent alors que, quelques minutes auparavant, il l'invitait à déjeuner ? Ava se força à ne pas sourire.

Alan s'éloigna rapidement et Ava surveilla Mark du coin de l'œil, pour s'assurer qu'il n'allait pas le rattraper et lui mettre finalement son poing dans la figure.

— Je crois que tu lui as fait peur, lui dit-elle, amusée.

De fait, Alan semblait avoir des ailes aux pieds. Ses frères n'étaient plus seuls à l'impressionner, en conclut Ava.

Mark haussa les épaules, puis lui prit la main. Il la souleva jusqu'à ses lèvres et y déposa un rapide baiser.

— Je ne sais pas, répondit-il. Et je m'en fiche.

— Tu sais, c'est vrai, que je dois aller retrouver mes frères.

Il était convenu qu'elle rentrerait tôt, car il y avait un dîner de famille prévu au ranch, et avant cela elle voulait savoir si on avait découvert quelque chose sur le compte de son mystérieux harceleur.

Tiens, je n'ai pas le sentiment d'avoir été observée, aujourd'hui, réalisa-t-elle tout à trac.

A Houston, cela lui était arrivé plusieurs fois. Mais là, rien.

— Tu t'es installée dans la maison d'hôtes ? lui demanda Mark.

— Bien sûr ! Tu sais que je ne peux pas dormir dans la maison principale.

Pour être tout à fait exacte, le cottage était encore beaucoup trop près du bâtiment central à son goût.

— Je t'y verrai bientôt, alors.

Et il lâcha sa main, mais il ne s'éloigna pas pour autant. Elle non plus, car elle voulait savoir. Et tout de suite.

— Pourquoi veux-tu me revoir ? lui lança-t-elle.

Les sourcils de Mark se relevèrent en signe de surprise.

— Tu m'as tenue à distance pendant si longtemps, ajouta Ava.

Il n'y avait pas à tourner autour du pot, elle voulait une explication.

— Et maintenant, tu m'embrasses en public, tu me caresses...

Tu as bien failli me prendre dans ta chambre d'amis...

— Pourquoi tout cela... et surtout, pourquoi... maintenant ?

Mais il ne répondit pas. Il resta là, silencieux.

Ava secoua la tête.

— Que veux-tu de moi ?

— Mais tout, Ava, absolument tout !

Mark Montgomery était décidément un problème. Ce salaud ne quittait plus Ava. Il la suivait comme un caniche, toujours à lui parler, à l'embrasser, à la caresser…

Et Ava ! Il l'avait pourtant mise en garde contre Mark. Pourquoi ne le voyait-elle pas sous son vrai jour ? C'était une sorte de héros pour elle…

Alors que ce n'était qu'un tueur de sang-froid, un démon. Il ne méritait pas Ava. Il était temps qu'il paie pour ce qu'il avait fait. Alors, elle verrait le fieffé menteur que Mark Montgomery était.

C'est moi qu'il te faut, moi et personne d'autre !

Quand le saurait-elle ? Combien d'efforts, encore, avant qu'elle soit fixée ?

Ah, enfin ! Elle s'éloignait de lui, elle allait retrouver sa voiture.

Elle n'est pas pour toi !

Mark n'allait pas tarder à l'apprendre…

4

Le dîner n'eut pas lieu dans la grande maison, mais dans le cottage, le petit bungalow d'hôtes où Ava avait trouvé refuge. C'était une très délicate attention de la part de Davis. Il avait préparé tout le repas en cuisine et l'apporta.

Depuis toujours, il était un extraordinaire chef cuisinier et, chaque fois qu'Ava goûtait un de ses plats, elle se régalait.

Grant vint avec son épouse, Scarlett, et ils n'étaient pas plus tôt arrivés que celle-ci s'empressa auprès d'Ava.

— Comment vas-tu ? Je veux dire : comment vas-tu vraiment ? Raconte…

Scarlett avait eu son compte de violence et de terreur dans le passé et, si quelqu'un pouvait comprendre la situation d'Ava, c'était bien elle. Mais Ava se contenta d'acquiescer silencieusement et d'essuyer furtivement les larmes ridicules qui lui vinrent soudain aux yeux.

Brodie et Jennifer étaient là, eux aussi. Ils parlaient, riaient et faisaient de leur mieux pour la distraire. Toutefois, Ava n'était pas dupe de leurs efforts.

Elle patienta tout le dîner, mais au dessert, n'y tenant plus, elle décida de passer aux choses sérieuses.

— Est-ce que vous avez trouvé quelque chose sur l'homme qui s'est introduit chez Mark ?

Davis lança un rapide coup d'œil à Grant, puis secoua la tête.

— Non, le type est habile. Il est entré dans la propriété sans y laisser la moindre trace d'effraction et, ensuite, il s'est glissé dans la maison en profitant de la confusion créée par le déclenchement de l'alarme.

— Qu'il avait certainement actionnée lui-même, compléta Brodie.

— Pourquoi a-t-il fait ça ? intervint Jennifer. Puisqu'il avait réussi à entrer dans la propriété sans être repéré…

— Précisément pour créer de la confusion, répondit Brodie.

La ressemblance physique entre lui et Davis était extraordinaire, se dit Ava. La seule différence résidait dans la douceur du regard amoureux que Brodie posait sur Jennifer. Elle aussi, ses yeux sombres brillaient quand elle le regardait. Avec ses cheveux noirs attachés en queue-de-cheval, elle était radieuse et leur amour sautait aux yeux, comme celui de Grant et de Scarlett. Ava ne pouvait s'empêcher de les envier. Comment se sentait-on, quand on avait le bonheur d'appartenir ainsi complètement l'un à l'autre ?

— Je pense qu'il voulait aussi attirer Mark à l'extérieur de la maison, ajouta Davis. Comme ça, il avait le champ libre pour se faufiler jusqu'à Ava et laisser ses messages.

Cela n'augurait rien de bon, soupira Ava intérieurement.

— C'est la première fois qu'il entre directement en contact avec moi, remarqua-t-elle.

— Il y a escalade, commenta Grant, sur un ton d'évidence. C'est bien pour ça que tu aurais dû nous en parler plus tôt. On aurait pu t'aider, te conseiller, te soutenir. On est une famille !

— Vous aviez autre chose à faire que vous occuper de ça. Et puis, au début, j'avoue que je me suis demandé si la police n'avait pas raison ; peut-être que j'imaginais des choses qui n'existaient pas. Peut-être que j'étais devenue… paranoïaque.

— Ava…, commença doucement Davis.

Il y avait beaucoup de tendresse mais aussi, clairement, de la pitié dans ses yeux et, de cela, elle ne voulait à aucun prix.

Le téléphone portable de Davis se mit opportunément à sonner. Il le tira de sa poche et consulta le petit écran numérique en fronçant les sourcils.

— Je suis relié au système de sécurité du ranch, expliqua-t-il. Je crois que nous avons de la visite. Mark est au portail d'entrée.

Très tendue, Ava leva les yeux et croisa ceux de Scarlett fixés sur elle, non pas avec de la pitié mais plutôt avec une sorte d'interrogation.

— Qu'est-ce qu'il fait là ? murmura Brodie.

— Et alors ? lui répliqua Ava en sautant sur ses pieds. Est-ce qu'il n'est pas normal qu'un ami vienne nous rendre une petite visite ? Laisse-le entrer, Davis, ou bien c'est moi qui vais le chercher.

Son frère tapa un code sur le clavier de son téléphone portable.

— Peut-être qu'il a découvert quelque chose, lui, lança Ava en marchant vers la porte.

— Bien sûr, dit Brodie en lui emboîtant le pas. Et il serait venu nous le dire directement au lieu de prendre son téléphone !

Ava sortit sur le perron du cottage. Les phares de la voiture de Mark tournaient dans l'allée. Il ne prenait pas la direction de la grande maison, mais celle du bungalow d'hôtes. C'était pour elle qu'il venait, pas pour faire son rapport aux McGuire.

Un à un, les autres la rejoignirent sur le perron.

— Ava…, chuchota Davis. Il y a des choses que tu ignores à son sujet.

Elle se retourna pour lui faire face.

— Et il y a des choses sur moi qu'il sait, répliqua-t-elle nettement.

Elle n'ajouta pas : « et que vous tous, vous ignorez », mais c'était clairement sous-entendu.

Il n'était plus temps de se voiler la face devant le passé. Il fallait affronter ses cauchemars.

— Je veux participer à l'enquête, leur dit-elle avec conviction. Ce n'est pas négociable.

— Ava…, intervint Grant. Tu n'as vraiment pas besoin de ce supplément de douleur dans ta vie. Tu as suffisamment souffert.

— Je ne peux pas l'éviter et je sais pertinemment que mettre sa tête dans le sable n'y change rien. La souffrance est en nous et elle y reste.

Davis secoua la tête d'un air navré et Brodie jura entre ses dents.

— Cela fait des années que vous me cachez bien des choses, continua Ava, implacable. Savez-vous à quel point cela peut faire mal ? Vous traquez inlassablement les tueurs de nos parents depuis tout ce temps et vous m'avez toujours laissée dans l'ignorance de ce que vous avez découvert. Ce n'est pas normal et pas juste.

— On a essayé de te protéger, se justifia Brodie.

— Je ne suis plus une enfant. Je n'ai plus besoin d'un rempart contre le monde. Je peux vous aider et je suis bien décidée à le faire.

Mark gara son SUV devant la maison, en descendit prestement et claqua la portière. Ava le suivit du regard tandis qu'il approchait, les yeux sur elle. C'était comme un lien invisible, une connexion entre eux, très étrange et particulière, mais très évidente, aussi.

— Si je suis revenue à Austin, conclut Ava à l'intention de sa famille, ce n'est pas seulement parce qu'un fou me menace. C'est, si je puis dire, pour affronter enfin ma vie en face.

Et sa vie était précisément là, à Austin. C'était devenu une évidence.

— Merci de m'avoir ouvert, dit Mark en arrivant sur le perron. Je suis venu voir Ava.

— Tu l'as déjà vue ce matin au musée et la nuit dernière, aussi, répliqua Brodie avec ironie.

Jennifer donna une tape sur l'épaule de son compagnon.

— Oh ! Brodie, de quoi tu te mêles ? Ta sœur est adulte et Mark aussi, voyons !

Les bras croisés, leur visiteur les regardait tous bien en face, très calmement.

— Si l'un d'entre vous croit que je suis mêlé à la mort de vos parents, qu'il me le dise une bonne fois pour toutes.

Aucun des frères n'ouvrit la bouche.

— Nous sommes amis depuis si longtemps que je ne sais même plus quand ça a commencé, continua Mark. Oui, cela mettait en rage Gregory que je sois si souvent avec vous. Mais Gregory, ce n'était que mon beau-père et ce n'est pas moi. S'il est coupable de quoi que ce soit, je vous jure sur ce que j'ai de plus sacré que je le découvrirai et que je vous le dirai. J'ai protégé ce salaud aussi longtemps qu'il a été en vie, en souvenir de ma mère et par respect pour elle, mais c'est fini.

Ava hocha la tête. La mère de Mark s'était éteinte quand il n'était encore qu'un tout jeune homme, peu de temps avant son dix-huitième anniversaire. Mark en avait profité pour quitter la maison et n'en était revenu... que quelque temps avant le meurtre des parents d'Ava.

Comment il avait vécu dans l'intervalle, Ava ne le savait pas, mais son frère Davis probablement que oui.

— Mon beau-père aimait faire mal, poursuivit Mark. A moi, en particulier. Et vous savez, je suppose, qu'il détestait votre père, tout en faisant semblant d'être son ami. Il lui reprochait de lui avoir pris la femme qui, pour lui, représentait... une sorte de perfection.

Ava ne bougeait plus, interdite.

Mark enchaîna :

— Gregory aimait votre mère, du moins autant qu'il pouvait être capable d'amour. Quand il a connu la mienne, il l'a trouvée belle. Je l'ai entendu dire une fois qu'il lui fallait toujours avoir les plus belles femmes, pour se venger des McGuire. Je ne sais pas s'il a aimé ma mère, c'est bien possible. Ce qui est certain, en revanche, c'est que, moi, il ne m'aimait pas.

Sortant de sa stupeur, Ava s'avança vers lui, bouleversée. Mark était tout bonnement en train de mettre son cœur à nu devant eux.

— Je suis parti lorsque ma mère est morte, continuat-il, et je suis revenu quand j'ai appris que Gregory était au plus mal. Mais il ne voulait pas de mon aide. Il voulait mourir.

Ava se blottit dans ses bras et lui murmura :

— Je suis désolée.

— Je l'ai dit, répéta-t-il, si Gregory est impliqué de quelque manière que ce soit dans les meurtres, je le découvrirai, je te le promets.

Ava recula un peu pour le dévisager. Ils restèrent ainsi, les yeux dans les yeux. La tension sur le perron était palpable. Jennifer s'éclaircit la gorge.

— Hum..., bien, dit-elle. Je crois que nous pourrions en rester là pour ce soir. Brodie, Davis, si nous rentrions ? Ces deux-là ont sans doute... à discuter.

— Tout à fait, approuva instantanément Scarlett. Grant, on va rentrer, nous aussi. Tu dois appeler tes autres frères, tu te souviens ?

En effet, Sullivan et Mac, retenus au loin par leur travail, n'avaient pu se joindre au dîner, se rappela Ava.

Davis parut hésiter un instant, puis il dit à Mark :

— Je sais ce que Gregory t'a fait. J'ai vu les cicatrices. Mais il était trop tard pour pouvoir réagir. Gregory était déjà mort et enterré à ce moment-là.

Ava déglutit avec peine. Quand elle avait caressé le dos de Mark, quelques heures auparavant, elle avait remarqué des sortes de boursouflures de chair. Des cicatrices, c'était donc ça ?

La nausée lui monta aux lèvres. Mark avait dû souffrir bien au-delà de ce qu'elle avait cru.

— J'ai pensé à le tuer, un moment, reconnut-il. C'est pour ça que j'ai préféré partir.

Davis regarda sa sœur à la dérobée. Ils étaient tous dans la pénombre du perron : il était difficile de discerner l'expression des visages de chacun.

— Ce soir, j'ai voulu… simplement m'assurer qu'Ava allait bien, conclut Mark.

Jennifer entraînait Brodie vers la maison, et Scarlett faisait de même avec Grant, vers leur voiture.

— Bon, je suppose… qu'elle est en sécurité, avec toi, maugréa Davis.

— Je la protégerais au péril de ma vie, répliqua fermement Mark.

Ava retint un soupir. Ce n'était pas ce qu'elle voulait. Jamais elle n'avait désiré qu'ils courent tous des risques pour elle. Elle avait déjà bien assez de remords comme cela, assez pour une vie entière.

— Mais moi aussi, dit très doucement Davis.

Puis il tourna les talons et s'éloigna.

C'était bien le problème, songea Ava. Ils voulaient tous la protéger et elle voulait, elle, les préserver à tout prix. Plus jamais elle ne s'enfuirait quand ceux qu'elle aimait seraient en danger. Plus jamais.

Il ne restait plus qu'elle et Mark sur le perron. Aussi, elle en profita pour poser la question qui la taraudait.

— Tu as combien de secrets, comme ça ? Il semble que je ne sache pas tout sur toi.

— Les gens mentent, c'est comme ça, répondit-il, encore trop évasif. On ne sait pas toujours à qui se fier en ce bas monde.

— Moi, j'ai confiance en toi, assura-t-elle.

Mark leva alors sa main, et ses phalanges vinrent effleurer la joue d'Ava.

— Je le sais…

— Es-tu en train de me dire que j'ai tort et que je ne devrais pas me fier à toi ? Parce que dans ce cas-là, tu sais, tu peux économiser ta salive…

Sur ce, elle tourna les talons et se dirigea vers le cottage.

Mark ne la suivit pas tout de suite. Avec un soupir, elle s'arrêta près de la porte.

— Alors, tu entres ? Ou tu es venu jusqu'ici simplement pour rester à papoter avec moi sur le pas de ma porte ?

Mark eut un rire bref, ce qui surprit agréablement Ava. Il ne riait pas souvent, même quand ils étaient ensemble.

Mais je veux rire, moi, et être heureuse et amoureuse ! Je veux être comme tout le monde. Je veux vivre, vraiment vivre, et plus seulement traverser la vie comme une somnambule.

— Avec tout le respect que je dois à tes huisseries, dit Mark en s'approchant, c'est toi que je suis venu voir, et pas elles.

C'était exactement le genre de choses qu'Ava avait

envie d'entendre. Elle rouvrit la porte et se glissa à l'intérieur. Mark lui emboîta le pas.

Soudain, la maisonnette parut vraiment petite. Ils y étaient seuls, tous les deux. Sans yeux et sans oreilles à l'affût, sans frères toujours désireux de défendre leur petite Ava.

Il était temps pour elle d'apprendre tout ce que Mark voudrait bien lui révéler. Elle referma la porte derrière lui et s'adossa au chambranle.

— Je n'ai pas l'habitude de ce genre de choses, confia-t-elle. La dernière histoire un peu longue que j'ai eue, c'était avec Alan Channing. Tu sais comment ça s'est terminé…

— La dernière ? répéta-t-il, l'air abasourdi.

— Oh ! bien sûr, je suis sortie avec quelques garçons depuis, mais ça n'a pas duré longtemps.

En fait, elle avait pris l'habitude de comparer systématiquement les candidats à Mark et aucun d'eux n'était sorti de cet examen à son avantage.

— Alors je ne suis pas habituée à tous les petits arrangements entre amants. Je ne veux pas te mentir, Mark…

Il parut se rembrunir et elle enchaîna :

— Je vais simplement te dire ceci, en toute franchise : c'est toi que je veux.

Elle ne put s'empêcher de rougir.

— Je sais que la situation n'est pas simple, actuellement…

Mais à quel moment l'avait-elle été durant toutes ces années ?

— Quand je t'embrassais, cette nuit, je ne jouais pas : je devais le faire. J'en avais besoin, Mark. Je brûle littéralement de désir quand tu es près de moi.

Il ferma les yeux.

— Ava…

— Et toi, Mark, pourquoi tu m'as embrassée ? Est-ce que tu me veux, toi aussi ?

Il rouvrit ses paupières : le désir brûlait fort dans le bleu de ses yeux.

— Plus que tu ne peux l'imaginer, lui répondit-il.

Elle sourit. Elle pouvait imaginer bien plus de choses qu'il ne le croyait.

Il s'approcha d'elle, le vieux plancher de bois craquant sous ses pas.

Ses mains vinrent se placer derrière elle, l'enserrant entre son corps et la porte.

— Je t'ai embrassée…, commença-t-il, la voix rauque, parce que j'aime le goût de tes lèvres. J'aime quand tu soupires, quand ton souffle s'accélère, quand tes joues rosissent, tellement joliment… C'était le cas, à l'instant.

— Oh ! Mark ! J'aime sentir ta bouche contre la mienne. J'y ai tellement pensé, si tu savais…

Son regard était sur ses lèvres, justement.

— Surtout depuis cette soirée, il y a deux ans…

— A la Saint-Sylvestre, précisa-t-il.

Sa voix à elle n'était plus qu'un murmure.

— Tout le monde riait et s'embrassait sous le gui, mais, toi, tu ne souriais même pas.

Il se pencha vers elle.

— Pourtant, tu étais tellement belle que tu aurais dû être la reine de la soirée.

Elle aurait plutôt préféré ne pas y aller du tout. Rester cloîtrée chez elle. Fuir cette foule joyeuse, ne pas se mêler à la fête. Et puis…

— Je suis venu vers toi et j'ai pris ta main, Ava. Tu m'as regardé et tu m'as souri, c'était ton premier sourire de la soirée. Je t'ai embrassée. En ami, sur la joue. Mais déjà, je savais… que mon compte était bon.

Lui, oui lui seul, parmi tous les hommes au monde…

— Je savais que je n'en aurais jamais assez de toi, pour toute ma vie.

— Et pourtant… tu es resté à l'écart de moi, pendant si longtemps.

Il n'avait plus essayé de l'embrasser jusqu'à… la nuit précédente, dans son ranch.

— Je ne suis pas celui qu'il te faut.

— Tu es celui que je veux…

Elle l'attira dans ses bras, se serra contre lui et l'embrassa. Elle voulait, justement, avoir de nouveau le goût de ses lèvres sur les siennes. Déjà, son sang bouillait dans ses veines et son excitation montait en flèche. Elle attendait Mark depuis des années et n'en pouvait plus.

Le chambranle était dur, dans son dos, et Mark si fort, tout contre elle. Dans ses bras, elle n'avait plus peur de rien. Il n'y avait plus que lui, qu'elle… et ce moment magique.

Il l'embrassa plus profondément, sa langue sur la sienne, et elle gémit. Ses seins étaient tendus à éclater. Elle le voulait en elle. C'était lui, c'était Mark.

Ses grandes mains se détachèrent du mur et vinrent se refermer doucement autour de ses hanches. Il les caressa, puis plaqua Ava contre lui. Son envie d'elle était évidente, palpable.

Il me désire autant que je peux le désirer.

— Je te veux nue, je veux chaque centimètre de toi sous ma bouche…

C'était une idée merveilleuse. Elle voulait, elle aussi, explorer son corps et le rendre fou, tout comme il la rendait folle.

— Mais je veux être loyal avec toi, Ava, et ne pas te presser le moins du monde.

Il embrassa la base de son cou. Elle se mit à trembler de tout son corps.

Il s'écarta.

Non !

— Tu ne me presses en rien…

C'était plutôt elle qui lui aurait presque sauté dessus.

— Tes frères surveillent la maison, attendant que j'en sorte…

Il secoua la tête.

— Lorsque nous ferons l'amour, je veux que ce soit pour la nuit entière et je ne te laisserai pas partir.

C'était elle, pour l'instant, qui ne voulait pas qu'il parte…

Il l'embrassa de nouveau et murmura, là, tout contre ses lèvres :

— Je voulais juste que tu saches que tu peux compter sur moi. Je ne laisserai pas… mon passé et mes secrets te faire du mal. Jamais. Bonne nuit, Ava, referme bien ta porte derrière moi.

Il allait partir ?

— Reste, lui murmura-t-elle.

Une seconde, il parut hésiter, puis il mit la main sur le bouton de la porte.

— Mark…

— Tu as besoin de repos et aussi de réfléchir à ce qui se passera lorsque nous franchirons cette ligne, tous les deux.

Celle qui séparait les amis des amants ?

Ava était déjà toute prête à la franchir, cette limite-là, et plutôt deux fois qu'une ! Des millions de fois !

— Il n'y aura pas de retour en arrière, Ava.

Cela sonnait comme un avertissement et son visage était devenu plus sombre.

— Parce que cette fois je ne te laisserai pas repartir. Plus jamais.

Elle n'en avait pas la moindre intention.

— J'ai déjà vu l'obsession d'un homme pour une femme ruiner sa vie entière.

Il parlait certainement de Gregory Montgomery.

— Je suis déjà un peu trop… sur la mauvaise pente avec toi et tu ferais mieux de faire attention.

Il ouvrit la porte. Ava lui prit la main.

— Tu n'as rien de commun avec lui.

— Je ne suis pas de son sang, mais j'ai vécu sous son toit pendant des années. Il s'est passé des choses… Je n'aime pas beaucoup en parler.

— Il te battait, je l'ai deviné.

Il la regarda, visiblement surpris.

— J'ai touché tes cicatrices, dans ton dos, expliqua-t-elle.

Il haussa légèrement les épaules.

— Lorsqu'il n'aimait pas la façon dont je travaillais au ranch, il se servait de sa ceinture.

Ava frissonna.

— Je devais avoir treize ans quand il a commencé, poursuivit Mark. Je ne savais pas exactement ce qu'il me voulait, mais j'apprenais, et vite, afin de ne pas refaire la même bêtise. Mais parfois je faisais quand même une erreur et alors…

— Mark…

Elle voulut nouer ses bras autour de lui, mais il se raidit.

— Non… s'il te plaît… Je ne veux pas de pitié.

N'était-ce pas pour cette même raison qu'elle était tellement attirée par lui ? Parce qu'il n'y avait, précisément, jamais de pitié dans ses beaux yeux bleus quand il les posait sur elle ?

— Ce n'est pas de la pitié, c'est juste que… enfin… que j'aimerais pouvoir rendre à cet homme tout le mal qu'il t'a fait.

Mark soupira.

— Il n'a jamais touché ma mère et il prenait bien garde de ne jamais laisser le personnel du ranch voir ce qu'il me faisait. J'étais sous son autorité alors. Il m'avait même adopté très officiellement et je savais bien que, sans lui, nous nous retrouverions vite à la rue. Tout, absolument tout, lui appartenait…

Ava serra ses poings.

— Tu aurais dû nous en parler. Mes frères…

— Davis s'en doutait, il l'a dit tout à l'heure. Tout cela se passait du vivant de ma mère. Quand elle est morte, je n'ai pas attendu, j'ai filé. J'aurais voulu que ce soit ce salaud qui meure. Mais voilà, Gregory était bien en vie, pour encore de longues années…

— Tu ne lui ressembles pas, répéta Ava.

— Tout le monde possède sa part d'ombre. Et moi, plus encore qu'un autre, peut-être. Souviens-t'en au moment de faire ton choix, car j'ai plus de noirceur en moi que tu peux le croire… Et puis, je te désire. Peut-être même trop… Peut-être qu'il vaudrait mieux que tu t'éloignes de moi.

Ava secoua vivement la tête. Ne voyait-il pas qu'elle voulait que « cela » arrive, qu'elle le voulait aussi fort que lui ?

— Je n'ai jamais eu peur de toi, lui assura-t-elle. Ni de ta part claire, ni de ta part obscure.

— Peut-être que tu devrais… N'oublie pas de verrouiller ta porte.

Sur ces mots, il tourna les talons et quitta le cottage. Elle referma derrière lui, tira les verrous.

Quelques instants plus tard, le SUV démarra dans le silence de la nuit.

« Peut-être que tu devrais… »

Le portail du ranch McGuire se referma après le passage de sa voiture et Mark demeura un moment sur place, devant la grille, en laissant tourner son moteur. Il faisait de son mieux pour se conduire avec Ava comme il convenait de le faire. Et pourtant, chaque fois qu'il était auprès d'elle, c'était terrible comme il la voulait…

Nue…

Son plaisir montant en elle, comme un orage…

La voix d'Ava résonna comme un écho dans sa tête. « Mon dernier petit ami, c'était Alan Channing. »

Un moins-que-rien de première classe, celui-là…

Les doigts de Mark se crispèrent sur le volant.

Embraye. Va-t'en de là, maintenant !

Ses mains et ses pieds lui obéirent quasi machinalement. Le ruban de la route se mit à défiler devant lui. Il n'avait pas exagéré quand il parlait à Ava de son obsession pour elle. Il y pensait bien trop. Il voulait la protéger de tout et de tous, annihiler le danger, éliminer quiconque la menacerait.

Je devrais m'éloigner d'elle. Elle mérite mieux que moi.

Il avait menti à Ava, menti aux McGuire, menti à la police.

Certaines choses qu'il avait faites obscurciraient sa vie à jamais, des choses qu'Ava devrait toujours ignorer, quoi qu'il arrive. Il y avait certains secrets que l'on emportait avec soi dans la tombe, pour qu'ils ne fassent plus de mal à personne, qu'ils ne détruisent plus jamais aucune vie.

Mark prit la direction de son ranch.

Il repensait sans cesse à Ava telle qu'il l'avait laissée sur le pas de sa porte, avec ses grands yeux, ses joues et ses lèvres encore un peu rosies de leurs baisers.

La quitter ainsi, la laisser seule, avait été terriblement difficile. Il n'était pas bien sûr d'y arriver encore une prochaine fois. Il avait prévenu Ava qu'à son tour elle allait devoir choisir.

La vieille route était déserte et ses phares découpaient l'obscurité de la nuit, tandis que le SUV avalait les quelques kilomètres entre les deux propriétés.

Mark s'arrêta devant son portail et actionna la télé-commande de l'ouverture automatique.

Un coup de feu éclata à cet instant précis.

Le pare-brise de Mark vola en morceaux dans un bruit de tonnerre. D'autres détonations suivirent et des éclats de verre, qui provenaient des vitres, cette fois, tombèrent en pluie sur ses épaules. Une balle lui traversa le bras. La douleur le transperça.

Pourtant, il fallait fuir, se réfugier dans la propriété.

Mark appuya sur l'accélérateur. Mais, de nouveau, on tira sur son véhicule, droit dans le moteur et en rafale.

Mark perdit le contrôle de son volant. Le SUV explosa le portail comme du bois d'allumettes et termina sa course dans un arbre.

Ava faisait les cent pas dans le petit cottage. Elle avait le ventre noué, tendu. Elle ne cessait de penser à Mark, aux choix qui s'imposaient à tous, dans une vie. A ceux que pour sa part elle avait déjà faits… Il n'était plus question de fuir.

Elle se campa devant la fenêtre. Il faisait très noir dehors. Aucune étoile n'était visible à cause des lourds nuages d'orage qui roulaient dans le ciel. La météo prévoyait une véritable tempête sur la région.

D'ailleurs, un éclair aveuglant zébra la nuit, suivi d'un fracassant coup de tonnerre.

Au même moment, le téléphone portable d'Ava se mit à biper quelque part dans la maisonnette.

Un instant, elle chercha du regard, puis se souvint : elle l'avait laissé sur une table près de la porte. Elle alla le prendre.

Bon sang ! Mark venait de lui envoyer un SMS :

Ava, j'ai besoin de toi. Rejoins-moi à mon ranch.

Elle en eut le souffle coupé et ses doigts serrèrent nerveusement le téléphone. Non, elle ne fuirait plus. Elle allait courir, oui, mais vers quelqu'un. Elle avait assez attendu, il était temps de vivre…

Elle sortit en trombe du cottage, sous les éclairs qui l'aveuglaient.

Mark ferma, puis rouvrit les yeux sous la violence du choc et de la douleur. Sa tête avait brutalement heurté le volant. L'airbag n'était pas sorti, mais l'habitacle s'était plié, l'emprisonnant dans le SUV, le verre du pare-brise éparpillé en miettes autour de lui. Il avait des entailles au bras et cela le brûlait près de l'épaule droite.

Parce qu'un salopard m'a tiré dessus !

Le souvenir des événements lui revint dans une sorte de flash. Sans doute avait-il perdu conscience quelques instants. Il essaya de se tortiller pour sortir de l'habitacle, mais n'y parvint pas. Il était trop étroitement encerclé par la tôle pliée. A tâtons, il chercha son téléphone.

En vain… Il ne le trouva pas. Il avait dû le placer dans

le petit vide-poches à côté de l'autoradio, et l'appareil avait certainement voltigé quelque part.

La portière côté passager s'était ouverte sous le choc et béait librement. Néanmoins, Mark était prisonnier de la tôle froissée. Il ne pouvait sortir.

Et ce dingue qui était peut-être toujours à l'affût, l'arme à la main !

Mark essaya de s'étirer pour atteindre la boîte à gants. Il y gardait toujours un tournevis, à tout hasard. Ce n'était pas une arme bien redoutable, mais c'était quand même mieux que rien. Et peut-être pourrait-il se servir de cet outil pour se libérer de ce piège. Il s'étira, étendit la main... encore... encore...

Mais il ne put l'atteindre.

Au-dessus de lui, les éclairs crépitaient dans le ciel.

Il était comme une chèvre au piquet, offerte à un tigre affamé. Incapable de faire un seul mouvement.

La pluie se mit à tomber à seaux pendant qu'Ava se hâtait vers sa voiture. Elle observa, au passage, la maison principale. Les lumières y brillaient encore. Si elle disparaissait sans explication, son frère n'allait pas manquer de s'inquiéter.

Son téléphone bipa de nouveau.

Ava, fais vite !

Son souffle s'accéléra.

Viens seule, chérie. Je veux te faire l'amour, encore.

Là, son cœur battit la chamade car Mark et elle n'avaient encore jamais fait l'amour et jamais, jamais, il ne l'avait appelée « chérie ».

Elle tourna les talons et se dirigea vers la grande maison.

Alors, le passé et le présent se confondirent. C'était une autre nuit, une nuit d'orage aussi, et elle venait d'entendre le tonnerre…

Elle courait vers la maison, elle regardait la grande baie vitrée…

Elle s'arrêta net, sur place, sous l'averse. Elle n'existait plus, cette baie. Ses frères avaient fait modifier beaucoup de choses dans la maison, les façades, parmi d'autres… La bâtisse était désormais bien différente. Il y avait des parterres de fleurs tout autour et…

Un nouvel éclair. Ava se secoua. Elle se mit à courir, tambourina des poings sur la porte. Vite, vite ! Elle essaya frénétiquement de tourner le bouton, mais le battant ne bougea pas. Puis soudain, il s'ouvrit.

— Ava ?

Davis la saisit par le poignet pour l'attirer à l'intérieur.

— Que se passe-t-il ? Il est arrivé quelque chose ?

Ava se libéra vivement, nerveusement.

— Mark ! s'écria-t-elle. Mark est en danger !

Elle en était sûre.

— Il faut aller l'aider. Vite !

5

Un rire sec, désagréable, retentissait aux oreilles de Mark. Aussi, il s'immobilisa.

Une voix toute proche murmura alors à son oreille :

— Elle arrive, elle doit être en route...

Mark se retint de répondre. Les phares de son SUV avaient dû se briser dans l'accident, de même que l'éclairage de plafond de l'habitacle, qui n'était plus qu'un trou noir.

— Elle croit qu'elle te rejoint. Ava vole vers son amant... Mais elle ne te trouvera pas...

L'homme parlait assez bas, peut-être dans un effort pour déguiser sa voix.

Encore une fois, Mark essaya de se libérer. Le volant n'avait-il pas légèrement bougé ?

— Elle ne te trouvera pas, parce que c'est moi qui l'attendrai...

Mark n'y tint plus.

— Laisse-la tranquille !

— C'est toi qui aurais dû la laisser.

La voix semblait se déplacer vers la droite. L'homme était-il en train de faire le tour du SUV ?

Oui, il était juste devant le capot plié, un pistolet dans une main. Il leva l'autre bras et le faisceau d'une lampe électrique éblouit soudain Mark.

— Je t'ai averti, mais tu n'écoutes rien.

Mark força de nouveau sur le volant. Cette fois, il bougea ! De quelques centimètres à peine, mais suffisamment pour se libérer de ce maudit piège de métal.

Toutefois, il lui fallait d'abord une arme et aussi distraire l'attention de son agresseur, qui pouvait parfaitement le voir grâce à sa lampe torche.

— Ava n'est pas pour toi, lui lança justement celui-ci.

Mark se força à rire.

— Parce que tu crois qu'elle est pour toi, peut-être ?

Il déplaça discrètement sa main droite et trouva un morceau de verre acéré, qui provenait de la vitre côté passager. Cela devrait faire l'affaire, à défaut d'un bon couteau.

Un autre pan entier de ma vie qu'Ava ne connaît pas : on m'a appris à tuer. Peut-être même qu'on me l'a un peu trop bien enseigné.

Il avait plus en commun avec les frères d'Ava qu'elle le croyait.

— Elle est à moi ! reprit la voix, un peu plus bas encore. J'y pense depuis ses seize ans…

Mark devait tendre l'oreille. L'homme portait certainement masque, ou bien alors…

Un nouveau faisceau de lumière…

Une cagoule ! Une cagoule de laine noire !

Le sang de Mark se glaça dans ses veines.

— C'est toi ! Tu as tué ses parents !

L'homme rit, de ce rire que Mark haïssait.

— Je tuerai tous ceux qui se mettront entre Ava et moi. Elle est revenue, je vais la prendre.

Il leva sa main armée.

Mark bondit alors par la portière côté passager.

Une fraction de seconde plus tard, la balle s'enfonça dans le repose-tête.

Mark se reçut durement sur le sol, roula, se releva

aussi rapidement qu'il le put. Il y avait à quelques mètres des arbres et des fourrés pour se mettre à couvert. Mark rampa vers eux, le cœur battant.

Une nouvelle balle siffla désagréablement à ses oreilles, déchiquetant au passage une petite branche d'arbre, juste au-dessus de sa tête.

Raté ! Pas facile, hein ? de tirer dans le noir...

Mais l'homme ne renonçait pas si facilement. Il tira encore.

— Tu n'aurais pas dû t'intéresser à Ava !

La voix n'était plus un murmure, plus du tout. Il criait.

— Elle était à moi, elle m'attendait et tu as tout gâché !

Mark se terra dans un fourré. Il passa la main gauche sur son front, la ramena tout ensanglantée. Rien de grave, pourtant, juste une simple coupure. Il avait une arme improvisée dans la main droite, il n'avait plus qu'à guetter le bon moment pour attaquer.

Mais un bruit de moteur résonna sur la route qui venait de chez les McGuire.

Ava...

Soudain, Mark comprenait tout. Son téléphone portable qui n'était plus dans le SUV... Ce cinglé avait dû le voler dans l'habitacle et s'en servir pour contacter Ava et l'appâter.

Il l'attendait de pied ferme, avec une arme. Elle, elle allait se jeter dans la gueule du loup !

Il y eut un bruit de pas... L'homme se déplaçait encore, sans doute pour parachever son embuscade. Il avait déjà tiré sur la voiture de Mark et il s'apprêtait à ouvrir le feu sur celle d'Ava.

Non !

Mark sortit des fourrés et se rua sur l'agresseur.

— Tu ne l'auras pas !

L'homme se figea et fit volte-face. Mais déjà Mark le

saisissait et le plaquait aux jambes. Il tomba lourdement sur le sol et laissa échapper son arme. Mark lui plaqua son morceau de verre brisé sur la gorge. L'homme avait une cagoule, certes, mais son cou était à découvert.

— Un geste, un seul, et tu es mort...

Le ronronnement du moteur se rapprochait de plus en plus, inexorablement.

Mais l'homme se contenta de rire.

— Il y a une petite surprise pour la douce Ava, chuchota-t-il. Elle ne la verra même pas venir...

Mark leva vivement la tête. Il faisait si sombre ! Il devinait seulement la lueur des phares de la voiture d'Ava, qui roulait trop vite, beaucoup trop vite.

— Qu'est-ce que tu as fait ?

Dans la nuit, les phares se mirent à virevolter, dansant follement, comme si Ava perdait le contrôle de son véhicule.

— J'ai semé quelques clous sur la route.

Il y eut un choc, et une terreur sourde envahit Mark.

— Je ne voulais pas qu'elle arrive trop vite, dit l'homme avec une gouaille insupportable.

Mark le frappa du poing au visage, durement, à la volée. La tête du psychopathe heurta rudement le sol et son corps parut devenir mou d'un coup.

Mark bondit sur ses pieds, hurlant :

— Ava !

Puis il se mit à courir vers elle.

La douleur et la peur se disputaient en lui. Il fallait qu'il la rejoigne, qu'il la trouve !

Il se força à courir encore plus vite. Si elle était blessée, ou pire, alors qu'elle venait le secourir, il ne pourrait pas le supporter.

Haletant, trébuchant, il courait. Il fallait sauver Ava. Elle était en grand danger.

— Ne bouge pas !

Une lumière vive, dirigée droit vers lui.

— Mark ?

C'était la voix d'Ava.

— Tu saignes, Mark ?

Bah oui, son sang devait vraisemblablement couler d'une dizaine de blessures… Mais Ava était là et elle était vivante.

Elle se jeta dans ses bras.

— J'ai eu tellement peur, lui murmura-t-elle.

Le faisceau lumineux était toujours sur lui, et Mark se détourna en clignant des yeux, sans cesser de serrer Ava contre lui.

— Qu'est-ce qui se passe ? lança une voix impérieuse et coupante.

Celle de Davis, comprit Mark. C'était lui qui l'éclairait. Il s'approchait, un pistolet dans son autre main. Son jumeau Brodie était avec lui.

— Quelqu'un a semé des clous sur la route, commenta celui-ci.

— Il est revenu, répondit brièvement Mark, montrant du pouce un point derrière lui. Je l'ai assommé, il est par là, sur le sol, derrière les arbres…

Chaque mot lui coûtait et le sang coulait toujours dans ses yeux.

Mais Ava est saine et sauve. Le reste…

Davis se mit immédiatement à courir dans la direction qu'il venait de lui indiquer, Brodie sur ses talons.

Mark ne les rejoignit pas. Il ne voulait pas laisser Ava seule.

— J'ai entendu un grand choc, lui dit-il. Mon cœur, tu n'as rien ?

— Ce n'est pas moi qui ruisselle de sang, répondit-elle. Il faut que tu ailles à l'hôpital.

Certes, quelques sparadraps lui seraient peut-être utiles. Quelques douzaines plutôt.

— J'ai eu peur, expliqua-t-il. Sachant qu'il était après toi, à te harceler sans cesse… Je ne pouvais pas le laisser te faire du mal.

— Ni moi qu'il te fasse du mal, renchérit-elle vivement.

Elle composa rapidement le numéro d'appel d'urgence. Tout en parlant, elle touchait toujours Mark du bout des doigts, furtivement, comme si elle redoutait qu'il ne disparaisse, songea-t-il.

Avec le faisceau de sa lampe, Davis éclaira les restes du SUV de Mark. Le pare-brise avait explosé et la carrosserie était truffée de balles. Derrière lui, Brodie émit un sifflement de surprise.

— Eh bien, il n'a pas fait les choses à moitié, laissa-t-il échapper.

Davis se recula. L'obscurité était totale autour d'eux et, avec sa lampe allumée, ils faisaient tous deux des cibles immanquables.

Aucune trace de l'homme, à l'endroit même que Mark lui avait indiqué. Disparu, volatilisé !

— Il croyait Mark plus facile à tuer qu'il ne l'est, commenta Davis en éteignant sa lampe.

Mieux valait les rejoindre, Ava et lui, au cas où ce fou mijoterait une nouvelle attaque.

— Oui, il se trompait…, confirma Brodie.

Davis savait très exactement ce que Mark avait fait après avoir quitté Austin. Ils avaient mutuellement gardé le secret sur toutes leurs activités depuis toutes ces années.

Certaines choses ne se partagent pas facilement, ni avec tout le monde.

Son frère et lui revinrent au pas de course vers Ava. Il y avait un peu trop d'arbres tout autour. Un peu trop de cachettes. Davis n'avait pas remarqué de bruit de moteur. L'homme devait donc être toujours à pied.

S'il avait pu apparaître et disparaître aussi vite, se fondre dans l'environnement, il devait être un familier des lieux. De nombreuses pistes anciennes jalonnaient la propriété de Mark. L'homme avait pu laisser un véhicule plus loin ou peut-être aussi un cheval.

Tu ne tireras pas sur ma sœur, n'y compte pas. Nous t'en empêcherons !

Quand il retrouva Mark et Ava, tous deux s'étaient réfugiés dans la voiture accidentée de Mark. C'était effectivement la meilleure chose à faire : le véhicule avait heurté un arbre quand ses pneus avaient crevé, mais son habitacle blindé offrait encore un excellent abri.

— J'ai appelé le ranch, lui chuchota Mark. Mes hommes tiendront ce type en respect jusqu'à l'arrivée de la police et…

— Il a disparu, le coupa Davis.

Mais il avait trouvé son pistolet. Il le remettrait aux policiers.

— Disparu ? fit Mark. Ce n'est pas possible, il doit encore être dans le coin !

Ava se serrait contre Mark, nota Davis. Il était, et depuis longtemps, parfaitement au courant des sentiments de celui-ci envers sa sœur. Il suffisait d'ailleurs d'observer l'intensité de son regard quand il posait les yeux sur elle.

Cependant, Mark avait pris soin de garder ses distances toutes ces années, il fallait le lui reconnaître. Mais, à la façon dont les choses s'accéléraient, cela allait certainement changer.

Et tout homme qui essaierait d'arracher Ava à Mark

risquait vraisemblablement de passer un mauvais quart d'heure, songea Davis.

« Je ne suis pas comme Gregory », martelait Mark. Non, sans doute… Mais il n'en restait pas moins un homme dangereux. Que ferait Ava si elle découvrait son passé ?

Plusieurs voitures approchaient, non pas depuis la route, mais de l'intérieur même du ranch. C'était sans doute les employés de Mark qui venaient à sa rescousse, devina Davis.

Très bien. Ils fouilleraient les environs car, si l'agresseur était toujours là — et il devait bien y être —, il y avait encore une chance de l'arrêter.

Les voitures freinèrent brutalement, les portières s'ouvrirent et des hommes en bondirent.

— Mark, mon vieux, ça va ?

Davis reconnut la voix de Ty Watts, l'ami et le régisseur du maître des lieux.

— Non, ça ne va pas, répondit pour celui-ci Ava, d'une voix tremblante. Il saigne beaucoup et l'ambulance n'arrive pas !

Davis regretta de ne pas avoir suffisamment accordé d'attention aux blessures de Mark, trompé par l'énergie que celui-ci déployait toujours, en ancien militaire qu'il était.

— Il faut que tes hommes fouillent le coin, lui dit-il néanmoins. Il y a un tueur dans la nature, probablement armé. Il ne doit pas être bien loin et il faut le trouver…

… avant qu'il ne les surprenne par une nouvelle et brutale attaque.

Mark acquiesça brièvement et Brodie prit la tête des recherches.

Davis posa amicalement la main sur l'épaule de Mark.

— Comment tu te sens ?

— Bah, j'ai vu pire…, répondit Mark.

Il enveloppait toujours Ava de son bras, comme s'il ne voulait pas la laisser s'éloigner de lui.

— On l'aura, ne t'en fais pas, promit Davis.

Et il se préparait déjà à tourner les talons, lorsque la remarque de Mark le stoppa net.

— J'aurais dû le tuer quand j'en avais l'occasion.

— Non ! lui répliqua vivement Ava. Tu n'es pas un tueur et ce n'est pas à toi de…

Mark eut un rire bref et amer. Finalement, il lâcha Ava en soupirant :

— Il y a tant de choses sur moi que tu ne sais pas. Tant de choses…

Elle le dévisagea, visiblement inquiète.

— La prochaine fois, il ne s'en tirera pas comme ça, je te le promets, affirma Mark d'un ton décidé. Il m'a dit… que tu étais à lui…

Les mots semblaient passer ses lèvres avec peine.

— Il pense qu'il finira par te… posséder.

Davis se rembrunit davantage encore. Ce type était un fou tourmenté par une idée fixe, une obsession. Il ne s'arrêterait certainement pas en si bon chemin.

— Il m'a dit qu'il avait des projets, confirma involontairement Mark. Depuis…

Il s'interrompit de lui-même.

Davis fronça les sourcils.

— Depuis quand ? Qu'est-ce qu'il t'a dit, exactement ?

Mark leva sa main comme s'il allait la poser de nouveau sur l'épaule d'Ava, mais elle retomba et son poing se serra.

— Je suis désolé, Ava…

Cela ne présageait rien de bon, se dit Davis.

Ava avança timidement sa main et prit celle de Mark, qu'elle serra très fort.

Au loin, la sirène d'une ambulance annonçait l'arrivée des secours.

— Il a dit qu'il avait des projets pour toi depuis tes seize ans !

Mark Montgomery n'était pas mort ! Non seulement il était bien vivant, mais il était l'amant d'Ava.

De mon Ava !

Et elle… elle n'avait pas été gentille, non. Elle n'était pas venue seule, elle avait emmené ses frères. Ils étaient sortis de voiture le pistolet à la main et s'étaient mis à fouiner partout comme des chiens de chasse. Ils avaient failli le trouver et ils avaient déniché un de ses revolvers. Heureusement, il portait des gants et il n'y avait donc pas d'empreintes digitales lisibles dessus. Normalement, ils n'avaient aucun moyen de remonter jusqu'à lui, mais… Les hommes du ranch fouillaient la zone, qu'ils fouillent ! Il y avait beaucoup de cachettes possibles, sous tous les arbres…

D'ici qu'ils me trouvent…

Il avait parfaitement préparé son coup et balisé soigneusement la zone. Il savait quoi faire pour disparaître en un instant.

Je sais aussi me tenir tranquille quelque temps.

Car il fallait amener Mark à baisser sa garde, une fois encore. Et puis il repasserait à l'attaque. Mark Montgomery n'en avait pas fini avec lui.

D'où il était, il pouvait les observer : Ava s'accrochait à Mark comme à une bouée.

Non, Ava, ne fais pas ça, il n'est pas pour toi ! C'est déjà un homme mort mais il ne le sait pas… Ce salopard de Gregory Montgomery et son fils adoptif n'étaient

même pas d'ici... Ils n'avaient aucun droit sur cette
terre. Ils ne la méritaient pas.

Gregory avait payé. Au dernier moment, il l'avait
supplié, lui avait promis fébrilement monts et merveilles
pour rester en vie.

Mais il avait tué Gregory et personne ne l'avait jamais
su. Ce n'était pas son premier meurtre et ce ne serait
certainement pas le dernier. Il éliminerait tous ceux qui
se mettraient en travers de sa route. Tous ceux qui le
séparaient encore d'Ava.

Douce et belle Ava...

Il avait déjà tant fait pour qu'elle soit un jour à lui. Et
elle qui n'en savait rien !

J'ai tué pour toi, Ava, et je recommencerai...

Ava se repassait en boucle les derniers mots de Mark
tandis que les ambulanciers portaient celui-ci dans le
véhicule de secours.

« Il a dit qu'il avait des projets pour toi depuis tes
seize ans ! »

Elle en était nauséeuse.

La voix de son frère Davis la sortit brutalement de
ses pensées.

— Va avec lui...

Elle mit un instant à comprendre.

Mark protestait dans l'ambulance : il ne voulait pas
qu'on le conduise à l'hôpital.

Davis poussa Ava d'une légère pression de la main.

— Va, je te dis... Je m'occupe des recherches.

Machinalement, elle monta dans l'ambulance. Mark
grognait toujours. Les ambulanciers avaient du mal à
le soigner.

— Je vais bien ! leur lança-t-il. Je n'ai besoin que de

quelques pansements, c'est tout. Occupez-vous plutôt de mademoiselle, elle a eu un accident, elle aussi. Il faut vérifier si elle n'a rien.

Ava se força à lui sourire.

— Je vais bien, ne t'inquiète pas. Et ce n'était même pas ma voiture, mais celle de Brodie.

C'était vrai, physiquement elle n'avait rien. Mais son cœur et son esprit étaient littéralement en miettes. Cet homme qui la poursuivait, qui disait même s'intéresser à elle depuis ses seize ans, faisait-il partie de ceux qui avaient tué ses parents ? Etait-elle, même indirectement, responsable de leur mort ?

Ses mains tremblaient. Elle jeta un coup d'œil par la vitre de l'ambulance : Davis la regardait. Il semblait en colère. La blâmait-il, lui aussi ?

Ce fut lui qui referma — sèchement — les portières du véhicule, et la sirène retentit de nouveau, comme le chauffeur démarrait.

— Combien de doigts je vous montre, monsieur ? demanda l'infirmier à Mark.

— Deux, et enlevez-les de sous mon nez ! maugréa Mark. Ava ? Ava, mais tu trembles !

Elle ne pouvait s'en empêcher. Blottie dans un coin pour laisser le plus de place possible aux mouvements des ambulanciers, elle était tout entière parcourue de frissons de terreur.

— Il a essayé... de te tuer... Mark.

L'infirmier se tourna vers elle.

— Ça va pas, mam'zelle ? Où est-ce que vous avez mal ?

Au cœur...

— Il a voulu te tuer... à cause de moi...

Mark lui adressa un clin d'œil.

— Tu sais, je ne suis pas si facile que ça à éliminer.

Cela ne la faisait pas se sentir beaucoup mieux. Ce qu'ils lui répétaient tous, lui compris, était donc vrai : elle ne connaissait pas Mark aussi bien qu'elle l'avait cru…

Elle le détailla. Ses yeux avaient viré à un bleu glacé. Tout à coup, c'était comme si les siens contemplaient un parfait étranger.

6

A l'hôpital, Mark fut très longuement interrogé par la police et il répéta son histoire aux enquêteurs au moins quatre fois d'affilée. Mais il n'avait pu voir le visage de l'homme et n'avait pas davantage reconnu sa voix, que l'individu déguisait peut-être.

Au final, Mark savait peu de choses : l'agresseur avait à peu près sa taille et il était bien musclé.

Mark le soupçonnait d'être un familier des lieux, car il lui avait tendu une embuscade à l'endroit idéal pour cela et il avait disparu très rapidement, prouvant ainsi sa parfaite connaissance du terrain.

En dehors de cela, Mark ne put fournir aux policiers aucun renseignement utile.

— C'est un psychopathe et il est complètement obsédé par Ava, conclut-il.

Durant tout l'interrogatoire, celle-ci resta près de lui, tendue et très pâle, n'intervenant pratiquement pas.

Puis ils sortirent en silence de l'hôpital et montèrent dans la voiture de Davis. Ava s'installa à l'avant, à côté de son frère, Mark à l'arrière.

Davis démarra, sans un mot non plus.

On le ramenait sans doute à son ranch, supposa Mark. Allait-il devoir laisser Ava toute seule ? Il restait encore quelques heures avant l'aube. Avec ce détraqué en liberté, il n'était pas question de perdre Ava de vue une seule minute.

Mark se pencha vers Davis.

— Pas besoin de me conduire au ranch, j'ai donné mes instructions à Ty. Il doublera la surveillance. Tu n'as qu'à nous ramener chez Ava.

Celle-ci lui lança un bref regard, vraiment très bref.

— Tu crois que tu vas passer la nuit avec ma sœur, c'est ça, hein ? répliqua Davis.

— Je crois que je vais jouer les gardes du corps de ta sœur jusqu'à l'aube, corrigea Mark.

Pour la rassurer et… oui, pour s'apaiser lui-même. Il redoutait avant tout que ce cinglé ne l'attaque une fois qu'elle serait seule.

— Brodie et moi, on peut protéger Ava, rappela Davis d'un ton neutre. Toi, tu as surtout besoin de repos.

Comme si c'était possible avec toute l'adrénaline qui circulait dans ses veines !

— Je n'aurais jamais dû le laisser s'échapper, soupira-t-il. J'aurais dû…

— Arrête ! le coupa Ava. Ne le dis pas, tu m'entends ? Ne suggère même pas que tu aurais pu le tuer. Ça ne te ressemble pas, ce n'est pas toi, ça. Tu ne tues pas les gens, tu les sauves… Comme tu m'as sauvée !

Pas toujours, Ava…

— Tu sais bien que je veux veiller sur elle, dit Mark, s'adressant directement à Davis. Tu ne veux pas que je la protège, c'est ça ?

Le frère d'Ava lui sourit sans rien dire. Il était l'une des rares personnes de son entourage à tout savoir de son passé. Cela valait mieux, car, s'il l'avait ramené au ranch, Mark aurait quand même rejoint Ava d'une manière ou d'une autre.

Le reste du voyage se fit dans un silence complet.

Mark surveillait le paysage sans relâche. La menace pouvait surgir de n'importe où.

Finalement, ce fut bien au ranch McGuire que Davis les conduisit. Ils passèrent le monumental portail, et la voiture s'arrêta devant le petit cottage qu'Ava occupait. Elle ouvrit sa portière et bondit au-dehors. Davis la suivit, plus lentement.

Mark ouvrit lui aussi sa portière, mais il attendit une minute pour voir ce qui allait se passer entre le frère et la sœur.

— Tu devrais venir t'installer dans la maison principale, dit doucement Davis. Jennifer t'a fait préparer une chambre. Tu y serais plus en sécurité.

— Je crois qu'aucun d'entre nous n'est plus en sécurité nulle part, répliqua sa sœur.

— Allez, viens…, insista Davis.

Mais Ava secoua la tête.

— Je reste ici. Avec Mark.

Davis accusa le coup, mais plutôt légèrement. Il se tourna vers Mark.

— Si tu vois la moindre chose suspecte, quoi que ce soit, tu m'appelles, d'accord ? Je viendrai tout de suite.

Si une nouvelle attaque se produisait, Mark y répondrait, de la façon la plus brutale qui soit et avant de prévenir quiconque.

Davis s'approcha de lui et se pencha presque nonchalamment à son oreille.

— Et tu ne touches pas à ma sœur, c'est compris ?

Non, il n'avait pas le moins du monde compris. Il prit le bras de Davis pour l'empêcher de tourner les talons. D'une voix aussi basse que la sienne, il lui murmura :

— Ava est une adulte. Ce qui peut arriver entre nous restera entre nous.

Davis pouvait bien se mettre en colère. Il pouvait

envoyer son poing dans la figure de Mark, mais pas la séparer de lui. C'était comme ça… Ses traits étaient indéchiffrables dans l'obscurité. Mais il articula lentement :

— Si tu lui fais du mal, je te briserai les os.

Sur ce, il s'éclipsa.

Ava, elle, avait déjà ouvert la porte du cottage. Mark se rua en avant pour la rejoindre. Il lui prit la main et l'arrêta.

— Laisse-moi d'abord vérifier si tout va bien.

— Mais… l'alarme est toujours en place, dit Ava, surprise. Normalement, il n'y a pas de danger…

Sans doute, mais il voulait s'en assurer.

Il fit rapidement le tour des lieux. Dans une petite pièce, il repéra des toiles sans cadres, simplement posées, appuyées contre un mur.

— Tu vois, il n'y a que nous, conclut Ava assez sèchement. Je t'avais dit que nous étions en sécurité.

Elle suivit son regard sur les toiles.

— Je les garde ici parce que je ne veux pas que quelqu'un les voie. Je devrais peut-être même les détruire toutes, après tout.

Mark n'avait encore jamais vu les œuvres d'Ava. Et probablement personne d'ailleurs n'avait encore pu les admirer.

Il voulut avancer la main pour en écarter une et jeter un coup d'œil, mais Ava l'arrêta.

— Nous avons tous nos petits secrets, n'est-ce pas ?

Bon…

Elle le regardait intensément.

— Qui es-tu ? murmura-t-elle pensivement.

Il secoua la tête sans comprendre.

— Es-tu bien cet homme qui m'a toujours empêchée de sombrer dans la folie, durant toutes ces années ? Le chevalier blanc volant à ma rescousse ?

Elle se tut un instant et reprit :

— Ou bien es-tu plutôt cet inconnu qui parle de tuer un homme d'une façon… qui pousse à croire que tu l'as déjà fait et que tu n'hésiterais pas à recommencer ? Alors, oui, qui es-tu ?

Ses doigts, sur le bras de Mark, étaient doux comme de la soie.

— Les deux… je suppose…, répondit-il d'une voix un peu étranglée. Si ta vie était en danger, je n'hésiterais pas un instant, c'est sûr.

Elle était si proche de lui… Son regard cherchait le sien.

— Est-ce que je devrais vraiment avoir peur de toi ? souffla-t-elle.

Il secoua négativement la tête.

— Jamais je ne te ferai de mal.

— Puis-je te faire confiance ?

— Oui, absolument.

Le regard d'Ava revint se poser sur les toiles, contre le mur. Puisqu'il n'avait pas le droit de les voir, Mark serait volontiers passé dans une autre pièce, mais il ne voulait pas rompre le charme de ce contact physique entre eux.

— Tu as déclaré à la police que l'homme qui t'a attaqué avait dit que j'étais à lui.

Il serra les dents.

— Oui.

— Que crois-tu que… qu'il me ferait, si jamais…

Des images intolérables passèrent devant les yeux de Mark et la fureur flamboya de nouveau en lui.

— C'est ce que je pensais, soupira Ava, lisant dans ses pensées comme en un livre ouvert. Mais pourquoi ? Pourquoi me veut-il du mal ? Puisque je ne le connais même pas.

— Parce que c'est un malade, Ava. Tu ne lui as rien fait, c'est juste que…

— S'il a commencé à y penser lorsque j'avais seize ans… est-ce qu'il est de ceux qui ont tué mes parents ?

Mark le craignait, lui aussi.

— Mais pourquoi moi ? Oui, pourquoi s'est-il focalisé sur moi ? tempêta Ava.

— Je ne sais vraiment pas.

Mark aurait bien aimé trouver des mots plus réconfortants que ceux-là.

Ava désigna son épaule blessée et bandée par les médecins.

— Je suis désolée qu'il t'ait agressé.

Elle se haussa sur la pointe des pieds et déposa un petit baiser sur sa joue.

— On dirait que les gens que j'aime sont voués à avoir mal par ma faute.

Le parfum qui émanait d'elle grisait Mark. C'était comme une odeur de fraises fraîchement cueillies.

Ava, Ava…

Il ferma les yeux et laissa la fragrance le pénétrer encore un peu.

— J'ai des couvertures… Tu peux dormir sur le canapé… Non… prends le lit plutôt…

Il rouvrit les yeux.

— Tu as été blessé, justifia-t-elle un peu maladroitement. Moi, je peux dormir sur le canapé, ça ne me dérange pas du tout.

Il aurait préféré être dans le lit avec elle.

— Je n'ai pas l'intention de dormir vraiment, confia-t-il.

Avec toute l'adrénaline que son corps concentrait, il était même possible qu'il ne dorme pas de sitôt.

— Garde ton lit, Ava, le canapé m'ira très bien.

Elle acquiesça silencieusement et se glissa hors de la pièce. Son pas léger décrut dans le couloir, en direction de la chambre.

Alors, il se tourna vers les toiles. Les œuvres d'Ava, une part importante d'elle-même… Déjà, quand elle était adolescente, elle se promenait toujours un carnet de croquis à la main. Il avait pu le feuilleter une fois, ce fameux calepin. Il y avait des dessins de chevaux, de chiens, de paysages, des portraits très vivants de ses frères… et de lui.

A quoi pouvait bien ressembler son inspiration désormais ?

Il souleva la première toile et en eut le souffle coupé. C'était aussi beau que jadis, mais terriblement sombre. Fini les chevaux, les portraits. Rien de figuratif. Des toiles abstraites. Des rouges ardents, des gris profonds qui suggéraient la violence crue et le deuil.

Mark écarta les autres toiles, et chaque fois les mêmes terribles émotions lui sautèrent aux yeux. Avec rage, avec souffrance aussi, mais d'abord… avec force.

Il se trompait, il y avait bien un portrait parmi ces toiles. C'était la dernière. Elle représentait un homme que Mark avait très bien connu : le père d'Ava. Il vous regardait dans les yeux, avec comme un mélange de frayeur et de fureur dans les siens.

Le plancher craqua légèrement et Mark se retourna. Ava se tenait sur le seuil, un oreiller et une couverture sous le bras. Elle l'observait, une lueur très douloureuse dans les yeux.

— Ava, je…

— Ce n'est pas aussi beau qu'avant, n'est-ce pas ?

Il ne répondit pas. Si, c'était beau, mais d'une façon terrible et sombre.

— Tu m'avais dit, une fois, que mes dessins étaient beaux. Tu te souviens ?

Il repoussa la dernière toile contre les autres, et s'avança vers Ava.

— Quand je prends mes pinceaux aujourd'hui, continua-t-elle, tout est tellement plus… brutal. Je peins pour… exorciser mes émotions, mais je n'aurais jamais cru qu'il y avait autant de violence en elles. Je… je veux… je veux qu'ils paient, tu comprends ?

Mark fit un pas vers elle.

— Je veux que ceux qui ont tué mes parents souffrent autant que moi.

Elle le regarda, les yeux vides, comme effacés par la douleur. Sa voix se fêla un peu.

— Mes frères ont essayé de me tenir en dehors de leur traque pour retrouver ces hommes, mais… c'est mon affaire, à moi aussi. Est-ce qu'ils ont bien compris ça ? J'étais présente. A ses tout derniers moments, mon père me regardait…

Oui. Avec sans doute de la colère et de la terreur dans ses yeux, se dit Mark.

— Je ne veux pas qu'on me mette à l'écart, pesta Ava.

Elle eut un rire bref, absolument sans gaieté, désespéré.

— D'autant que mes parents sont morts à cause de moi.

Elle lui mit dans les mains la couverture et l'oreiller, puis tourna les talons.

— Ce n'est pas à cause de toi ! répliqua Mark, très nettement.

Elle lui lança un coup d'œil par-dessus son épaule.

— Pourtant, cet homme…

— Il est peut-être impliqué dans la tuerie, mais cela n'a rien à voir avec toi. Tu ne l'as pas incité à tuer tes parents. C'est faux.

Ava parut accuser le coup.

C'était précisément le plus perfide et le plus insensé des ragots qui avaient couru sur son compte : on sous-entendait qu'elle avait engagé un tueur pour liquider ses parents. On lui prêtait même un amant secret, dont son père et sa mère n'auraient pas approuvé le choix. Pures médisances, évidemment.

Mark haïssait ces mensonges. Chaque fois qu'il les avait entendus, il avait immédiatement volé au secours de la réputation d'Ava. Quitte à s'expliquer dans un bar avec quelqu'un qui relayait ces sornettes et payer ensuite cinq mille dollars pour les réparations. Ce type ne la connaissait même pas ! Jamais Ava ne ferait une chose pareille.

Ava… elle était… l'un des plus beaux cadeaux de la vie, de sa vie, en tout cas. Peut-être bien le seul.

— Non, insista-t-il. Tu n'as rien fait de tel.

— Je veux que justice soit rendue à mes parents. Que leurs assassins soient punis.

Elle eut un sourire triste.

— Peut-être qu'alors je pourrai enfin dormir en paix.

Sur ces mots, elle s'éloigna.

Allongée dans son lit, Ava scrutait le plafond. Mark s'était installé pour la nuit ou ce qu'il restait avant le jour… Il était là, à côté, tout près d'elle. Elle avait remarqué quelques craquements très discrets du plancher, puis plus rien.

Elle avait eu si peur, elle avait tellement redouté de ne pouvoir le rejoindre à temps. Il aurait pu mourir… Et à quoi aurait ressemblé sa vie à elle, alors ?

« Il faut continuer le cours de ton existence, vaille que vaille, lui avait dit son frère Davis, peu après l'enterrement de leurs parents. On ne peut pas s'enfermer dans leur tombeau avec eux. Tu crois que c'est ce qu'ils voudraient ? Bien sûr que non ! Ils voudraient que nous soyons tous vivants et heureux. »

Ava repoussa les couvertures, puis enfila sur sa culotte une sorte de caleçon court.

Si Mark avait été tué, tout le monde aurait attendu d'elle une attitude digne et courageuse.

Mais alors son cœur se serait ouvert en deux, dans sa poitrine.

Qu'est-ce que j'attends pour prendre l'initiative ?

Elle se faufila hors de la chambre, dans l'obscurité du couloir, posa la main sur le bouton de la porte, ouvrit…

Elle étouffa un petit cri de surprise. Mark était bien sur le sofa, mais il s'était redressé. Il ne dormait pas.

— Tu as fait un mauvais rêve, Ava ?

En un sens, oui…

— Tout va bien, reprit-il, d'un ton apaisant. Tu sais que les cauchemars ne peuvent pas vraiment te faire du mal. Ce ne sont que des fantômes.

Sur le seuil de la pièce, Ava s'efforça de parler d'une façon naturelle.

— Tu sais… le lit… est assez large pour deux… Tu… tu n'es pas du tout obligé de dormir là…

Silence.

Il ne répondait pas.

Les joues Ava s'enflammèrent. Elle n'était pas la reine de la séduction, loin de là. Mais Mark comptait tellement pour elle.

— Ava…

La façon dont il prononçait son prénom était déjà une caresse.

— Tu m'invites à venir dans ton lit, c'est bien ça ?

— Oui.

C'était exactement cela.

Dans la pénombre, son grand corps se déplia sur le canapé, presque menaçant. Mais, lorsqu'il approcha, elle ne recula pas. Elle n'en avait pas la moindre intention. La vie était trop courte pour s'embarrasser de doutes.

— Soyons clairs…

La voix de Mark était lourde de désir inexprimé.

— Est-ce un endroit où dormir que tu m'offres, ou bien est-ce que…

Ava avança sa main, prit la sienne et entrelaça ses doigts aux siens.

— Je t'offre… tout ce que je peux t'offrir, tout…

Il frémit nettement.

— Tu es bien consciente… qu'une fois cette ligne franchie il n'y aura pas de retour en arrière possible ?

— Oui, et je ne souhaite pas qu'il y en ait.

Elle l'entraîna vers la chambre. Son cœur bondissait dans sa poitrine. Ses mains tremblaient. Mark s'en rendait-il compte ?

— J'ai tellement attendu ce moment…, lui murmura-t-il.

Arrivée devant le lit, elle se retourna vers lui.

— Moi aussi, je t'ai attendu.

Il leva sa main gauche et la plongea dans les cheveux d'Ava. Elle rejeta sa tête en arrière, et lui se pencha vers elle.

— J'ai bien cru devenir fou, à force d'attendre…

Et elle qui avait cru qu'il ne s'intéressait pas à elle !

— Tu crois que… c'est prudent ? Je veux dire… avec tes pansements, s'inquiéta-t-elle.

— Quels pansements ? demanda-t-il en souriant et en l'embrassant.

Elle était comme enveloppée dans sa force et sa chaleur. Il avait le torse nu et ses muscles jouaient sur elle tandis qu'il la serrait.

Leurs langues se mêlèrent furieusement et Ava agrippa frénétiquement les épaules de Mark.

— Pas d'interruption cette fois, chuchota-t-il. Juste toi et moi.

Elle fit un petit pas de côté et rencontra le bord du matelas.

— Juste toi et moi, répéta-t-elle.

Il la souleva du sol et la déposa délicatement sur le lit.

Ava prit le bord de son T-shirt en main et n'hésita qu'un quart de seconde — parce que c'était Mark — à le faire passer par-dessus sa tête.

Elle crut qu'il allait s'approcher, la toucher, mais, au lieu de cela, la lumière jaillit dans la pièce. Elle cligna des yeux, surprise.

— Tu croyais vraiment que j'allais… que nous allions… dans le noir ?

Il secoua la tête.

— Non, Ava, je veux te voir… et ne jamais, jamais l'oublier.

Son regard vint se poser sur ses seins. Les pointes en étaient dressées. Elle voulait qu'il les touche… qu'il les lèche…

Elle s'étendit sur le dos, baissa le caleçon sur ses hanches et ses cuisses, sans cesser de contempler Mark. Quand le léger vêtement passa ses genoux, il l'aida à l'enlever. Le caleçon tomba sur le sol. Ava ne portait plus qu'une petite culotte noire en dentelle.

— Je n'ai jamais rien vu d'aussi joli, ni d'aussi sexy.

Il avait l'air de le penser. Il avait sans doute eu beaucoup de femmes dans sa vie. Il était beau comme un dieu, il avait du charme, de l'argent et du pouvoir, mais il y avait aussi et surtout tant de désir dans ses yeux quand il la regardait…

Comme si elle était la seule et unique femme au monde, pour lui…

Tout était bien, car pour elle il était le seul homme sur terre.

Il avança la main et lui toucha délicatement l'épaule. Trop délicatement…

Il n'était pas nécessaire de freiner la passion et le désir entre eux.

— Enlève ton jean, susurra-t-elle.

Il obéit sans cesser de la regarder, lui aussi.

Le souffle d'Ava se fit plus court, plus rapide. Le désir la consumait.

Mark s'allongea près d'elle et l'embrassa. Pas délicatement, non. Sauvagement, avidement et c'était exactement ce qu'elle voulait.

Il positionna sa jambe entre les cuisses d'Ava et sa bouche se posa à la base de son cou, la léchant, la suçant et la mordillant avec une insupportable sensualité.

Puis il descendit, encore et encore. Ses lèvres vinrent se refermer sur la pointe d'un de ses seins. Ava laissa échapper un soupir de plaisir. Elle se cambra pour mieux lui offrir la fraise érigée. A présent que « cela » arrivait entre eux, elle voulait tout ce qu'il pouvait lui donner et profiter elle-même de chaque instant de bonheur… elle voulait tout de lui.

— Si belle…, murmura encore Mark. Si parfaite…

Elle allait devenir folle.

— Je t'en prie, j'ai assez attendu. Maintenant, Mark, maintenant !

Il s'écarta un instant et elle faillit hurler de frustration, mais, réalisa-t-elle, il voulait simplement prendre son portefeuille dans la poche de son jean. Il avait emporté… une protection.

C'était surtout pour elle et elle le savait. Elle adorait ce genre d'attentions, chez lui, plus délicates que chez n'importe quel autre homme.

Il fut de retour presque aussitôt. Il se positionna entre les jambes d'Ava et entra en elle. Elle planta ses yeux dans les siens et ne le quitta plus du regard, jusqu'à la fin.

La douleur fut très brève, comme une sorte de brûlure fugace, vite noyée dans un océan de plaisir. Et pourtant il s'en inquiéta.

— Ava ? murmura-t-il.

Et il voulut se retirer.

Pas question de le laisser faire. Elle noua ses jambes autour des hanches de Mark, pour le retenir en elle. Il la remplissait complètement. Elle était au bord de la jouissance et avait seulement besoin…

Il l'embrassa à pleine bouche, comme elle aimait. Puis il se retira brusquement et il replongea en elle.

Le lit tremblait sous le dos d'Ava. Elle se cambra, tête en arrière. Le sommet était si proche ! Son corps se mit à frémir et, alors, les vagues délicieuses se succédèrent, toujours plus proches, à en perdre le souffle. Accrochée au bassin de Mark, elle se laissait envahir par cette chevauchée sauvage et douce, son cœur lui battant follement aux tempes, en bonne voie d'être bientôt rassasiée de plaisir et de bonheur.

Il allait et venait toujours en elle, plus fort, toujours plus fort… plus profond et puis…

Son regard, fixé sur elle, devint soudain comme aveugle. La pupille sombre s'élargissant, presque jusqu'à couvrir le bleu de l'iris. Il se figea, rugit le prénom d'Ava et une expression de contentement infini se peignit sur son visage. Ava tremblait sous lui. Elle murmura vaguement une protestation. Elle ne voulait pas que le plaisir s'arrête…

— Je reviens…

Il se leva pour aller à la salle de bains.

Ava s'étira, dans un incroyable sentiment de bien-être

de tout son corps. Elle ferma les yeux, puis les rouvrit, la chaleur d'un gant de toilette mouillé entre ses jambes.

— Il y a quelque chose que tu voulais me dire, Ava ?

Il retira le gant et s'étendit de nouveau à côté d'elle. Elle lui sourit et répondit :

— Que je veux encore faire l'amour avec toi, Mark. Bientôt. Très vite !

— Je ne t'ai pas fait trop mal ?

Il parlait avec une tendresse qu'elle n'avait jamais reçue de personne. Les yeux clos, elle secoua la tête.

— Tu… aurais dû me dire que tu n'avais jamais…

Il n'acheva pas, mais semblait si embarrassé qu'elle rouvrit les yeux.

— Est-ce si important ? demanda-t-elle en souriant.

— Ava…

— Je te voulais, Mark. Je ne t'ai pas demandé avec qui tu étais avant moi et tu ne me l'as pas demandé non plus.

— Mais… tu n'as été… avec personne.

— Je n'avais pas suffisamment confiance, pas comme j'ai confiance en toi.

C'était la vérité. Elle avait foi en lui, dans son corps comme dans son âme. Dans son cœur. Le devinait-il ?

— Tu aurais dû me le dire, et moi j'aurais dû te le demander.

Il était adorablement confus, tout embarrassé. Elle l'embrassa.

— C'était merveilleux… Reste tout près de moi…

Cela paraissait tellement évident et naturel de lui dire cela !

Elle voulait dormir dans ses bras.

Ils se refermèrent autour d'elle. Elle pouvait suivre les battements du cœur de Mark et sombra rapidement dans un merveilleux sommeil.

**

Mark Montgomery passait la nuit avec Ava !

Il n'était pas resté à l'hôpital, ni à son ranch. Il était avec elle…

La fureur le gagnait. Il lui avait dit, pourtant, qu'elle était à lui, à lui seul. L'imbécile, qui ne voulait pas comprendre !

Mark se battait plus âprement qu'il ne l'avait supposé. Il avait cru s'en débarrasser facilement, comme il l'avait fait de Gregory. Celui-ci était ivre, cela avait été un jeu d'enfant. Il avait voulu se battre, mais un coup de revolver et c'était fini, terminé. Après, il n'y avait plus eu qu'à maquiller le meurtre en suicide. Tout le monde étant plutôt soulagé que le vieux fou soit mort, on n'y avait vu que du feu.

Je sais m'y prendre !

Il leva la tête vers le ciel nocturne, silencieux et clouté d'étoiles. Ava était derrière les lourdes grilles de son ranch, mais elle n'y serait pas toujours et Mark, lui, ne serait pas toujours auprès d'elle. Il faudrait bien qu'il la laisse seule, à un moment ou à un autre. Quelques heures, même une seule, où Ava ne serait pas sous bonne garde. Où elle serait seule et où il pourrait se faufiler près d'elle.

Alors, elle serait vraiment à lui.

Il ne te prendra pas à moi. Personne ne le peut !

Ava était revenue. Elle n'allait pas lui échapper. Il n'en était pas question.

7

Lorsque Ava ouvrit les yeux, Mark n'était plus dans le lit près d'elle. Elle se redressa rapidement et fit des yeux le tour de la pièce. Elle avait dormi comme une souche et, pour la première fois depuis longtemps, aucun mauvais rêve n'était venu hanter son sommeil.

Mais maintenant je suis seule.

Elle se leva, marcha mécaniquement vers la salle de bains, tourna le robinet d'eau chaude, laissa le flot bienfaisant couler sur ses cheveux, se répandre sur son corps repu d'amour.

Mark n'était plus là…

A quoi d'autre aurait-elle dû s'attendre ? Elle n'en savait rien. Elle n'avait guère eu le temps de repenser aux instants de passion qu'ils avaient vécus ensemble. Elle avait simplement saisi le grand bonheur qui s'offrait, sans se poser de questions. Elle n'avait pas pensé au… lendemain matin.

Un courant d'air frais se glissa dans la petite pièce. Ava se retourna. Mark était là, devant la cabine de douche. Vêtu de son jean et de son T-shirt, il la regardait. La dévorait des yeux, plutôt. Ses cheveux blonds étaient ébouriffés.

L'eau coulait toujours sur Ava et il la contemplait, comme si elle était la première femme nue qu'il voyait.

D'une main qui tremblait un peu, elle ferma le robinet.

— Je te croyais parti, murmura-t-elle.

Sa propre voix sonnait étrangement. Mais il était bien difficile de parler d'une façon tout à fait élégante et naturelle quand on était nue et dégoulinante devant son amant tout habillé…

— J'ai… j'ai fait le petit déjeuner, lui annonça-t-il, la voix très rauque.

Elle en resta bouche bée de surprise. Il avait cuisiné pour elle ? C'était à peine croyable et tellement gentil !

— Mais je crois que ça va devoir attendre un peu, ajouta-t-il, malicieux.

Un pas, et il était dans la douche. Ava baissa les yeux : il avait les pieds nus.

Il l'embrassa et la plaqua doucement contre les carreaux de faïence de la cabine. Ce n'était pas — du tout — un baiser timide, ils n'en étaient plus là. C'était comme un dû qu'il réclamait et c'était bien ainsi : elle était à lui.

De ses mains humides, elle agrippa le T-shirt de Mark, l'en débarrassa prestement. Elle voulait le toucher, peau contre peau. Ses lèvres brûlantes sur les siennes avaient allumé en elle le feu du désir.

Les grandes mains brunes glissaient sur son corps, caressaient ses seins et en titillaient les pointes dressées. Puis l'une d'elles descendit… La peau d'Ava était mouillée et glissante, les doigts de Mark entrèrent aisément dans les pétales de son sexe et elle se dressa sur la pointe des pieds, haletante.

— Je ne te fais pas mal ? chuchota-t-il.

Elle l'embrassa dans le cou, mordilla sa peau, avança sa main vers le jean de Mark, dont elle défit fébrilement les boutons. Elle le voulait, et tout de suite.

Il la souleva contre le mur carrelé et entra en elle d'un seul mouvement. Le mur était froid et dur contre son dos, et Mark était brûlant, dur aussi, mais incroyablement doux en elle. Le souffle court, le sang battant à ses tempes, elle s'agrippa de ses ongles aux épaules de son amant.

— Tu es si soyeuse, murmura-t-il. Si parfaitement adaptée à moi…

L'orgasme éclata en elle comme la foudre. Plus fort encore que la première fois et aussi plus longtemps. Elle dut étouffer ses cris de bonheur de peur qu'on l'entende à l'autre bout du ranch.

Le même plaisir qu'Ava envahissait Mark. Mais il n'étouffa rien, lui. Il cria son prénom et la serra fort, très fort. Comme si plus jamais il ne la relâcherait…

Plus jamais…

Après cet… intermède, le petit déjeuner était froid et à peu près immangeable.

— Mais tu sais, il ne fallait pas te mettre en peine comme ça !

La voix d'Ava le fit se retourner. Elle était habillée, hélas ! d'un jean et d'un T-shirt blanc, avait noué ses cheveux en une queue-de-cheval. Elle lui sourit, montrant ses adorables fossettes.

— Je te remercie tout de même. C'est si gentil à toi de penser au petit déjeuner.

Il lui sourit à son tour. Ava le faisait se sentir parfaitement bien.

— Tu devrais attendre d'y avoir goûté avant de me remercier, répliqua-t-il, fataliste.

Elle rit, de ce rire léger et cristallin qu'il adorait, qui lui donnait l'impression d'avoir gagné une sorte de grand prix, de faveur exceptionnelle.

Ava s'assit à la petite table et se saisit d'une fourchette. Mark retint sa main.

— Ne fais pas ça. C'est bon à jeter à la poubelle.

Elle rit de nouveau.

— Je dois admettre que c'est probable.

Mark la dévisagea, intensément. La prunelle de ses yeux brillait. Elle avait les joues toutes roses, ses lèvres s'entrouvraient. Elle n'avait plus l'air d'avoir été laminée par la vie. Elle était belle. Magnifiquement, incroyablement belle…

On frappa à la porte.

— C'est sûrement Davis, suggéra Ava.

Ou bien Brodie. Ni dans un cas ni dans l'autre, Mark n'était particulièrement ravi.

On pouvait lire sur le visage épanoui d'Ava ce qui s'était passé entre eux, et voir clairement qu'il n'avait pas gardé ses distances avec elle, comme les frères McGuire le lui avaient… conseillé.

De qui viendrait le premier coup ? se demanda Mark. Davis avait un crochet du droit plutôt redoutable, se souvenait-il.

Ava se leva et alla à la porte. Mark la suivit à quelques pas, se préparant mentalement à l'affrontement qui n'allait certainement pas manquer d'avoir lieu.

C'était bien Davis sur le seuil. Son regard vert, le même que celui d'Ava, en beaucoup moins tendre, passa sur Mark. Les yeux étrécis, il allait parler quand Ava lui coupa tout net la parole.

— Davis, je t'ai vu avec un tas de filles et je n'ai jamais rien dit, alors je t'interdis, tu m'entends ? je t'interdis de dire quoi que ce soit sur Mark. D'ailleurs, ce n'est pas lui qui m'a courtisée, c'est le contraire.

L'air résolu, elle s'interposa entre les deux hommes.

— Alors, bas les pattes !

Mark dut se mordre les lèvres presque jusqu'au sang pour s'empêcher de sourire.

— Un tas de filles, un tas de filles… Il n'y en a pas

eu tant que ça, grommela Davis. Et puis quoi… enfin, tu es ma petite sœur !

— Je suis aussi une femme et ce qui peut se passer entre Mark et moi ne te regarde pas !

— C'est toi-même qui as parlé de le séduire ! protesta son frère.

Ava rougit, mais tint bon.

— Et, toi, tu fais toujours comme si j'avais seize ans, ce qui n'est plus le cas…

Davis dut faire marche arrière devant la détermination de sa sœur.

— Ah, ça va, je voulais voir comment vous alliez, c'est tout…

Pour sa part, Mark allait plutôt bien. Il s'était réveillé auprès d'Ava, ce qui était le rêve absolu.

— Aucune alarme déclenchée cette nuit, reprit Davis. Soit le gars n'a pas vraiment voulu aller plus loin, soit il ménage ses effets, et j'aimerais bien en avoir le cœur net. Puisque le jour est levé, je voudrais aller revoir l'endroit où il t'a tendu son piège, Ava. Peut-être qu'il a laissé quelque chose que nous n'avons pas vu dans le noir.

Puis il se tourna vers Mark.

— Pourrais-tu venir avec moi et me montrer exacte-ment où tu étais quand il t'a agressé ?

Mark acquiesça. Lui aussi, il voulait revoir les lieux et les examiner. Il lança un regard à Ava et celle-ci s'empressa de déclarer :

— Je prends mon sac et je viens aussi.

Elle retourna dans sa chambre. Mark, lui, resta où il était. Davis s'approcha.

— Tu te souviens de ce que je t'ai dit ? Si jamais tu lui fais du mal…

— Aucun risque.

Personne ne pouvait imaginer la profondeur de ses

sentiments pour Ava. Lui-même ne le pouvait pas. Elle lui importait plus que tout…

— Voilà, je suis prête ! annonça-t-elle.

Elle avait les joues toutes roses et Mark revit l'image fugitive d'elle nue sous la douche, son corps entouré de vapeur d'eau…

Savait-elle le pouvoir extraordinaire de sa beauté ? Et la façon dont elle le rivait à elle…

Ava le regarda.

— Tu es prêt ?

Il lui sourit. Il était temps de se débarrasser de ce type. De chasseur, il allait devenir proie.

Le SUV accidenté avait déjà été emporté, mais les morceaux de verre étaient toujours éparpillés sur la route, remarqua Ava. Elle en frissonna. Mark avait eu beaucoup de chance de sortir vivant de ce guet-apens.

— Il s'est approché de la voiture alors que j'étais coincé dans l'habitacle, expliqua Mark. Il a commencé à me tirer dessus, mais j'ai pu m'extraire avant le deuxième coup de feu.

Ava ferma les yeux.

— Puis j'ai couru vers les bois, là, pour m'abriter…

Elle les rouvrit pour suivre les deux hommes en direction des arbres.

— J'ai entendu arriver une autre voiture, continua Mark. J'ai pensé que c'était celle d'Ava et je me suis dit que je devais faire quelque chose, tout de suite. J'avais peur qu'il la tue.

Ainsi, Mark l'avait sauvée, de nouveau. Elle avait cru voler à son secours, et c'était lui, en fait, qui était encore son ange gardien.

Elle s'éloigna un peu d'eux, songeuse.

— C'est là que je lui ai bondi dessus, indiquait Mark. Je lui ai fait sauter son arme des mains.

— Oui, confirma Davis, c'est là que je l'ai retrouvée en effet. Tu as une idée de l'endroit où il a pu aller ensuite ?

— Non, je voulais rejoindre Ava. J'ai entendu le choc et j'avais peur qu'elle soit gravement blessée. Il fallait que je la retrouve…

Le fracas des sabots d'un cheval les fit tous se retourner. Un étalon débouchait entre les arbres. C'était Legacy, le cheval de Mark, et il arrivait droit sur Ava, dans un galop désordonné et furieux.

— Ava ! cria Mark.

Lui et Davis se mirent à courir vers elle. Heureusement, elle eut le réflexe de faire un bond de côté. Elle heurta durement le sol, mais échappa — de peu — aux redoutables sabots.

Mark siffla fort entre ses doigts, pour rappeler Legacy, mais l'étalon ne semblait rien entendre. Il poussa un long et puissant hennissement, puis se mit à encenser de la tête et à rouler des yeux blancs de terreur, en fonçant sur Davis.

Il n'était pas dans son état habituel, se dit Ava.

— Legacy, non ! cria Mark.

Davis poussa un juron et, comme Ava, il dut se jeter à terre pour échapper aux sabots de l'animal.

Legacy n'avait ni selle ni bride. Comment avait-il pu s'échapper de son box ?

Soudain, l'étalon fit volte-face et se rua de nouveau vers Ava.

— Arrête ! Legacy !

Mark s'interposait, les bras écartés. Il protégeait Ava de son corps. Sa voix était aussi impérieuse que le tonnerre, mais sans aucune colère ni terreur dans son timbre.

Pour autant, le cheval ne s'arrêtait pas et soudain…

Legacy s'effondra, d'un coup, dans la poussière.

Ils se ruèrent tous trois vers lui. Couché sur le flanc, l'étalon battait toujours des pieds, les yeux fous, la respiration haletante. Mark posa la main sur sa cage thoracique.

— Son rythme cardiaque est bien trop rapide, dit-il en caressant la tête de l'étalon, qui écumait, comme s'il avait de la mousse de savon dans la bouche.

Davis prit son portable et appela le Dr Jamie Myers, la jeune vétérinaire qui avait l'exclusivité de la clientèle des ranchs Montgomery et McGuire.

— Il lui est arrivé quelque chose, murmura Mark. Quelque chose d'anormal… Il devrait être dans son box, à l'écurie…

Ava s'agenouilla à côté de lui, auprès de l'étalon, qui fermait les yeux.

— Empoisonné ? Mon cheval a été empoisonné ? Mais comment ça ?

La fureur flamboyait en Mark.

Jamie Myers poussa un soupir. Ils avaient réussi à ramener le pauvre Legacy jusqu'à son box, et ce n'avait pas été sans mal. L'animal avait encore esquissé plusieurs ruades et Mark avait eu bien de la peine à le maitriser.

— Une prise de sang devrait le confirmer, répondit la vétérinaire, en repoussant une mèche blonde qui s'échappait de son chignon. Mais il en présente tous les symptômes : rythme cardiaque bien trop rapide, respiration haletante, spasmes nerveux…

Elle caressa le dos du bel animal.

Jamie s'occupait des chevaux de leurs deux familles depuis son arrivée dans la région, un an plus tôt. Mark se souvenait qu'elle avait un peu surpris les éleveurs du coin, avec ses tenues toujours pimpantes, mais elle ne rechignait pas à se salir les mains quand il s'agissait d'aider une pouliche à mettre bas ou soigner une plaie de clôture.

Jamie venait de l'Est. Elle ne parlait jamais de sa famille et, d'après ce que Mark savait, elle préférait garder ses distances, ce qu'il respectait tout à fait. Chacun avait le droit à ses petits secrets, après tout.

— Ça va aller, Mark, lui dit-elle. Ne vous en faites pas. Il va déjà bien mieux, c'est une bonne chose que vous l'ayez trouvé vite. Il aurait certainement percuté une voiture sur la route.

Mark n'était pas tellement sentimental sur les choses du ranch, mais Legacy comptait beaucoup pour lui. Ce cheval était le seul souvenir qui lui restait de sa mère, car ils l'avaient acheté ensemble.

— Je vais vérifier l'état de vos autres chevaux, annonça Jamie, avec un léger accent de la Nouvelle-Angleterre. Si j'en trouve qui présentent les mêmes symptômes, je vous le dirai.

Mark acquiesça et jeta un coup d'œil circulaire autour de lui. Il n'y avait ni fourrage, ni granulés dans le box de Legacy. Tout paraissait normal.

Soudain, il pensa à la vidéosurveillance. L'écurie en avait été équipée. Donc, si quelqu'un avait empoisonné l'étalon, la caméra avait dû enregistrer la scène. Le salaud qui avait fait ça était peut-être reconnaissable sur la bande.

— Je suis chez moi si vous avez besoin, indiqua-t-il à la vétérinaire.

Celle-ci, concentrée sur son travail, leva à peine la tête.

Mark sortit du box, et tout de suite Ava se rua à sa rencontre.

— Il va mieux ? s'enquit-elle.

Davis ne semblait pas l'avoir suivie. Elle s'approcha.

— Il a été empoisonné, d'après la véto…

… et il fallait savoir par qui.

Mark prit la main d'Ava et l'entraîna vers la maison.

Comme ils montaient les marches du perron, Ty tournait le coin du bâtiment.

— Ah, patron ! lança-t-il. J'ai quelque chose qu'il faut que tu voies.

La mine sombre, il lui tendit une seringue.

— Je l'ai trouvée par terre. Je me demande si ça n'a pas quelque chose à voir avec le comportement bizarre de Legacy.

Les dents serrées, Mark examina l'objet. Il y avait un bout de papier collé autour du tube, avec une suite de lettres et de chiffres. Etait-ce l'identification du poison utilisé ?

— Porte-la vite au Dr Myers, recommanda Mark à Ty. Elle est toujours avec Legacy.

Le contremaître acquiesça et se dirigea immédiatement vers l'écurie, en pressant le pas.

— Juste une seconde…, le rappela Mark. Tu as entendu ou vu quelque chose cette nuit ?

Ty se retourna.

— Rien du tout, et pourtant j'ai fait des rondes. Ce type est très fort, et à mon avis il connaît parfaitement le ranch. Il sait se glisser entre les bâtiments sans se faire remarquer.

Oui, mais avait-il échappé aux caméras ? se demanda Mark.

Il entra dans la maison avec Ava et tous deux allèrent immédiatement visionner l'écran de surveillance du système de sécurité.

Mark fit défiler l'enregistrement en arrière, cherchant tout indice de leur mystérieux visiteur, lequel en prenait décidément à son aise, dans son ranch.

Mais rien, personne… Seulement Ty, qui était passé

pour une rapide — et normale — inspection de l'état de santé des chevaux.

— Il est vraiment très malin, soupira Ava en se penchant vers l'écran, ses cheveux tombant sur le bras de Mark. Il doit connaître l'emplacement des caméras pour leur échapper aussi facilement.

— Possible...

Le parfum de fraises fraîchement cueillies était dans l'air.

— Je sais à quel point Legacy compte pour toi, lui dit-elle en posant la main sur son épaule. Je suis désolée de ce qui est arrivé.

— Il essaye de m'atteindre, moi, à travers mon cheval, confia Mark. Il l'a probablement drogué cette nuit, après nous avoir attaqués.

— Lorsque tes hommes sont venus nous aider... Oui, il a dû être tranquille à ce moment-là.

— C'était une bonne opportunité à saisir pour lui, renchérit Mark. Et, comme il n'avait pas pu me tuer, il devait être en rage... Il a passé sa fureur sur Legacy.

Rageur, lui aussi, il se leva de son siège.

— Tout va bien se passer, le rassura Ava. Brodie dit toujours que le Dr Myers connaît mieux son métier que tous les vétérinaires qui l'ont précédée dans cette région.

C'était vrai, songea Mark.

Ils retournèrent à l'écurie et les portes s'ouvrirent à la volée devant Jamie qui se dirigeait vers eux, Ty sur ses talons.

— Tout ira bien, annonça-t-elle à Mark en souriant. Legacy va s'en tirer.

Elle montra la seringue, qu'elle avait placée dans un petit sac en plastique transparent.

— Je sais quel contrepoison utiliser. Legacy sera sauvé, j'en fais mon affaire.

C'était comme si un poids insupportable se retirait des épaules de Mark.

— Si Ty n'avait pas trouvé cette seringue… Merci à lui, ajouta Jamie en souriant au contremaître par-dessus son épaule. Maintenant, excusez-moi, je dois appeler mon cabinet.

Elle s'empressa de filer vers sa voiture.

Mark donna à son contremaître une claque affectueuse sur l'épaule.

— Je te dois une fière chandelle. Merci, mon vieux…

Ty secoua la tête.

— Non, c'est moi qui te la dois et nous savons l'un comme l'autre que je ne pourrai jamais te rembourser tout à fait…

Mark et lui étaient amis depuis l'école. La mère de Ty n'avait jamais paru s'intéresser à son fils, trop occupée qu'elle était à assécher des verres. Ty et Mark traînaient donc souvent ensemble.

Quand Mark était revenu chez lui, après son passage dans l'armée, il avait trouvé son copain d'enfance bien près de devenir un SDF. Il lui avait évité cela en lui offrant à la fois un toit et un travail justement rémunéré.

Ty était l'un de ses plus vieux amis et… non, en fait, il ne lui devait plus rien.

— Je suppose que tu n'as rien vu sur les vidéos ? demanda Ty, l'air sombre.

Ava s'approcha de lui.

— Non, il n'y avait rien, répondit-elle à la place de Mark.

— Je monterai moi-même la garde ce soir, annonça le contremaître. Vous serez tranquilles.

— Je serai auprès d'Ava ce soir, chez elle, au ranch McGuire, indiqua Mark.

Et tous les autres soirs, jusqu'à ce que l'on coince enfin ce salopard...

Le Dr Myers revenait vers l'écurie.

— Va t'occuper de Legacy avec elle, souffla Ava à Mark. Je voudrais rejoindre Davis, je suis sûre qu'il se demande ce qu'on fabrique...

C'était juste, réalisa Mark. Davis devait toujours être en train d'examiner le lieu de l'accident.

Mark attira Ava contre lui et l'embrassa passionnément.

— Si tu as besoin de moi...

— Je t'appellerai, promis, lui dit-elle avec une pression de la main sur son bras. Mais, ne t'inquiète pas, je serai avec Davis.

Sur ces mots, elle agita la main à son intention, et à celle de Ty.

Comme elle s'éloignait, le contremaître émit un discret sifflement.

— Tu es courageux de défier ouvertement ses frères, Mark.

Ava le valait bien...

— Elle est au courant pour ton passé ? continua Ty d'une voix neutre.

Son passé. Ces années de plomb, vécues bien loin du Texas...

— Non.

— Ah...

Ty lança à Mark un regard de compréhension muette autant qu'attristée.

— Et qu'est-ce qu'il se passera, à ton avis, lorsqu'elle l'apprendra ?

Rien. Ou du moins Mark ne voulait pas le savoir. Il y avait des choses qu'Ava devait continuer d'ignorer.

*
* *

Ava avait presque rejoint son frère lorsque son portable se mit à sonner.

— Allô ?

— Il est dangereux, murmura une voix presque inaudible.

— Qui êtes-vous ? demanda Ava.

Mais elle le savait. C'était le harceleur, le chasseur.

— Je veux te protéger... de lui, surtout...

Les doigts d'Ava se crispèrent sur l'appareil.

— Vous avez failli tuer Mark cette nuit.

L'homme rit, d'un rire amer et désespéré.

— Et lui, répliqua sa voix, tu crois qu'il n'a jamais tué personne ? Tu ne le connais pas vraiment. Il te ment, et depuis longtemps...

— Non !

Davis s'approchait et, de la main, Ava lui fit signe de se hâter.

— Tu lui as parlé de la fameuse nuit où tes parents sont morts, tu l'as interrogé là-dessus ? lança l'homme.

Le cœur d'Ava fit un bond.

— Et vous, répliqua-t-elle, où étiez-vous quand c'est arrivé ? C'est vous qui les avez tués ?

Davis courait vers elle.

— Mark te ment, reprit le psychopathe, la voix toujours très basse. Il va te faire du mal... Ne lui fais pas confiance... Tiens, demande-lui ce que ton père lui a dit, juste avant de mourir.

— Voyons, mon père était déjà mort quand Mark est arrivé au ranch !

Mark le lui avait expliqué. « Je n'ai rien pu faire, Ava, il était déjà parti. »

— Quel menteur ! reprit la voix, bien plus moqueuse cette fois.

Puis plus rien. L'homme avait raccroché.

— Ava ?

C'était Davis, qui venait de poser la main sur son bras.

— C'était… lui, n'est-ce pas ? Qu'est-ce qu'il a dit ? Il t'a menacée ?

Elle ne répondit pas directement à sa question.

— Quand Mark est arrivé à la maison, papa était déjà mort, tu me le confirmes ?

Le regard de Davis devint fuyant. Ava l'agrippa par la chemise.

— Dis-moi que papa était mort, Davis, dis-le-moi !

— Il n'a survécu que quelques instants, Ava. Il était perdu…

C'était comme si on venait de lui tirer, à elle, une balle dans le ventre.

— Non, non, Mark disait et… et, toi aussi, tu disais… que Papa était mort à ce moment-là. Qu'on ne pouvait plus rien faire…

Davis prit sa main dans la sienne.

— Non, il n'y avait plus rien à faire, les médecins l'ont confirmé, commença-t-il, embarrassé. Mais… enfin… oui, c'est vrai, il a vécu encore quelques minutes… Mark me l'a dit.

— Mais moi… moi ! Personne ne m'a rien dit, à moi !

Seulement ce cinglé, au téléphone, qui la tourmentait jour et nuit.

— Nous voulions te protéger, Ava, tu étais si jeune… On ne voulait pas que tu saches…

Sa voix resta en suspens, mais c'était trop tard. Ava avait compris la suite.

— Vous ne vouliez pas que je sache que, quand je l'ai laissé, papa était toujours en vie, c'est ça ? Qu'est-ce qu'il a dit à Mark ?

— Mais rien, Ava. Il n'a rien dit. Du moins, d'après Mark…

Etait-ce la vérité ou encore un mensonge ? Elle avait une confiance aveugle en ses frères — et en Mark.

Mais Mark lui avait caché ce fait, si important. Il lui avait menti, comme les autres.

Elle se détourna. Davis la prit par l'épaule.

— Ava, tu étais tout près de t'effondrer lorsque…

Bien sûr ! Elle était tellement fragile, n'est-ce pas ?

— On essayait de te protéger.

Ava le toisa.

— Et, moi, je ne t'ai jamais menti, Davis. Pas une seule fois, de toute ma vie ! Toi, combien de mensonges tu m'as servis, hein ?

Visiblement peiné, son frère garda le silence. Et ce silence terrifia Ava.

— Qu'est-ce que vous me cachez tous ? Et surtout, qu'est-ce que Mark me cache encore ?

Son preux chevalier… qui n'était pas le dernier à dissimuler des secrets…

— Ce que Mark souhaite ou ne souhaite pas te révéler le regarde.

Davis avala sa salive avec difficulté, avant de poursuivre :

— Et moi, tout ce que j'ai fait, je peux te dire que je l'ai fait pour toi.

Devait-elle se contenter de cela ?

— Laisse-moi maintenant, Davis.

Il retira sa main de son bras.

— Ava…

— Laisse-moi te dire que, contrairement à ce que tu sembles croire, je ne vais pas m'effondrer. Je n'ai pas non plus l'intention de me suicider, rassure-toi.

Elle voulait surtout échapper à cette odieuse sensation d'être en permanence observée.

— Je retourne au musée.

Son nouveau travail l'attendait, là-bas. Elle avait été

prévenue par Kristin au téléphone, un peu plus tôt, qu'une exposition se préparait et que son aide serait appréciée pour la mise en place. Deux ou trois heures de travail au musée, sans plus penser à rien d'autre, c'était exactement ce qu'il lui fallait.

— S'il arrive quoi que ce soit ou si tu as besoin de moi…, commença Davis.

Ava se retourna un instant.

— Oui, j'ai besoin que tu découvres qui vient de m'appeler.

Elle lança son portable à Davis et il le rattrapa sans effort.

Elle poursuivit :

— J'ai aussi besoin de savoir comment cette ordure a appris que papa n'était pas mort à l'arrivée de Mark. Il dit qu'il lui a parlé… Il y était donc ? Il faut croire…

Davis regarda le téléphone, puis sa sœur, l'air surpris.

— Mark ne m'en a jamais rien dit depuis toutes ces années, murmura-t-il.

— Eh non, les gens mentent. Que veux-tu…

Davis tira de sa poche son propre téléphone portable.

— Prends le mien, Ava. Juste au cas où…

— Au cas où un nouveau cinglé voudrait ruiner mon existence ? Enfin… bon… je le prends…

Puis elle tourna les talons. Davis ne paraissait pas comprendre à quel point elle était blessée. Elle en avait plus qu'assez que l'on présume toujours qu'elle n'était pas assez forte pour affronter le danger qui pesait sur elle et toute sa famille. Elle n'allait tout de même pas craquer, bon sang !

Elle survivrait. Il le fallait bien. D'une manière ou d'une autre…

Ce qu'il désirait plus que tout, c'était tenir Becca dans ses bras, sous un ciel piqué d'étoiles, et lui murmurer combien il...

8

— Mais c'est formidable ! lança Kristin à Ava.

La directrice du musée d'Art moderne était une flamboyante rousse aux impressionnantes boucles d'oreilles fantaisie. Elle s'extasiait devant les cimaises de la principale salle d'exposition.

— Vous avez regroupé les toiles à la perfection, Ava. Ces couleurs, cette disposition, cet éclairage... ah oui, c'est splendide, vraiment !

Ava essuya ses mains poussiéreuses sur son jean et sourit timidement à son employeuse. Kristin n'avait que quelques années de plus qu'elle, mais elle rayonnait d'énergie.

Pour sa part, Ava avait consacré trois heures de réflexion intense et de labeur acharné à réarranger l'exposition, jusqu'à ce que tout soit, à ses yeux, absolument impeccable et parfait.

— Je crois que vous engager a été la meilleure décision que j'ai prise depuis des années, reprit Kristin, d'un air très affirmatif.

— A ce propos... est-ce que je peux vous demander...

Ava dut s'éclaircir la gorge pour trouver le courage de continuer.

— Euh... pour quelles raisons, exactement, vous m'avez engagée ?

Le sourire de Kristin s'effaça un peu et l'estomac d'Ava se noua douloureusement.

— Mais… à cause de votre CV bien sûr, répondit la directrice. Vous avez la meilleure mention de toute votre promotion non seulement en histoire de l'art, mais aussi et surtout en gestion des événements culturels. Vous connaissez déjà très bien tous les aspects de notre métier. Quant à votre œil…

Elle désigna les cimaises.

Ava décida tout de même de se jeter à l'eau.

— Quelle influence peut avoir sur vos décisions… l'avis du conseil d'administration du musée ? De ses membres ?

Ava avait largement eu le temps d'y penser en organisant les cimaises. Tout cela s'arrangeait si parfaitement. Etait-ce un coup de pouce discret de Mark ? D'Alan ? Des deux à la fois ? Puisqu'ils y siégeaient…

— Les membres du conseil ?

Une fugace lueur de culpabilité passa dans les yeux de Kristin.

— Eh bien, ils peuvent faire des recommandations, bien sûr. Mais la décision finale m'appartient, à moi et à moi seule.

— Et cette recommandation vous a bien été faite, je crois comprendre ?

— J'avais une liste de candidatures et la vôtre était… appuyée, oui…

— Par qui l'était-elle, toujours si je puis me permettre ?

Ava prenait un risque en insistant ainsi, elle le savait. Elle avait besoin de ce travail. Avec tout le reste de sa vie qui partait à vau-l'eau, c'était important.

Kristin sembla hésiter.

— Vous comprenez, je dois l'en remercier, qui que soit cette personne…, reprit Ava en se forçant elle-même

à sourire. Ce travail comble tellement mes désirs. J'en
rêvais, vous savez.

C'était la vérité.

Kristin parut se détendre un peu.

— Je savais que ce poste vous conviendrait, j'en ai
été convaincue dès notre entretien. Et ils étaient tous les
deux si affirmatifs à votre sujet, si enthousiastes que je
n'ai plus eu le moindre doute.

— Tous les deux ? demanda doucement Ava.

— Oui, Alan Channing et Mark Montgomery. Ils ont
confirmé mon impression et, avec leur appui, je n'avais
plus à hésiter… Mais… dites-moi… le poste vous plaît,
n'est-ce pas ?

— Oh… bien sûr !

Mais elle aurait aimé que Mark lui dise franchement
qu'il avait appuyé sa candidature. Encore une chose qu'il
lui avait dissimulée.

— Formidable !

Kristin applaudit. Cette femme avait vraiment une
énergie débordante, songea Ava.

— Et je crois que cela suffira pour aujourd'hui, conclut
Kristin. Je vous dois un million de remerciements pour
votre aide… Vous êtes, à n'en pas douter, une recrue
de choix pour le musée et nous allons faire de grandes
choses ensemble !

Sur ces mots, Kristin s'éloigna, ses talons très hauts
claquant sur le dallage.

Ava consulta sa montre. Il était presque 17 heures. La
nuit viendrait vite, pleine de menaces, avec ce fou qui
rôdait dans l'ombre.

Davis l'avait appelée deux fois, pour s'assurer que
tout allait bien.

Mais elle ne pouvait pas non plus trembler à chaque
instant.

Elle rejoignit le bureau qui lui avait été assigné et prit son sac. Comme elle l'avait dit à son frère, elle n'avait pas l'intention de laisser ce détraqué diriger sa vie. A aucun prix.

Il ne fallait pas le laisser gagner la partie.

C'était plutôt étrange de parler de « gagner » ou de « perdre » comme s'il s'agissait d'une sorte de jeu du chat et de la souris…

Car ladite souris, c'était bien elle.

Le musée disposait d'un parking fermé, installé sous le bâtiment. Ava se dirigea donc vers l'ascenseur. Kristin apparut alors, se précipitant vers elle, son attaché-case à la main.

— Attendez-moi !

Elle eut un petit rire.

— J'aime tellement mon travail que j'ai toujours beaucoup de mal à le quitter le soir. Ça n'aide pas particulièrement à avoir une vie sociale.

Quand la cabine atteignit le sous-sol, une petite sonnerie retentit.

— Vous avez de la famille par ici, je crois ? Ils sont certainement ravis de pouvoir vous…

Kristin s'interrompit brutalement. Un homme avec une cagoule noire se tenait devant les portes automatiques. Il était armé d'un couteau qu'il leva, mais Kristin para le coup avec son attaché-case. La lame s'enfonça profondément dans le cuir.

L'homme essaya de libérer son arme et Ava en profita pour tirer sa patronne en arrière. Puis elle contre-attaqua en repoussant violemment l'agresseur. Celui-ci s'affala sur le sol en ciment du parking.

Ava appuya alors avec force sur la touche de fermeture des portes. Les glissières se remirent instantanément en mouvement.

Dans l'intervalle, l'agresseur s'était remis sur ses pieds. Il avait toujours son couteau à la main et il aurait pu bondir en avant…

Mais, étonnamment, il n'en fit rien. Il hésita même une seconde de trop…

Les glissières métalliques se refermèrent et la cabine se hissa vers l'étage supérieur.

Kristin agrippa le bras d'Ava.

— Il faut appeler la police ! hurla-t-elle.

Il fallait, avant cela, se mettre en sûreté, jugea plutôt Ava.

— Trouvons d'abord le moyen de sortir du bâtiment, Kristin. Car il peut très bien remonter par l'escalier. Il en a parfaitement le temps.

L'agresseur n'était sans doute qu'à quelques mètres d'elles. Etait-ce son imagination ? se demanda Ava. Il semblait justement y avoir un bruit de pas dans l'escalier tout proche.

La cabine s'arrêta au rez-de-chaussée et les deux femmes se mirent à courir à travers les couloirs du musée, vide à cette heure. Mais Ava le savait : le garde de service, un dénommé Frank Minow, devait se trouver à l'accueil. Il fallait le rejoindre, il fallait…

Soudain, toutes les lumières s'éteignirent.

— Tu… as toujours été honnête avec moi, Mark ?

Celui-ci se tourna vers son interlocuteur. Il se trouvait avec Davis dans l'écurie. Le Dr Myers avait finalement ramené Legacy dans son box. Il restait à lui faire plusieurs injections de sécurité, mais le cheval était apparemment tout à fait calmé.

En parlant à Mark, Davis ne le regardait pas. Il contemplait du coin de l'œil la jolie vétérinaire.

— Parce que je n'aime pas qu'on me mente…

Il n'y avait pas à se tromper. Davis couvait bien de l'œil la jeune femme, mais il ne semblait pas déconcentré pour autant.

— Si tu as une accusation à formuler, fais-le franchement, répondit Mark, qui ne se sentait pas vraiment d'humeur à finasser.

— Tu m'as dit que mon père était encore vivant lorsque tu es arrivé au ranch…

— Oui, il l'était…

Il vivait encore, mais à peine. En fait, en le découvrant, Mark l'avait tout d'abord cru mort. Il y avait tant de sang sur lui et aussi autour de lui, sur les meubles, partout…

Et puis, le blessé avait émis un très faible murmure. Mark s'était précipité pour tenter de stopper l'hémorragie, hélas sans succès.

— Qu'est-ce qu'il t'a dit ?

Mark fut surpris par la question.

Les yeux de Davis vinrent se planter de nouveau dans les siens.

— Mon père… Il t'a bien dit quelque chose… Qu'est-ce que c'était ?

— Comment sais-tu qu'il m'a parlé ?

Mark n'en avait rien dit à personne. Et d'ailleurs, c'était à peine s'il avait pu lui-même entendre les quelques mots que lui avait adressés le mourant.

— Le cinglé qui harcèle ma sœur l'a appelée sur son portable, expliqua Davis. C'est lui qui le lui a appris et elle me l'a ensuite rapporté.

Mark ferma brièvement les yeux. Ainsi, il allait devoir expliquer à Ava pourquoi il avait toujours gardé le silence.

Pour ne pas lui faire de mal.

Pour lui cacher ce qu'avait été la terrible agonie de son père.

— J'ai essayé de tracer l'appel, continua Davis, mais sans résultat… Bref, il savait que mon père t'avait parlé avant de mourir.

Mark serra les poings.

Davis fit un pas vers lui, le visage menaçant.

— Et, toi, tu t'es bien gardé de me le dire. On a tous passé des années à chercher qui avait tué nos parents et, toi, tu nous as caché ça !

Mark préféra ne pas répondre. Davis le saisit vivement par le devant de sa chemise.

— Qu'est-ce que tu nous caches d'autre, hein ? Quoi donc ?

Mark se taisait toujours.

— Mais arrêtez, voyons ! Que se passe-t-il ?

Jamie Myers avait bondi entre eux pour s'interposer, une main sur la poitrine des deux hommes.

— Rien d'important, répondit Mark, les dents serrées.

— Cela m'importe à moi, lui répliqua sèchement Davis. Alors, que t'a dit mon père ?

— Vous n'allez tout de même pas vous battre ? plaida la vétérinaire. Je vous préviens, moi je soigne les bêtes, pas les gens !

Non, songea Mark, *je ne me battrai pas avec Davis*. Lui faire du mal, c'était en faire à sa sœur… Oui, il avait peut-être eu tort de se taire. Mais il l'avait fait pour Ava.

— Dis-le-moi ! gronda encore Davis. J'ai le droit de savoir !

— Il a dit : « Je suis désolé… » comme si, enfin… comme si tout était sa faute. Il l'a répété…

Davis devint très blanc.

— Et ? demanda-t-il encore.

Mark déglutit avec peine, puis reprit :

— Il a dit : « C'est ma faute… si elle… » Et puis

plus rien, il est mort. Je te jure que c'est tout. Il n'a rien dit d'autre, rien du tout.

Davis tourna les talons.

— Vous étiez tous suffisamment effondrés, reprit Mark, au tréfonds du désespoir. A quoi bon vous faire du mal encore, tu peux me le dire ?

Mais Davis s'éloignait sans se retourner, tel un automate.

La sirène d'alarme du musée se mit à retentir, en une longue sonnerie lugubre, déchirante. Ava courait avec Kristin vers la porte principale, puis elles tournèrent le coin du couloir.

— Halte !

Par bonheur, c'était Frank, le gardien de service, son arme à la main et une lampe de poche dans l'autre. Les deux femmes se figèrent.

— Mademoiselle Lang ? Mademoiselle McGuire, c'est vous ? Je croyais que tout le monde était parti, à cette heure…

La sonnerie retentissait toujours. Ava secoua la tête.

— Il y a un homme dans le parking souterrain, il a un couteau, expliqua-t-elle en haletant.

— Il a essayé de me poignarder, renchérit Kristin, qui tremblait toujours, convulsivement.

Frank dirigea le faisceau de sa lampe vers tous les coins sombres.

— La police doit déjà être en route, annonça-t-il. Le déclenchement de l'alarme est toujours transmis aux voitures de patrouille. Venez avec moi, je vais d'abord vous mettre en sécurité.

Mais, à ce stade, Ava craignait ne l'être jamais nulle part. Et voilà que Kristin était, à son tour, attirée dans cette spirale de folie.

Ils s'engouffrèrent tous les trois dans le couloir, Frank tenant son arme prête.

Quand ils arrivèrent devant les baies vitrées du hall, le faisceau lumineux des voitures de police tournoyait déjà dehors.

Etrangement, cela ne rassura pas Ava. Elle se sentait toujours glacée.

Elle resta là, tandis que Kristin se précipitait vers les silhouettes en uniforme bleu des policiers.

Il fallait que tout cela cesse…, pesta Ava intérieurement.

Un crissement sonore de pneus lui fit de nouveau tourner la tête. C'était Alan, qui se précipitait vers elles.

— Ava ! Kristin ! Que se passe-t-il ? Il y a eu un hold-up au musée ?

Ava secoua la tête. L'agresseur n'avait pas tenté de voler une seule toile, ni un seul objet.

Mais il avait bien failli tuer Kristin, simplement parce qu'elle se trouvait sur son chemin.

— J'ai été agressée ! s'écria justement celle-ci. Il était en embuscade dans le parking avec un couteau… Il… il… il a…

— C'est ma faute, l'interrompit Ava. Je… je suis vraiment désolée, Kristin.

La directrice en resta un instant bouche bée de surprise. Un jeune policier s'approcha.

— Vous pourriez nous expliquer ça, madame ? demanda-t-il.

Ava frissonna. En voyant cela, Alan ôta sa veste et la lui déposa sur les épaules.

— Un… un homme me harcèle, expliqua-t-elle, le sang battant fort à ses tempes. J'en ai déjà parlé à la police… à Houston. Il porte une cagoule de ski en laine noire. Il est grand, plutôt mince… Un mètre quatre-vingt-cinq pour quatre-vingts kilos peut-être, je ne sais pas vraiment.

— Oui, une cagoule, répéta Kristin, les bras serrés autour de son ventre.

— Il a… tiré sur un ami, hier…

Ava baissa les yeux.

— Et il ne s'arrêtera pas là, pas du tout…

Sa voix se fêla légèrement.

— Je crois qu'il ne s'arrêtera que lorsqu'il aura ce qu'il veut. Et pas avant.

— Et ce qu'il veut…, enchaîna le policier, l'air soupçonneux.

— C'est moi, répondit Ava.

— Attends !

Mark avait rattrapé Davis juste avant que celui-ci ne monte en voiture.

— Ton père était un type bien, tu le sais comme moi. Il n'était plus lui-même à ce moment-là. Il ne savait plus ce qu'il disait. Je n'ai pas voulu alimenter les rumeurs folles qui ont couru sur ta famille après le drame.

Les yeux verts de Davis brillaient de colère.

— Il y a autre chose que tu souhaiterais me dire ?

Mark se raidit.

— Parce que je me demande si j'ai eu raison de te faire confiance, marmonna Davis.

Il s'approcha, presque sous son nez.

— Rappelle-toi que je sais de quoi tu es capable, Mark. Je t'ai vu à l'œuvre.

— Je m'en souviens très bien, répliqua Mark. Mais, si ma mémoire est bonne, tu faisais à peu près la même chose que moi et sensiblement de la même façon…

— C'est bien ce qui m'inquiète…

Avant que Mark ait pu riposter, son portable se mit à sonner. Le numéro qui s'affichait lui fit froncer les sourcils. C'était celui de Davis… qui ne pouvait téléphoner puisqu'il était en face de lui ! Mark prit néanmoins l'appel et brancha le haut-parleur.

— Allô ?

— Mark ! Il était ici, au musée !

— Ava… Il t'a fait du mal ?

— Non, mais il avait un couteau… L'alarme s'est déclenchée et la police est arrivée… Ils le cherchent… Kristin, ma patronne, était avec moi. Il a essayé de la poignarder !

Davis poussa un juron.

— Nous n'avons rien, ni l'une, ni l'autre, poursuivit Ava. Ne t'inquiète pas.

Il ne semblait pas y avoir d'émotion dans la voix d'Ava tandis qu'elle déroulait le fil de ses explications et c'était bien ce qui effrayait Mark, plus encore que tout le reste de ce qu'elle lui exposait.

— Il avait coupé l'électricité dans tout le bâtiment. Mais il ne nous a pas eues !

Pas cette fois…

Mark échangea un coup d'œil avec Davis. Il y avait, dans ses yeux verts, non plus de la colère, mais de la terreur.

— Ava ? Reste bien avec les policiers. Surtout ne les quitte pas ! Nous arrivons.

Mark conduisait à tombeau ouvert. En quittant le ranch, il n'avait pu mettre la main sur Ty, mais Jamie la vétérinaire était toujours auprès de Legacy dans son box. Mark avait donné l'ordre à ses employés de lui apporter toute l'aide dont elle aurait besoin et d'ouvrir l'œil.

Davis était à côté de lui, sur le siège passager, clairement aussi en colère que lui. Pourquoi ce salopard leur échappait-il toujours ? Pourquoi avait-il constamment un temps d'avance sur eux, quoi qu'ils fassent ?

En arrivant devant le musée, Mark compta au moins cinq voitures de police. C'était une véritable scène d'apocalypse, avec tous ces agents en tenue qui couraient partout.

J'espère que cette fois tu as laissé quelques traces exploitables, mon salaud...

Il sauta hors du véhicule, suivi de Davis, et ils se précipitèrent à l'intérieur du bâtiment. Ava parlait à deux policiers. Alan Channing était auprès d'elle. Quand il vit Mark, il passa ostensiblement son bras autour des épaules d'Ava et la serra contre lui.

En deux enjambées, Mark fut sur eux.

— Ava !

Alan dut lâcher la jeune femme, visiblement à regret.

Mark détailla Ava de la tête aux pieds, puis lui caressa la joue.

— Tu n'as rien, c'est sûr ?

— Rien du tout, mais il a essayé de poignarder Kristin. Elle a réussi à se protéger avec son attaché-case... Je l'ai tirée en arrière et, heureusement, les portes de l'ascenseur se sont refermées. Puis, quand nous sommes sorties de la cabine, les lumières se sont éteintes.

— Où étiez-vous quand il vous a attaquées ? demanda Davis.

— Au sous-sol, nous descendions au parking, pour rentrer chez nous. Les portes de l'ascenseur se sont ouvertes au palier et il était là.

Il les attendait..., songea Mark avec un frisson.

— La plupart des employés étaient partis, continua Ava. Mais le musée est tellement sécurisé que je pensais vraiment que nous ne risquions rien.

Mark l'avait cru, lui aussi. Quand Davis l'avait prévenu

qu'Ava était partie à son travail, il ne s'était pas particulièrement inquiété.

Davis intervint :

— Quand ce type a coupé l'alimentation des lampes,
il a dû s'imaginer que cela désactiverait l'alarme du
même coup.

— Mais ça n'a pas été le cas, commenta Ava. Cela a
éclaté dans nos oreilles comme le tonnerre.

Peut-être l'homme en avait-il été effrayé et s'était-il
enfui dès le déclenchement de la sonnerie, se dit Mark.

Davis serrait sa sœur dans ses bras, mais Ava paraissait raide, insensible et comme absente. Elle n'avait pas
réagi autrement quand il avait effleuré sa joue, réalisa
Mark avec angoisse.

— Je propose de raccompagner Mlle McGuire chez
elle, lança Alan. Du moins…

Il se tourna vers les policiers qui les entouraient.

— Si ces messieurs en ont terminé avec elle…

Les agents acquiescèrent.

— Merci, Channing. Mais je vais ramener ma sœur
à la maison, dit fermement Davis.

— Je peux rentrer toute seule, trancha Ava d'une
voix tendue. Mais merci, Alan, vraiment… J'apprécie
beaucoup ton offre. Et merci aussi pour la veste.

Elle retira le vêtement et le lui tendit.

— Je… je ne voudrais pas qu'il t'arrive de nouveau
quelque chose, confia Alan, l'air hésitant.

Mark n'en menait pas large non plus. Pas une fois Ava
ne l'avait regardé dans les yeux depuis son arrivée sur
les lieux. Il s'était attendu à tout autre chose… A quoi ?
Il ne le savait pas exactement, mais Ava était très froide
avec lui, ce qui ne lui ressemblait guère, elle qui était
toujours feu et passion, d'ordinaire.

— C'est Kristin qui est très choquée, reprit-elle,

les yeux toujours baissés. Il faudrait que quelqu'un la raccompagne.

— Nous pouvons la prendre, dit Davis.

Mais Alan Channing intervint de nouveau :

— Je vais ramener Kristin. Ne vous inquiétez pas, je veillerai à ce qu'elle soit en sécurité.

Après un regard appuyé en direction d'Ava, il se décida enfin à tourner les talons.

Davis s'approcha de sa sœur.

— Tu as pu voir autre chose de lui, cette fois ?

— Il portait toujours sa cagoule noire.

Mark aurait voulu la serrer dans ses bras à l'étouffer. Mais elle s'écartait de lui.

— Le parking est bien éclairé, insista Davis. Tu as au moins dû apercevoir ses yeux, non ?

Ava chassa nerveusement une mèche de son visage et secoua la tête.

— Tout s'est passé bien trop vite. Les portes se sont ouvertes, il était là, Kristin a levé son attaché-case, il y a planté son couteau, j'ai tiré Kristin en arrière et j'ai poussé l'agresseur de toutes mes forces. Les portes se sont fermées et voilà… Je ne crois pas que j'ai vu ses yeux. Je ne m'en souviens pas, en tout cas.

— Il faut que je parle à Kristin, conclut Davis. Au cas où, elle, elle aurait vu quelque chose.

Il s'éloigna rapidement en direction de la rousse flamboyante.

Mark, lui, ne bougea pas. Ava évitait toujours de le regarder. Etait-ce à cause de ce que ce cinglé lui avait dit au téléphone ?

— Je ne le laisserai pas faire du mal aux autres parce qu'il en a après moi, dit-elle soudain, toujours sans lever les yeux vers Mark, mais au contraire le regard perdu au loin, vers le vide et la nuit. Il est là, caché quelque part, en train de m'observer.

— Ava…

— D'abord toi, puis Kristin… Qui, ensuite ? Qui va-t-il vouloir détruire pour arriver jusqu'à moi ?

Elle avait élevé la voix. Plusieurs policiers se tournèrent dans leur direction.

— Il me veut ? Qu'il vienne me prendre. Mais qu'il laisse les autres tranquilles !

Mark haïssait ce mal qu'on faisait à celle qu'il aimait. Il aurait voulu le chasser au loin, l'éparpiller à tous les vents.

Tapi dans l'obscurité, l'homme esquissa un sourire. Ava voulait qu'il « laisse les autres tranquilles » ?

Elle avait compris finalement qu'ils devaient rester tout seuls, tous les deux, simplement…

D'ailleurs, elle tenait Mark à distance.

Là encore, il s'en félicita : elle se rendait compte, enfin, qu'il n'était pas du tout fait pour elle.

Ava n'avait plus d'œillères, elle était prête à faire face à la réalité.

Oui, elle était prête à l'accueillir dans sa vie !

9

— Ava, tu me déchires le cœur…

Mark la tenait dans ses bras, devant le musée.

Comme d'habitude, être serrée contre lui la soulageait énormément. Mais sa peine était immense. Il lui était impossible de supporter que d'autres puissent être, par sa faute à elle, victimes de ce psychopathe.

Elle s'écarta. Non loin, Davis interrogeait Kristin.

Son nouveau travail commençait sous de bien mauvais auspices, songea Ava. Sa patronne venait de se faire poignarder à cause d'elle.

— Je te ramène chez toi, lui dit Mark.

Pour se cacher encore ?

Il était là, à l'affût, quelque part. Elle le sentait. Allait-il la suivre jusqu'au ranch ? Se faufiler jusque dans le cottage ? Il fallait que cela cesse.

— Ava ?

Davis revenait vers elle en courant.

— Je rentre, lui annonça-t-elle.

Elle devait réfléchir. Rester là, au milieu des flashes des voitures de police, lui donnait violemment mal à la tête.

Davis jeta un coup d'œil à Mark. Ava soupira.

— J'ai ma voiture, dit-elle. Je peux rentrer chez moi sans problème.

— C'est ce que Mark devait penser aussi, répliqua

Davis d'un air entendu, avant que l'autre taré ne lui tire dessus en pleine nuit.

Puis il changea de ton.

— S'il te plaît, laisse Mark te ramener. Fais-le pour moi, au moins.

Ava pinça les lèvres.

— J'aurais besoin de ta voiture pour rentrer moi-même, continua Davis. Lorsque Mark et moi, on a compris ce qui se passait ici, on est montés dans la sienne sans s'occuper du reste.

Ava chercha ses clés et les tendit à son frère sans même le regarder. Puis elle suivit Mark.

— Peut-être qu'il aura laissé des indices, cette fois, murmura celui-ci.

Ou bien il les aura effacés, encore…

Ava s'installa à la place du passager, mais Mark ne lui referma pas tout de suite sa portière. Il se baissa, plongeant ses yeux dans les siens.

— Je sais qu'il t'a appelée.

Du mal, de la douleur. Elle en avait plus qu'assez, de la douleur.

— Tu m'as menti, lui répondit-elle.

— Je…

— Ah non, je t'en supplie. Ne dis pas, toi aussi, que tu as voulu me protéger !

Elle se frotta les tempes.

— C'est la dernière chose au monde que je veux entendre…

Il allait se relever, mais elle l'arrêta.

— Qu'est-ce que mon père t'a dit ?

Il détourna les yeux.

Et voilà… Encore un secret. Ils s'accumulaient, décidément.

Elle posa une autre question.

— Et comment pouvait-il savoir que mon père n'était pas mort quand tu l'as trouvé ?

— Ton père a dit qu'il était désolé…

Ces mots serrèrent le cœur d'Ava.

— Et que tout était sa faute…, ajouta Mark.

Elle secoua silencieusement la tête.

— C'est tout ce qu'il a dit, acheva Mark. Ce furent ses derniers mots, Ava. Je le jure sur ce que j'ai de plus sacré au monde.

Sa bouche eut un pli amer.

— Il n'y avait aucune raison de t'en parler. Cela n'aurait servi qu'à te faire encore plus de mal. Davis et moi, nous craignions même…

Il n'acheva pas et détourna les yeux, l'air embarrassé.

— Vous avez cru que je pourrais me suicider, c'est ça ?

Mark poussa un soupir.

— Non, protesta Ava. Je n'ai jamais eu une idée pareille. Ni alors, ni aujourd'hui. Et je ne l'aurai jamais, j'en suis absolument certaine.

Elle enclencha sa ceinture et Mark referma la portière. Comme il s'asseyait et allait mettre le contact, elle posa sa main sur son poignet.

— Tu ne m'as toujours pas dit comment il se fait que mon harceleur sait ce qui s'est passé entre mon père et toi, ce soir-là…

— Je n'en sais vraiment rien. Je ne crois pas que quelqu'un d'autre que moi a pu entendre ces mots-là. Il y avait bien Ty et plusieurs de mes employés dans la pièce, mais ils se tenaient tous à quelques mètres de nous. Par respect, je suppose…

— Ty… tiens… Et où est-il donc, Ty, en ce moment, tu le sais ? demanda Ava.

Mark se tourna vers elle, clairement surpris.

— Il n'était pas au ranch quand je suis parti. Tu crois… que notre homme, ce serait… Ty ?

— Tout ce que je sais, c'est que celui qui m'a appelée déguisait sa voix. C'est donc qu'il avait peur que je la reconnaisse. Il avait la taille et la carrure de Ty, et ton régisseur est l'une des très rares personnes qui savaient que mon père t'avait parlé juste avant sa mort. Tires-en les conclusions toi-même… Je crois que ce que je voudrais, en fait, là, tout de suite… c'est trouver Ty et lui poser quelques questions.

Mark accéléra.

— Allons le chercher !

— Non, je n'ai pas vu ses yeux, je suis désolée…, dit Kristin en écartant nerveusement une mèche de cheveux qui lui tombait sur le visage. Je n'ai rien vu d'autre que son couteau qui me menaçait.

Davis eut du mal à dissimuler sa déception. Il avait espéré apprendre enfin quelque chose de concret, qui le mettrait sur la piste de ce fou.

— Il nous attendait, ajouta Kristin, toujours visiblement choquée. Il était à l'affût.

Elle s'interrompit et demanda d'une voix encore tremblante :

— Vous croyez qu'il va revenir ? Ava dit qu'il en a après elle. Vous pensez qu'il reviendra au musée ?

Davis espérait surtout lui mettre la main dessus. Et vite…

Alan posa une main réconfortante sur l'épaule de la directrice du musée.

— Laissez-moi vous raccompagner chez vous, Kristin. Vous devez être épuisée.

Elle se tourna vers lui.

— Oui, m… merci !

Tandis qu'ils s'éloignaient côte à côte, une idée traversa l'esprit de Davis.

— Kristin ! rappela-t-il.

Elle se retourna.

— Il n'a essayé qu'une seule fois de vous poignarder, n'est-ce pas ?

Elle acquiesça, en se mordant la lèvre.

— Et il n'a pas porté de second coup ?

— Non, Ava l'avait repoussé et les portes se sont tout de suite refermées sur nous. Je n'ai jamais eu aussi peur de ma vie.

Alan l'entraîna bien vite vers sa Jaguar, au coin du bâtiment.

Songeur, Davis tourna les talons et pénétra dans le hall du musée. Beaucoup, parmi les policiers présents, le connaissaient et ils le laissèrent entrer dans ce qui était, normalement, une scène de crime, à l'accès restreint, limité aux seuls techniciens d'identification judiciaire.

Davis put même descendre jusqu'au parking et en examiner les murs et le plafond.

Etrangement, il n'y avait aucune caméra de surveillance à ce niveau. Rien d'étonnant à ce que l'homme ait pu y attendre ses proies sans être le moins du monde inquiété.

Davis fit quelques pas dans le vaste espace cimenté. Une large colonne circulaire en occupait le centre, soutenant le plafond. C'était vraisemblablement là qu'il s'était posté, l'œil sur la porte de l'ascenseur.

Tu croyais trouver Ava toute seule, hein ? Mais Kristin était avec elle, ça t'a pris de court. Alors tu as dû improviser…

Davis tourna autour de la colonne. La cage d'escalier était sur la droite. Il alla en pousser la porte.

Bon sang, rien n'était plus facile que de se précipiter par là pour remonter dans les étages !

Davis observa méthodiquement autour de lui, puis monta les marches. Au premier étage, une petite cellule photoélectrique était encastrée dans un mur du couloir, juste au-dessus de la plinthe.

Tu l'as désactivée... Tu ne l'avais certainement pas prévu. Encore de l'improvisation. Mais il ne fallait pas qu'Ava t'échappe, n'est-ce pas ?

Toutefois, les alarmes s'étaient quand même déclenchées, et l'agresseur avait dû prendre la fuite, forcément par le chemin le plus court... et donc, par le même escalier, de nouveau...

Davis redescendit. Il n'y avait plus que quelques voitures dans le parking souterrain.

Est-ce que tu es parti comme ça, reprenant ta voiture pendant que les sirènes retentissaient ?

Pour essayer d'en avoir le cœur net, Davis se dirigea vers le portail, qui s'ouvrait sur Main Street.

Là, en inspectant minutieusement les lieux, il trouva la cagoule de laine dans un container de poubelles dont le couvercle n'avait pas été refermé.

— Je te tiens, murmura-t-il.

L'homme avait certainement laissé des empreintes ou des traces biologiques sur cette cagoule. Un cheveu, une trace minuscule. Quelque chose...

Puis Davis leva la tête, en alerte. Alan Channing s'était garé là. Il en avait retiré sa Jaguar quelques instants auparavant.

Avec Kristin Lang à son bord...

Lorsque Mark passa le portail de son ranch, tout y était tranquille. Bien trop tranquille... Les portes de l'écurie étaient closes. Personne ne patrouillait entre les bâtiments et il n'y avait plus aucune lumière aux fenêtres de la maison.

— Où sont-ils passés ? demanda Ava, manifestement aussi surprise que lui.

— Allons voir, dit Mark en coupant le moteur de son SUV.

Ava le suivit.

Ils entrèrent d'abord dans l'écurie et, en ouvrant les doubles portes, Mark dut lutter contre l'appréhension qui l'envahissait. S'était-on de nouveau attaqué à ses chevaux ?

Mais, à son grand étonnement, Jamie était toujours auprès de Legacy.

La vétérinaire se tourna vers eux en souriant.

— Il va de mieux en mieux, leur annonça-t-elle en caressant le bel animal.

— Merci. Vraiment, merci du fond du cœur, dit Mark dont la poitrine se soulevait de soulagement.

— Je suis contente d'avoir pu le soigner, confia Jamie, la tête penchée vers l'étalon.

Elle sortit du box en refermant soigneusement le portail de bois.

— Mais… Mark, il faut que vous sachiez que cela a été de peu… On a délibérément empoisonné Legacy. Celui qui a fait ça a voulu le tuer !

Bien sûr qu'il l'a voulu, pour m'atteindre, moi, songea Mark en caressant l'étalon.

Jamie se dirigea vers la sortie.

— En espérant que vous n'aurez plus besoin de moi… Mais, s'il le faut, vous savez où me trouver.

Une fois la vétérinaire sortie, Ava murmura :

— Je suis désolée, Mark. Cela n'aurait jamais dû arriver.

A ces mots, Mark cessa de cajoler Legacy et marcha vers la porte. Si ses hommes ne patrouillaient pas sur la propriété, ils étaient certainement dans les communs.

Mark s'y rendit d'un pas rapide, Ava sur les talons.

La maison de maître était plongée dans l'obscurité, mais les quartiers du personnel, eux, étaient brillamment éclairés. De joyeux éclats de voix et des rires en provenaient.

Mark frappa du poing à la porte, avec autorité. Elle s'ouvrit immédiatement. L'un des plus jeunes parmi les employés du ranch, Pope Forrest, dix-neuf ans à peine, se tenait sur le seuil. Quand il reconnut son employeur, il se redressa machinalement.

— Patron ? Vous venez vous joindre à nous ?

Mark jeta un œil par-dessus l'épaule du jeune homme. Les employés étaient réunis autour d'une table. Bien sûr, c'était une soirée poker. Il lui arrivait souvent de retrouver son personnel pour jouer une partie ou deux, en effet. Elles offraient une excellente détente après une semaine de travail harassant.

Mais l'heure n'était plus au jeu.

— Il faut que je parle à Ty.

En entendant prononcer son nom, celui-ci se leva immédiatement de la table. Il y avait une belle pile de jetons devant lui.

— Un problème ?

Derrière Mark, Ava gardait le silence.

— Sortons, si tu veux bien.

Loin des yeux et des oreilles des autres…

Ty se leva très calmement pour les suivre et il referma la porte derrière eux.

Le soleil se couchait, le ciel s'obscurcissait et toutes les ombres s'allongeaient sur le ranch.

Ty regarda alternativement Mark et Ava. Il poussa un soupir :

— Pourquoi est-ce que j'ai l'impression qu'elle ne va pas me plaire, cette petite conversation ?

Il est mon ami, pensa Mark avec regret. *Il connaît tous mes secrets.*

— Où étais-tu cet après-midi ?

Ty se renfrogna.

— Chez Mary, mon amie. On a déjeuné tard et on est restés ensemble ensuite.

Mary…, songea Mark. Mary Angel, une gentille blonde avec qui Ty sortait depuis quelques années. Leur relation connaissait des hauts et des bas. En fait, Mark les avait même cru séparés depuis peu, mais ils s'étaient manifestement rabibochés.

— Bon, alors, qu'est-ce qui se passe ?

Ava se décida à intervenir.

— Vous étiez là, n'est-ce pas, la nuit… où mon père est mort ?

Ty la regarda, avec une profonde tristesse.

— Oui, et c'est une image que je n'oublierai jamais.

— Et vous saviez qu'il était encore vivant quand Mark s'est approché de lui ?

Ty lança à Mark un coup d'œil rapide.

— Tu le lui as dit ?

— Non, figure-toi que c'est l'homme qui la harcèle qui le lui a appris.

Mark s'efforça de conserver un ton parfaitement neutre, dénué de toute émotion, pour ajouter :

— Il l'a appelée et lui a parlé des derniers instants de son père et de ses derniers mots.

— Il t'a parlé, Mark ? Ça, je ne le savais pas…

Ty paraissait sincèrement surpris et choqué. Il secoua la tête.

— Je veux dire… J'ai bien vu qu'il respirait encore, mais à grand-peine… Tout ce sang… Il y en avait plein la pièce, j'ai glissé dedans en entrant.

Ava poussa un petit cri.

— Oh… Pardon, s'excusa Ty tout de suite. Je n'aurais pas dû dire ça, non… Je n'aurais pas dû…

La tête penchée, il regarda Mark.

— Mais pourquoi tu me poses toutes ces questions ? Où j'étais… ce que j'ai fait… ce que j'ai pu entendre cette nuit-là ?

— L'homme qui harcèle Ava est venu au musée où elle travaille, armé d'un couteau, répondit Mark. Et le musée n'est pas loin de l'appartement de Mary. A quelques pâtés de maisons seulement…

Ty resta un instant bouche bée.

— Et tu crois que c'était moi, c'est ça ?

Mark ne savait plus vraiment quoi penser.

— Non, ce n'était pas moi, protesta Ty. Je n'ai rien à voir avec tout ça. Rien.

C'était une dénégation ferme et sans appel.

— Tu n'as qu'à téléphoner à Mary, elle te le confirmera. Allons, Mark, tu me connais… Comment est-ce que je pourrais faire du mal à une femme, après ce que j'ai vu ma mère endurer ?

Elle aussi avait été une victime. Mark avait fini par le comprendre au fil des rares confidences de Ty. Sa mère avait été victime d'un amant, pervers manipulateur. Pour échapper à ses tourments, elle avait sombré dans l'alcool.

— Je t'ai toujours soutenu, continua Ty, plus sèchement. Après la mort du vieux Montgomery, est-ce que j'ai dit quelque chose à la police ? Non ! Rien du tout !

Le sang de Mark battait de plus en plus violemment à ses tempes.

— Peut-être parce qu'il n'y avait rien à leur dire, articula-t-il lentement.

— Toi, tu disais que tu allais le tuer, qu'il fallait qu'il paie, pour tout le mal qu'il avait fait. Je t'ai même entendu déclarer que tu étais au courant de ce dont il s'était rendu coupable avec les McGuire...

Ty lança un regard d'excuse à Ava.

— Et le lendemain, étrangement, il était mort.

— Mark ?

Ava paraissait stupéfaite.

— Je n'ai rien dit à la police, enchaîna rapidement Ty. Parce que tu m'as toujours soutenu jusqu'ici. Alors si tu crois que je pourrais faire une chose pareille, surtout à quelqu'un qui compte autant à tes yeux, laisse-moi te dire que tu te trompes.

Alan Channing vivait dans un luxueux duplex, perché en haut d'un immeuble du centre historique d'Austin. Lorsque Davis y pénétra et entra dans l'ascenseur, tous ses sens étaient déjà en alerte. Il appuya sur le bouton du dernier étage.

Il avait transmis la cagoule de laine noire aux policiers, mais, avant que ceux-ci mettent la pièce à conviction sous scellés, il avait eu le temps de remarquer les quelques cheveux pris dans les brins de laine.

Ils étaient blonds...

L'ascenseur s'ouvrit sur le palier demandé. Son pas amorti, comme ouaté par l'épaisse moquette du couloir, Davis s'approcha rapidement de la porte de l'appartement. Les mâchoires serrées, il y frappa.

Aucun bruit...

Il attendit, son impatience grandissant davantage à chaque seconde. Dès la découverte de la cagoule, il avait appelé son frère Grant pour que celui-ci fasse fouiller de fond en comble le passé d'Alan Channing. Comme par hasard, le jeune et brillant homme d'affaires s'était trouvé là, tout de suite, à l'arrivée de la police au musée. Et si ces cheveux blonds étaient les siens…

La porte tourna enfin sur ses gonds et les yeux d'Alan s'agrandirent de surprise lorsqu'il reconnut Davis.

— Vous ? Ava va bien ?

Ava ? Tiens donc…

— Je peux entrer ?

Alan cligna des yeux.

— Euh… bien sûr !

Il s'effaça.

— Je viens juste d'arriver. Je suis resté un peu avec Kristin, parce qu'elle était encore très choquée après l'attaque dont elle a été victime.

Davis jeta un coup d'œil circulaire sur les lieux. Alan avait, à l'évidence, fait appel à un décorateur d'intérieur. On aurait dit un de ces appartements de grand luxe que l'on voit dans les magazines : parfaits, mais un peu anonymes, sans âme, ni rien de très personnel dans leur aménagement, seulement un apparat pour papier glacé.

— Mais… rassurez-moi… Ava n'a rien ?

Davis décida de tester sa réaction.

— Mark l'a raccompagnée. Je suis certain qu'il la couve précieusement, ne vous inquiétez pas.

Les lèvres minces d'Alan se pincèrent encore davantage.

— Je pensais que vous le feriez vous-même.

— Ava tenait à ce que ce soit Mark qui la ramène chez elle.

Une lueur de colère s'alluma dans l'œil d'Alan.

— Ava mérite mieux que ce Mark Montgomery.

Davis s'approcha de lui jusqu'à le toucher.

— Si vous me disiez plutôt ce que vous faisiez au musée ce soir ?

— J'appartiens au conseil d'administration, répliqua Alan. Je suis donc souvent au musée.

— Même les jours de fermeture ? Le public n'était pas admis aujourd'hui. Ils préparaient une nouvelle exposition, à ce qu'on dit.

— Mais je suis membre du conseil, répéta Alan, et depuis peu. Je dois m'y rendre assez souvent et à tout moment pour saisir les…

— Vous vous êtes aussi beaucoup rendu à Houston ces derniers mois…

Ce n'était pas une question, mais quasiment une accusation. Et aussi un bluff, car en fait Davis ne savait pas grand-chose sur Alan Channing. Mais ses soupçons à son égard grandissaient à chaque seconde.

Les yeux du jeune businessman s'agrandirent encore d'étonnement.

— Mais… oui… pour affaires, toujours pour affaires, balbutia-t-il. Mon travail me conduit à travers tout le Texas et, bien sûr, je dois me rendre assez souvent à Houston. Mais qu'est-ce que cela peut…

— Ava y vivait…

— Mais elle et moi, nous ne nous étions pas revus depuis des années quand nous sommes tombés l'un sur l'autre par hasard au musée. On a parlé de déjeuner ensemble un de ces jours, c'est tout.

Il transpirait beaucoup. Davis décida de pousser son avantage.

— Elle ne vous avait pas revu, ça je veux bien le croire, mais vous… vous êtes sûr que vous ne l'aviez jamais revue non plus ?

— Je m'inquiétais pour elle, confia Alan en se

redressant. Elle a beaucoup souffert après le meurtre de ses parents.

— Vous ne m'apprenez rien, vous savez. Ses parents étaient aussi les miens. Ava est ma sœur, je sais tout ce qu'on peut savoir d'elle.

— Je ne crois pas, non…, répondit doucement, prudemment, Alan. Vous la voyez toujours comme la pauvre petite jeune fille de seize ans qu'elle a été, comme si elle n'avait jamais grandi. Or elle a bien changé… Elle est bien plus que cela, oui, bien plus…

Il parlait d'Ava comme s'il en était toujours amoureux, et au musée, face à Mark, sa jalousie avait été bien visible, se souvenait Davis.

Alan le toisa.

— Pardonnez-moi, mais je ne suis pas sûr de bien comprendre ce que vous êtes venu faire chez moi.

— Simple ! Je suis venu parce qu'un taré terrorise ma sœur et que je n'aime pas ça du tout.

— Mais moi non plus ! répondit Alan avec une force inattendue.

— Je suis sûr que vous n'aimeriez pas m'avoir comme ennemi, n'est-ce pas, Channing ? Je me trompe ?

Alan devint rouge à s'étouffer.

— Est-ce que vous me menacez ?

— Du tout ! Je pose une évidence. M'avoir pour ennemi n'a rien de plaisant, je vous assure. Et c'est la même chose pour Mark Montgomery.

— Je n'ai pas peur de lui !

Ça, pourtant, tu devrais, mon garçon…

— Pourquoi Ava se trouvait-elle au musée, aujourd'hui, vous en avez une idée ?

— C'est ridicule à la fin ! s'emporta Alan. Elle travaillait, voilà tout ! Kristin mettait en place un gros projet, elle avait besoin de tout son monde !

— Et vous, naturellement, vous êtes parfaitement au courant de ce projet ?

— Je vous ai dit que…

— Oui, oui, que vous étiez membre du conseil d'administration, d'accord, d'accord ! Mais Ava n'était censée prendre ses fonctions que dans quelques jours. Pourquoi Kristin lui a-t-elle demandé aussi vite de venir l'aider ?

A ces mots, Alan parut décontenancé.

— Je crois que je vais plutôt appeler cette chère Kristin pour le lui demander, lança Davis, perfidement suave.

Alan se passa nerveusement la main dans les cheveux.

— Je… bon, je… d'accord… C'est moi qui le lui ai suggéré.

Je le pensais bien, figure-toi… Tu voulais qu'elle tombe toute rôtie dans ton piège, pas vrai ?

— Je connaissais les qualifications d'Ava et son désir de faire ses preuves. C'était une opportunité pour elle.

— Ou pour toi, salopard ! cracha Davis entre ses dents.

Il fit un pas vers Alan. Celui-ci, effrayé, recula.

— Mais qu'est-ce qui vous prend ? Vous m'insultez ! Et je ne comprends pas de quoi vous parlez !

— C'était une opportunité de l'avoir à ta merci ! J'ai trouvé ta cagoule de ski.

— Quelle cagoule ?

— Celle que tu portais et que tu as laissée derrière toi, comme un imbécile… celle que tu avais sur la tête quand tu as essayé de poignarder Kristin. Sauf que ce n'était pas elle que tu voulais, pas vrai ? C'était Ava. Tu l'as attendue dans le parking, mais, quand l'ascenseur est arrivé sur le palier, elle n'était pas seule… Kristin l'accompagnait… Alors, il fallait que tu te débarrasses de Kristin, d'abord…

Alan secoua vigoureusement la tête.

— Non ! J'étais dehors, j'étais venu voir si Ava voulait dîner avec moi. Je n'ai agressé personne !

— Je te dis que j'ai trouvé ta cagoule… Tu as laissé tes cheveux dedans !

— Mes… mes cheveux ?

— Eh oui, ce n'est pas malin, n'est-ce pas ? Mais je suppose que tu n'y tenais plus, surtout quand tu as vu Ava si proche de Mark. C'est pour toi qu'elle devait revenir à Austin, pas pour lui…

— Sortez de chez moi ! hurla Alan.

— Depuis combien de temps elle t'obsède, ma sœur ? demanda Davis, la rage au ventre. Depuis qu'elle t'a quitté, la nuit où nos parents ont été tués ?

Alan marcha vers la porte d'entrée et l'ouvrit en grand.

— A partir de maintenant, fit-il un brin pompeusement, tout ce que vous avez à me dire devra passer par le filtre de mon avocat.

— Ne vous inquiétez pas, répliqua Davis avec un sourire goguenard. Je suis certain que la police aura beaucoup à dire, à vous et à votre avocat. Et très bientôt, en plus…

Alan vibrait littéralement de colère. Davis s'arrêta juste sous son nez et reprit son ton menaçant.

— Si j'ai un conseil à te donner, c'est de te tenir éloigné de ma sœur.

— Je n'ai pas peur de Mark Montgomery et je n'ai pas peur de toi non plus, McGuire, lança Alan dont les yeux brillaient de fureur. Tu crois que je dois trembler parce que tu as été un foutu SEAL ?

Mais il frémissait bel et bien…

— Jamais je ne ferai du mal à Ava, enchaîna-t-il. Tout ce que j'ai fait, c'était pour l'aider. Alors, vas-y, fouille ma vie, déterre tous mes secrets si tu veux. Tu t'apercevras vite que je ne suis pas celui que tu cherches.

— Il vaudrait mieux, lui dit Davis entre ses dents, sans le quitter des yeux. Parce que, si c'est toi, tu n'auras plus de repos, ni sur terre ni même en enfer...

Sur ces mots, il passa la porte et Alan la claqua rageusement derrière lui.

Davis prit son téléphone portable et appela son frère Grant.

— Tu as trouvé quelque chose sur Alan Channing ? lui demanda-t-il.

— Pas pour le moment, l'informa Grant.

Davis considéra pensivement la porte close.

— Cherche bien, parce que je me demande si on n'a pas découvert le salopard qui harcèle Ava !

10

Mark était de retour avec Ava au cottage, la petite maison d'hôtes du ranch McGuire. Il coupa le contact, mais n'esquissa pas un geste pour quitter le véhicule et Ava non plus. Elle gardait le silence depuis que Ty avait lâché sa bombe. Elle restait là, aussi immobile qu'une statue, à côté de lui.

— Je ne l'ai pas tué, Ava ! lâcha-t-il au bout de très longues secondes.

Ava tressaillit comme si on la réveillait en sursaut. Tel un automate, elle chercha la poignée de sa portière et l'ouvrit. Elle sortit rapidement du véhicule.

Mais Mark la rattrapa et lui prit le bras avant qu'elle ait eu le temps d'entrer dans la maisonnette.

— Attends, Ava. Ecoute d'abord ce que j'ai à dire.

Il la fit tourner dans ses bras, la forçant à le regarder. Ils étaient sur le seuil, juste sous la lanterne qui éclairait le porche.

— Très souvent j'ai voulu voir Gregory mort… quand il me battait, quand il buvait… cent fois… Mais je suis resté et je me suis tu tant qu'il y avait ma mère, tu comprends ? Pour l'épargner.

Elle avait été malade du cœur, toutes ces années, jusqu'à la fin et n'avait aucune idée de ce que son compagnon faisait subir à son fils.

— Quand elle est morte, je suis parti et je n'avais pas du tout dans l'idée de revenir un jour.

Il avait voulu cacher à Ava cette partie de sa vie, de peur qu'elle se détourne de lui définitivement. Désormais, il ne savait plus que faire pour la convaincre de ne pas s'éloigner, de ne pas l'abandonner.

— Qu'as-tu fait, alors ? demanda Ava.

Il eut un sourire un peu contraint.

— Il faut croire qu'en ce temps-là j'étais plus proche de tes frères que je le croyais. Je me suis engagé dans l'armée, j'ai servi trois ans et puis… je me suis mis à mon compte, comme… indépendant…

Il avait accompli des contrats dans différentes régions du monde et il avait vu des choses qu'il ne pourrait certainement jamais oublier. Puis il avait compris qu'il était vain de vouloir fuir les fantômes du passé. Qu'ils demeuraient en vous, jusqu'à la fin.

— On m'a prévenu que Gregory n'allait pas bien. Qu'il buvait et passait des jours entiers sans manger. On lui avait diagnostiqué un cancer et il brûlait le peu qui lui restait de vie…

— Je l'ignorais complètement, murmura Ava.

— Personne ne le savait. Ses avocats m'ont écrit pour me dire ce qui se passait, qu'il ne pouvait plus s'occuper du ranch et que c'était la faillite si je ne revenais pas prendre les choses en main. Je suis donc rentré, pour découvrir que Gregory essayait toujours de détruire tout le monde autour de lui, surtout ceux qui prétendaient l'aider. J'ai essayé de lui faire suivre les prescriptions du médecin, mais il m'a envoyé me faire voir, en me disant qu'il n'avait pas besoin de moi.

— Quel mal a-t-il fait à ma famille, au juste ? s'enquit Ava.

Mark se tut un instant puis il reprit :

— A une époque, ton père a fait de mauvaises affaires et il a dû emprunter à des taux usuraires. Gregory a alors été un de ses créanciers les plus zélés et aussi les plus implacables. J'ai retrouvé des preuves de ses manœuvres pour tenter de ruiner ton père.

Les yeux d'Ava s'agrandirent de surprise.

— Il s'imaginait qu'il aimait ta mère, continua Mark. Sans doute à sa manière tordue car, en fait, je ne crois pas qu'il pouvait avoir des sentiments pour qui que ce soit. En tout cas, il voulait punir ton père de la lui avoir prise.

— Ma mère ?

— Une nuit, celle de sa mort, j'ai trouvé les preuves de tout cela… Il a même continué ensuite. Alors qu'il était sur sa fin et qu'il n'aurait dû penser qu'à combattre son cancer, il essayait encore de fomenter un complot pour forcer tes frères à vendre votre ranch.

Ava eut un sursaut de surprise horrifié.

— Je lui ai dit que je l'en empêcherais, continua Mark. Et… oui, je lui ai dit que je ferais sans doute mieux de le tuer moi-même. Mais c'étaient la colère et l'horreur qui parlaient en moi. Je lui ai lancé qu'il était une ordure et qu'il vaudrait mieux pour tout le monde qu'il meure au plus vite.

La culpabilité l'envahissant, sa voix se fêla. Ava s'en aperçut.

— Mark ? murmura-t-elle.

— Quand je suis revenu le voir, le lendemain, je l'ai trouvé mort. Il s'était tiré une balle dans la tête.

— Oh… je suis désolée…

La tendre réaction d'Ava bouleversa Mark. Il avait envie, plus que jamais, de la serrer dans ses bras.

— Il est le seul et unique père que tu as connu, même s'il n'avait vraiment rien d'idéal…

— Non, il n'était pas mon père ! Ce n'était qu'une

brute morbide qui m'a laissé davantage de cicatrices que je peux en compter et qui a tourmenté tes parents durant des années, Ava. Personne au monde ne le pleure, personne…

Elle vint se blottir dans ses bras.

— Je suis désolée.

Sa voix et son contact étaient si doux…

— Je sais bien que tu en souffres, Mark. Je le sais…

Oui, c'était vrai. Il en souffrait.

Il posa son front contre celui d'Ava. Elle leva sa main et lui caressa doucement, tendrement la joue.

— Je te connais, tu sais… Même si tu crois pouvoir me cacher tes secrets, je sais qui tu es…

— Je ne l'ai pas tué, Ava.

— Chut… je sais…

— Ty pense que je l'ai tué, beaucoup le croient.

Mais il n'avait pas appuyé sur la détente. Il n'avait plus utilisé une arme à feu depuis le Moyen-Orient.

Pourtant…

Il tuerait sans hésiter s'il fallait la protéger. Il ferait n'importe quoi pour Ava. Jamais il n'avait rien ressenti de si évident et de si impérieux.

Il pressa ses lèvres sur les siennes. Quand elle était proche de lui, il se sentait meilleur et plus fort.

Leur baiser devint plus impérieux, et Mark poussa Ava contre la porte… Le désir s'emparait de lui. Il lui était impossible d'être tout près d'Ava et de ne pas avoir envie d'elle. Jamais plus il ne pourrait échapper à l'emprise qu'elle exerçait sur lui.

— Viens, chuchota-t-elle.

Il n'avait pas besoin qu'elle le lui dise deux fois.

Ava ouvrit la porte et Mark la suivit à l'intérieur. Le cottage était plongé dans la pénombre. Elle ne perdit pas de temps et se dirigea droit vers la chambre.

Mais il hésita sur le seuil.

— Viens, ce n'est pas le moment d'être timide, lui dit-elle en souriant.

— Je ne le suis pas…

Elle se glissa dans la chambre et il l'y suivit. La pièce sentait bon les fraises fraîches, comme elle. Il alluma la lumière, car il voulait la contempler.

Elle se déshabilla près du lit, sans la moindre gêne. Ses vêtements tombèrent sur le sol et elle se tint devant lui sans honte, parfaitement belle et nue. Les pointes roses de ses seins se dressaient et Mark mourait d'envie de les prendre dans sa bouche. La courbe de ses hanches invitait à l'amour.

Il fit un pas en avant.

— Tu as toujours tes vêtements sur toi, lui fit-elle remarquer.

Il posa ses mains sur les seins d'Ava, caressa les pointes tendues. Elle gémit doucement de plaisir, comme il aimait.

Sans effort, il la souleva et prit un téton dans sa bouche. Ava plongea ses doigts dans les cheveux de Mark et se cambra vers lui. Il embrassa, téta, lécha, suça la fraise érigée, tout en déposant délicatement Ava sur le lit. Puis il resta un instant à l'admirer, éperdu.

— Tu devrais avoir peur de moi, murmura-t-il.

Elle se releva à demi pour passer sa main sous la chemise de Mark.

— Tu ne vois pas que je tremble ?

Pas vraiment…

— Tu sais, reprit-il, dans l'armée… et puis après, aussi… j'ai dû faire des choses…

— C'était ta mission.

Mais certaines de ces missions étaient terribles. Du sang, de la mort, du sable, du métal brûlant…

— Je ne crois pas que j'aurai jamais peur de toi.

Les mains d'Ava se posèrent sur les boutons du jean de Mark. Elles défirent la fermeture Eclair.

L'érection de Mark se raffermit encore davantage et, quand Ava la caressa, Mark eut du mal à respirer. Il avait pris la précaution, un peu plus tôt, de placer un préservatif dans son portefeuille, en prévision, car rien n'aurait pu l'empêcher d'être auprès d'Ava après ce qu'il s'était passé au musée.

Elle continua à le caresser et un soupir rauque monta dans sa gorge. Il se pencha au-dessus du lit, les mains sur le matelas, et embrassa Ava, explorant sa bouche, sans se laisser tout de suite emporter par la rage du désir.

— Tu n'es pas obligé d'aller doucement, cette fois, lui dit-elle. Je te veux, moi aussi. Alors, fais-moi tout oublier, tout...

Mark arracha ses vêtements, posa le préservatif... mais...

— Dis, Ava... pourquoi... est-ce que... tu veux bien de moi ?

Cette question le tourmentait, même alors qu'il caressait les tendres pétales du sexe d'Ava. Il la désirait à en mourir, mais elle... Recherchait-elle seulement le plaisir qu'il lui procurait ? Dans ce cas, n'importe quel homme ferait l'affaire...

— Tu ne le sais pas ? susurra-t-elle en le regardant au fond des yeux. Parce que je t'aime, Mark. Je suis amoureuse de toi.

Ce fut comme si le temps s'arrêtait.

A son tour, Mark plongea ses yeux dans ceux d'Ava. Avait-il bien entendu ? Ce bonheur s'offrait-il vraiment à lui ?

Mais Ava lui sourit, ses jolies fossettes apparaissant au coin de ses lèvres.

Alors une digue se rompit en lui et il entra en Ava d'un seul coup. Il n'y avait plus ni précautions ni délicatesse, que du désir pur et nu. Prendre et donner.

Le sommier grinçait et tapait contre le mur. Ava haletait, enfonçait ses ongles dans le dos et les épaules de Mark. Il l'embrassait dans le cou, la mordillait, comme s'il voulait la marquer de ses dents, la proclamer sienne. Crier haut et fort :

Elle est à moi !

Il ne trouvait pas les mots pour le lui dire, ne savait par où commencer et, pour le moment, ne pouvait qu'éprouver, sentir... la douceur de sa peau, le paradis secret qu'était son corps.

Goûter Ava, ses lèvres humides et fiévreuses...

La prendre...

La prendre jusqu'à ce qu'elle hurle de plaisir et de bonheur. Avoir son sexe pressant le sien. Elle était proche de la jouissance. Toute proche...

Elle clama son prénom et noua ses jambes autour des hanches de Mark, tous ses muscles bandés, sa conque trempée serrée autour de la verge si dure.

Il vint, un battement de cil après Ava, dans une vague brûlante et se vida en elle, le cœur battant, la peau luisante de sueur. Jamais, non, jamais de la vie il ne la laisserait plus partir...

Je t'aime, Ava, je t'aime !

Ils appartenaient l'un à l'autre et leurs destins étaient scellés, fondus ensemble.

Le pas lourd et lent, Davis regagnait sa chambre, dans la maison familiale, aussi grande que silencieuse... Il y était seul. Brodie et Jennifer avaient décidé de rester dormir en ville, afin de partir dès l'aube pour Houston et vérifier les raisons qu'avait Alan Channing de s'y rendre aussi fréquemment. N'était-ce pas dans le seul but de surveiller les allées et venues d'Ava ?

Davis, lui, était épuisé. Il s'était rendu au poste de police et avait transmis aux enquêteurs tout ce qu'il savait sur le compte d'Alan. Ceux-ci lui avaient promis de faire surveiller discrètement le duplex de l'homme d'affaires.

Tu verras ce que cela fait, comme c'est agréable, d'être épié à ton tour...

Mark était avec Ava, dans le cottage des hôtes. Davis avait téléphoné à sa sœur et il l'avait réveillée. D'une voix encore pleine de sommeil, elle l'avait rassuré : elle ne risquait rien puisque Mark était auprès d'elle.

Davis était d'accord là-dessus : Mark se ferait mettre en pièces pour protéger Ava.

Je sais bien ce qu'il éprouve pour elle, je le sais depuis des années.

Pourquoi alors essayait-il encore de les séparer ? Oui, pourquoi ?

Il n'eut aucun mal à répondre.

Parce que je ne veux pas la perdre.

Il s'étendit sur son lit, les yeux tournés vers le plafond. Sa famille était ce qui comptait le plus au monde pour lui. Beaucoup de gens le prenaient pour une machine, un cœur froid, sans états d'âme, mais sa famille, ah, sa famille... c'était toute sa vie. Il avait perdu tant de ceux qu'il aimait ...

Cette maison, ce tendre refuge au fond du Texas, c'était son havre, c'était...

Une odeur de fumée. Le craquement du bois qui s'enflamme.

Le feu !

Il bondit hors du lit.

**

Elle l'avait fait ! Ava se tourna dans le lit et détailla le beau visage de Mark, endormi. Elle lui avait confessé qu'elle l'aimait. Mais lui, en revanche, n'avait rien dit…

Refaire l'amour avec lui avait été merveilleux. Entre leurs deux peaux régnait une alchimie merveilleuse. Mais, pour elle, il y avait bien davantage que le sexe entre eux…

Elle aimait Mark depuis toujours. Mais lui… que ressentait-il exactement ?

Elle n'avait dormi que peu de temps et s'était éveillée pour le trouver paisiblement assoupi, le bras passé autour de son ventre à elle. Il paraissait… si apaisé, ainsi ! Elle ne l'avait pas souvent vu autant en paix avec lui-même et avec le monde.

Doucement, elle se libéra de l'étreinte de son amant, attrapa le T-shirt de Mark et le fit passer au-dessus de sa tête. Puis elle quitta la chambre sur la pointe des pieds, en en refermant tout doucement la porte derrière elle. Le petit cottage était parfaitement silencieux. Ava scruta les lieux, le temps que ses yeux s'habituent à la pénombre. La lumière extérieure brillait toujours, sous le porche.

Ava s'approcha de la fenêtre.

Quand tout cela finirait-il ?

Elle se dirigea vers la petite chambre où étaient rangés ses tableaux. Elle en ouvrit la porte. Elle avait passé sa rage et sa douleur sur ces toiles, puis elle avait essayé de les cacher, un peu puérilement, tout comme elle dissimulait ses sentiments depuis ses seize ans. Elle était fatiguée de ce jeu-là.

Elle alluma la lumière et, alors, un cri d'horreur se bloqua dans sa gorge.

Les toiles avaient toutes été tailladées…

Elle secoua la tête, horrifiée. Ses frères avaient installé, pour protéger le ranch, le meilleur système d'alarme du marché. Personne n'avait pu se faufiler entre les mailles de ce filet-là, c'était impensable !

Et pourtant, quelqu'un s'était introduit dans la pièce. Les morceaux de toile couvraient le sol. Tout cela semblait avoir été lacéré au couteau et Ava se souvint de celui que l'homme avait brandi sur Kristin, dans l'ascenseur du musée.

Ava recula hors de la pièce, heurta quelque chose, ou quelqu'un, et se mit à hurler.

11

— Ava ! C'est moi, chérie, n'aie pas peur !

Mark la serra contre lui et l'embrassa pour la rassurer. Mais son regard se posa alors sur les toiles éventrées. Il lâcha Ava.

— Il est là… quelque part…, bafouilla celle-ci.

Ce n'était plus un cri cette fois, mais un murmure, presque atone.

— Il a passé les barrières de sécurité, je ne sais pas comment… Il est sur le ranch.

Mark jura sourdement et entraîna Ava hors de la petite chambre. Ce qu'elle affirmait était proprement inimaginable : professionnels de la sécurité, les McGuire avaient apporté un soin tout particulier à la défense de leurs biens et de leur propriété.

— Il faut nous habiller et sortir d'ici.

La mettre en sûreté, puis abattre ce salaud… Car s'il était tout proche…

Je te trouverai, immonde ordure, je jure que je te trouverai !

Ils retournèrent dans la chambre à coucher, remirent leurs vêtements en hâte et…

La lumière s'éteignit brusquement.

— C'est lui, dit Ava dans un souffle. Il a coupé l'électricité, comme il l'avait fait au musée. Il s'amuse, il joue avec moi.

Mark prit son portable et appela Davis. Le téléphone sonna dans le vide durant de longues secondes. Pas de réponse. Les doigts d'Ava lui serrèrent le bras.

— Mark… mes… frères… tu ne crois pas qu'ils sont en danger ?

Mark ne répondit pas tout de suite. Il rangea son téléphone. Ava ne pouvait voir l'expression de son visage. Il força le ton de sa voix pour la rassurer.

— Mais non… personne ne peut venir à bout d'eux, tu sais bien !

La sortir d'ici. La mettre en sécurité…

Il n'y avait pas d'armes dans le petit cottage, mais Mark en avait une dans sa voiture. Ils se dirigèrent vers la sortie, lentement, sur leurs gardes, avec mille précautions.

Mark ouvrit doucement la porte…

Et se trouva face à la gueule noire d'un pistolet automatique.

La lune perçait entre les nuages et sa pâle lueur se reflétait sur l'acier du canon.

— Ava, qu'est-ce qui se passe ?

Mark reconnut la voix, même si la silhouette de l'homme était presque entièrement dans l'ombre. Ce n'était pas un ennemi. Ava courut vers lui et le serra dans ses bras, avec tendresse.

— Mac ! murmura-t-elle.

C'était en effet un autre McGuire qui serrait sa sœur contre lui, son autre main tenant toujours le pistolet. Mac McGuire était probablement le plus fougueux de la fratrie, le plus redoutable aussi, si on en croyait certaines histoires qui se racontaient sur lui. Ancien de la « Delta Force », le très discret service action du haut état-major de l'armée, Mac recherchait le danger, une véritable drogue pour lui, disaient certains. Mais il fuyait surtout ses propres démons, estimait Mark.

— Je ne savais pas que tu étais de retour, lança Ava à son frère. Davis m'avait dit que tu étais sur une affaire à Atlanta.

— Avec Sully, oui. Mais on a terminé. On est venus aussi vite qu'on a pu.

Sully, c'était Sullivan McGuire, le benjamin de la famille, se souvenait Mark. Un ancien marine. Des yeux d'un vert glacé. Et tout aussi dangereux que ses frères.

— Que se passe-t-il, ici, Ava ? répéta Mac.

— Allons dans la grande maison, proposa Mark. Le cinglé qui en a après Ava est peut-être là, quelque part.

— Qu'est-ce qu'on fait là, à découvert, alors ? grogna Mac.

Excellente question...

Ils se ruèrent vers leurs voitures. Mais... leurs roues étaient sur les jantes, découvrit Mark. Leurs pneus avaient été méthodiquement crevés.

— La maison d'hôtes, le cottage... il est clair ? demanda brièvement Mac en montrant le petit bâtiment.

— Je ne sais pas... Pas sûr...

Mark se rapprocha d'Ava.

— Nous allions sortir, j'ai voulu appeler Davis au téléphone, mais il ne répondait pas. Je pensais mettre Ava en sécurité dans la grande maison.

Il reprit son portable, mais cette fois appela Brodie. Le cadet des McGuire décrocha à la première sonnerie.

— Brodie, c'est toi ? Ah, bon Dieu, je commençais à m'inquiéter ! Le harceleur est sur le ranch. Il est entré chez Ava et...

— Quoi ?

C'était un véritable rugissement de la part de Brodie.

— Et elle n'a rien ?

— Non, rien du tout.

Mark la détailla un instant.

— On voulait s'assurer que Jennifer et toi, et Davis, vous alliez bien, aussi.

— On est en ville, elle et moi, mais on arrive aussi vite que possible.

— Et Davis, il est avec vous ?

L'estomac de Mark se nouait d'appréhension. Tout en lui flairait le grand, le terrible danger imminent et inévitable. Irréparable aussi, peut-être…

— Non, il est déjà au ranch, normalement.

Alors pourquoi il ne répond pas au téléphone, bon Dieu ?

— Protège ma sœur, Mark, c'est la priorité, trancha Brodie. Davis s'en tirera toujours.

— Mac est près de moi, il vient d'arriver. On s'en occupe.

Il raccrocha et remit son téléphone dans sa poche. Ava se mit à renifler.

— Ça sent la fumée, observa-t-elle d'une voix apeurée. Vous ne sentez rien ?

L'écurie de Mark avait brûlé quelques mois auparavant et il se souvenait encore parfaitement de l'angoisse qui l'avait saisi lorsque la terrible, l'insupportable odeur avait envahi son nez et la fumée, ses poumons.

— Oui, quelque chose brûle ! répéta Ava. Ça vient de la grande maison !

La grande maison, la maison de maître du ranch… Davis était-il prisonnier des flammes ? se demanda Mark, effrayé.

Avec Ava, il bondit dans la camionnette de Mac et tous trois filèrent vers la maison. Bien que le trajet ne fût pas long, quelques centaines de mètres par l'allée principale, Mark essaya encore d'appeler Davis.

Très vite, la camionnette s'immobilisa dans un crissement de pneus, à quelques mètres de la maison. Celle-ci était en feu. Les flammes léchaient la façade, en longues langues d'un rouge et d'un orange vif. Mark remarqua une silhouette, qui s'affairait devant la porte. Quelqu'un essayait de pénétrer à l'intérieur.

Ils sautèrent tous du véhicule et coururent ensemble vers la maison.

— Aidez-moi ! hurla l'homme qui essayait d'entrer.

C'était Sully. Il tentait d'enfoncer la porte à coups d'épaule.

— Je crois que Davis est coincé à l'intérieur, leur cria-t-il encore.

Puis, sans plus les attendre, il courut vers une fenêtre de la maison, leva le poing et brisa la vitre, qui éclata en morceaux. La fumée s'en échappa tout de suite en de lourdes et grasses volutes noires. Sully enjamba l'appui de fenêtre et se glissa dans la maison, tandis que le feu ronflait et grondait de plus belle. Mac suivit immédiatement le même chemin que son frère.

Mark revoyait l'incendie qui avait servi à tendre un piège à Jennifer. Il se retourna : Ava était juste derrière lui.

— Il faut que j'y aille aussi, lui dit-elle.

Mais, sans l'écouter, il la prit fermement par les épaules et la fit reculer.

— Mac et Sully vont tirer Davis de là.

« Protège ma sœur », lui avait recommandé Brodie. Il n'avait pas besoin qu'on le lui dise deux fois. Pas besoin qu'on le lui dise du tout, d'ailleurs…

Ava se débattit.

— Mark, laisse-moi y aller !

Les flammes ronflaient de plus belle. Il allait falloir appeler les pompiers, le personnel du ranch n'y suffirait pas…

Un coup de feu retentit, tout proche. La balle siffla à l'oreille de Mark. Il n'eut que le temps de faire plonger Ava au sol.

Quelque chose n'allait pas…

Davis essaya bien d'ouvrir les yeux, mais cela lui demandait un trop grand effort. Sa tête lui faisait horriblement mal, jusqu'à la nausée.

Que s'était-il passé ?

Il était étendu sur le dallage et il toussait parce que… parce qu'il y avait beaucoup de fumée autour de lui. Ses paupières étaient soudain moins lourdes. Il découvrit les volutes noires et tâta le sol avec la main.

Le feu… oui, il l'avait senti, il avait bondi hors de sa chambre et…

Quelqu'un m'a assommé ?

Car tout était devenu noir à ce moment-là. Il ne pouvait même pas se rappeler ce qu'il avait fait ensuite.

Il rampa sur le sol, en toussant de plus belle. Il pouvait suivre le craquement des flammes, qui ressemblait à un rire géant et démoniaque, comme si elles léchaient les murs en rugissant d'une joie mauvaise. C'était sa maison et il l'avait déjà reconstruite une première fois. Ils avaient travaillé dur pour cela, Brodie et lui.

Ava le haïssait, ce ranch. Davis le savait bien. Elle n'y voyait que chagrin et malheur. Mais lui, c'était son foyer, sa vie.

Les flammes étaient de plus en plus hautes.

— Davis !

Il tourna la tête : deux silhouettes avançaient rapidement vers lui.

— Davis, ça va ?

Il aurait reconnu cette voix entre mille. C'était Sully,

Sully qui l'agrippait, l'aidait à se soulever et à passer la porte.

— Non, tu vois bien que ça ne va pas !

Une autre voix grave et bien connue. Mac ! Mac qui glissait son bras droit sous son épaule.

— Allons-y !

Moitié en le portant, moitié en le tirant, ils l'entraînèrent vers le couloir. La vue des flammes ravageait le cœur du pauvre Davis.

Non, non, pas la maison !

Ils arrivèrent devant la porte d'entrée.

— Voilà pourquoi elle ne s'ouvrait pas ! grogna Sully.

Une table avait été poussée devant, pour la bloquer.

— Parce que quelqu'un ne voulait pas qu'elle s'ouvre, renchérit Mac.

Davis, lui, toussait toujours.

— Enlève-la, Sully ! ordonna Mac à son frère. Vite !

Ava, la joue contre le sol, observait Mark du coin de l'œil. Il venait de la faire basculer à terre, la couvrant de son corps. Pour la protéger de l'homme qui tirait sur eux.

Le même qui avait mis le feu à la maison…

— Mais il faut aider mes frères ! gémit-elle en essayant de repousser Mark.

Il ne bougea pas d'un millimètre. Au contraire, il la força à se plaquer plus encore dans la poussière.

— Non, Ava, ne fais pas ça ! Si on bouge, nous serons une cible idéale. Tu ne comprends pas que c'est ce qu'il cherche ? Il nous a tendu un piège, pour nous faire venir à lui. Il a raté un premier tir, mais il ne ratera peut-être pas le deuxième.

Ils étaient sur le côté de la maison, a priori à couvert. Mais ses frères, eux, étaient quelque part dans les flammes.

— Laisse-moi ! ordonna-t-elle à Mark d'une voix basse, mais impérieuse. Je ne peux pas rester là, sans rien faire, à les regarder mourir !

Elle essaya, de toutes ses forces, de le repousser.

— Ava !

Un autre coup de feu, mais qui ne semblait pas les viser vraiment, cette fois.

Pourtant, Mark relâcha sa prise une demi-seconde et Ava lui échappa, roulant de côté. Elle resta aplatie au sol. La balle, ainsi qu'une autre, précédemment, avait frappé la porte de plein fouet. Une porte qui s'ouvrait à quelques centimètres de son visage.

Si ses frères sortaient, ils allaient se faire tuer, c'était certain !

— Oh non, non ! implora-t-elle dans un murmure, le cœur déjà brisé.

Les mains de Mark se refermèrent sur ses épaules.

— Je t'en prie, ne bouge pas, mon cœur, supplia-t-il d'une voix très basse. Je vais aller les chercher, ne t'inquiète pas. Mais, toi, je t'en supplie, reste à couvert !

Avant qu'elle ait pu répondre, il s'était redressé et courait droit vers la porte d'entrée, sans même une arme pour se défendre.

— Il a un pistolet ! cria-t-il à l'attention des McGuire. Passez par la porte de derrière !

De nouveau, un coup de feu éclata.

— Noooon ! hurla Ava.

Et elle bondit sur ses pieds.

— Il nous tire dessus ! maugréa Sully sans lâcher Davis.

Mac avait repoussé la table qui bloquait la porte et de l'air frais s'engouffra enfin dans la maison. Le feu dévorait tout, autour d'eux.

Dehors, Mark criait et Davis jeta un coup d'œil par-dessus son épaule. Qui avait mis le feu ? Et comment l'incendiaire avait-il pu s'introduire sur le ranch ?

— On ne peut pas repasser par le même chemin, dit Mac. Allons à une autre fenêtre...

Sully et lui entraînèrent Davis vers la droite.

Puis plusieurs coups de feu éclatèrent, tirés presque en rafale. Alors...

Un cri. C'était Ava qui se mettait à hurler, au-dessus du fracas de l'incendie :

— Arrêtez ! Arrêtez ça ! Si c'est moi que vous voulez, je suis là ! Laissez-les tranquilles !

Et la fusillade reprit...

Ava rampa sous les balles, s'attendant à chaque instant à ce qu'elles la frappent. Mark lui ordonna de s'arrêter et s'efforça de parvenir jusqu'à elle.

Mais elle ne fut pas touchée par les tirs. Tous les projectiles s'enfoncèrent dans les planches de bois de la façade ou bien se perdirent dans les flammes.

Elle se retourna par-dessus son épaule, vers Mark :

— Il ne va pas me tuer. Tu sais bien qu'il me veut vivante ! Tant que je suis là, devant la maison, vous avez toutes vos chances.

Si ces frères pouvaient sortir de la maison et se réfugier dans la camionnette de Mac ou celle de Sully, ils seraient sauvés.

— Vite, vite, Sully, ! cria-t-elle.

La fumée s'épaississait de plus en plus. S'il y en avait autant qui sortait de toutes les ouvertures, cela devait être l'enfer à l'intérieur !

Elle lança un coup d'œil derrière elle : Mark l'avait finalement laissée s'avancer. Mais, passant soudain devant elle et ouvrant la porte, il se rua à l'intérieur. Ava se mit debout et se retourna, les mains au-dessus de la tête, jambes écartées. Elle faisait une cible immanquable et le savait. Mais ainsi, elle protégeait Mark et ses frères. Les hommes qu'elle aimait le plus au monde…

— Viens, Ava, viens ! Rejoins-moi ! s'écria une voix sèche, dure et furieuse, quelque part dans l'obscurité.

Ava ne bougea pas, de crainte d'un piège. Peut-être allait-il se remettre à tirer ?

— Je vais les tuer si tu ne viens pas tout de suite !

La voix, comme un rugissement, terrible.

— Vous allez les tuer, même si je viens ! répliqua-t-elle.

Il y avait du bruit derrière elle. Mark et ses frères. Ils étaient sortis de la maison. Alors, elle bougea, mais seulement dans le but de leur faire un rempart de son corps.

Il ne tirera pas. Il ne va pas me faire de mal. Il me veut vivante.

Il lui fallait garder cela en tête, à tout prix.

— Ava !

Cette fois, c'était un hurlement de rage.

— Allez aux voitures ! intima-t-elle à ses frères. Vite ! Ne restez pas là !

Malgré la chaleur dégagée par l'incendie, elle en avait la chair de poule.

— Ecarte-toi d'eux ou je tire ! cria l'homme dans l'obscurité.

Mais Ava n'avait pas l'intention d'abandonner Mark et ses frères. Elle se mit elle aussi à courir, mais devant eux, les bras écartés dans une tentative désespérée de les défendre.

— Ava !

La voix était encore montée d'un cran dans la fureur. Ava tressaillit. Un instant plus tard, un coup de feu retentit dans la nuit, mais la balle passa au-dessus de sa tête et alla se ficher dans une planche de la façade.

Mark et ses frères étaient arrivés, à l'abri derrière la camionnette. Ava les rejoignit en une enjambée et toucha le bras de Davis, qui réagit à peine.

— On va appeler les secours, annonça Sully.

Le cœur serré, Ava caressa la joue de Davis. La main de son frère vint se poser sur la sienne, tout doucement, comme s'il était déjà très loin.

— Il en faut plus que ça… pour m'avoir… tu le sais bien…, murmura-t-il.

Plus qu'un incendie qui était en train de détruire la maison qu'il s'était battu pour sauver ? Le foyer qui était tout pour lui ? Ava avait délibérément tourné le dos à cet endroit, mais pour Davis et Brodie ce ranch représentait tant de choses… L'image même de l'espoir. Et là, leur maison était en feu.

— J'ai mon pistolet, je vais essayer de le coincer, indiqua Sully. La police et les pompiers sont en route.

Mais ils arriveraient trop tard pour sauver ce qui restait de la maison, songea Ava.

Mark avait également pris son téléphone.

— Ramenez tout le personnel disponible au ranch McGuire. Immédiatement, lança-t-il dans l'appareil. Il y a un incendie !

Manifestement, il avait appelé l'un de ses employés.

Il raccrocha et regarda Davis.

— Ta famille et toi, vous avez toujours été là pour moi. Il est temps de vous payer ma dette.

Déjà, Sully s'enfonçait dans l'obscurité. Ava voulut tendre le bras pour le retenir. Nul doute que le tireur allait faire feu sur lui.

Mais c'était Sully. Il était bien trop rapide. Et déjà loin !

Davis poussa un gémissement douloureux. Mac se pencha sur lui.

— Tu saignes beaucoup. Où est-ce qu'il t'a frappé ?

Ava en avait le cœur serré. Son grand frère si fort, si dur au mal… Encore un qui avait été atteint en essayant de la protéger.

— Sully ne le trouvera pas, dit-elle. Cela ne sert à rien, ce type a dû s'enfuir.

Si l'intrus était assez malin pour passer tous les systèmes de sécurité, il pouvait probablement entrer et sortir de la propriété à sa guise. Avant que la police n'arrive, il aurait déjà filé.

— Occupe-toi de Davis ! enjoignit-elle à Mac.

Celui-ci secoua la tête.

— Je ne sais pas à quoi tu penses, Ava, mais…

— Je pense qu'il vous tuerait tous très volontiers, mais que, moi, je n'ai pas à craindre cela… Je vais le rabattre vers vous.

— Quoi ?

Mark l'agrippa par le bras.

— Il n'en est pas question !

— Tiens-toi prêt, lui répondit-elle. Je vais le ramener et vous le coincerez pour de bon. Il ne fera plus de mal à personne.

Elle s'avança et embrassa Mark avec toute la fureur du désespoir.

— Et surtout, surtout, ne le laisse pas te faire du mal, tu as compris ?

— Ava…

Elle s'écarta de lui et se mit à courir. Mais, cette fois, ce n'était pas une fuite, comme lorsqu'elle avait laissé ses parents avec leurs assassins. Cette fois, quoi qu'il puisse arriver, elle n'allait pas abandonner ceux qu'elle aimait.

Les bras bien levés en l'air, elle s'avança devant les flammes.

— Je suis là ! se mit-elle à crier. Si tu me veux tant que ça, sors de ton trou et viens me voir en face !

C'était Ava qui l'appelait, debout devant les flammes. Les flammes qui étaient en train de réduire en cendres cette maison qu'elle haïssait. Comprenait-elle qu'il y avait mis le feu pour elle ? Pour la débarrasser définitivement de ce chagrin qui la rongeait ? Tout purifier du passé et repartir de zéro.

Elle ouvrait les bras, elle l'appelait et, lui, il tremblait d'envie de la rejoindre.

Ava, douce et belle Ava.

S'il avait fait tout cela, c'était pour lui prouver ses sentiments. Elle n'avait pas besoin de Mark. Elle n'avait pas besoin de ses frères. Il ne lui fallait rien d'autre que son amour.

Une brindille craqua derrière lui. On était en train de le piéger, réalisa-t-il une seconde trop tard. Subjugué par Ava, il n'avait pas vu approcher la menace.

— Jette ton arme, ordure ! lui ordonna une voix basse et rauque. Ou je te descends à l'endroit même où tu es !

Lentement, sans quitter la fine silhouette d'Ava des yeux, il laissa tomber son arme au sol. C'était l'un de ses frères qui le tenait en joue, il le devinait. Ils avaient toujours été sur son chemin, toujours entre Ava et lui... Comme leurs parents du reste, mais ceux-ci avaient été éliminés il y avait déjà longtemps. Heureusement.

— Enlève cette cagoule et retourne-toi doucement.

Prenant tout son temps, il retira l'accessoire de laine qui le masquait et le laissa tomber au sol.

— Pourquoi portes-tu ce machin, au fait ? demanda le frère d'Ava.

Sully, reconnut-il.

— Pour qu'Ava se souvienne… qu'elle se rappelle cette nuit-là quand elle me verrait…

— C'est toi qui as tué nos parents ?

Que de haine dans ces mots-là. C'était quelque chose qu'il comprenait parfaitement, la haine… oui, quelque chose qu'il connaissait bien.

Mais cela rendait imprudent, la preuve…

Sourire aux lèvres, il mit prestement la main à sa ceinture. Il avait un autre pistolet, dissimulé là. Ses doigts se refermèrent sur la crosse.

— J'aurais bien voulu les tuer, lança-t-il, provocant et narquois.

Puis il tira son arme et se tourna d'un seul mouvement.

— Comme je te tue !

Il fit feu.

Mais la silhouette qui lui faisait face avait fait un bond de côté. Au lieu de frapper Sully McGuire en pleine poitrine, la balle le toucha à l'épaule et Sully fit feu à son tour. Plusieurs tirs enchaînés.

Le harceleur défaillit, une brûlure vive à son épaule et à son flanc.

Non !

Se tordant de douleur, il riposta néanmoins. Tout cela n'était pas prévu. Cela ne devait pas finir comme ça. Ce n'était pas ce qu'il avait voulu, pour lui comme pour Ava. C'était une trahison.

Sully McGuire cessa son tir.

Le sang coulant de ses blessures, le harceleur s'enfonça en titubant dans l'obscurité.

12

Au son des coups de feu, Ava crut défaillir. Ces tirs n'étaient pas dirigés sur elle ou vers la camionnette, ils venaient de la ligne d'arbres, là, à l'ouest de la maison.

— Sully ! murmura-t-elle au comble de l'angoisse.

Il était parti dans cette direction, précisément pour trouver son harceleur. Apparemment, il l'avait rejoint…

— Sully !

Un grondement de véhicules approchait. Pas de sirènes, seulement le bruit des moteurs et la lueur des phares dans la nuit. Puis Mark apparut, courant vers elle et criant des ordres. Il avait dû recevoir le renfort de ses employés.

— Il a fallu qu'on enfonce la barrière pour entrer, dit un homme à Mac. Désolé pour ça, mais le patron a bien précisé que vous aviez besoin de nous, et vite. Alors on a pensé qu'il le fallait.

Les phares des voitures illuminaient la scène. Les hommes faisaient la chaîne avec des seaux pour tenter de combattre l'incendie et de sauver la maison.

Au loin, la sirène d'une ambulance se mit à retentir. Elle venait évacuer Davis, comprit Ava.

— Et Sully, où est-il ? demanda-t-elle.

Tous ceux qui étaient venus en renfort combattaient l'incendie, mais personne ne recherchait son frère. Où était-il donc ?

Ava se mit à courir vers l'endroit d'où semblait venir le coup de feu. Mais elle n'alla pas bien loin. Deux mains solides la saisirent et la forcèrent à se retourner.

— Tu ne vas nulle part sans moi, lui dit Mark.

Elle le devinait plus qu'elle ne le voyait. Un nuage cachait la lumière de la lune et Mark était dans la pénombre.

L'odeur âcre du feu rôdait partout autour d'eux. Le passé semblait renaître, affreusement intact, et se mélanger au présent.

Mark entrelaça ses doigts à ceux d'Ava.

— Pas sans moi, répéta-t-il.

L'acier d'un pistolet luisait dans son autre main, remarqua Ava. Qui lui avait procuré cette arme ? Mac ? Un de ses hommes ?

Mais il n'était plus temps de poser des questions. Ils coururent vers la ligne d'arbres. Les enjambées de Mark étaient franches, ses pas, très sûrs. Elle, elle peinait un peu à le suivre.

— Sully ! appela-t-elle encore.

Mais il n'y eut aucune réponse…

Elle essayait de se placer devant Mark, pour lui faire un rempart de son corps au cas où le tireur serait toujours à l'affût, mais son amant ne se laissait pas faire et continuait à se déplacer rapidement.

— Ava…

Son prénom prononcé très bas, presque dans un souffle, à quelques mètres d'elle. Elle reconnaissait sans peine cette voix : c'était celle de son frère.

Mark et elle écartèrent les buissons pour se frayer un passage et, à ce moment précis, la lune reparut derrière les nuages.

Sully était allongé à même le sol. Il avait toujours son arme à la main et faisait visiblement de grands efforts pour se redresser un peu.

Ava courut s'agenouiller à côté de lui.

— Sully ! cria-t-elle, désespérée.

Elle le toucha. Il était tout poisseux de sang.

— Touché au bras, expliqua-t-il. Je ne peux plus le lever… La balle… n'est pas ressortie !

Plus d'une balle, certainement, à en juger par tout ce sang répandu, pensa Ava.

— Au secours ! se mit-elle à hurler, pour attirer ceux qui combattaient l'incendie. Au secours !

— Non, attends, grogna Sully. Il est toujours là, aux aguets, quelque part.

Mark poussa un juron entre ses dents.

— Où ça ?

— Sûrement pas loin. Il a disparu là, vers la droite. Il ne se déplace plus très vite… Il est blessé, lui aussi. Je l'ai touché.

Mark s'élança tout de suite dans cette direction. Ava voulait le suivre, mais Sully la retint encore, en s'agrippant à son bras.

— Reste !

C'était davantage une prière chuchotée qu'un ordre. Même si Sully n'avait pas dû souvent en adresser à quiconque.

Il avait été blessé lors d'une opération, quelques mois auparavant, avait quitté l'hôpital apparemment guéri, mais… il était ensuite très peu reparti sur le terrain. Et il serrait sa main dans la sienne, très fort…

Ava ravala la boule de larmes qui se tenait là, dans sa gorge.

— Il n'y a pas que la balle dans ton bras, n'est-ce pas ? Il y en a d'autres… Où ça ?

— Je… je t'aime, tu sais, petite sœur, je t'aime très fort…

Les yeux d'Ava s'emplirent de larmes. Non, ce n'était

pas possible. Pas Sully, pas lui. Il s'était tiré de tant de situations critiques ! Rien ne devait l'atteindre. Il était le plus jeune de ses frères, le plus proche d'elle par l'âge et aussi celui qui, depuis leur enfance, avait toujours systématiquement endossé la responsabilité des bêtises qu'elle faisait, car il avait décidé une fois pour toutes qu'il était de son devoir de la protéger.

— Oh non, Sully, non… ne fais pas ça, ne me quitte pas, non !

— Jamais pu… supporter… de ne pas être là quand tu avais besoin de moi…

Il parlait comme s'il allait mourir, comme si sa vie s'en allait, mais ce n'était pas possible, cela ne pouvait, ne devait pas arriver !

— Je vais chercher de l'aide… Je reviens tout de suite.

Mais il ne la lâchait pas. Sa poigne était encore d'une force incroyable malgré son état. Les larmes coulaient à flots sur les joues d'Ava.

— Je suis… désolé… Je voulais… te protéger, murmura Sully.

Soudain, sa main se relâcha, ses doigts desserrèrent leur emprise et une terreur sourde s'empara du cœur d'Ava.

— Non, Sully, non !

Fébrilement, elle toucha le torse de son frère. Elle ne s'était pas trompée, il y avait d'autres atteintes. Sa chemise était trempée de sang. Pouvait-il seulement respirer ?

Ava tenta de stopper l'hémorragie par pression des mains, cria pour appeler à l'aide. Mais l'entendait-on ? L'incendie faisait toujours rage, ronflait et crépitait dans la nuit.

— Je reviens tout de suite…

Elle déposa un baiser sur la joue de son frère. Celle-ci était glacée…

Bondissant sur ses pieds, Ava fit demi-tour et se mit

à courir vers la maison en flammes, pour aller chercher des secours. C'était à peine si ses pieds touchaient le sol et, pendant qu'elle courait, les chevaux hennissaient de terreur depuis l'écurie. Les hommes criaient eux aussi et…

— Ava !

Elle faillit percuter la silhouette qui se dressait devant elle. Ty, car c'était lui, la prit aux épaules pour l'empêcher de perdre l'équilibre.

— Que se passe-t-il, Ava ? Vous êtes blessée ?

Ty, bien sûr… Il avait dû arriver avec les employés de Mark.

— Mon frère Sully est gravement blessé ! Là…

Elle montra un point dans l'obscurité. Non loin, la sirène de l'ambulance résonnait de plus en plus nettement et ses lumières se découpaient dans la nuit.

— Emmenez-moi auprès de lui ! dit Ty. Vite !

Il l'agrippa par le bras.

Mais il fallait à Sully davantage que l'aide d'un seul homme, songea Ava. Il lui fallait celle de ces secouristes qui arrivaient à la rescousse.

— Non, je dois attendre l'ambulance !

Soudain, quelque chose de dur et de froid s'enfonça dans son flanc. Elle lâcha un cri.

— Non, lui dit Ty d'une voix sèche et précise. Tu n'attendras pas cette ambulance, ma belle. Désolé… Et, si tu fais un seul mouvement, sois bien sûre que je t'abattrai sur place !

Ty ? Mark l'avait soupçonné, certes, mais il s'était justifié avec une sincérité tellement convaincante ! Il jouait donc un rôle depuis le début ?

— Ce n'est pas vrai, vous ne tirerez pas sur moi, tempêta Ava.

Et elle allait crier quand Ty l'interrompit :

— Oh si, je tirerai, sur toi et sur tous ceux qui viendront à ton aide, jusqu'à ce qu'il n'y ait plus une seule balle dans mon chargeur.

Derrière lui, la maison était en flammes. Jennifer et Brodie venaient d'arriver sur les lieux de l'incendie.

— Tu veux voir, dis, combien je peux en tuer ?

Ava étouffa un juron.

— Alors viens et ne fais pas un bruit.

Tourné vers l'incendie, Brodie ne la voyait pas et elle ne pouvait espérer attirer son attention. D'un hochement de tête, elle acquiesça à Ty. En silence.

Mark était bredouille. Il fouillait les buissons, l'arme à la main. Probablement s'était-il un peu trop éloigné d'Ava. Mais il voulait mettre la main sur ce salaud !

Il se dépêcha de revenir vers elle. Mais…

Ava n'était plus là…

Sully était étendu sur le sol. Une intense terreur glaça Mark. Il courut vers le blessé. Sully respirait avec peine et sa peau était froide…

— Sully, mon vieux, ouvre les yeux, regarde-moi !

Mais Sully restait inerte.

Mark scruta les alentours, le cœur broyé par l'inquiétude.

Je l'ai laissée seule ! Je la croyais en sécurité et je l'ai laissée seule !

— Ava !

Ce n'était pas sa propre voix, non, quelqu'un d'autre appelait. Un bruit de pas précipité, le rayon lumineux d'une lampe torche en plein dans son visage. Que diable…

— Mark ?

Le rayon lumineux tomba vers le sol. La voix de Brodie était un peu plus grave et sèche que celle de son jumeau. Cela aidait à les différencier.

Brodie saisit son téléphone portable.

— J'ai trouvé Sully, annonça-t-il dans l'appareil. A environ cinquante mètres de la petite butte. Envoyez l'ambulance, vite, il est blessé !

Sa voix tomba un peu et il ajouta :

— Apparemment… gravement blessé.

Puis il raccrocha et se tourna vers Mark.

— Où est Ava ?

— Je ne sais pas ! répondit Mark.

Et ces mots lui déchiraient le cœur.

Brodie releva la tête.

— Où est Ava ? répéta-t-il. Où est ma sœur ?

— Ava ! appela Mark, éperdu. Ava !

Des bruits de course dans les buissons. On leur venait en aide.

— Ava ! hurla de nouveau Mark.

Une terreur ignoble, innommable, comme il n'en avait jamais connue, lui serrait le cœur.

Mark criait son nom !

Ava cligna des yeux, qui étaient pleins de larmes. Mark était là, tout près. Si seulement elle avait pu l'appeler…

— Mark sera le premier à mourir, lui dit Ty. Il ne se cachera plus derrière toi, c'est fini !

— Il ne s'est jamais caché derrière moi.

— Il ne te mérite pas. C'est un salaud qui n'a jamais été digne de seulement poser la main sur toi…

Ty attira Ava contre lui, le dos tourné.

— J'ai toujours su que tu étais faite pour moi… depuis le début, depuis cette fameuse nuit…

Et alors, il l'entraîna, loin des lumières, loin de ses frères, loin de Mark. Ava déglutit avec peine. Si elle ne trouvait pas rapidement le moyen de s'enfuir, la chance ne se représenterait peut-être plus jamais.

— Ils ne peuvent pas nous séparer, maugréa Ty, le souffle court. C'est fini !

Il saignait. Ava l'avait remarqué quand il l'avait serrée étroitement contre lui.

— Je sais entrer et sortir de ce ranch comme je veux. Personne ne nous arrêtera !

Ava voulait bien le croire, malheureusement. Ty avait eu tout le temps de se familiariser avec le système de sécurité des McGuire, d'autant que ses frères, sans méfiance envers le régisseur de Mark, lui en avaient probablement expliqué le fonctionnement. Le connaissant depuis des années, ils ne pouvaient deviner son secret…

Ty trébucha un peu et Ava en profita pour glisser à terre, comme si ses genoux se dérobaient sous elle. Ty en fut déséquilibré et son arme lui échappa. La culasse étant armée, le choc sur le sol dur fit partir le coup.

Ava se mit à crier. Elle hurla désespérément, pour qu'on l'entende. Mais aussi parce que la balle lui avait déchiré le flanc. La douleur était insupportable, comme si on la brûlait au fer rouge, mais elle n'en luttait pas moins contre Ty de toutes ses forces. Elle se battait et elle criait, pleine d'espoir.

S'il vous plaît, entendez-moi ! Venez à mon secours !

Ty la força à se remettre sur ses pieds et il ramassa son pistolet.

— Tu n'aurais pas dû faire ça, grinça-t-il. Tu vas payer !

Elle le savait. Il ne la laisserait plus jamais partir.

Mark tourna la tête. Un coup de feu… là, sur sa droite. Sans s'occuper de Brodie, qui le hélait, il se remit à courir. Il passa près des véhicules de secours tout en appelant Ava.

L'écho du coup de feu s'était déjà estompé dans la nuit.

Je t'aime.

Ces mots d'Ava résonnaient dans sa tête. Il avait été stupéfait quand elle les avait prononcés. Ava l'aimait ! C'était son rêve le plus fou, si invraisemblable qu'il n'avait même jamais osé l'exprimer, devant personne.

Et moi qui ne lui ai rien dit, rien du tout !

Il avait été trop abasourdi, sous le choc. Trop incroyablement heureux… Il aurait dû la serrer contre lui, l'embrasser à pleine bouche et lui dire qu'il l'aimait plus que tout au monde, qu'elle était le seul être sur terre qui comptait vraiment pour lui.

Ava, Ava pour toujours…

— Ava ! cria-t-il encore. Où es-tu ?

S'il la perdait, sa vie n'aurait plus aucun sens.

Davis refusait de suivre les brancardiers et ceux-ci le portèrent d'autorité dans l'ambulance. Il ne voulait pas s'en aller. Ava avait disparu. Il fallait la retrouver, il fallait…

— Monte là-dedans et laisse-toi faire, lui dit finalement Jennifer. Va, avant d'avoir perdu tout ton sang !

Au même moment, Sully fut conduit à son tour dans le véhicule. Il avait vraiment l'air mal en point, remarqua Davis : sa peau était grise et du sang coulait de ses blessures. Davis voulut le prendre dans ses bras, mais les infirmiers l'en empêchèrent.

— Mark ne l'a pas trouvée !

Davis se tourna vers celui qui venait de parler. C'était Brodie, qui se tenait juste à l'arrière de l'ambulance. Son visage montrait une affreuse appréhension. Jennifer le rejoignit et prit son bras.

— Il la cherche partout, mais elle a disparu tout d'un

coup, expliqua Brodie d'une voix blanche. J'ai appelé Grant, il est en route.

Davis crut défaillir pour de bon, comme si une masse d'acier frappait son crâne à coups sourds, inlassablement. Il trouva néanmoins la force d'articuler :

— Alan… Channing… ce doit être lui… c'est sûr, il l'a enlevée…

Il fallait le suivre à la trace, retrouver Ava. Il fallait…

— N… non…

C'était la voix de Sully, faible, mais distincte.

Davis se tourna vers lui. Sully leva la main avec peine, pour arrêter le geste d'un infirmier qui tenait une seringue dans la sienne et s'apprêtait à lui faire une injection.

— Attendez… il faut… je dois parler… Je… je l'ai vu. Ce n'est pas… Channing, il faut le dire à Mark. Non, c'est… c'est Ty… Ty Watts… Dites-le-… lui…

A ces mots, Brodie s'éloigna de l'ambulance en courant, plusieurs policiers avec lui.

Un infirmier commença de refermer les portières arrière, mais Davis se glissa hors du véhicule. Il faillit tomber face contre terre. Jennifer le retint et il se retourna vers les infirmiers stupéfaits.

— Prenez… bien soin de mon frère, leur intima-t-il.

Lui, il devait aller au secours de sa petite sœur.

Mark courut vers l'écurie des McGuire. Les chevaux hennissaient de terreur, paniqués par les flammes et la fumée. Il parcourut rapidement la travée, entre les stalles, et s'arrêta devant celle de Lady.

La magnifique jument d'Ava était relativement calme, par comparaison avec les autres chevaux. Elle vint vers lui et baissa la tête pour accueillir la caresse de sa main.

— Aide-moi à la retrouver, lui murmura-t-il.

Il couvrirait plus de terrain sur son dos qu'à pied.

Il se dirigea rapidement vers la sellerie, en revint avec une selle et une bride, équipa Lady en un tournemain. Il sauta à cheval et, dès la porte franchie, poussa la jument au galop. La peur, l'appréhension lui serrait la poitrine, l'empêchant presque de respirer. L'image d'Ava en danger était sans cesse devant ses yeux. Ava… si déterminée à le protéger, lui, ainsi que ses frères, si persuadée que le harceleur ne tirerait jamais sur elle.

J'espère qu'elle ne se trompe pas. Mon Dieu, faites qu'elle ait raison !

S'il pouvait arriver à temps…

Une silhouette se hâtait vers lui. C'était Brodie.

— Mark ! cria-t-il. C'est Ty ! C'est Ty qui a enlevé Ava. Sully l'a vu !

La rage de Mark se cristallisa plus encore, devenant parfaitement impérieuse, à la fois furieuse et glacée.

— Où est-ce qu'il a pu l'emmener ? demanda Brodie, le souffle court.

Probablement pas loin, estima Mark. A un endroit où il pouvait la cacher. Peut-être Ty croyait-il que Sully était déjà mort et que personne ne l'avait vu kidnapper Ava.

— Le système de sécurité vient d'être réparé et réenclenché, reprit Brodie. Il semble que Ty se soit introduit dans le ranch par la porte sud.

C'était la plus proche de la propriété de Mark. Il fit tourner bride à la jument. Ty allait certainement tenter de repasser par là.

— Je la ramènerai, dit-il, la voix sourde.

Brodie se remit à courir vers l'écurie et aussi…

Davis ? C'était bien lui. Il chancelait à chaque pas, mais ne suivait pas moins son jumeau, à quelques pas.

Mark se pencha à l'oreille de la jument et la pressa d'allonger son galop, d'aller plus vite. Des années plus tôt,

Ava avait fait ce même trajet, pour se réfugier auprès de lui et, là, c'était lui qui voulait désespérément la retrouver.

J'arrive, Ava !

Ty traînait Ava, la forçant à le suivre à vive allure, ce qui était une torture pour elle. La balle n'était pas ressortie de son flanc et la douleur la taraudait sans cesse.

— On va se tirer de ce ranch et je t'emmènerai loin d'ici…, marmonnait Ty, tandis qu'il l'entraînait dans la nuit.

Il lui parlait sans interruption.

— Juste toi et moi, Ava, c'est comme ça que ça doit être. Je vais nous débarrasser de Mark… et tout, tout sera à moi, le ranch et le reste.

Il était fou à lier.

Ava en trébucha et tomba. Cela n'avait rien d'une ruse. Ses jambes s'étaient réellement dérobées sous elle, se refusant à avancer. Elle n'en pouvait plus…

— Debout ! rugit son ravisseur.

Elle essaya d'obéir, mais ne put se lever.

Il l'attrapa alors sèchement par les cheveux, lui fit brutalement tourner la tête et lui mit sans ménagement le canon sur la tempe.

— Debout, ou je tire !

Elle le scruta.

— Vous avez déjà tiré !

— C… comment ?

La panique, dans l'œil de Ty, instantanément. Lui qui avait fait du mal à tant de gens, il avait l'air parfaitement terrifié de ce qui arrivait.

— Quand ?

Il avança fébrilement sa main et toucha la blessure d'Ava. Celle-ci eut un petit sursaut de douleur.

Alors, Ty se mit à hurler :

— Non !

Non ? C'était lui qui criait comme s'il était à l'agonie et pas elle qui avait une balle dans le flanc…

— Ça va aller, ça va aller…, balbutia-t-il nerveusement.

Il la souleva pour la remettre sur ses pieds.

Essayait-il de la rassurer ou de s'en convaincre lui-même ? se demanda Ava.

— Moi aussi, des balles m'ont éraflé. Je… je n'en suis pas mort… Ça va aller, je te dis !

— Sauf que…

Ava articulait avec peine. La douleur devenait de plus en plus vive.

— La… balle… ne m'a pas éraflée… Elle est entrée… et n'est pas ressortie.

Ne pouvant rester debout, elle tomba sur ses genoux, devant Ty.

— Je n'ai pas voulu… te faire du mal, lui dit-il, comme figé, soudain.

C'était si incongru qu'Ava faillit éclater d'un rire hystérique.

— Tu n'aurais pas dû résister, Ava. Tu aurais dû me suivre, c'est tout !

Et lui n'aurait pas dû essayer de tuer son frère, ni incendier sa maison de famille, ni la terroriser durant des semaines et des semaines…

Elle le dévisagea de nouveau. La lune était au-dessus de lui. Ronde, pleine et brillante.

— Pourquoi ? murmura-t-elle.

Elle ne parvenait pas à comprendre.

— Pourquoi… pourquoi moi ?

Il avança une main hésitante vers sa joue, la caressa.

— Parce que tu lui ressembles…

Elle continua de le détailler, interloquée.

— Il était obsédé par elle et moi… Moi, je le suis par toi.

Des frissons parcouraient Ava.

— Il ne pouvait l'avoir et ça le rendait fou, le vieux… Je vais vous prouver à tous que je vaux mieux que lui. Moi, je t'aurai !

Le vieux ? La vérité se fit jour dans l'esprit d'Ava. Ce devait être…

— Gregory ? Gregory Montgomery ? bredouilla-t-elle.

Bien sûr, il avait beaucoup désiré la mère d'Ava, mais…

— Il ne voulait qu'elle, ne pensait qu'à elle… Ma mère n'était pas assez bonne pour lui. Il la traitait comme une moins-que-rien…

Ses doigts passèrent de nouveau sur la joue d'Ava.

— Il la frappait, encore et encore… parce qu'elle n'était pas celle qu'il aurait voulue…

Gregory ? Gregory et la mère de Ty ?

— Toi, tu es celle que je veux. Mark croit que tu es à lui, mais il se trompe. Il a tout le reste, d'accord, mais, toi, il ne t'aura pas.

Soudain, le martèlement des sabots d'un cheval au galop résonna dans la nuit.

— C'est lui, dit Ty. Il croit qu'il vient à ta rescousse ! Il tourna un peu la tête. Il souriait.

— Ce qu'il ne sait pas, c'est le petit plan que j'ai mis au point pour le tuer.

Ava secoua la tête.

— Non ! Je vous en prie !

— Ne me supplie pas pour lui !

Autour du visage d'Ava, sa main était devenue comme un étau. Allait-il lui briser la mâchoire ?

— Il n'est rien ! hurla Ty. Personne ! Il m'a volé ma vie ! Et puis…

Sa voix se fêla.

— Et puis, il a jeté son dévolu sur toi. Il te désirait, je l'ai su tout de suite. Mark te voulait plus que tout au monde. Plus que mon ranch, plus que ma vie, qu'il m'avait prise. Alors, j'ai décidé que je n'allais pas le laisser faire. Que j'allais lui montrer que ce qu'il voulait était en fait à moi !

Le cheval et son cavalier approchaient. Ils se ruaient droit vers Ty qui les attendait, l'arme au poing. Ava se prépara à rassembler ses dernières forces. Elle n'allait pas le laisser tuer Mark. Tout valait mieux que le perdre ainsi. Même mourir.

— Tu vas me voir l'abattre, dit Ty, comme s'il lui offrait un généreux cadeau. Après, il n'y aura plus que toi et moi, pour toujours.

— Ava !

La voix de Mark, si forte, si fière. Il l'avait retrouvée ! Pouvait-il voir l'arme de Ty ?

— Écarte-toi d'elle ! rugit-il.

Mais, au contraire, Ty la tenait étroitement serrée.

— Regarde bien, chuchota-t-il à Ava. Sully n'a pas vu mon pistolet, lui non plus. Jusqu'à ce qu'il soit trop tard.

Sully… Ava pinça désespérément ses lèvres pour les empêcher de trembler. Il n'était pas question qu'elle assiste impuissante à la mort de Mark.

— Vous disiez… tu disais, corrigea-t-elle, que tu n'avais pas fait exprès de me tirer dessus ?

— Non, je ne veux pas te faire de mal.

Elle redressa un peu la tête. Pouvait-il la voir sourire ?

— Eh bien, moi, je veux t'en faire !

Ava se dressa. Elle ignora sa blessure, sa douleur. Elle heurta son ravisseur d'un coup de tête, à toute volée. Le nez de Ty craqua. Il poussa un hurlement et essaya de frapper Ava en retour, du canon de son pistolet. L'acier passa à quelques millimètres de son visage, mais il la manqua et lâcha l'arme qui alla tomber un peu plus loin, dans l'herbe. Ava rampa pour échapper à Ty et, se relevant, elle se mit à courir vers Mark.

— Attention ! hurla-t-elle. Il est armé, attention !

Mais Mark venait toujours droit sur elle, au grand galop.

— Baisse-toi, Ava ! lui cria-t-il. Vite !

Elle tomba au sol, les jambes tremblantes.

Et Mark, qui avait une arme à la main, lui aussi, fit feu, deux fois.

Ava se rattrapa sur ses deux paumes ouvertes et elle jeta un coup d'œil par-dessus son épaule. Ty était debout, son pistolet au bout de son bras droit. Allait-il tirer sur elle ou sur Mark ?

Mais il chancela. L'arme tomba de sa main ouverte et il se laissa choir, sur les genoux.

— Tu étais… à moi, balbutia-t-il.

Ava secoua farouchement la tête.

— Non, espèce d'ordure ! répliqua-t-elle. Je ne l'ai jamais été !

Elle se releva lentement, sa main pressant son flanc. Du sang coulait entre ses doigts.

Lady poussa un hennissement de terreur, mais Ava ne se retourna pas. Elle n'osait pas quitter Ty du regard un seul instant.

— Ava !

Mark était là. Il la serrait dans ses bras, de toutes ses forces. Elle, elle restait les yeux rivés sur Ty. Il était étendu sur le sol, grièvement blessé sans doute, le corps secoué de soubresauts.

— J'avais si peur de ne pas te retrouver à temps, susurra Mark en pressant un baiser sur sa joue.

Elle voulait être dans ses bras, elle voulait le regarder

dans les yeux… mais elle était pétrifiée, incapable de bouger un cil.

— Il… il n'est pas mort, murmura-t-elle, la voix cassée comme si elle avait crié pendant des heures.

Ses genoux ne risquaient plus de se dérober sous elle, ils étaient comme verrouillés. Elle ne sentait plus le froid, ni même la douleur de sa blessure…

Le martèlement sourd d'autres sabots perça la nuit et Mark s'écarta doucement, avec infiniment de délicatesse. Il ne savait pas combien Ty le haïssait. Pas encore. Ava profita qu'elle était libre de ses mouvements pour tenter, encore une fois, de faire écran devant Mark.

— Ah non ! protesta-t-il.

Sa voix était dure, presque sèche.

— Ne risque plus jamais ta vie pour moi, tu entends ? gronda-t-il.

— Je t'aime, c'est tout… Toi aussi, tu protèges ceux que tu aimes, non ?

Brodie passa à côté d'eux en courant, vers le corps étendu de Ty.

Mark se campa face à Ava, lui en cachant la vue.

— Ava, je t'en prie, regarde-moi !

Elle leva les yeux vers les siens. Un rayon de lune éclairait son visage.

— Je t'aime, lui dit-il d'une voix forte et claire. Je t'aime plus que tout !

L'émotion étreignit Ava.

— Je risquerais ma vie et je tuerais pour toi s'il le fallait. Je ferais n'importe quoi pour toi, mon amour…

Ses lèvres vinrent effleurer les siennes.

— Parce que je ne pourrais tout simplement pas vivre sans toi.

Et elle ne le pouvait pas, elle non plus.

La glace qui semblait avoir emprisonné son cœur

depuis des semaines fondait à vue d'œil. Mark était sain et sauf, Brodie était sain et sauf.

Quant à Ty…

— Il est toujours vivant, grogna Brodie.

Mark attira Ava à lui, tandis que Brodie agrippait Ty par la toile de sa chemise et le forçait à se redresser et à s'asseoir. La voix de Brodie était un grondement sourd et lourd de menace.

— Tu vas pourrir des années en prison pour ce que tu as fait à ma famille.

Malgré son piteux état, Ty eut un rire sardonique.

— Vous avez… besoin de moi, les McGuire, et je le sais bien…

— Qu'est-ce que tu sais, hein ? Qu'est-ce que tu sais ? tonna Brodie en secouant Ty comme un prunier.

— Je sais… qui a tué vos parents…

Le cœur d'Ava se mit à battre follement dans sa poitrine. Elle ne souffrait même plus.

— Je… je surveillais Ava, continua Ty. Alors, je les ai vus…

Ava secoua la tête. Non, ce n'était pas possible. Ty devait être au ranch Montgomery quand elle s'y était précipitée pour se réfugier auprès de Mark. Elle n'avait vu que lui justement et personne d'autre. Il avait dû donner congé à tout son personnel.

— Vous voyez que vous avez besoin de moi, ricana Ty.

Davis sortit de l'obscurité et s'avança vers Ava, à pas lents et prudents, ce qui n'était guère son genre. Elle se précipita dans ses bras. Il les referma sur elle en lui murmurant à l'oreille :

— Mon Dieu, Ava, ce que tu m'as fait peur !

Elle ferma les yeux. A quelques mètres de là, Brodie aboyait des ordres. Il devait être au téléphone. Mark était juste derrière elle et Davis la serrait si fort que c'était à peine si elle pouvait respirer.

Davis et Mark avaient eu peur de la perdre. Elle, elle avait tremblé pour leurs vies. Mais ils avaient réchappé de cette histoire de fous.

Et Mark m'aime !

Il lui avait dit qu'elle comptait plus que tout pour lui. Sur le moment, elle avait été trop terrifiée pour que ces mots s'impriment durablement en elle. Mais là, ils l'imprégnaient et l'emplissaient de bonheur. Le cauchemar était fini.

— Et… Sully ? s'enquit-elle, inquiète. Comment va-t-il ?

— On l'a emmené à l'hôpital, lui répondit tout de suite Davis. Il est vivant, Ava, et il va s'en tirer… On ne vient pas facilement à bout d'un McGuire, tu le sais.

Elle le savait.

Davis la lâcha et elle manqua perdre l'équilibre. Elle n'y tenait plus. Heureusement, Mark la rattrapa. Il l'enveloppa de ses bras avec une infinie tendresse, comme un trésor très précieux.

Je l'aime, songea-t-elle.

Bien davantage, sans doute, qu'il pouvait l'imaginer.

Assez pour donner ma vie pour lui, sans la moindre hésitation.

— Chérie ? lui dit Mark en la serrant de plus belle. Ça ne va pas ?

Le rire de Ty, cruel et démoniaque, résonnait toujours.

— Tu ne l'auras pas, je te dis. Tu l'as déjà perdue ! Elle s'en va !

Mark pressa sa main sur la blessure d'Ava pour tenter de faire cesser l'hémorragie. Elle exhala avec difficulté un souffle douloureux.

— Non, Ava, non, murmura Mark, horrifié, la voix blanche.

Elle avait les lèvres terriblement sèches… et la douleur qui revenait d'un coup…

Mark la souleva de t erre et se mit à courir avec elle dans les bras.

— Je t'emmène à l'ambulance. Ça va aller, mon amour, ça va…

— Je… t'aime, bafouilla-t-elle, les paupières closes. N'aie pas peur…

— Ava !

— Tu as entendu… Davis… on ne vient pas… à bout des… McGuire, comme ça…

Il l'aimait, elle l'aimait et Ty ne gagnerait pas la partie.

Ava n'ouvrit pas les yeux. Pas encore. Elle était dans un hôpital, elle le savait. Elle se rappelait la course folle de l'ambulance pour l'y conduire, Mark qui n'avait pas lâché sa main et lui répétait des « Je t'aime » encore et toujours.

La balle avait été extraite. On lui avait suturé sa blessure. Puis les choses étaient devenues brumeuses.

Elle s'était attendue à avoir mal, encore, mais… rien, pas de douleur. Juste une pesante léthargie, comme une chape de plomb.

— Mark…

Elle murmura ce prénom, car c'était celui de l'homme auquel elle pensait, tout de suite. Celui dont elle avait le plus criant besoin.

Tout de suite, la grande et forte main saisit la sienne.

— Je suis là…

Elle ouvrit les paupières, il était à son chevet. Ses joues étaient bleues de barbe naissante et des ombres profondes cernaient ses yeux. Le cœur d'Ava s'emplit de joie. Mais, tout de suite, l'inquiétude revint.

— Sully ?

— Je suis là, p'tite sœur, dit une voix toute proche.

Elle pencha la tête. Son frère était sur un lit tout blanc, lui aussi, dans la même chambre qu'elle. Il avait l'air bien fatigué, mais réussit à lui sourire.

— Tu sais qu'on ne me tue pas si facilement...

Sa phrase finit dans un souffle court, qui tenait à la fois du rire et de l'essoufflement. Oui, il était dur à tuer. C'était un McGuire, lui aussi.

Et les McGuire gagnaient toujours, à la fin.

Mark repoussa tendrement une mèche des cheveux d'Ava, en la regardant avec énormément d'amour dans les yeux.

— Je voudrais bien te faire la cour, lui confia-t-il.

Après tout ce qu'ils avaient traversé ensemble, elle ne comprenait pas ce qu'il voulait dire. Elle balbutia :

— C... comment ?

— Je veux te faire la cour, dans les règles, avec des fleurs, des repas au restaurant et tout ce que tu voudras.

Il s'éclaircit la gorge.

— Et alors, je te demanderai si tu veux bien m'épouser...

Si quoi ?

— Parce que je t'aime et que je veux passer le reste de ma vie à te rendre heureuse.

Ava entrouvrit les lèvres pour répondre.

Mais Sully parla avant elle :

— Infirmière ! Je veux qu'on me change de chambre, c'est indécent ! plaisanta-t-il.

Ava préféra l'ignorer.

— Tu n'as pas besoin de me faire la cour..., répondit-elle à Mark.

Un soupçon d'inquiétude passa dans les yeux de celui-ci. Elle se hâta d'enchaîner :

— Parce que je veux t'épouser. Je ne veux plus passer ni une journée ni une seule nuit sans toi.

Un large sourire reparut sur le visage de l'homme qu'elle aimait.

— Une chambre individuelle, grogna encore Sully pour les amuser. J'y ai droit, c'est dans le règlement de l'hôpital.

Mark se pencha au-dessus d'Ava.

— Je t'aime, dit-il encore une fois.

Alors, Ava poussa un soupir de bonheur : son cauchemar était définitivement terminé.

Epilogue

Mark pénétra dans la petite salle d'interrogatoire du Austin Police Department, Davis sur ses talons. Comment son beau-frère lui avait obtenu la faveur de cette confrontation, Mark ne le savait pas, mais c'était certainement à lui qu'il la devait.

Ty le regardait fixement. Son ex-régisseur et ex-ami était menotté au pied de la table. Il portait une combinaison orange de prisonnier et une haine farouche brûlait dans ses yeux.

Mark soutint un instant son regard, tandis que le passé s'éveillait en lui. Ces yeux bruns, vibrants de haine, il les avait déjà vus quelque part… sur un autre visage, certes, mais c'était bien la même détestation, dans un regard tout aussi sombre. La même…

— Bien sûr…, murmura-t-il, éberlué. Tu es son fils. Le fils de Gregory Montgomery !

— Oui ! cria Ty. Son vrai fils !

Il voulut se jeter sur lui, mais le bracelet de fer le retint.

— Toi, tu n'étais rien pour le vieux, éructa Ty. Et pourtant, il t'a tout donné !

C'était vrai. Gregory Montgomery avait stipulé par testament que tous ses biens devaient revenir à Mark. Pour plus de sûreté, il avait même fait ajouter un codicille qui écartait à l'avance toute autre prétention, même venant d'héritiers directs et biologiques. A l'époque,

Mark n'avait pas trop fait attention à cette clause, mais elle prenait désormais tout son sens. Gregory savait qu'il avait un fils.

— Il pensait que je n'en valais pas la peine et ma mère non plus ! Mais je lui ai montré !

Davis s'adossa au mur, avec une apparente nonchalance.

— On est en train d'enregistrer tout ce que vous dites, annonça-t-il d'une voix calme.

Ty regarda le miroir sans tain qui garnissait le mur du fond.

— Et vous croyez que cela me fait quelque chose ?

Il risquait pourtant, en continuant, de gâcher ses dernières chances de sortir de prison autrement que dans son cercueil.

— On m'a volé ma vie, alors je ne suis pas mécontent que cela se sache enfin ! acheva l'ex-régisseur, le menton levé.

Il se tourna vers Mark.

— Ce vieux salopard que tu laissais te rouer de coups, moi, j'étais assez fort pour lui tenir tête. C'est moi qui l'ai tué !

En fait, Mark s'en doutait depuis déjà un moment.

— C'était quand j'ai su ce qu'il avait fait rajouter à son testament… Il m'avait promis quelques semaines plus tôt que j'aurais ce qui me revenait. Il m'a menti !

Mark secoua la tête.

— Non, il t'a laissé ce qu'il voulait te laisser.

C'est-à-dire rien du tout…

Davis décolla lentement ses épaules du mur et s'approcha de la table.

— Je voulais lui montrer ! dit Ty, les mots se précipitant, se bousculant dans sa bouche. Je voulais avoir Ava. Lui, il n'avait pas pu avoir sa mère, mais, moi, j'aurais eu Ava. Elle était encore plus belle !

Davis vint planter bruyamment ses deux poings sur le bois du plateau, juste devant les yeux du prisonnier.

— Si tu continues à parler comme ça de ma sœur, je vais te casser le nez comme elle l'a fait. Ça ne va pas traîner…

Car Ava le lui avait cassé, cette fameuse nuit au ranch, d'un coup de tête. Ajouté aux balles du pistolet de Mark, cela avait valu à Ty plus d'une semaine d'hôpital, sa chambre gardée jour et nuit par un policier.

— Tu crois que j'ai eu la vie facile ? lui demanda Mark. Tu sais pourtant tout ce qu'il m'a fait.

Les lèvres de Ty se tordirent de mépris.

— Tu n'as pas dû voir mon dos, alors. Tu t'apercevrais qu'il m'a fait la même chose.

Il se tourna vers Davis et lui dit, soudain gouailleur et complice :

— Vous n'allez pas me laisser en prison, je le sais. Si vous m'en faites sortir, je vous révèle ce que j'ai vu cette fameuse nuit. Je vous raconte qui a tué vos parents.

Il y eut un long silence.

Puis…

— Tu as harcelé, enlevé, agressé ma sœur, espèce d'ordure, répondit Davis d'une voix basse et glaciale. Je me moque de ce que tu sais. Tu pourriras dans une cellule, toute ta vie.

Il s'adressa ensuite à Mark.

— Je crois que nous avons tout ce qu'il nous faut. Il a avoué avoir tué Gregory et c'est enregistré. Pour ce qui est de ce qu'il a fait à Ava, la police le lui a déjà fait avouer. Il est cuit.

Sur ces mots, Davis tourna les talons et marcha vers la porte.

— Non, murmura Ty.

Puis plus fort :

— Non !

Il essaya de bondir sur ses pieds, mais la menotte attachée à sa cheville ainsi qu'au pied de la table le retint.

Ecœuré, Mark le considéra en silence.

Il avait envie d'écraser à coups de poing ce faciès empli de haine, de le détruire comme Ty avait voulu détruire tout ce qui lui était cher. Mais…

Ava l'attendait au-dehors. Elle était la vie. C'était la vie qui s'ouvrait à lui.

Il se leva de sa chaise et quitta la pièce.

Ty se mit à hurler.

Dans la foulée, Mark se rendit au ranch McGuire. La maison familiale avait été sauvée des flammes, ce qui était proprement miraculeux. Les pompiers et les hommes de Mark étaient parvenus à contenir l'incendie. Il y avait de gros dégâts, mais rien d'irréparable, et la structure de la maison était à peu près intacte. Tout allait pouvoir être reconstruit.

— Combien de souffrance, combien… de malheur un lieu peut-il supporter, avant qu'il devienne nécessaire de s'en éloigner ? murmura pensivement Davis, comme pour lui-même.

Mark mit sa main sur l'épaule de son ami.

— Ava est là, lui dit-il doucement. Là, sur la pelouse…

Davis regarda dans la direction qu'il lui indiquait, puis hocha la tête.

— Elle ne l'aime pas, cette maison…, soupira-t-il.

Alors Mark se contenta de rester près de lui, dans un silence amical. Quelques instants plus tard, Ava les rejoignit. Davis la dévisagea, surpris.

— J'ai quelques idées, annonça-t-elle en désignant la maison. Sur la façon dont on peut restaurer tout ça.

— Tu… tu veux qu'on la restaure ? s'étonna Davis.

Ava glissa sa main dans celle de Mark.

— Oui, répondit-elle. Après tout, c'est notre maison de famille.

Comme Davis restait interdit, interloqué, de sa main libre Ava alla chercher la sienne.

— C'est important, une maison, lui dit-elle doucement. Et une famille…

— Rien n'est plus important, c'est vrai, répliqua Davis, la voix chargée d'émotion.

Ava lui sourit, fit un clin d'œil à Mark et regarda à nouveau la bâtisse.

— Donc, comme je le disais, j'ai quelques idées d'aménagement. Mais avant cela…

Elle tendit la main à Mark.

— On va chez toi ?

Mark lui offrit à son tour un large sourire.

— Bien sûr ! J'ai quelque chose à dire à Davis, et je te rejoins.

Ava acquiesça puis se dirigea vers sa voiture, les laissant seuls.

— Tu sais que ça ne peut pas en rester là ? lança alors Mark à Davis.

— Ava veut faire reconstruire la maison, dit celui-ci, éberlué.

Manifestement, il n'en revenait toujours pas.

Mark secoua la tête.

— Non, ce n'est pas ce que je veux dire…

Il hésita une seconde, puis enchaîna :

— Si Ty sait qui a tué tes parents, il faut le faire parler.

Une lueur glacée passa dans les yeux de Davis.

— Oh ! ne t'inquiète pas. Il parlera…

L'étincelle devint plus rieuse.

— J'ai un plan en vue pour ça.

Il redevint sérieux.

— Je veux découvrir qui a tué nos parents et, lorsque j'en aurai fini avec lui, il me suppliera de l'écouter me dire tout ce qu'il sait.

Mark n'avait guère de raison d'en douter. Il connaissait la réputation de Davis McGuire, l'implacable.

— Si tu as besoin de moi, tu sais que tu peux compter sur moi.

Davis acquiesça.

— Tu m'aides déjà. Tu protèges ma sœur. Et je sais que tu le ferais au péril de ta vie.

— Oui, toujours !

Puis Mark tourna les talons et alla rejoindre Ava dans sa voiture.

Tandis qu'ils démarraient, Davis les suivit du regard. Ces deux-là s'aimaient, cela ne faisait aucun doute. Ava était finalement heureuse, et en sécurité désormais.

Il avait donc le loisir, lui, Davis McGuire, de se concentrer sur le passé, de découvrir chaque jour une nouvelle pièce du puzzle ténébreux qu'était l'assassinat de ses parents.

La vérité était en marche et, sous peu, elle se découvrirait à lui.

Ty parlerait, tôt ou tard. Les coupables seraient confondus. Davis n'aurait pas de repos jusqu'à ce qu'ils répondent de leur crime.

On ne se débarrassait pas facilement des McGuire, et Davis se sentait combatif comme jamais.

Découvrez dès le mois prochain dans

BLACK 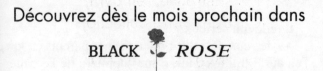 ROSE

la nouvelle série inédite de Lisa Childs :

Gardes du corps en mission

*Quand l'amour
se mêle au devoir...*

2 histoires inédites
en avril et mai 2016

Amour + suspense = Black Rose

HARLEQUIN
www.harlequin.fr

Retrouvez en avril,
dans votre collection

BLACK ROSE

Sous protection particulière, de Lisa Childs - N°381

Victime ou complice ? Partagé entre compassion et doute, Blaine fixe en silence Maggie Jenkins, qu'il vient d'arracher aux mains d'une bande de cambrioleurs. Comment se fait-il qu'après avoir été prise en otage une première fois lors du braquage d'une banque cette jeune femme, enceinte de plusieurs mois, se retrouve aujourd'hui au cœur d'un nouveau hold-up ? Mais tandis qu'il s'interroge son regard plonge dans celui, magnifique et poignant, de la jolie Maggie. Un autre sentiment s'impose alors à lui, brutal, évident : un irrépressible besoin de protection, doublé d'une attirance aussi troublante qu'incontrôlable.

Le sceau du passé, de Lisa Childs

Trop beau, trop sexy, trop... clairvoyant. En sortant précipitamment de la salle où elle vient de mettre fin au *speed dating* auquel elle était en train de participer, Claire a bien du mal à mettre de l'ordre dans ses idées. Car sous le regard intense du séduisant Ashton Striker, l'homme qui, quelques minutes plus tôt, était assis en face d'elle et prétendait n'être qu'un simple employé de bureau, Claire a eu l'impression d'être percée à jour. Comme si Striker connaissait tout de son passé et de ses différends avec la justice. Comme si ce rendez-vous n'était qu'un piège...

Le bébé du mystère, de Jan Schliesman - N°382

Kira ouvre les yeux et pousse un cri d'horreur en reconnaissant son ravisseur. Ainsi, le monstre qui depuis des mois cherche à l'éliminer n'est autre que Josh, son ex-mari. Josh, qui l'a abandonnée trois ans plus tôt, après la perte de leur nouveau-né, et qu'elle croyait mort depuis longtemps. Folle d'angoisse, Kira cherche comment s'enfuir et, soudain, un visage s'impose à elle : celui de Dalton, le demi-frère de Josh, l'homme qui la soutient, la protège et qui, à n'en pas douter, est en ce moment même à sa recherche... Mais, tandis qu'elle sent l'espoir renaître, Josh lui assène le coup de grâce : « Ton fils est vivant, Kira, mais tu vas mourir et tu ne le connaîtras jamais. »

Un visage dans l'ombre, de Jan Hambright

En arrivant au ranch d'Eve Brooks, J.P. Ryker est loin de se douter qu'il va devoir attendre des jours avant de découvrir le visage de la femme qui a fait appel à lui pour la protéger d'une bande de malfaiteurs qui veulent s'emparer de sa fortune... En effet, quelques mois plus tôt, Eve a été défigurée lors d'une explosion. Une blessure dont les dommages ont été réparés, mais qui a laissé dans son cœur des traces indélébiles et l'empêche de se montrer à visage découvert. Intrigué par cette attitude étrange, séduit par la voix de celle qui se cache derrière un paravent pour lui parler, J.P. enquête pour elle et sent peu à peu naître entre eux une troublante complicité. Un sentiment auquel il sait cependant qu'il doit résister car, quelques années plus tôt, il a mené pour le FBI une mission délicate, au cours de laquelle la sœur d'Eve a perdu la vie...

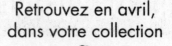
A la recherche de Noah, de Barb Han - N°383

Voler au secours des jolies femmes en détresse, Caleb l'a déjà fait par le passé, ce qui lui a valu plusieurs grosses désillusions. Pourtant, en découvrant Katherine Harper, blessée, sur les terres de son ranch, il sent sa fibre protectrice se réveiller malgré lui. Car non seulement Katherine est la femme la plus séduisante qu'il ait jamais rencontrée, mais ce qu'elle lui révèle le persuade aussitôt de l'aider : Noah, le petit garçon âgé de quatre ans que sa sœur lui a confié avant de mourir, a disparu. D'une voix brisée par l'angoisse, Katherine fait ensuite à Caleb le récit d'une sombre machination liée à l'enfant dont un seul détail retient son attention : Noah est asthmatique et, sans ses médicaments, il est en danger de mort.

Le péril invisible, de Cynthia Eden

Jamais tu ne seras heureuse, Jamie, et jamais tu n'appartiendras à un autre ! Paralysée par l'angoisse, Jamie fixe, tremblante, le spectacle désolant de sa maison saccagée. Cette fois, elle en est sûre, l'individu fou d'amour et de jalousie qui a tenté de l'étrangler lorsqu'elle était adolescente, la contraignant ainsi à changer d'identité, vient de la retrouver... Et ce nouvel accès de violence laisse présager le pire. Car Jamie n'est plus seule désormais. Un homme est à ses côtés : Davis McGuire, avec qui elle vient de partager le plus magnifique des baisers et qui, au péril de sa vie, a juré de l'aimer et de la protéger...

OFFRE DE BIENVENUE

Vous êtes fan de la collection Black Rose ?
Pour prolonger le plaisir, recevez gratuitement

◆ 1 livre Black Rose gratuit ◆
et 2 cadeaux surprise !

Une fois votre colis de bienvenue reçu, si vous souhaitez continuer à recevoir nos romans Black Rose, cela se fera automatiquement. Vous recevrez alors chaque mois 3 volumes doubles inédits de cette collection au tarif unitaire de 7,45€ (Frais de port France : 1,99€ - Frais de port Belgique : 3,99€).

➡ LES BONNES RAISONS DE S'ABONNER :

Aucun engagement de durée ni de minimum d'achat.

◆

Aucune adhésion à un club.

◆

Vos romans en avant-première.

◆

La livraison à domicile.

➡ ET AUSSI DES AVANTAGES EXCLUSIFS :

Des cadeaux tout au long de l'année.

◆

Des réductions sur vos romans par le biais de nombreuses promotions.

◆

Des romans exclusivement réédités notamment des sagas à succès.

◆

L'abonnement systématique et gratuit à notre magazine d'actu ROMANCE.

◆

Des points fidélité échangeables contre des livres ou des cadeaux.

➡ REJOIGNEZ-NOUS VITE EN COMPLÉTANT ET EN NOUS RENVOYANT LE BULLETIN !

✂ ┄┄┄┄┄┄┄┄┄┄

N° d'abonnée (si vous en avez un) ⊔⊔⊔⊔⊔⊔⊔⊔⊔⊔⊔⊔ `IZ6F09` `IZ6FB1`

Mme ☐ Mlle ☐ Nom : .... Prénom : ....

Adresse : ....

CP : ⊔⊔⊔⊔⊔⊔ Ville : ....

Pays : .... Téléphone : ⊔⊔⊔⊔⊔⊔⊔⊔⊔⊔

E-mail : ....

Date de naissance : ⊔⊔ ⊔⊔ ⊔⊔⊔⊔

☐ Oui, je souhaite être tenue informée par e-mail de l'actualité d'Harlequin.

☐ Oui, je souhaite bénéficier par e-mail des offres promotionnelles des partenaires d'Harlequin.

Renvoyez cette page à : Service Lectrices Harlequin – BP 20008 – 59718 Lille Cedex 9 - France

Vous n'avez pas le temps de lire tous les romans Harlequin ce mois-ci ?
Découvrez les 4 meilleurs avec notre sélection :

www.harlequin.fr

La romance sur tous les tons

Toutes nos actualités et exclusivités
sont sur notre site internet.

E-books, promotions, avis des lectrices,
lecture en ligne gratuite, infos sur
les auteurs, jeux-concours... et bien
d'autres surprises !

Rendez-vous sur

www.harlequin.fr

 facebook.com/LesEditionsHarlequin

twitter.com/harlequinfrance

pinterest.com/harlequinfrance

www.harlequin.fr

OFFRE DÉCOUVERTE !

Vous souhaitez découvrir nos collections ? Recevez **votre 1er colis gratuit*** avec 2 **cadeaux surprise !** Une fois votre colis de bienvenue reçu, si vous souhaitez continuer à recevoir nos livres, cela se fera automatiquement. Vous recevrez alors chaque mois vos livres inédits en avant première.

Vous n'avez aucune obligation d'achat et cette offre est sans engagement de durée !

*1 livre offert + 2 cadeaux / 2 livres offerts pour la collection Azur + 2 cadeaux.

☞ COCHEZ la collection choisie et renvoyez cette page au
Service Lectrices Harlequin – BP 20008 – 59718 Lille Cedex 9 – France

Collections	Références	Prix colis France* / Belgique*
❏ **AZUR**	ZZ6F56/ZZ6FB2	6 livres par mois 27,59€ / 29,59€
❏ **BLANCHE**	BZ6F53/BZ6FB2	3 livres par mois 22,90€ / 24,90€
❏ **LES HISTORIQUES**	HZ6F52/HZ6FB2	2 livres par mois 16,29€ / 18,29€
❏ **ISPAHAN***	YZ6F53/YZ6FB2	3 livres tous les deux mois 22,96€ / 24,97€
❏ **HORS-SÉRIE**	CZ6F54/CZ6FB2	4 livres tous les deux mois 32,35€ / 34,35€
❏ **PASSIONS**	RZ6F53/RZ6FB2	3 livres par mois 24,19€ / 26,19€
❏ **NOCTURNE**	TZ6F52/TZ6FB2	2 livres tous les deux mois 16,29€ / 18,29€
❏ **BLACK ROSE**	IZ6F53/IZ6FB2	3 livres par mois 24,34€ / 26,34€
❏ **SEXY**	KZ6F53/KZ6FB2	2 livres tous les deux mois 16,65€ / 18,65€
❏ **SAGAS**	NZ6F54/NZ6FB2	4 livres tous les deux mois 30,85€ / 32,85€
❏ **VICTORIA****	VZ6F53/VZ6FB2	3 livres tous les deux mois 25,95€ / 27,95€

*Frais d'envoi inclus, pour ISPAHAN : 1er colis payant à 22,96€ + 1 cadeau surprise. (24,97€ pour la Belgique).
**Pour Victoria : 1er colis payant à 25,95€ + 1 cadeau surprise. (27,95€ pour la Belgique)

N° d'abonnée Harlequin (si vous en avez un) ⊔⊔⊔⊔⊔⊔⊔⊔⊔

Mme ❏ Mlle ❏   Nom : _____

Prénom : _____ Adresse : _____

Code Postal : ⊔⊔⊔⊔⊔ Ville : _____

Pays : _____ Tél. : ⊔⊔⊔⊔⊔⊔⊔⊔⊔⊔

E-mail : _____

Date de naissance : _____

❏ Oui, je souhaite recevoir par e-mail les offres promotionnelles des éditions Harlequin.
❏ Oui, je souhaite recevoir par e-mail les offres promotionnelles des partenaires des éditions Harlequin.

Date limite : 31 décembre 2016. Vous recevrez votre colis environ 20 jours après réception de ce bon. Offre soumise à acceptation et réservée aux personnes majeures, résidant en France métropolitaine et Belgique, dans la limite des stocks disponibles. Prix susceptibles de modification en cours d'année. Conformément à la loi Informatique et libertés du 6 janvier 1978, vous disposez d'un droit d'accès et de rectification aux données personnelles vous concernant. Par notre intermédiaire, vous pouvez être amenée à recevoir des propositions d'autres entreprises. Si vous ne le souhaitez pas, il vous suffit de nous écrire en nous indiquant vos nom, prénom et adresse à : Service Lectrices Harlequin BP 20008 59718 LILLE Cedex 9.
Service Lectrices disponible du lundi au vendredi de 8h à 17h : 01 45 82 47 47 ou 33 1 45 82 47 47 pour la Belgique.

Harlequin® est une marque déposée du groupe Harlequin. Harlequin SA – 83/85, Bd Vincent Auriol – 75646 Paris cedex 13. SA au capital de 1 120 000€ – R.C. Paris. Siret 318671591100069/APE5811Z